De stille vallei

W0403253

Nora Roberts bij Boekerij:

Het eiland van de drie zusters-trilogie
1 *Dansen op lucht*
2 *Hemel en aarde*
3 *Spelen met vuur*

Ierse trilogie
1 *Meer dan liefde*
2 *Gesloten hart*
3 *Vergeet haar niet*

Teken van Zeven-trilogie
1 *Verbonden door het lot*
2 *Op zoek naar de bron*
3 *De kracht van het hart*

Sterren-trilogie
1 *Een ster van vuur*
2 *De baai der zuchten*
3 *Het glazen eiland*

Cirkel-trilogie
1 *De cirkel van zes*
2 *Dans van de goden*
3 *De stille vallei*

De villa
Droomwereld
Het eind van de rivier
Nachtmuziek
De schuilplaats
Thuishaven
Begraaf het verleden
Geboorterecht
Het noorderlicht
De gloed van vuur
Een nieuw begin
Het heetst van de dag
Eerbetoon
Vastberaden
De zoektocht
Vuurdoop
De ooggetuige
Het strandhuis
De schilder
Geliefde illusie
Terug naar huis
De obsessie
Publiek geheim
Bij zonsondergang
Weet je nog?

Nora Roberts als J.D. Robb bij Boekerij:

Thrillers:
Vermoord naakt
Vermoorde reputaties
Vermoorde schoonheid
Vermoord in extase
Plechtig vermoord
Vermoord uit wraak
Vermoorde liefde
Vermoorde harten
Explosief vermoord
Vermoorde getuige
Rechtvaardig vermoord

E-booknovelles:
Bij nacht vermoord
Vermoorde vaders
Vermoord fantoom
Bloedig vermoord
Ritueel vermoord
Vermoord en vermist

www.jdrobb.com
www.noraroberts.com
www.boekerij.nl

Nora Roberts

De stille vallei

Deel 3 van de *Cirkel*-trilogie

BOEKERIJ

ISBN 978-90-225-8188-9
ISBN 978-94-023-0969-0 (e-book)
NUR 302

Oorspronkelijke titel: *Valley of Silence*
Oorspronkelijke uitgever: Berkley, an imprint of Penguin Random House, New York
Vertaling: Iris Bol en Marcel Rouwé
Omslagontwerp: Johannes Wiebel | punchdesign, München
Omslagbeeld: Shutterstock
Zetwerk: Mat-Zet bv, Soest

Het citaat van Shakespeare op pagina 7 komt uit *Koning Hendrik de Vierde, deel II*, in *De werken van William Shakespeare*, vertaald door L.A.J. Burgersdijk, deel 3 (Leiden: E.J. Brill, 1885).

© 2006 Nora Roberts
© 2018 Nederlandse vertaling Meulenhoff Boekerij bv, Amsterdam

Niets uit deze uitgave mag openbaar worden gemaakt door middel van druk, fotokopie, internet of op welke andere wijze ook, zonder voorafgaande schriftelijke toestemming van de uitgever.

Voor mijn eigen cirkel,
vrienden en familie

Zoals we weten groeien goed en kwaad in deze wereld samen,
bijna onafscheidelijk, op.

– JOHN MILTON

En waan niet, dat ik ben, wat ik eens was!

– WILLIAM SHAKESPEARE

Proloog

Er waren beelden in het vuur. Draken en demonen en krijgers. Die zouden kinderen zien zoals hij die zag. De oude man wist dat degenen die heel jong of heel oud waren vaak zagen wat anderen niet konden zien. Of niet wilden zien.

Hij had hun al te veel verteld. Zijn verhaal was begonnen met de tovenaar die door de godin Morrigan was opgeroepen. Hoyt van de clan Mac Cionaoith had van de goden de opdracht gekregen om naar andere werelden en andere tijden te reizen en een leger te verzamelen dat zich standvastig kon verweren tegen de Vampierkoningin. De grote veldslag tussen mensen en demonen zou plaatsvinden op de sabbat van Samhain, in de Stille Vallei, in het land van Geall.

Hij had hun verteld over Cian, de broer van Hoyt de Tovenaar, die was vermoord en in een vampier was veranderd door de sluwe Lilith, die al duizend jaar vampier was geweest voordat ze Cian tot een van háár soort maakte. En er zouden nog bijna duizend jaren verstrijken voor Cian zich bij Hoyt en de heks Glenna aansloot, en zij de eerste schakels in de cirkel van zes zouden vormen. De volgende schakels werden gesmeed door twee inwoners van Geall: de gedaantewisselaar en de geleerde, die in die eerste dagen van de ene wereld naar de andere reisden om zich bij de groep aan te sluiten. En de laatste die zich bij de cirkel voegde, was de krijger: een demonenjager die afstamde van de clan Mac Cionaoith.

De verhalen die hij hun had verteld, draaiden om gevechten en moed, dood en vriendschap. En om liefde. De liefde die was opgebloeid tussen de tovenaar en de heks en tussen de gedaantewisselaar en de krijger had de cirkel versterkt, zoals ware magie altijd deed.

Maar er viel nog meer te vertellen. Triomfen en verliezen, angst en moed, liefde en opoffering, en dat alles ging gepaard met de duisternis en het licht.

Terwijl de kinderen op meer verhalen wachtten, vroeg hij zich af hoe hij het beste kon beginnen aan het laatste deel van het verhaal.

'Ze waren met zijn zessen,' zei hij, nog altijd in het vuur starend terwijl het geroezemoes van de kinderen verstomde en ze vol verwachting muisstil bleven zitten. 'En ieder had de keuze om de opdracht te aanvaarden of te weigeren. Want zelfs wanneer je werelden in je handen houdt, moet je kiezen: wil je het opnemen tegen dat wat die werelden kan vernietigen of wend je je af. En als die keuze eenmaal is gemaakt,' ging hij verder, 'zullen er nog vele andere keuzes volgen.'

'Ze waren moedig en trouw,' riep een van de kinderen. 'Ze kozen ervoor om te strijden!'

De oude man glimlachte flauwtjes. 'En dus streden ze. Maar goed, elke dag en elke nacht van de tijd die hun was gegeven, moest die keuze opnieuw worden gemaakt. En zoals jullie weten, was een van hen geen mens meer, maar een vampier. Elke dag en elke nacht van de tijd die hun was gegeven, werd hij eraan herinnerd dat hij niet langer een mens was. Hij was niet meer dan een schaduw in de werelden die hij moest beschermen, een taak waarvoor hij zelf had gekozen. En dus,' zei de oude man, 'droomde de vampier.'

1

Hij droomde. En in zijn droom was hij nog steeds een man. Jong, wellicht dwaas en ongetwijfeld onbezonnen. Maar goed, het schepsel dat hij voor een vrouw aanzag, bezat een ongelooflijke schoonheid, een enorme aantrekkingskracht.

Ze droeg een prachtige lange, dieprode jurk met wijde mouwen die een elegantere entourage dan de herberg op het platteland verdiende. De jurk leek als een goede bordeaux over haar contouren te stromen en liet haar zuiver witte huid glanzen. Haar haren hadden de kleur van goud en de krullen glinsterden tegen haar hoofdtooi.

De lange jurk, haar houding en de fonkelende sieraden om haar hals en aan haar vingers zeiden hem dat ze een rijke, modebewuste dame was.

Hij vond dat ze in de schemerige herberg net een vlam leek die de schaduwen wegbrandde.

Voordat ze de gelagkamer binnenkwam, hadden twee bedienden al een privévertrek voor haar geregeld waar ze de maaltijd kon gebruiken, en haar aanwezigheid was voldoende om de gesprekken en de muziek te laten verstommen. Maar haar ogen, blauw als een zomerhemel, hadden hém aangekeken. Alleen hem.

Toen een van de bedienden opnieuw de gelagkamer was binnengekomen, naar hem toe was gelopen en had gezegd dat de dame hem verzocht om de maaltijd met haar te gebruiken, had hij geen seconde geaarzeld.

Waarom zou hij?

Weliswaar had hij even gegrijnsd om de goedaardige opmerkingen van de mannen met wie hij zat te drinken, maar hij had hen zonder enige bedenking achtergelaten.

Ze stond in het schijnsel van het haardvuur en de brandende kaarsen, en schonk net wijn in glazen.

'Ik ben heel blij dat je me gezelschap wilt houden,' zei ze. 'Ik heb er een hekel aan om in mijn eentje te eten. Jij ook?' Ze kwam naar hem toe, en haar bewegingen waren zo bevallig dat ze bijna leek te zweven. 'Ik word Lilith genoemd.' Ze reikte hem een bokaal wijn aan.

In haar stem klonk iets exotisch door, een soort cadans die zinspeelde op heet zand en uitbundig bloeiende wijnranken. Daardoor was hij direct half verleid en volledig betoverd.

Ze deelden de eenvoudige maaltijd, hoewel hij totaal geen eetlust had. Wel verslond hij haar woorden. Ze vertelde over de landen die ze had bezocht, landen waarover hij slechts had gelezen. Ze had bij maanlicht tussen de piramiden rondgelopen. Ze had over de heuvels van Rome gereden en voor tempelruïnes in Griekenland gestaan.

Hij was nog nooit buiten Ierland geweest. Haar woorden, en de beelden die haar woorden opriepen, waren bijna even opwindend als zijzelf.

Hij vond dat ze jong was om al zoveel te hebben gedaan, maar toen hij dat zei, wierp ze hem alleen een glimlach toe over de rand van haar glas.

'Wat heb je aan werelden als je er geen gebruik van kunt maken?' vroeg ze. 'En ik zal er van nog veel meer gebruikmaken. Er is wijn die gedronken moet worden, voedsel dat geproefd moet worden, landen die verkend moeten worden. Jij bent te jong,' zei ze met een trage, alwetende glimlach, 'om met zo weinig genoegen te nemen. Wil je niet méér zien dan je tot nu toe hebt gezien?'

‘Als ik er de kans voor krijg, wil ik er een jaar voor uittrekken om meer van de wereld te zien.’

‘Een jaar?’ Met een luchtig lachje knipte ze met haar vingers. ‘Dát is een jaar. Niets, niet meer dan een ogenblik. Wat zou je doen als je een eeuwigheid tot je beschikking had?’ Haar ogen waren net onmetelijk diepe zeeën toen ze zich naar hem toe boog. ‘Wat zou je daarmee doen?’

Zonder op zijn antwoord te wachten, kwam ze overeind, een wolk van haar parfum achterlatend terwijl ze naar het kleine raam liep. ‘Ach, de nacht. Die is zo zacht. Als zijde tegen de huid.’ Ze draaide zich naar hem om met een glinstering in haar felblauwe ogen. ‘Ik ben een schepsel van de nacht. En volgens mij ben jij dat ook. Wij, en iedereen die zo is als wij, zijn op ons best in het donker.’

Toen zij was opgestaan, had hij haar voorbeeld gevolgd, en zodra ze weer naar hem terugliep, werden zijn zintuigen beneveld door haar geur en de wijn. En door iets anders, iets diks en rokerigs wat zijn geest bedwelmde als een drug.

Ze hief haar gezicht naar hem op en drukte haar mond op de zijne. ‘Waarom zouden wij, als we op ons best zijn in de duisternis, de uren der duisternis in ons eentje doorbrengen?’

En in de droom, want het voelde als een droom, wazig en verwarrend, bevond hij zich in haar rijtuig, waar hij haar volle, witte borsten omvatte en waar haar mond zich heet en begerig op de zijne drukte. Ze lachte toen hij aan haar lange jurk friemelde, waarna ze haar benen spreidde bij wijze van verleidelijke uitnodiging.

‘Je hebt sterke handen,’ mompelde ze. ‘En een knap gezicht. Dat is wat ik nodig heb, en ik neem altijd wat ik nodig heb. Zul je doen wat ik je opdraag?’ Weer liet ze een luchtig lachje horen en beet ze kort in zijn oor. ‘Zul je dat doen? Zul je dat doen jonge, knappe Cian met de sterke handen?’

‘Aye, natuurlijk. Aye.’ Het enige waaraan hij kon denken, was dat hij zich in haar wilde begraven. En toen hij dat deed, terwijl het rijtuig woest heen en weer schudde, viel haar hoofd achterover in overgave.

'Ja, ja, ja! Zo hard, zo heet. Geef me meer, en meer. Daarna zal ik je meenemen en je dingen laten zien waarvan je het bestaan niet kent.'

Terwijl hij in haar stootte en zijn ademhaling onregelmatiger werd naarmate hij dichter bij de ontlading kwam, hief zij haar hoofd weer op.

Ineens waren haar ogen niet langer blauw en levendig, maar rood en dierlijk. Daar schrok hij zo van dat hij zich probeerde los te trekken, maar plotseling klemde ze haar armen om hem heen, zo onverbiddelijk als ijzeren ketenen. Haar benen klemden zich om zijn middel en hielden hem in haar gevangen. Terwijl hij vocht tegen haar onmogelijke kracht, glimlachte ze, waarbij haar lange hoektanden glinsterden in de duisternis.

'Wat ben jij?' Er waren geen gebeden in zijn hoofd, daar liet de angst geen ruimte voor. 'Wát ben jij?'

Haar heupen bleven op en neer gaan en ze bleef hem berijden, zodat hij hulpeloos naar een hoogtepunt werd gedreven. Ze verstrengelde haar hand in zijn haren en rukte zijn hoofd naar achteren om zijn keel te ontbloten. 'Schitterend,' zei ze. 'Ik ben schitterend, en dat zul jij ook zijn.'

Opeens beet ze en drongen haar hoektanden in zijn vlees. Hij hoorde zijn eigen schreeuw, ergens in de waanzin en de pijn. Het brandende gevoel was onbeschrijflijk, het schroeide door zijn huid, drong zijn bloed binnen en verspreidde zich nog dieper dan zijn botten. Maar daarmee vermengd, erboven uitstijgend, voelde hij een afschuwelijk, vreselijk genot.

Hij kwam klaar in het wervelende, zingende duister, verraden door zijn lichaam dat de dood al naderde. Hij verzette zich nog steeds, een deel van hem klauwde wanhopig naar het licht, naar overleving. Maar de pijn en het genot trokken hem dieper de afgrond in.

'Jij en ik, mijn knappe jongen. Jij en ik.' Ze leunde achterover en nam hem in haar armen. Met haar vingernagel maakte ze een ondiepe snee over haar borst zodat er bloed uit druppelde. Afschuwelijk genoeg droop er tegelijk ook bloed van haar lippen. 'Drink nu. Drink mij en je zult voor eeuwig zijn.'

Nee. Zijn lippen wilden het woord niet vormen, maar het echode door zijn hoofd. Terwijl hij zijn leven voelde wegebben, worstelde hij nog zwakjes om er grip op te houden. Zelfs toen ze zijn hoofd naar haar borst trok, verzette hij zich met alles wat er nog van hem over was.

Toen proefde hij het, de rijke en bedwelmende smaak die uit haar vloeide. Het bloed dat bol stond van het leven. En hij dronk van zijn eigen dood als een baby aan de borst van zijn moeder.

De vampier schrok wakker in volslagen duisternis, in volslagen stilte. Sinds de verandering die zo lang geleden had plaatsgevonden, werd hij elke zonsondergang op deze manier wakker, zonder zelfs maar zijn eigen hartslag te horen.

Hoewel hij deze droom gedurende talloze jaren al talloze keren had gehad, bleef het akelig om opnieuw over die rand te tuimelen. Om zichzelf te zien zoals hij was geweest, om zijn eigen gezicht te zien – dat hij sinds die nacht nooit meer had gezien wanneer hij wakker was – bezorgde hem een gespannen, geërgerd gevoel.

Hij piekerde niet over zijn lot. Dat was een nutteloze bezigheid. Hij had zich neergelegd bij wat hij was en had daar gebruik van gemaakt. Tijdens zijn persoonlijke eeuwigheid had hij rijkdom, vrouwen, comfort en vrijheid vergaard. Wat kon een man zich nog meer wensen?

Afgezet tegen het grote geheel was het ontbreken van een hartslag slechts een kleine tol om te betalen. Een hart dat sloeg werd oud, verzwakte en hield het uiteindelijk voor gezien als een kapotte klok.

Hoeveel lichamen had hij zien verouderen en sterven in de negenhonderd jaar die hij had geleefd? Hij was de tel kwijtgeraakt. En hoewel hij het spiegelbeeld van zijn eigen gezicht niet kon zien, wist hij dat het er nog precies hetzelfde uitzag als op de nacht dat Lilith hem had genomen. Zijn botten waren nog steeds sterk, de huid die eroverheen lag was stevig, soepel en rimpelloos. Zijn ogen zagen scherp en de kleur ervan was niet flets geworden. Er zat geen grijs in zijn haren, wat ook nooit zou gebeuren, en de huid van zijn wangen zou nooit gaan hangen.

Misschien waren er momenten, in de duisternis wanneer hij alleen was, dat hij zijn vingers gebruikte om zijn eigen gezicht te zien. De hoge, geprononceerde jukbeenderen, het ondiepe kuiltje in zijn kin, de diepliggende ogen waarvan hij wist dat ze donkerblauw waren. De brug van zijn neus, de stevige ronding van zijn lippen.

Hetzelfde. Altijd hetzelfde. Maar toch was het een klein genoegen om even de tijd te nemen en zichzelf daaraan te herinneren.

Hij stond op in het donker, zijn slanke, gespierde lichaam naakt, en schudde het zwarte haar dat zijn gezicht omlijstte naar achteren. Hij was geboren als Cian Mac Cionaoith, maar had sinds die tijd vele andere namen gehad. Nu was hij weer terug bij Cian… en dat kwam door zijn broer. Hoyt weigerde hem bij een andere naam te noemen, en aangezien deze strijd, waaraan hij zijn medewerking had toegezegd, zijn definitieve einde zou kunnen betekenen, had Cian besloten dat het niet meer dan terecht was om de naam te dragen waarmee hij was geboren.

Hij gaf er de voorkeur aan om niet te sterven. Volgens hem beschouwden alleen mensen die gek of heel jong waren sterven als een avontuur. Mocht doodgaan in deze tijd en op deze plaats echter zijn lot zijn, dan zou hij dat in elk geval doen in stijl. En als er, in welke wereld dan ook, enige gerechtigheid bestond, zou hij ervoor zorgen dat Lilith tegelijk met hem tot stof verging.

Zijn ogen waren even scherp als zijn andere zintuigen, dus liep hij zonder aarzeling door de duisternis naar een kist om een van de zakjes bloed te pakken die hier vanuit Ierland naartoe waren gebracht. Kennelijk hadden de goden erin toegestemd om het bloed, net als de vampier die het nodig had, vanuit hun steencirkel door de werelden te laten reizen.

Ach, het was ook maar varkensbloed. Cian had zich al eeuwenlang niet meer tegoed gedaan aan mensen. Een persoonlijke keuze, mijmerde hij terwijl hij het zakje openmaakte en de inhoud in een beker goot. Een kwestie van wilskracht en van, nou ja... welbeschouwd ook van manieren. Hij had in hun midden geleefd, zaken met hen gedaan en was met hen naar bed geweest als hij daar zin in had gehad. Het leek onfatsoenlijk om zich met hen te voeden.

Bovendien vond hij het eenvoudiger om het leven te leiden waarvoor hij had gekozen: niet opvallen en niet elke nacht een ongelukkige ziel vermoorden. Je voeden met de levenden voegde een spanning en een smaak toe die met niets te vergelijken vielen, maar het was altijd een rommelig gedoe.

Hij was gewend geraakt aan de banalere smaak van varkensbloed en aan het gemak om dat altijd binnen handbereik te hebben in plaats van telkens op jacht te moeten wanneer hij honger kreeg.

Hij dronk het bloed zoals een ander 's ochtends een kop koffie: uit gewoonte en omdat het hem hielp wakker te worden. Het bezorgde hem een helder hoofd en zette zijn lichaam in werking.

Hij nam niet de moeite om kaarsen of de haard aan te steken terwijl hij zich waste. Hij kon niet zeggen dat hij bijzonder blij was met de voorzieningen in Geall. Kasteel of niet, hij vermoedde dat hij evenmin in deze middeleeuwse omgeving paste als Glenna of Blair.

Hij had al eens in dit tijdperk geleefd, en één keer was meer dan genoeg. Wat dat betreft had hij veel liever de dagelijkse gemakken van een toilet binnenshuis, elektriciteit en Chinese afhaalmaaltijden.

Hij miste zijn auto, zijn bed en zijn verdomde magnetron. Hij miste de opwinding en de geluiden van de stad en alles wat die te bieden had. Het noodlot zou hem een akelige streek leveren als het hem in het tijdperk, zelfs in de wereld, van zijn geboorte zou laten sneuvelen.

Eenmaal aangekleed verliet hij zijn kamer om naar de stallen en zijn paard te gaan.

Er liepen mensen rond – bedienden, schildwachten, hovelingen – die woonden en werkten in Kasteel Geall. De meesten gingen hem uit de weg, wendden hun blik af en versnelden hun pas. Sommigen maakten achter hun rug het gebaar om het kwaad af te weren. Dat stoorde hem niet.

Zij wisten wat hij was en ze hadden gezien waar schepsels zoals hij toe in staat waren sinds Moira, de belezen gladiator, met een vampier had gevochten op het oefenveld.

Het was slim van Moira geweest om hem, Blair en Larkin te vragen de twee vampiers op te sporen die haar moeder, de koningin, hadden gedood. Moira had beseft hoe belangrijk het was om vampiers hier levend naartoe te brengen zodat de mensen met eigen ogen konden zien wat ze waren. En zo hadden ze ook kunnen zien hoe Moira de strijd met een van hen was aangegaan en hem had gedood, waarmee ze zichzelf als krijger had bewezen.

Binnen een paar weken zou ze haar volk aanvoeren in een oorlog. Er zou een sterke, krachtige leider nodig zijn om de boeren en kooplui, de hofdames en stramme adviseurs van een land dat zo lang vrede had gekend als Geall om te vormen tot soldaten.

Hij wist niet zeker of ze die taak aankon. Op zich was ze moedig genoeg, mijmerde hij, terwijl hij het kasteel uit glipte en een binnenplaats overstak op weg naar de stallen. En méér dan slim genoeg. Bovendien had ze in de afgelopen twee maanden haar vaardigheden als krijger aangescherpt. Ongetwijfeld was ze sinds haar geboorte opgeleid voor staatszaken en protocollen en ze bezat een slimme, open geest.

In vredestijd zou ze haar mooie wereldje ongetwijfeld behoorlijk goed besturen. Maar in oorlogstijd moest een vorst zowel een generaal als een boegbeeld zijn.

Als hij het voor het zeggen had, zou hij Riddock, haar oom, de leiding hebben gegeven. Maar in deze hele kwestie telde zijn mening nauwelijks.

Hij hoorde haar al voordat hij haar zag, en daarvoor had hij haar geur al geroken. Cian kwam bijna in de verleiding om zich om te draaien en op zijn schreden terug te keren. Het was gewoon ergerlijk om de vrouw tegen het lijf te lopen aan wie hij net dacht.

Het probleem was dat hij veel te vaak aan haar dacht.

Haar ontlopen was geen optie, aangezien ze in deze oorlog onverbiddelijk met elkaar waren verbonden. Ongezien wegglippen was gemakkelijk. En laf. Zoals altijd verbood zijn trots hem om de weg van de minste weerstand te kiezen.

Ze hadden zijn hengst helemaal achter in het stalgebouw ondergebracht, twee stallen verwijderd van de andere paarden. Hij begreep, en tolereerde, dat de staljongens en hoefsmeden voorzichtig waren bij het verzorgen van een paard van een vampier. Ook wist hij dat zijn vurige Vlad 's ochtends verzorgd en gevoerd werd door Larkin of Hoyt.

Maar kennelijk had Moira nu besloten om het dier te verwennen. Cian zag dat ze wortels bij zich had, waarvan ze er een op haar schouder had gelegd en ze probeerde Vlad te verleiden om die eraf te happen.

'Je weet dat je hem wilt,' mompelde ze. 'Hij is zo lekker. Je hoeft hem alleen maar te pakken.'

Hij had hetzelfde over de vrouw gedacht, mijmerde Cian.

Ze droeg een effen tunica met daaroverheen een lange jurk, dus nam hij aan dat de training er voor die dag op zat. Maar goed, voor een prinses kleedde ze zich heel eenvoudig, in rustig blauw met slechts een dun randje kant aan het lijfje. Ze droeg het zilveren kruis, een van de negen die Hoyt en Glenna hadden getoverd. Haar haren hingen los, en de glanzend bruine pracht viel langs haar hals tot haar taille. Daarbovenop prijkte het dunne diadeem dat bij haar ambt hoorde.

Ze was niet beeldschoon. Dat zei hij vaak tegen zichzelf, bijna even vaak als hij aan haar dacht. Ze was, in het gunstigste geval, leuk om te zien. Klein en tenger, met fijne gelaatstrekken. Behalve haar ogen. Die waren groot en domineerden haar gezicht. Duifgrijs wanneer ze rustig was, nadacht of luisterde. Maar als ze werd getergd, kregen die de kleur van hellerook.

Hij had tijdens zijn lange bestaan een keur aan schoonheden gehad, zoals je kon verwachten van een slimme, kundige man die een flink aantal eeuwen de tijd had gehad. Nee, ze was geen oogverblindende schoonheid, maar toch kon hij haar, ondanks zijn verwoede pogingen, niet uit zijn hoofd krijgen.

Hij wist dat hij haar kon krijgen als hij wat moeite zou doen om haar te verleiden. Ze was jong en onschuldig en bovendien nieuwsgierig, waardoor ze erg ontvankelijk was. En dat was precies de reden waarom hij beter een van haar hofdames kon verleiden als het hem om vermaak, gezelschap en ontlading te doen was.

Hij had al lang geleden genoeg gekregen van onschuld, net zoals hij meer dan genoeg had van mensenbloed.

Zijn paard leek echter minder wilskracht te hebben. Het duurde maar heel even voor Vlad zijn hoofd boog en de wortel van Moira's schouder hapte.

Ze lachte en streelde de oren van de hengst terwijl hij kauwde. 'Zie je wel, zo moeilijk was dat toch niet? Wij zijn maatjes, jij en ik.

Ik weet dat je af en toe eenzaam bent. Maar geldt dat niet voor ons allemaal?'

Ze pakte net de volgende wortel toen Cian uit de schaduw tevoorschijn kwam. 'Je maakt nog een puppy van hem. En wat voor strijdros zal hij dan zijn als Samhain aanbreekt?'

Haar lichaam maakte een schrikbeweging en verstijfde toen. Maar toen ze zich naar Cian omdraaide was haar gezicht kalm. 'Je vindt het toch niet echt vervelend? Hij houdt ervan om af en toe iets lekkers te krijgen.'

'Geldt dat niet voor ons allemaal?' mompelde hij.

Alleen een heel vage blos op haar jukbeenderen wees op een lichte gêne dat iemand haar had gehoord. 'De training van vandaag ging heel goed. De mensen van Geall komen van heinde en verre hiernaartoe. Er zijn zoveel mensen bereid om te vechten dat we besloten hebben om een tweede trainingsterrein af te bakenen, op het land van mijn oom. Daar gaan Tynan en Niall aan de slag.'

'Hoe zit het met de onderkomens?'

'Aye, dat wordt een beetje een probleem. We zullen hier zoveel mogelijk mensen onderbrengen, en ook bij mijn oom. We hebben de herberg nog, en veel van de boeren en pachters hier in de buurt hebben al familie en vrienden in huis genomen. Niemand zal worden weggestuurd. We vinden er wel wat op.'

Ze friemelde aan haar zilveren kruis terwijl ze sprak. Maar niet omdat ze bang was voor hem, dacht Cian. Het was gewoon een zenuwtrek van haar.

'En we mogen de proviand niet vergeten,' zei ze. 'Er zijn zoveel mensen die hun gewassen en hun vee in de steek hebben gelaten en hiernaartoe zijn gekomen. Maar we zullen het wel redden. Heb jij al gegeten?' Haar wangen werden nog wat roder zodra de woorden eruit waren. 'Ik bedoelde dat er een maaltijd wordt opgediend in de salon als...'

'Ik weet wat je bedoelde. Nee. Ik wilde eerst mijn paard verzorgen, maar zo te zien is dat al gebeurd.' Meteen nadat hij dat had gezegd, duwde Vlad zijn hoofd tegen Moira's schouder. 'En hij is verwend,' voegde Cian eraan toe.

Ze fronste haar wenkbrauwen, iets wat ze, zoals hij wist, altijd deed wanneer ze geërgerd of oplettend was. 'Het zijn maar wortels, en die zijn goed voor hem.'

'Over eten gesproken... over een week heb ik weer bloed nodig. Zorg alsjeblieft dat het bloed van de dieren niet wordt verspild bij de volgende varkensslacht.'

'Vanzelfsprekend.'

'Jij bent ook niet van je stuk te krijgen.'

Er verscheen een uitdrukking van lichte ergernis op haar gezicht. 'Jij gebruikt gewoon wat je nodig hebt van het varken. Ik haal mijn neus toch ook niet op voor een plak spek?' Ze duwde Cian haar laatste wortel in de hand en maakte aanstalten om de stal uit te lopen. Maar toen bleef ze staan. 'Ik snap niet waarom jij mij zo gemakkelijk kwaad krijgt. Of dat nou je bedoeling is of niet. En nee,' zei ze een hand opstekend, 'ik denk niet dat ik dat wil weten. Maar ik wil je wel graag even spreken over een andere zaak.'

Nee, haar ontlopen was geen optie, bracht hij zichzelf in herinnering. 'Ik heb wel eventjes.'

Ze keek even de stal rond. Niet alleen de paarden hier hadden oren. 'Zou je dat "eventjes" willen gebruiken om een wandeling met me te maken? Ik wil dit graag onder vier ogen bespreken.'

Hij haalde zijn schouders op, voerde Vlad de laatste wortel en liep toen met Moira de stallen uit. 'Staatsgeheimen, Uwe Hoogheid?'

'Waarom bespot je me nou?'

'Eerlijk gezegd deed ik dat niet. Ben je een beetje prikkelbaar vanavond?'

'Misschien wel.' Ze duwde haar haren over haar schouder. 'Er breekt binnenkort oorlog uit, het einde der dagen is misschien in zicht en dan zijn er nog de praktische zaken zoals het wassen van linnengoed en de proviandvoorziening voor een heel leger. Ja, ik zou best eens wat prikkelbaar kunnen zijn.'

'Delegeer dan.'

'Dat doe ik al. Echt waar. Maar het kost nog steeds tijd en aandacht om anderen taken in handen te geven. Ik moet de juiste mensen voor die taken vinden en ik moet uitleggen hoe die moeten worden uitgevoerd. Maar daar wilde ik het niet met je over hebben.'

'Ga zitten.'

'Wat?'

'Ga zitten.' Hij pakte haar bij haar arm, negeerde de manier waarop haar spieren zich spanden onder zijn hand en trok haar omlaag op een bank. 'Ga zitten, geef in elk geval je voeten even wat rust, als je dat drukke hoofd van je geen vijf minuten pauze kunt geven.'

'Ik kan me de laatste keer dat ik een uur en een boek voor mezelf heb gehad niet herinneren. Of eigenlijk kan ik dat wel. Dat was in Ierland, bij jou thuis. Ik mis het: de boeken en de rust die je daarin vindt.'

'Toch moet je af en toe een uurtje voor jezelf nemen. Anders brand je op en dan heb je niets meer aan jezelf en hebben anderen niets meer aan jou.'

'Ik heb het gevoel dat ik mijn handen zo vol heb dat mijn armen er pijn van doen.' Ze keek omlaag naar haar handen op haar schoot en zuchtte. 'Nou, daar ga ik weer. Wat zegt Blair altijd? Zeur, zeur, zeur.'

Ze ontlokte hem onwillekeurig een lach, waarna ze haar hoofd naar hem toe draaide en hem een glimlach toewierp.

'Ik heb het vermoeden dat Geall nog nooit een koningin als jij heeft gehad.'

Prompt verdween haar glimlach. 'Nee, daar heb je gelijk in. En we zullen het binnenkort weten. Morgen, zodra het licht is, gaan we naar de steen.'

'Ik begrijp het.'

'Als ik het zwaard uit de steen trek, zoals mijn moeder dat in haar tijd heeft gedaan en haar vader in zijn tijd, en zo terug tot de eerste, zal Geall een koningin zoals ik krijgen.' Ze wendde haar blik af en keek naar de heesters en de poort. 'Geall zal geen keuze hebben. En ik ook niet.'

'Had je het graag anders gewenst?'

'Ik weet niet wat ik wens, dus wens ik helemaal niets. Behalve dan dat ik dit achter de rug wil hebben. Daarna zou ik de dingen kunnen doen die... nou ja, gedaan moeten worden. Ik wilde tegen je zeggen dat...' Ze wendde haar blik af van wat ze ook maar voor haar geestesoog zag en keek hem weer aan. '... ik had gehoopt dat er een manier was geweest om het 's nachts te doen.'

Zachte ogen, dacht hij, en zo ernstig. 'Het is te gevaarlijk om na zonsondergang een plechtigheid buiten de kasteelmuren uit te voeren, ongeacht wat die plechtigheid is.'

'Dat weet ik. Iedereen die getuige wil zijn van dit ritueel mag erbij zijn. Ik weet dat jij niet aanwezig kunt zijn, en dat vind ik jammer. Het voelt verkeerd. Ik heb het gevoel dat wij zessen, onze cirkel, op zo'n belangrijk moment samen horen te zijn.' Haar hand ging weer omhoog naar haar zilveren kruis. 'Geall is niet van jou, dat weet ik ook. Maar het moment waarop we het ritueel uitvoeren, is belangrijk voor wat er daarna komt. Belangrijker dan ik eerst dacht. Belangrijker dan ik had kunnen vermoeden.' Ze slaakte een beverige zucht. 'Ze hebben mijn vader vermoord.'

'Wat zeg je nou?'

'Ik moet weer lopen. Ik kan niet stilzitten.' Ze ging snel staan en wreef over haar armen om die te warmen tegen de plotselinge kilte in de lucht en in haar bloed. Ze liep over de binnenplaats en ging een van de tuinen binnen. 'Ik heb het nog aan niemand verteld.

Het was ook niet mijn bedoeling om het aan jou te vertellen. Dat heeft toch geen zin. Bovendien heb ik er geen bewijs voor, ik wéét het gewoon.'

'Wat weet je dan?'

Ze besefte dat het gemakkelijker was om met hem te praten, het hem te vertellen, dan ze had gedacht, omdat hij net als zij altijd snel ter zake kwam. 'Een van de twee vampiers die jij hier hebt gebracht, degene die mijn moeder heeft gedood en tegen wie ik heb gevochten...' Ze hief een hand op, en hij zag dat ze zich weer vermande. 'Voordat ik hem doodde, zei hij iets over mijn vader en over hoe hij is gestorven.'

'Waarschijnlijk probeerde hij je van je stuk te brengen, je uit je concentratie te halen.'

'Nou, dat is hem dan prima gelukt, maar weet je, er was nog meer. Ik wéét het, diep vanbinnen.' Ze keek hem aan en drukte een hand op haar hart. 'Ik wist het toen ik naar degene keek die ik heb gedood. Niet alleen mijn moeder, maar ook mijn vader. Ik denk dat Lilith ze hier weer naartoe heeft gestuurd omdat ze daar eerder al succes mee had gehad. Toen ik nog een kind was.' Met haar hoofd gebogen door het gewicht van haar gedachten, liep ze verder terwijl haar diadeem glinsterde in het licht van de toortsen. 'Ze dachten dat het een beer was die dol was geworden. Mijn vader was in de bergen aan het jagen. Hij werd gedood, samen met mijn moeders jongere broer. Mijn oom Riddock was niet met hen meegegaan omdat mijn tante bijna moest bevallen. Ik...' Ze maakte haar zin niet af toen ze voetstappen hoorde weerkaatsen en ze bleef zwijgen tot het geluid was weggestorven. 'De mensen die hen vonden en terugbrachten, dachten dat het door beesten was gedaan. En dat was ook zo.' Met een stem zo hard als staal vertelde ze verder: 'Maar deze beesten lopen als een mens. Zij heeft ze gestuurd om hem te doden, zodat ik het enige kind zou blijven.'

Na die woorden draaide ze zich naar hem toe terwijl het schijnsel van de toortsen haar bleke gezicht kleur gaf. 'Misschien wist ze toen al dat alleen de heerser van Geall deel van de cirkel zou uitmaken. Of misschien kon ze hem op dat moment gemakkelijker vermoorden dan mij, aangezien ik nog maar een baby was en scherp werd bewaakt. Ze had nog tijd genoeg om de moordenaars op mij af te sturen. Maar in plaats daarvan vermoordden die mijn moeder.'

'Die daders zijn dood.'

'Moet ik daar troost uit putten?' vroeg ze, al bedacht ze dat die woorden, komende van hem, waarschijnlijk inderdaad een poging tot troost waren. 'Ik weet niet wat ik moet voelen. Maar ik weet wel dat zij me mijn ouders heeft afgenomen. Ze heeft hen genomen om te voorkomen wat niet voorkomen kan worden. Wanneer Samhain aanbreekt, zullen we haar op het slagveld treffen omdat het zo is voorbestemd. Ik zál vechten, of ik dat nou als koningin doe of niet. Ze heeft hen voor niets gedood.'

'En jij had helemaal niets kunnen doen om dat te voorkomen.'

Ja, troost, dacht ze opnieuw. Op een vreemde manier boden zijn bondige woorden haar troost. 'Ik bid dat dat waar is. Maar alles wat er is gebeurd, wat er is niet is gebeurd en wat had moeten zijn, maakt dat de gebeurtenis van morgen belangrijker is dan rites en rituelen. Degene die morgen dat zwaard in zijn handen houdt, wie dat ook is, gaat voorop in de strijd en zal dat zwaard zwaaien, met het bloed van mijn vermoorde ouders eraan. Dat kón en kán ze niet verhinderen.'

Ze deed een stap achteruit en wees omhoog. 'Zie je die vlaggen? De draak en de *claddagh*. Die staan al sinds het begin symbool voor Geall. Voor dit zal plaatsvinden, wil ik nog een vlag laten hijsen.'

Hij dacht aan alle emblemen die ze kon kiezen: een zwaard, een staak, een pijl. En toen wist hij het. Geen wapen, geen werktuig van oorlog en dood, maar een symbool van hoop en duurzaamheid. 'Een zon. Om zijn licht over de wereld te laten schijnen.'

Haar gezichtsuitdrukking was eerst verbaasd en werd daarna blij. 'Aye. Jij begrijpt mijn manier van denken en de noodzaak ervan. Een gouden zon op een witte vlag, als symbool van het licht en de toekomst waarvoor we vechten. Deze zon met zijn gouden glorie zal het derde symbool van Geall worden, het symbool dat ik zal bijdragen. En moge zij verdoemd zijn, moge zij verdoemd zijn om wat zij hiernaartoe heeft gebracht!' Inmiddels rood aangelopen, haalde Moira diep adem. 'Jij kunt goed luisteren, en ik praat te veel. Toe, ga mee naar binnen. De anderen zijn er ook, voor de maaltijd.'

Hij legde een hand op haar arm om haar tegen te houden. 'Eerder dacht ik nog dat je geen goede koningin in oorlogstijd zou zijn. Maar nu denk ik dat dat een van de weinige keren was dat ik het bij het verkeerde eind had.'

'Als mij het zwaard vergund is,' zei ze, 'zal ik bewijzen dat je het bij het verkeerde eind had.'

Toen ze weer naar binnen liepen, bedacht hij dat dit het langste gesprek was geweest dat hij met haar had gevoerd in de twee maanden die ze elkaar kenden.

'Je moet het de anderen vertellen. Je moet ze vertellen wat er volgens jou met je vader is gebeurd. Als dit een cirkel is, mogen er geen geheimen zijn die de kring kunnen verzwakken.'

'Aye, daar heb je gelijk in.'

En met fier opgeheven hoofd en een heldere blik in haar ogen ging ze hem voor.

2

Ze sliep niet. Hoe kon een vrouw slapen in wat, volgens Moira, min of meer de laatste nacht van haar leven was? Als het morgenochtend inderdaad haar lot was om het zwaard uit zijn stenen schede te bevrijden, zou ze koningin van Geall zijn. Als koningin zou ze heersen, besturen en regeren, dat waren plichten waar ze al sinds haar geboorte voor was opgeleid. Maar als koningin zou ze tijdens de komende dageraad, en alle daarop volgende, ook haar volk voorgaan in de strijd. En mocht het niet haar lot zijn om het zwaard uit de steen te trekken, dan was ze zonder meer bereid om een ander te volgen in de strijd.

Was een training van enkele weken voldoende als voorbereiding op die taak, op zo'n zware verantwoordelijkheid? Daarom was deze nacht de laatste waarin ze de vrouw kon zijn die ze geloofde te zullen worden, of zelfs de koningin die ze hoopte te zullen worden.

Wat de dageraad haar ook zou brengen, ze wist dat alles daarna anders zou zijn.

Voor de dood van haar moeder had ze geloofd dat de komende dageraad nog jaren op zich zou laten wachten. Ze had aangenomen dat ze nog lang zou kunnen genieten van het gezelschap, de troost en de goede raad van haar moeder, jaren van vrede en studie, zodat ze, wanneer haar tijd kwam, er niet alleen klaar voor zou zijn om de kroon over te nemen, maar dat ze die ook waardig zou zijn.

Een deel van haar had aangenomen dat haar moeder nog decennialang zou regeren, en dat zijzelf zou trouwen. In die vage, verre toekomst zou een van de kinderen die ze ter wereld zou brengen de kroon weer van haar overnemen.

Dat was allemaal veranderd in de nacht van haar moeders dood. Nee, verbeterde Moira zich, het was al voor die tijd veranderd, jaren eerder, toen haar vader was vermoord.

Of wellicht was er helemaal niets veranderd en ontvouwden de gebeurtenissen zich slechts terwijl de bladzijden van het boek van het lot werden beschreven.

Nu kon ze slechts wensen dat ze haar moeders wijsheid bezat en moest ze diep in zichzelf zoeken naar de moed om zowel de kroon als het zwaard te dragen.

Ze stond op de kantelen van het kasteel onder een sikkelvormige maan. Bij de volgende volle maan zou zij hier ver vandaan zijn, op de kille grond van een slagveld.

Ze was naar de kantelen gekomen om de toortsen te zien die het oefenveld verlichtten. Vanaf deze plek kon ze de nachtelijke training zien en horen. Cian gebruikte de uren van zijn nacht om mannen en vrouwen te leren hoe ze iets moesten bestrijden wat sterker en sneller was dan mensen, dacht ze. Ze wist dat hij hen tot het uiterste zou drijven, tot ze er bijna bij neervielen. Zo had hij ook haar en de andere leden van de cirkel tot het uiterste gedreven gedurende hun weken in Ierland.

Ze wist ook dat niet iedereen hem vertrouwde. Sommigen waren daadwerkelijk bang voor hem, maar dat was wellicht ook het beste. Hij was hier immers om de mensen in krijgers te veranderen, niet om vrienden te maken.

Het was voor een groot deel aan hem te danken dat zij nu een krijger was.

Ze meende te begrijpen waarom hij samen met hen streed, of ze had in elk geval een idee gekregen waarom hij zoveel op het spel wilde zetten voor de mensheid. Voor een deel was het trots, en ze wist dat hij die in overvloed bezat. Hij zou nooit buigen voor Lilith. Een ander deel, of hij dat wilde toegeven of niet, bestond uit trouw aan zijn broer. En de rest, nou, dat had te maken met moed en zijn eigen tegenstrijdige gevoelens.

Want ze was ervan overtuigd dat hij gevoelens had. Ze kon zich niet voorstellen hoe hevig die na een bestaan van duizend jaar in hem vochten en wervelden. Haar eigen gevoelens waren, na slechts twee maanden van bloed en dood, zo tegenstrijdig en verscheurd dat ze zichzelf nauwelijks meer herkende.

Hoe moest het dan voor hem zijn, na alles wat hij had gezien en gedaan, na alles wat hij had gewonnen en was kwijtgeraakt? Hij wist meer van de wereld met al zijn geneugten, kwellingen en mogelijkheden dan ieder van hen. Nee, ze kon zich niet voorstellen hoe het was om alles te weten wat hij wist en toch je eigen leven op het spel te zetten.

Dat hij dat toch deed, dat hij op dit moment zijn tijd en vaardigheid ter beschikking stelde om de troepen te trainen, deed hem stijgen in haar achting, terwijl het raadsel dat hij vormde – zijn beweegredenen – haar bleven fascineren.

Ze wist niet precies hoe hij over haar dacht. Zelfs op het moment dat hij haar had gekust – dat ene verhitte, wanhopige moment – had ze dat niet precies geweten. En het fijne van dingen te weten komen had altijd een onweerstaanbare aantrekkingskracht op haar uitgeoefend.

Ze hoorde voetstappen, en toen ze zich omdraaide zag ze Larkin aankomen.

'Jij hoort in bed te liggen,' zei hij.

'Dan lig ik toch alleen maar naar het plafond te staren. Hier is het uitzicht beter.' Ze pakte de hand van haar neef, en vriend, en voelde zich meteen getroost. 'Waarom lig jij niet in je bed?'

'Ik zag jou. Blair en ik hebben Cian een poosje geholpen.' Hij volgde haar voorbeeld en liet zijn blik ook over het veld onder hen gaan. 'Ik zag je hier in je eentje staan.'

'Ik ben vannacht slecht gezelschap, zelfs voor mezelf. Was alles maar achter de rug, dan konden we ons richten op de zaken die nog komen. Ik ben hiernaartoe gegaan om over alles na te denken.' Ze legde haar hoofd tegen zijn schouder. 'Zo dood ik de tijd.'

'We kunnen wel naar de salon gaan om een potje te schaken. Dan laat ik je winnen.'

'Dan láát je me winnen? O, hoor hem.' Ze keek hem aan. Zijn ogen waren goudbruin en net als zij had hij zware oogleden. De twinkeling in die ogen slaagde er niet in om zijn bezorgdheid te camoufleren. 'Laat me raden, jij hebt me zeker ook de honderden spelletjes schaak die we de afgelopen jaren hebben gespeeld laten winnen?'

'Dat leek me goed voor je zelfvertrouwen.'

Lachend gaf ze hem een por. 'Ik heb er het volste vertrouwen in dat ik bij het schaken negen van de tien keer van je kan winnen.'

'Laten we de proef dan maar eens op de som nemen.'

'Geen sprake van.' Ze gaf hem een kus en veegde het goudbruine haar uit zijn gezicht. 'Jij gaat nu meteen naar bed, naar je vrouw, in plaats van mij van mijn slechte stemming af proberen te helpen. Kom, dan gaan we naar binnen. Misschien dat het uitzicht op mijn plafond zo saai is dat ik alsnog in slaap val.'

'Als je gezelschap wilt, hoef je alleen maar aan te kloppen.'

'Dat weet ik.'

Net zoals ze wist dat ze alleen zou blijven tot het eerste ochtendlicht.

Maar ze kon de slaap niet vatten.

In het laatste uur voor de dageraad aanbrak werd ze traditiegetrouw door haar hofdames aangekleed en bediend. Hoewel ze het dringende verzoek had gekregen om de rode jurk aan te trekken, weigerde ze dat. Moira wist heel goed dat die kleur haar niet stond, hoe koninklijk die ook was. In plaats daarvan droeg ze de tinten van het bos, een donkergroene jurk over een lichtgroene tuniek.

Wel stemde ze erin toe om juwelen te dragen, want die waren tenslotte van haar moeder geweest. Dus werden de zware stenen van citrien om haar hals gehangen, maar ze weigerde het zilveren kruis af te doen.

Omdat ze haar haren los en onbedekt wilde dragen, zat ze gedwee stil terwijl de vrouwen om haar heen kwebbelden en Dervil eindeloos haar haren borstelde.

'Wilt u echt niet iets eten, Hoogheid?' Ceara, een van haar hofdames, hield haar nogmaals een schaal met honingkoekjes voor.

'Na afloop,' zei Moira tegen haar. 'Dan voel ik me vast rustiger.' Moira ging staan en zag tot haar opluchting dat Glenna de kamer binnenkwam. 'Wat zie jij er prachtig uit!' Moira stak haar handen uit. Ze had de jurken voor Glenna en Blair zelf gekozen, en ze zag dat ze een goede keuze had gemaakt. Al was Glenna zo bekoorlijk dat er geen kledingstuk bestond dat haar niet zou flatteren, dacht ze.

Hoe dan ook, het donkerblauwe fluweel benadrukte haar roomwitte huid en de vurige gloed van haar haren.

'Ik voel me zelf ook een beetje een prinses,' zei Glenna tegen haar. 'Ontzettend bedankt. En jij ziet er op-en-top uit als een koningin, Moira.'

'Echt?' Ze keek in haar spiegel, maar zag gewoon zichzelf. Toch glimlachte ze toen Blair binnenkwam. Voor Blair had Moira een roodbruine stof gekozen, over een tuniek van dof goudbruin. 'Ik heb jou nog nooit in een jurk gezien.'

'Hij is prachtig.' Blair bekeek haar vriendinnen en keek toen naar zichzelf. 'We lijken zo uit een sprookje gestapt.' Ze ging met haar vingers door haar korte, donkere haar om het in model te krijgen.

'Dus je vindt het niet erg? De traditie vereist kleding die vrij formeel is.'

'Ik vind het leuk om een meisje te zijn. En ik vind het niet erg om me vrouwelijk te kleden, ook al is dit niet de mode uit mijn eigen tijdperk.' Blair zag de honingkoekjes en pakte er een. 'Ben je zenuwachtig?'

'Meer dan zenuwachtig. Ik wil graag een ogenblikje alleen zijn met vrouwe Glenna en vrouwe Blair,' zei Moira tegen haar hofdames. Toen die zich naar buiten haastten, plofte Moira in een stoel voor de haard. 'Ze zijn al een uur met me in de weer. Het is vermoeiend.'

'Je ziet er afgemat uit.' Blair ging op de armleuning van de stoel zitten. 'Je hebt niet geslapen.'

'Mijn hoofd wilde niet tot rust komen.'

'Je hebt het drankje dat ik je heb gegeven niet ingenomen.' Glenna slaakte een zucht. 'Je moet uitgerust zijn voor de taak die je te wachten staat, Moira.'

'Ik moest nadenken. Hoewel het afwijkt van de traditie, wil ik dat jullie tweeën en Hoyt en Larkin me naar de steen begeleiden.'

'Dat was het plan toch al?' vroeg Blair met volle mond.

'Jullie zouden meelopen in de processie, ja. Volgens de traditie moet ik vooropgaan, in mijn eentje. Dat zal ik ook doen, want zo is het altijd al gedaan. Direct achter mij behoort alleen mijn familie te lopen. Mijn oom, mijn tante, Larkin en mijn andere neven en nichten. Daarachter komen dan de anderen, overeenkomstig hun rang en positie. Ik wil dat jullie bij mijn familie lopen, omdat jullie ook familie van mij zijn. Ik doe dit voor mezelf, maar ook voor de mensen van Geall. Ik wil dat zij zien wat jullie zijn. Cian zal er geen deel van uit kunnen maken, al had ik dat graag gewild.'

'We kunnen het niet 's nachts doen, Moira.' Blair legde een hand op haar schouder. 'Dat brengt te veel gevaar met zich mee.'

'Dat weet ik. Maar hoewel de cirkel niet compleet zal zijn bij de steen, zal ik toch aan hem denken.' Ze ging staan en liep naar het raam. 'Het is al bijna licht,' mompelde ze. 'En daarna volgt de dag.' Ze draaide zich om terwijl het licht van de laatste sterren verdween. 'Ik ben klaar voor wat deze dag zal brengen.'

Haar familie en haar hofdames hadden zich al beneden verzameld. Ze nam de cape aan van Dervil en bevestigde zelf de drakenbroche.

Toen ze daarmee klaar was en opkeek, zag ze Cian. Ze nam aan dat hij even zijn gezicht wilde laten zien en daarna naar zijn kamer zou gaan, maar toen zag ze dat hij de cape droeg die Glenna en Hoyt hadden betoverd om de moordende stralen van de zon tegen te houden.

Ze liep bij haar oom vandaan en ging naar Cian toe. 'Ben je echt bereid om dit te doen?' vroeg ze rustig.

'Ik heb zelden de gelegenheid om een ochtendwandeling te maken.'

Hoe luchtig zijn woorden ook waren, ze hoorde de onderliggende betekenis ervan. 'Ik ben dankbaar dat je deze ochtend hebt gekozen voor een wandeling.'

'Het is licht,' zei Riddock. 'Het volk wacht.'

Ze knikte enkel en trok de kap over haar hoofd zoals de traditie wilde, waarna ze het ochtendlicht in stapte.

De lucht was koel en er hingen nevelsluiers, die door een licht briesje werden bewogen. Terwijl het gordijn van mist langzaam optrok, stak Moira in haar eentje de binnenplaats over naar de poort, op een afstandje gevolgd door haar entourage. In de gedempte stilte hoorde ze het gezang van de eerste vogels en het vage gefluister van de vochtige lucht.

Ze dacht aan haar moeder, die ooit dezelfde weg had afgelegd op een koele, nevelige ochtend. En aan alle anderen die haar voor waren gegaan, de poort van het kasteel uit, over de bruine weg, over het groene gras, waar zo'n dikke laag dauwdruppels op lag dat het leek of je door een rivier waadde. Ze wist dat de anderen achter haar liepen: kooplui, ambachtslieden, harpspelers en barden. Moeders en dochters, soldaten en zonen.

In het oosten kreeg de lucht roze strepen en de grondnevel vertoonde een zilverkleurige schittering.

Ze rook de rivier en de aarde en vervolgde haar weg over de zacht glooiende helling terwijl de dauw de zoom van haar jurk vochtig maakte.

De steen stond op een elfenheuvel waar een groepje bomen beschutting bood aan een kleine open plek. Op de rotsen bij de heilige bron groeiden doornstruiken en mos, in vaalgele en zachtgroene kleuren.

In de lente zouden er vrolijk oranje lelies en de dansende bloempjes van de akelei te zien zijn, en later in het seizoen de lieflijke halmen van vingerhoedskruid, allemaal groeiend waar ze maar wilden.

Maar voorlopig sliepen de bloemen en vertoonden de bladeren van de bomen de eerste aanzet van die typerende rode gloed, een voorteken van hun naderende dood.

De zwaardsteen zelf was breed en wit, en leek op een altaar dat op een oeroude, dofgrijze hunebedsteen was geplaatst.

Zonnestralen priemden door de bladeren en de nevel heen en vielen kruiselings over de witte steen, waarbij ze het zilveren gevest van het in de steen gestoken zwaard lieten schitteren.

Haar handen voelden ijskoud aan.

Dit verhaal had ze van jongs af aan gehoord. Dat de goden het zwaard met bliksemschichten hadden gesmeed uit zee, aarde en wind. Dat Morrigan het zwaard had meegebracht en het zelf op deze plek in de altaarsteen had gestoken. Dat ze de kling er tot het gevest in had begraven en de woorden in de steen had gegraveerd met het vuur dat uit haar vinger schoot.

IN STEEN GESTOKEN DOOR EEN GODENHAND
BEVRIJD DOOR DE HAND VAN EEN STERVELING
ZO ZAL DIE HAND MET DIT ZWAARD
HEERSEN OVER HET LAND VAN GEALL

Terwijl haar cape over het bedauwde gras sleepte, liep ze door het zonlicht en de nevel naar de top van de heuvel. Daar bleef ze staan om de woorden opnieuw te lezen. Als de goden het hadden voorbestemd, zou die hand de hare zijn. Toen nam ze haar plaats in achter de steen.

Voor het eerst keek ze en zág ze. Honderden mensen, háár mensen, die allemaal naar haar keken, stonden verspreid op het veld, helemaal tot aan de weg die op een bruin lint leek. Al die mensen zouden haar verantwoordelijkheid zijn áls het zwaard tot haar zou komen. Haar koude handen stonden op het punt te gaan beven.

Ze dwong zich tot kalmte terwijl ze haar blik vluchtig langs alle gezichten liet gaan en wachtte tot de drie priesters hun plek achter haar hadden ingenomen.

Er kwamen nog steeds mensen over de laatste heuvel, zich haastend om het grote moment niet te missen. Ze wilde dat haar ademhaling rustig zou zijn wanneer ze ging spreken, dus wachtte ze nog iets langer en gunde zich een blik op de mensen die haar het dierbaarst waren.

'Vrouwe,' mompelde een van de priesters.

'Ja. Eén momentje nog.'

Langzaam maakte ze de mantelspeld los en gaf haar cape aan iemand achter haar. Haar wijde mouwen vielen omlaag toen ze haar armen hief, maar ze voelde de kilte niet tegen haar huid. Ze voelde hitte.

'Ik ben een dienaar van Geall,' riep ze. 'Ik ben een kind van de goden. Ik kom hier, naar deze plek, om te buigen voor de wil van allebei. Bij mijn bloed, bij mijn hart, bij mijn geest.'

Ze zette de laatste stap naar de steen.

Op dat moment was het doodstil. Het leek wel of zelfs de lucht zijn adem inhield. Moira stak een arm uit en kromde haar vingers om het zilveren gevest.

O, dacht ze toen ze zijn hitte voelde en ergens in haar hoofd het zachte geluid van zijn muziek hoorde. Natuurlijk, aye, natuurlijk. Het is van mij, en dat is het altijd al geweest.

Met het geruis van staal tegen steen trok ze het zwaard los en hief de punt ervan naar de hemel.

Ze wist dat de mensen juichten en dat sommige huilden. Ze wist dat alle mensen, niemand uitgezonderd, zich op een knie lieten zakken. Maar haar ogen waren gericht op de punt van het zwaard en op de lichtflits die uit de hemel kwam en de punt ervan raakte.

Dat licht voelde ze diep in haar binnenste, een uitbarsting van hitte, kleur en kracht. Ze ervoer plotseling een brandend gevoel op haar arm en daar ontstond, alsof de goden het erop hadden geëtst, het symbool van de claddagh om haar te brandmerken als de koningin van Geall. Van haar stuk gebracht, opgewonden en met een gevoel van nederigheid, keek ze omlaag naar haar mensen. En toen raakte haar blik die van Cian.

Al het andere leek heel even weg te smelten, en hij was de enige die nog bestond, zijn gezicht in de schaduw van de capuchon van zijn cape, zijn ogen zo stralend en blauw.

Hoe kon het dat ze haar lotsbestemming in haar hand hield, maar alleen hém zag, vroeg ze zich af. Waarom voelde het aan alsof ze dieper, nóg dieper, in haar eigen lotsbestemming keek nu ze hem in de ogen keek?

'Ik ben een dienaar van Geall,' zei ze, niet in staat om haar blik van hem af te wenden. 'Ik ben een kind van de goden. Dit zwaard, en alles wat dit zwaard beschermt, is van mij. Ik ben Moira, krijger-koningin van Geall. Sta allen op en weet dat ik van jullie hou.'

Ze bleef daar staan zoals ze stond, nog altijd met het zwaard naar de hemel wijzend terwijl de priester de kroon op haar hoofd zette.

Hij was niet onbekend met magie, of het nou zwarte of witte was, maar Cian dacht niet dat hij ooit iets krachtigers had aanschouwd dan dit. Haar gezicht, zag hij toen ze haar cape afdeed, was gaan stralen toen haar hand het zwaard had vastgepakt. Haar ogen, zo zwaar en zo somber, hadden dezelfde schittering gekregen als de kling.

En toen haar blik de zijne had geraakt, had die dwars door hem heen gesneden, zo scherp als een zwaard.

Daar stond ze dan, dacht hij, slank en tenger, zo indrukwekkend als een amazone. Plotseling koninklijk, plotseling fel, plotseling mooi.

Wat zich in hem roerde was hier niet op zijn plaats.

Hij deed een stap naar achteren en wilde zich net omdraaien om weg te lopen toen Hoyt een hand op zijn arm legde. 'Je moet op haar wachten, op de koningin.'

Cian trok een wenkbrauw op. 'Je bent even vergeten dat ze niet mijn koningin is. En ik heb nu wel lang genoeg onder die verdomde cape gezeten.'

Hij maakte zich snel uit de voeten. Hij wilde weg uit het licht, weg van de geur van mensen, weg bij de macht van die grijze ogen. Hij had behoefte aan koelte, duisternis en stilte.

Hij was nog niet ver toen Larkin naar hem toe kwam rennen. 'Ik moest van Moira aan je vragen of je een lift terug wilt.'

'Nee, dat is niet nodig. Maar bedankt voor het aanbod.'

'Het was verbazingwekkend, vond je ook niet? En zij was... nou ja, zo schitterend als de zon. Ik heb altijd geweten dat zij de uitverkorene is, maar het is heel anders om het daadwerkelijk te zien gebeuren. Vanaf het moment dat ze het zwaard aanraakte, was ze de koningin. Je kon het zien.'

'Als ze de koningin wil blijven en een volk wil hebben om over te regeren, kan ze dat zwaard maar beter gaan gebruiken.'

'En dat zal ze ook doen. Kom op, Cian, dit is geen dag voor duistere, sombere gevoelens. We hebben recht op een paar uur van vreugde en feestvieren. En op een feestmaal.' Larkin grijnsde en gaf Cian een por met zijn elleboog. 'Zij mag dan de koningin zijn, maar ik kan je beloven dat de rest van ons vandaag als een koning zal eten.'

'Nou ja, een leger marcheert op zijn maag.'

'Echt waar?'

'Dat is ooit eens gezegd door... iemand. Geniet maar van het feestmaal en alle festiviteiten. Morgen moeten zowel koninginnen en koningen als pachtboeren zich voorbereiden op oorlog.'

'Het voelt alsof we de afgelopen tijd niets anders hebben gedaan. Niet dat ik klaag, hoor,' vervolgde hij voor Cian iets kon zeggen. 'Ik denk dat ik het voorbereiden gewoon zat ben. Zo langzamerhand wil ik de strijd wel eens aangaan.'

'Heb je in de afgelopen tijd dan niet genoeg gevochten?'

'Ik wil wraak nemen voor wat ze Blair bijna hebben aangedaan. Haar ribben zijn nog steeds gevoelig en ze is sneller uitgeput dan ze wil toegeven.' Die herinnering zorgde voor een harde, meedogenloze uitdrukking op Larkins gezicht. 'Zoals altijd geneest ze snel, maar ik zal nooit vergeten dat ze haar pijn hebben gedaan.'

'Het is gevaarlijk om een gevecht aan te gaan als je een persoonlijke agenda hebt.'

'Ach, gelul. Ieder van ons heeft een persoonlijke rekening te vereffenen, wat heeft het anders voor zin? Vertel me nou niet dat jij niet gedeeltelijk ten strijde trekt om wat dat kreng King heeft aangedaan.'

Omdat Cian dat niet kon ontkennen, liet hij het onderwerp voor wat het was. 'Ga jij... Begeleid jij me nou terug, Larkin?'

'Toevallig wel. Er is geopperd dat ik me letterlijk boven op je moet werpen om je tegen het zonlicht te beschermen, mocht de magie van de cape zijn uitgewerkt.'

‘Dat zou me wat moois zijn. Dan zouden we allebei als fakkels opbranden.’ Cian zei het achteloos, maar hij moest toegeven dat hij zich meer op zijn gemak voelde toen hij de schaduw van Kasteel Geall in stapte.

‘Ik moest je ook vragen naar de salon te komen als je daar niet te moe voor bent. Daar gaan we in besloten kring ontbijten. Moira zou het fijn vinden als je daar in elk geval een paar minuutjes voor kunt uittrekken.’

Ze zou graag een paar minuutjes alleen zijn geweest. Maar Moira werd omringd door mensen. De wandeltocht terug naar het kasteel was een waas van beweging en stemmen, omgeven door mist. Ze voelde het gewicht van het zwaard in haar hand en de kroon op haar hoofd terwijl ze werd meegetrokken door haar familie en vrienden. Vreugdekreten echoden over de heuvels en de velden, ter ere van Gealls nieuwe koningin.

‘Je moet jezelf tonen,’ zei Riddock tegen haar. ‘Op het koninklijke balkon. Dat wordt van je verwacht.’

‘Aye. Maar wacht even, ik ga daar niet in mijn eentje staan. Ik weet dat het vroeger wel zo ging,’ ging ze verder voordat haar oom er iets tegen in kon brengen. ‘Maar de tijden zijn veranderd. Mijn cirkel zal naast me staan.’ Ze keek eerst naar Glenna en toen naar Hoyt en Blair. ‘De mensen zullen niet alleen hun koningin zien, maar ook degenen die zijn uitverkoren om voorop te gaan in deze strijd.’

‘Het is aan jou om dat te zeggen en te doen,’ zei Riddock met een lichte buiging. ‘Maar op een dag als deze hoort Geall vrij te zijn van de schaduw van oorlog.’

‘Tot Samhain is verstreken zal Geall altijd in de schaduw van oorlog verkeren. Iedere inwoner van Geall moet weten dat ik tot die dag zal regeren met een zwaard. En dat ik een van de zes ben die door de goden zijn uitverkoren.’ Ze legde een hand op zijn arm terwijl ze onder de poort door liepen. ‘We zullen een banket aanrichten en feestvieren. Ik stel je goede raad op prijs, zoals altijd, en ik zal mezelf laten zien en ik zal de mensen toespreken. Maar op deze dag hebben de goden mij gekozen als koningin en als krijger. Dus ik zal beiden zijn. Dat zal ik aan Geall schenken, tot mijn laatste ademteug. Ik zal je niet te schande maken.’

Hij pakte haar hand die op zijn arm lag en drukte hem tegen zijn lippen. ‘Mijn lieve meisje. Ik ben nooit anders dan trots op je geweest, en dat zal ik altijd blijven. Vanaf deze dag, tot mijn laatste ademteug, zal ik de koningin dienen.’

De dienaren hadden zich verzameld en knielden toen de koninklijke stoet het kasteel binnenkwam. Ze kende hun namen, hun gezichten. Sommigen hadden haar moeder al gediend voordat zij geboren was.

Maar het was niet meer hetzelfde. Ze was niet langer de dochter van het huis, maar de vrouw des huizes. En hun koningin.

‘Sta op,’ zei ze, ‘en weet dat ik dankbaar ben voor jullie trouw en dienstbaarheid. Weet ook dat jullie, en heel het land van Geall, míjn trouw en dienstbaarheid hebben zolang ik koningin ben.’

Later zou ze met ieder van hen een persoonlijk gesprekje voeren, dacht ze toen ze de trap op liep. Dat was belangrijk. Maar eerst had ze andere verplichtingen.

In de salon loeide het vuur. Er stonden vazen en schalen met bloemen uit de tuin of de kas. De tafel was gedekt met het mooiste zilver en kristal terwijl er wijn klaarstond voor Moira’s kring van intimi om een heildronk uit te brengen op de nieuwe koningin.

Ze haalde een keer diep adem, en toen nog een keer en nog een keer, terwijl ze de juiste woorden, haar eerste, probeerde te vinden voor degenen van wie ze het meest hield.

Ineens sloeg Glenna plompverloren haar armen om Moira heen. ‘Je was geweldig.’ Ze gaf een kus op beide wangen van Moira. ‘Stralend.’

De spanning waardoor Moira's schouders verkrampt aanvoelden, verminderde op slag. 'Ik voel me nog hetzelfde, maar ook weer niet. Snap je wat ik bedoel?'

'Ik kan me er alleen maar een voorstelling van maken.'

'Goed gedaan.' Blair kwam naar haar toe en knuffelde haar eventjes. 'Mag ik het eens zien?'

Krijgers onder elkaar, dacht Moira en ze gaf het zwaard aan Blair.

'Voortreffelijk,' zei Blair zacht. 'Het juiste gewicht voor jou. Je zou verwachten dat het helemaal is afgezet met juwelen of iets dergelijks. Maar gelukkig is dat niet zo. Het is goed dat het niet alleen een symbool is, maar echt een zwaard om mee te vechten.'

'Ik had het gevoel dat het gevest voor mijn hand was gemaakt. Zodra ik het aanraakte, voelde het... alsof het van mij was.'

'Dat is het ook.' Blair gaf het zwaard weer terug. 'Het is van jou.'

Moira legde het zwaard even op de tafel om Hoyts omhelzing te aanvaarden. 'De kracht in jou is warm en standvastig,' zei hij vlak bij haar oor. 'Geall mag zich gelukkig prijzen met zijn koningin.'

'Dank je wel.' Ze moest lachen toen Larkin haar optilde en haar in het rond zwierde, zodat ze duizelig werd.

'Kijk jou nou. Wat zie jij er majestueus uit.'

'Je drijft de spot met mijn waardigheid.'

'Altijd. Maar nooit met jou, *a stór*.'

Nadat Larkin haar weer had neergezet, wendde ze zich tot Cian. 'Fijn dat je bent gekomen. Dat betekent heel veel voor me.'

Hij omhelsde haar niet en raakte haar ook niet aan, maar boog zijn hoofd slechts. 'Het was een moment dat ik niet mocht missen.'

'Een moment dat extra belangrijk voor mij is geworden omdat jij erbij was. Omdat jullie er allemaal bij waren,' ging ze verder, en ze draaide zich om toen ze aan haar rokken werd getrokken door haar kleine nichtje. 'Aideen.' Ze tilde het kind op en nam de natte kus in ontvangst. 'Wat zie jij er vandaag mooi uit.'

'Mooi,' herhaalde Aideen terwijl ze haar handjes uitstak naar Moira's met juwelen bezette kroon. Daarna draaide ze haar hoofdje naar Cian met een glimlach die zowel verlegen als sluw was. 'Mooi,' zei ze opnieuw.

'Een scherpzinnige dame,' merkte Cian op. Hij zag de blik van het kleine meisje omlaag gaan naar de hanger die hij droeg en tilde die achteloos op zodat ze hem kon aanraken.

Op het moment dat Aideen haar handjes uitstak, vloog haar moeder bijna de kamer door. 'Aideen, niet doen!'

Sinann trok het meisje uit Moira's armen en drukte haar stevig tegen haar buik, die al gezwollen was van haar derde kind.

In de geschrokken stilte kon Moira weinig anders doen dan de naam van haar nicht fluisteren.

'Ik heb nooit een voorliefde voor kinderen ontwikkeld,' zei Cian koeltjes. 'Willen jullie me nu verontschuldigen?'

'Cian.' Na een boze blik op Sinann snelde Moira achter hem aan. 'Alsjeblieft, wacht heel even.'

'Ik heb lang genoeg moeten wachten vanochtend. Ik wil naar bed.'

'Ik wil mijn excuses maken.' Ze pakte zijn arm en hield die vast tot Cian bleef staan en zich omdraaide. De blik in zijn ogen was hard; blauw steen. 'Sinann, mijn nicht, is een eenvoudige vrouw. Ik zal straks met haar spreken.'

'Doe geen moeite voor mij.'

'Heer.' Lijkbleek kwam Sinann naar hen toe. 'Ik vraag u oprecht me te vergeven. Ik heb u, mijn koningin en haar geëerde gasten beledigd. Ik vraag u vergiffenis voor de dwaasheid van een moeder.'

Ze had spijt van de belediging, maar niet van de daad, dacht Cian. Het kind bevond zich nu aan de andere kant van het vertrek, veilig in de armen van haar vader. 'Excuses aanvaard.' Hij keurde haar nauwelijks een blik waardig. 'Zou u nu mijn arm los willen laten, Majesteit?'

‘Ik wil je om een gunst vragen,’ begon Moira.

‘Daar heb je al een hele stapel van.’

‘Ik sta dan ook bij je in het krijt,’ zei ze effen. ‘Ik moet straks naar buiten, het balkon op. De mensen moeten hun nieuwe koningin zien, en naar mijn mening ook degenen die zich in haar cirkel bevinden. Als je me nog een paar minuutjes van je tijd wilt schenken, zou ik je daar dankbaar voor zijn.’

‘In die klotezon.’

Ze wist een glimlach op haar gezicht te toveren en ontspande zich toen ze doorkreeg dat de gefrustreerde klank van zijn stem inhield dat hij haar verzoek zou inwilligen. ‘Heel even maar, en daarna kun je de eenzaamheid zoeken en jezelf gelukkig prijzen in de wetenschap dat ik je daarom benijd.’

‘Nou, snel dan. Ik ben wel toe aan wat eenzaamheid en een gevoel van gelukzaligheid.’

Moira regelde het opzettelijk zo dat ze werd geflankeerd door Larkin – een man die in heel Geall geliefd was en werd gerespecteerd – en Cian, de vreemdeling voor wie sommigen bang waren. Dat die twee aan weerszijden van haar stonden zou, zo hoopte ze, haar volk tonen dat ze hen als gelijken beschouwde en hen allebei vertrouwde.

De menigte juichte en riep haar naam, waarna het gejuich overging in een gebulder toen ze het zwaard hief. Even opzettelijk overhandigde ze het zwaard aan Blair zodat die het vast kon houden tijdens haar toespraak. De mensen moesten zien dat de verloofde van Larkin het waardig was om het zwaard vast te houden.

‘Volk van Geall!’ Ze schreeuwde het, maar het gejuich ging door. Het kwam in golven die pas wegebden toen ze dichter bij de stenen balustrade ging staan en haar handen ophief. ‘Volk van Geall, ik kom tot jullie als koningin, als burger en als beschermer. Ik sta nu voor jullie zoals mijn moeder ooit heeft gedaan, en haar vader en allen voor hem tot in de eerste dagen. En ik sta hier als onderdeel van een door de goden uitverkoren cirkel. Niet alleen een cirkel van heersers van Geall, maar een cirkel van krijgers.' Ze spreidde haar armen om duidelijk te maken dat ze de vijf mensen bedoelde die bij haar stonden. 'Die cirkel bestaat uit deze mensen, die zij aan zij met mij vechten. Dit zijn de mensen die ik het meest vertrouw en het meest liefheb. Als burger vraag ik jullie om hun net zoveel trouw, vertrouwen en respect te schenken als jullie mij schenken. Als jullie koningin gebied ik dat.' Om de zoveel tijd moest ze even pauzeren tot het geschreeuw en gejoel weer waren weggestorven. 'Vandaag schijnt de zon op Geall, maar dat zal niet altijd zo zijn. Dat wat eraan komt, zoekt het duister, en wij zullen de strijd ermee aangaan. Wij zullen het verslaan. Vandaag feesten we, eten we en danken we. Morgen zullen we onze voorbereidingen op de oorlog hervatten. Iedere inwoner van Geall die een wapen kan dragen, zal dat doen. We zullen naar *Cinuas* marcheren, naar de Stille Vallei. We zullen dat terrein overspoelen met onze kracht en onze wilskracht, en we zullen degenen die ons willen vernietigen verdrinken in het licht.' Ze stak haar hand uit om het zwaard weer in ontvangst te nemen en stak het opnieuw omhoog. 'Dit zwaard zal tijdens mijn regeerperiode niet rustig en ongebruikt aan de muur blijven hangen, zoals het sinds de begindagen heeft gedaan. Het zal vlammen en zingen in mijn hand terwijl ik voor jullie, voor Geall en voor de hele mensheid vecht.'

Het gebulder van instemming zwol aan tot het op een vloedgolf leek.

Plotseling klonken er kreten toen een pijl door de lucht flitste.

Voor ze kon reageren, trok Cian haar omlaag. Onder het geschreeuw en de verwarring hoorde ze hem zacht vloeken. En ze voelde zijn warme bloed op haar hand.

'O, god. Mijn god, je bent geraakt.'

'Hij heeft het hart gemist.' Hij sprak met opeengeklemde kaken.

Ze zag de pijn op zijn gezicht terwijl hij haar bij zich vandaan duwde om te kunnen gaan zitten.

Toen hij naar de pijl tastte die uit zijn zij stak, ging Glenna op haar knieën zitten en duwde zijn hand opzij. 'Laat me eens kijken.'

'Hij heeft het hart gemist,' herhaalde hij waarna hij de pijl opnieuw vastpakte. Met een ruk trok hij hem eruit. 'Allemachtig nog aan toe.'

'Naar binnen,' begon Glenna kordaat. 'Breng hem naar binnen.'

'Wacht.' Hoewel haar hand licht beefde, pakte Moira de schouder van Cian. 'Kun je staan?'

'Natuurlijk kan ik staan, verdomme. Waar zie je me voor aan?'

'Toon je dan alsjeblieft aan het volk.' Haar vrije hand gleed heel even over zijn wang, als een streling van vleugels. 'De mensen moeten ons zien. Alsjeblieft.'

Toen ze haar vingers met de zijne verstrengelde, meende ze iets in zijn ogen te zien glinsteren, waarop zij een soortgelijke trilling in haar hart voelde.

Daarna was het meteen weer verdwenen, en zijn stem klonk ruw van ongeduld. 'Geef me dan wat ruimte.'

Ze ging weer staan. Onder hen heerste chaos. De man van wie ze aannam dat hij de aanslag had gepleegd, werd geschopt en geslagen door elke voet of hand die hem kon bereiken.

'Hou op!' Ze schreeuwde het uit alle macht. 'Ik gebied jullie om op te houden! Schildwachten, breng die man naar de grote zaal. Mensen van Geall! Jullie hebben gezien dat zelfs op een dag als vandaag, wanneer de zon op ons schijnt, de duisternis ons probeert te vernietigen. Maar dat is niet gelukt.' Ze pakte Cians hand en tilde die hoog op met de hare. 'Het is niet gelukt omdat er op deze wereld voorvechters zijn die hun leven in de waagschaal stellen voor dat van een ander.' Ze legde een hand op Cians zij en voelde hem ineenkrimpen. Vervolgens stak ze haar bebloede hand op. 'Hij bloedt voor ons. En door het bloed dat hij voor mij, voor jullie allemaal, heeft gelaten, bevorder ik hem tot Heer Cian, Heer van Oiche.'

'O, in jezusnaam,' mompelde Cian.

'Hou je mond.' Moira zei het zacht, maar staalhard, terwijl ze haar blik op de menigte gericht hield.

3

‘Een half-vampier,’ zei Blair terwijl ze de salon in liep. ‘Littekens van verscheidene bijtwonden. De menigte heeft hem behoorlijk te grazen genomen,’ voegde ze eraan toe. ‘Een normaal mens zou een dergelijke aframmeling niet hebben overleefd. Maar hij voelt zich nu ook niet zo lekker.’

‘Hij mag worden behandeld nadat ik met hem heb gesproken. Maar eerst moet Cian worden verzorgd.’

Blair keek over Moira’s schouder naar Glenna, die bezig was om Cians zij te verbinden. ‘Hoe gaat het met hem?’

‘Hij is boos en wil niet meewerken, dus zou ik zeggen dat hij het redelijk maakt.’

‘We mogen allemaal dankbaar zijn voor zijn reflexen. Je hebt het er uitstekend van afgebracht,’ voegde Blair eraan toe terwijl ze zich omdraaide naar Moira. ‘Je bent kalm gebleven en hebt de situatie in de hand gehouden. Het was een zware eerste dag in je nieuwe functie, gezien dat je bijna bent vermoord en zo, maar je hebt het goed gedaan.’

‘Maar niet goed genoeg om rekening te houden met een aanslag overdag, of om erbij stil te staan dat niet alle honden van Lilith op een uitnodiging wachten om binnen de muren van het kasteel te komen.’ Ze dacht aan Cians warme, rode bloed dat over haar hand had gestroomd. ‘Die fout maak ik niet nog eens.’

‘Die maken we geen van allen nog eens. We moeten de klootzak die Lilith heeft gestuurd informatie zien te ontfutselen. Maar er is een probleem. Hij wil of kan geen Engels of Gaelisch spreken.'

'Kan hij niet praten?'

'Nee, nee. Hij praat wel, maar niemand van ons kan hem verstaan. Het klinkt als Oost-Europees. Tsjechisch misschien.'

'Ik begrijp het.' Moira wierp een blik achterom naar Cian. Zijn bovenlijf was ontbloot en het verband stak scherp af tegen zijn huid. Hij keek nors, wat eerder door ergernis dan pijn leek te komen, terwijl hij uit een beker dronk waar vermoedelijk bloed in zat. Hoewel hij bepaald niet vrolijk keek, zou ze hem om nog een gunst moeten vragen. 'Geef me een momentje,' mompelde ze tegen Blair. Ze liep naar Cian en beval zichzelf om niet ineen te krimpen bij het zien van de scherpe blik in zijn blauwe ogen. 'Wil je verder nog iets hebben om het je gemakkelijk te maken?'

'Rust, stilte, privacy.'

Hoewel zijn woorden stuk voor stuk zwiepten als de klap van een zweep, zorgde ze ervoor dat haar eigen stem kalm en vriendelijk klonk. 'Het spijt me, maar aan die zaken is er op het ogenblik gebrek. Zodra ik de gelegenheid heb, zal ik ze voor je bestellen.'

'Wijsneus,' mompelde hij.

'Precies. De man wiens pijl je hebt onderschept, spreekt een vreemde taal. Je broer heeft me een keer verteld dat jij veel talen kent.'

Hij nam een heel grote slok waarbij hij haar opzettelijk in de ogen keek. 'Is het niet genoeg dat ik die pijl heb onderschept? Moet ik nou ook nog de kerel ondervragen die de aanslag op je heeft gepleegd?'

'Ik zou dankbaar zijn als je dat zou proberen of de ondervraging in elk geval wilt vertalen. Dat wil zeggen, als je zijn taal inderdaad kent. Er zijn vast wel een paar dingen ter wereld die jij niet weet, dus misschien heb ik deze keer niks aan je.'

Een geamuseerde blik liet zijn ogen even glinsteren. 'Nou ben je gewoon gemeen.'

'Ik betaal je slechts met gelijke munt terug.'

'Al goed, al goed. Glenna, mijn schoonheid, hou op met om me heen te fladderen.'

'Je hebt behoorlijk veel bloed verloren,' begon ze, waarop hij simpelweg de beker ophief.

'Dat ben ik al aan het aanvullen.' Met een lichte grimas op zijn gezicht kwam hij overeind. 'Ik heb verdomme een overhemd nodig.'

'Blair,' zei Moira op effen toon, 'zou jij verdomme een overhemd voor Cian kunnen halen?'

'Doe ik.'

'Je maakt er een gewoonte van om mijn leven te redden,' zei Moira tegen Cian.

'Kennelijk. Ik overweeg om die gewoonte eraan te geven.'

'Dat kan ik je nauwelijks kwalijk nemen.'

'Alsjeblieft, kanjer.' Blair overhandigde Cian een schoon, wit overhemd. 'Ik denk dat die vent een Tsjech is, of misschien een Bulgaar. Spreek jij die talen?'

'Toevallig wel.'

Ze gingen de grote zaal in, waar de aanslagpleger zat, bont en blauw, bloedend, en zwaar bewaakt. Die bewaking bestond onder meer uit Larkin en Hoyt. Toen Cian binnenkwam, verliet Hoyt zijn plek.

'Gaat het weer?' vroeg hij aan Cian.

'Het kan ermee door. En het vrolijkt me behoorlijk op om te zien dat hij er veel erger aan toe is dan ik. Haal je bewakers weg,' zei hij tegen Moira. 'Die vent gaat nergens heen.'

'Treed terug. Heer Cian heeft hier nu de leiding.'

'Heer Cian, mijn reet.' Maar hij mompelde het slechts terwijl hij naar de gevangene toe liep.

Cian liep om de man heen en nam hem aandachtig op. De kerel was tenger van postuur en droeg de grove kleding van een boer of herder. Een oog was dusdanig opgezwollen dat het dicht zat en rond het andere verschenen alle kleuren van de regenboog. Hij was een paar tanden kwijtgeraakt.

Cian blafte een bevel in het Tsjechisch. De man schrok, en zijn enige nog werkende oog ging verbaasd omhoog.

Maar hij zei niets.

'Dat verstond je,' ging Cian verder in dezelfde taal. 'Ik vroeg of er nog anderen bij je waren. Ik vraag het niet nog eens.'

Toen er slechts stilte volgde, haalde Cian zo hard uit dat de gevangene tegen de muur werd geslagen, samen met de stoel waaraan hij vast was geketend.

'Voor elke dertig seconden van stilte zal ik je pijn bezorgen.'

'Ik ben niet bang voor pijn.'

'O, dat komt nog wel.' Cian trok de stoel en de man weer overeind en bracht zijn gezicht tot vlak voor het zijne. 'Weet jij wat ik ben?'

'Ik weet precies wat jij bent.' De man vertrok zijn bebloede mond tot een sneer. 'Verrader.'

'Dat is één invalshoek. Maar wat je vooral moet weten is dat ik je pijn kan bezorgen die zelfs jou te veel zal zijn. Als het moet, kan ik je dagen, nee... weken in leven houden, en wel in constante, ondraaglijke pijn.' Hij dempte zijn stem tot een gesis. 'Puur om me te amuseren. Dus laten we opnieuw beginnen.' Hij nam niet de moeite om de vraag nogmaals te stellen, aangezien hij al had gewaarschuwd dat hij die niet zou herhalen. 'Ik zou een lepel kunnen gebruiken,' zei hij spraakzaam. 'Je linkeroog ziet er pijnlijk uit. Als ik een lepel bij me had, zou ik het zo uit de oogkas kunnen scheppen. Maar ik kan natuurlijk ook gewoon mijn vingers gebruiken,' ging hij verder toen het oog wild heen en weer schoot. 'Maar dan wordt het wel een zootje, nietwaar?'

'Doe wat je niet laten kunt,' beet de man hem toe. Maar toch begon hij licht te trillen. 'Ik zal mijn koningin nooit verraden.'

'Gelul.' Het beven en zweten van de gevangene zei Cian dat de man gemakkelijk en snel gebroken zou worden. 'Je zult haar niet alleen verraden voordat ik met je klaar ben, maar als ik het beveel, zul je daarbij zelfs de horlepiep dansen. Maar laten we gewoon snel en direct zijn aangezien we allemaal betere dingen te doen hebben.'

De man rukte zijn hoofd naar achteren toen Cian in beweging kwam. Maar in plaats van een uithaal naar het gezicht, zoals zijn slachtoffer had verwacht, deed Cian een snelle greep naar de penis van de man. En hij kneep erin tot de man alleen nog kon gillen.

'Er is niemand anders! Ik ben alleen. Ik ben alleen.'

'Weet je het heel zeker?' Cian kneep nog harder. 'Als je liegt, zal ik erachter komen. En dan zal ik als eerste dit ding afsnijden. Centimeter voor centimeter.'

'Ze heeft alleen mij gestuurd.' De gevangene huilde ondertussen, waardoor er tranen en snot over zijn wangen stroomden. 'Ik was alleen.'

Cian liet de druk iets verminderen. 'Waarom?'

De enige reactie bestond uit rauw gehijg.

Cian verstrakte de bankschroef van zijn vingers opnieuw. 'Waarom?'

'Eén persoon zou gemakkelijk en ongemerkt binnen kunnen komen. Die zou niet... opvallen.'

'De logica daarvan voorkomt, in elk geval voorlopig, dat ik je in een eunuch verander.' Cian liep bij de gevangene vandaan en pakte een stoel. Nadat hij die recht voor de man had neergezet, ging hij er schrijlings op zitten. Hij bleef op vriendelijke toon praten terwijl de man zacht jammerde. 'Kijk, dit is al beter, nietwaar? Beschaafd. Als we hier klaar zijn, zullen we je wonden behandelen.'

'Ik wil water.'

'Dat geloof ik graag. Dat zullen we je geven... maar pas na afloop. Dus laten we het nu even over Lilith hebben.'

Het kostte dertig minuten, en nog twee extra pijnsessies, totdat Cian ervan overtuigd was dat hij alles wist wat de man hem kon vertellen. Cian ging weer staan.

De mislukte aanslagpleger huilde inmiddels onbedaarlijk. Misschien van pijn, dacht Cian. Maar misschien ook vanwege de opluchting dat het voorbij was.

'Wat was jij voordat zij je nam?'

'Onderwijzer.'

'Had je een vrouw, een gezin?'

'Die waren nutteloos. Ze konden alleen als voedsel dienen. Hoewel ik arm en zwak was, zag de koningin meer in mij. Zij gaf me kracht en een doel. En nadat zij jou heeft afgeslacht, samen met die... mieren die met jou kruipen, zal ik mijn beloning krijgen. Dan zal ik een mooi huis hebben, zoveel vrouwen als ik wil, rijkdom en macht.'

'Heeft ze je dat allemaal beloofd?'

'Dat en nog meer. Je zei dat ik water zou krijgen.'

'Ja, dat heb ik gezegd. Laat me je één ding vertellen over Lilith.' Hij ging achter de man staan, wiens naam hij nooit had gevraagd, en zei rustig in zijn oor. 'Zij liegt. En ik ook.'

Hij omklemde met twee handen het hoofd van de man en brak met een snelle beweging diens nek.

'Wat doe je nou?' Geschokt tot in het diepst van haar maag snelde Moira naar voren. 'Wat doe je nou?'

'Wat er moest gebeuren. Ze heeft er maar één gestuurd... deze keer. Als je hier te gevoelig voor bent, kun je dat daar beter laten weghalen door je bewakers voordat ik je vertel wat ik te weten ben gekomen.'

'Je had het recht niet. Geen enkel recht.' Haar maag wilde zich omkeren, wat al sinds het begin van zijn martelende verhoor het geval was geweest. 'Je hebt hem vermoord. In welk opzicht ben jij anders dan hij, nu je hem zonder proces, zonder vonnis hebt vermoord?'

'In welk opzicht ben ik anders?' Koeltjes trok Cian zijn wenkbrauwen op. 'Hij was voor het grootste deel nog menselijk.'

'Is het zo onbelangrijk voor je? Een leven? Betekent dat zo weinig?'

'Integendeel.'

'Moira. Hij heeft gelijk.' Blair kwam tussen hen in staan. 'Hij heeft gedaan wat nodig was.'

'Hoe kun je dat nou zeggen?'

'Omdat ik hetzelfde zou hebben gedaan. Hij was Liliths handlanger en als hij had weten te ontsnappen, zou hij een nieuwe poging hebben gewaagd. Als hij niet bij jou in de buurt had kunnen komen, zou hij iedereen hebben vermoord die hij wel te pakken had kunnen krijgen.'

'Een krijgsgevangene...' begon Moira.

'Bij deze strijd wordt niemand gevangengenomen,' viel Blair haar in de rede. 'Dat geldt voor beide partijen. Als je hem had opgesloten, had hij bewaakt moeten worden en had je mannen aan de training en aan de patrouilles moeten onttrekken. Hij was een moordenaar, een spion die in oorlogstijd achter de vijandelijke linies is gestuurd. En "voor het grootste deel menselijk" is heel ruimhartig bekeken,' voegde ze eraan toe na een korte blik op Cian. 'Hij zou nooit meer een mens zijn geworden. Als er een vampier in die stoel had gezeten, had je hem zonder enige aarzeling een staak door zijn hart gestoken. Dit is precies hetzelfde.'

Een vampier zou zijn gebroken lichaam, dat nog steeds aan de stoel was geketend, niet op de vloer hebben achtergelaten, dacht Moira.

Moira keek een van de bewakers aan. 'Tynan, haal het lichaam van de gevangene hier weg. Zorg ervoor dat het wordt begraven.'

'Majesteit.'

Ze zag dat Tynan even naar Cian keek met een blik van kille goedkeuring in zijn ogen.

'Wij gaan terug naar de salon,' ging ze verder. 'Niemand heeft nog gegeten. Je kunt... ons op de hoogte brengen terwijl we dat doen.'

'Een eenling,' zei Cian terwijl hij bijna smachtte naar koffie.

'Lijkt me logisch.' Blair legde voor zichzelf wat gebakken eieren en een dikke plak gebraden ham op een bord.

'Waarom?' Moira stelde de vraag aan Blair.

'Nou, ze hebben dus een stel half-vampieren die zijn getraind om te vechten.' Ze knikte naar Larkin. 'Zoals degenen met wie Larkin en ik op die dag bij de grotten te maken kregen, maar zoiets kost tijd en moeite. En er is heel veel werk en wilskracht nodig om ze onderworpen te houden.'

'En als die onderwerping wordt verbroken?'

'Waanzin,' zei Blair kort. 'Een volkomen instorting. Ik heb verhalen gehoord over half-vampiers die hun eigen hand afknaagden om zich te bevrijden en terug te keren naar hun maker.'

'Die man was al verdoemd voordat hij hier kwam,' mompelde Moira.

'Al vanaf het moment dat Lilith hem in handen kreeg, ja. Ik denk dat dit een snelle aanval had moeten zijn, een zelfmoordmissie. Waarom zou je daar meer dan één persoon aan verspillen? Als alles goed gaat, heb je aan één man genoeg.'

'Ja, één man, één pijl.' Moira dacht erover na. 'Als die persoon vaardig genoeg is en geluk heeft, is de cirkel gebroken. Geall zou dan geen heerser meer hebben, slechts enkele momenten nadat het er een had gekregen. Het zou een goede en efficiënte aanval zijn geweest.'

'Precies.'

'Maar waarom heeft hij gewacht tot we terug waren? Waarom heeft hij niet geprobeerd om me bij de steen te doden?'

'Daar kwam hij te laat aan,' zei Cian eenvoudigweg. 'Hij heeft de afstand die hij moest afleggen verkeerd ingeschat en arriveerde pas toen de plechtigheid was afgelopen. Op de terugweg werd jij omringd door allerlei mensen en kon hij geen zuiver schot lossen. Dus heeft hij zich bij de optocht gevoegd en zijn kans afgewacht.'

'Eet wat.' Hoyt schepte wat eten op Moira's bord. 'Dus Lilith wist dat Moira vandaag naar de steen zou gaan.'

'Ze is goed op de hoogte,' bevestigde Cian. 'Al is het de vraag of ze dit – iemand sturen die het ritueel en de uitkomst moest verstoren – ook al van plan was voordat Blair tegen Lora vocht. Ze was kwaad,' zei hij. 'Woest, volgens onze overleden, niet-betreurde boogschutter. Zoals ik eerder al zei, is haar relatie met Lora vreemd en ingewikkeld, maar wel heel innig en oprecht. Ze beval dat er een boogschutter voor dit karwei moest worden uitgekozen terwijl ze zelf nog half waanzinnig was. Ze heeft hem te paard gestuurd zodat hij dan sneller zou zijn, en ze hebben maar een beperkt aantal paarden.'

'En hoe gaat het met het kleine Franse gebakje?' vroeg Blair.

'Zat onder de littekens en krijste alles bij elkaar toen de man vertrok. Ze werd door Lilith persoonlijk verzorgd.'

'Maar wat belangrijker is,' onderbrak Hoyt hem, 'waar is Lora precies? En waar is de rest van hen?'

'Onze informant kon weliswaar goed met een boog overweg, maar hij was verder niet bijzonder opmerkzaam of scherpzinnig. Voor zover ik van hem heb begrepen, bevindt Liliths belangrijkste basis zich een paar kilometer van het slagveld. Hij beschreef iets wat leek op een kleine nederzetting, waar een tamelijk grote boerderij op uitkijkt, plus een aantal arbeidershuisjes en een groot stenen landhuis. In dat laatste woonden volgens mij de edelen van wie het land was. Zij heeft haar intrek genomen in dat landhuis.'

‘Ballycloon.’ Larkin keek naar Moira en zag dat haar gezicht spierwit was en dat er een sombere blik in haar ogen lag. ‘Het moet Ballycloon zijn, en dat land is van de O’Neills. Dat is de familie die we hebben geholpen op de dag dat Blair en ik de vallen controleerden, de dag dat Lora haar in een hinderlaag liet lopen. Zij kwamen uit de richting van Drombeg, en dat ligt iets ten westen van Ballycloon. We wilden eigenlijk nog verder naar het oosten gaan om de laatste val te controleren, maar...’

‘Toen raakte ik gewond,’ maakte Blair zijn zin af. ‘We zijn zo ver gegaan als we konden. En we hebben geboft. Als we daar waren gaan kijken en zij haar hoofdkwartier er al had gevestigd, waren we zwaar in de minderheid geweest.’

‘En heel erg dood,’ voegde Cian eraan toe. ‘Ze hebben die plek betrokken op de nacht voor jouw gevecht met Lora.’

‘Toen moeten daar nog mensen zijn geweest, of mensen die net op de vlucht waren geslagen.’ Larkins maag trok zich samen bij die gedachte. ‘En de familie O’Neill zelf. Ik hoop dat ze veilig de stad Geall hebben kunnen bereiken. Hoe kunnen wij weten hoeveel...’

‘Dat kunnen we niet weten,’ zei Blair botweg.

‘Cian en jij vonden dat we iedereen moesten evacueren, desnoods gedwongen, uit de dorpen en boerderijen rond het slagveld. De huizen en arbeidershuisjes moesten in brand worden gestoken zodat Lilith en haar leger geen onderdak zouden vinden. Ik vond dat kil en wreed. Harteloos. Maar nu... Nu kan het niet meer worden veranderd. Ik kon het bevel niet geven, nee... ik wilde het bevel niet geven,’ verbeterde Moira zichzelf, ‘om die huizen in brand te steken. Misschien was het verstandiger en moediger geweest om dat wel te doen. Maar dan zouden de mensen wier huizen we hadden vernietigd de moed hebben verloren die ze nodig hebben om te vechten. Dus nu is het op deze manier gegaan.’ Ze had geen trek in het eten op haar bord, maar pakte wel haar thee om haar handen te warmen. ‘Blair en Cian hebben verstand van strategie, zoals

Hoyt en Glenna verstand hebben van magie. Maar Larkin, jij en ik kennen Geall en zijn bevolking. We zouden het hart en de geest van de mensen hebben gebroken.'

'Alles wat ze niet nodig hebben of niet willen, zullen ze in brand steken,' zei Cian tegen haar.

'Aye, maar onze handen zullen die toorts niet aansteken. Dat is belangrijk. Dus we denken dat we weten waar ze zijn. Weten we ook met hoeveel ze zijn?'

'Hij zei eerst dat ze met een hele massa waren, maar hij loog. Hij wist het niet,' zei Cian. 'Lilith mag dan gebruik maken van stervelingen, ze zou hen nooit toelaten tot haar kring van vertrouwelingen of belangrijke informatie met hen delen. Die stervelingen dienen enkel als voedsel, bedienden en vermaak.'

'Wij kunnen een kijkje nemen.' Het was de eerste keer dat Glenna iets zei. 'Hoyt en ik samen. Nu we een algemeen idee hebben, kunnen we een lokaliseerspreuk uitvoeren. Op die manier kunnen we betrouwbaardere informatie vergaren. Een idee krijgen van hun aantal. Dankzij Larkins reis naar de grotten en wat hij van hun arsenaal heeft gezien, weten we al dat ze genoeg wapens hebben voor duizend man of meer.'

'We zullen gaan kijken.' Hoyt legde zijn hand op die van Glenna. 'Maar wat Cian volgens mij niet zegt is dat zij, ongeacht met hoeveel man zij zijn en ongeacht wat wij in huis hebben, uiteindelijk in de meerderheid zullen zijn. Welke wapens ze ook hebben, het zullen er meer zijn. Lilith heeft decennia, misschien zelfs eeuwen, gehad om zich voor te bereiden op dit moment. Wij maar een paar maanden.'

'En toch zullen we winnen.'

Cian trok een wenkbrauw op bij die opmerking van Moira. 'Omdat jij goed bent en zij slecht zijn?'

'Nee, niets ligt ooit zo eenvoudig. Daar ben je zelf het bewijs van, want jij bent niet zoals zij en niet zoals wij. Jij bent iets heel anders. We zullen winnen omdat we slimmer en sterker zijn. En omdat zij niet wordt bijgestaan door mensen zoals wij zessen.' Ze keek van hem naar zijn broer. 'Hoyt, jij bent de eerste van ons. Jij hebt ons samengebracht.'

'Morrigan heeft ons uitverkoren.'

'Zij, of het lot, heeft ons gekozen,' beaamde Moira. 'Maar jij bent het werk begonnen. Jij had de overtuiging, de kracht en de macht om deze cirkel te smeden. Dat denk ik oprecht. Ik heers over Geall, maar ik ben niet de baas over dit gezelschap.'

'Ik ook niet.'

'Nee, dat geldt voor ons allemaal. Ondanks al onze verschillen moeten we als één zijn. Dus moeten we op elkaar vertrouwen voor wat we nodig hebben. Ik ben bij lange na niet de sterkste krijger hier en mijn magische kracht stelt nauwelijks iets voor. Het ontbreekt me aan Larkins vaardigheden en aan de stalen zenuwen om in koelen bloede te kunnen doden. Wat ik wel heb, zijn kennis en gezag, dus bied ik die aan.'

'Jij hebt meer, hoor,' zei Glenna tegen haar. 'Heel wat meer.'

'Voor het moment daar is, zál ik meer hebben. Er zijn zaken die ik moet regelen.' Ze ging staan. 'Zodra ik daarmee klaar ben, kom ik terug om te werken aan wat er ook maar moet gebeuren.'

'Behoorlijk koninklijk,' merkte Blair op nadat Moira de kamer had verlaten.

'Maar de taken vallen haar zwaar.' Glenna keek Hoyt aan. 'Agenda?'

'We gaan kijken en proberen zoveel mogelijk over de vijand te ontdekken. En voor daarna denk ik aan vuur. Dat is nog steeds een van onze geduchtste wapens, dus moeten we meer zwaarden betoveren.'

'Het is al behoorlijk riskant om sommige mensen die we trainen een zwaard in handen te geven,' bracht Blair te berde. 'Laat staan vlammende zwaarden.'

'Daar heb je gelijk in.' Hoyt dacht even na en knikte toen. 'Dan is het aan ons om te beslissen wie – hoe zal ik het noemen? – zo'n wapen krijgt. Goede strijders moeten zo dicht mogelijk bij Liliths basis worden geplaatst. Ze hebben onderkomens nodig die ook na zonsondergang veilig zijn.'

'Je bedoelt een kazerne. Er zijn natuurlijk huisjes en hutten.' Larkin kneep zijn ogen tot spleetjes terwijl hij nadacht. 'Als het moet, kunnen we bij daglicht andere onderkomens bouwen. Tussen haar basis en de volgende nederzetting ligt ook nog een herberg.'

'Waarom gaan we niet even een kijkje nemen?' Blair schoof haar bord opzij. 'Glenna en jij kunnen op jullie manier kijken en Larkin en ik kunnen eroverheen vliegen. Heb je zin om draak te worden?'

'Jazeker.' Hij glimlachte naar haar. 'Helemaal als jij me berijdt.'

'Seks, seks, seks. Die vent denkt aan niks anders.'

'Dat gezegd zijnde, ga ik naar bed,' zei Cian droogjes.

Hoyt kneep even in Glenna's hand en mompelde: 'Een momentje.' Vervolgens liep hij achter zijn broer aan.

'Ik moet even een woordje met je spreken.'

Cian wierp hem een korte blik toe. 'Mijn quotum van woorden voor vanochtend is al ruim overschreden.'

'Toch zul je er nog een paar moeten slikken. Mijn vertrekken zijn dichterbij, wil je even met me meegaan? Ik hou dit liever privé.'

'Aangezien je me anders toch maar naar mijn kamer zou volgen en me lastig zou blijven vallen tot ik zin heb om je tong eruit te scheuren, neem ik genoegen met jouw vertrekken.'

Tussen de salon en de slaapvertrekken liepen allerlei bedienden bedrijvig rond. Voorbereiding voor de festiviteiten, dacht Cian terwijl hij zich afvroeg of het door Hoyts opmerkingen over vuur kwam dat hij aan Nero en diens viool moest denken.

Hoyt ging zijn kamer binnen, maar stak meteen zijn arm uit om te voorkomen dat Cian zijn voorbeeld zou volgen. 'De zon,' was het enige wat hij zei, waarna hij snel de gordijnen dichttrok.

Plotseling was het donker in de kamer. Achteloos gebaarde Hoyt naar een grote muurkandelaar waarvan de kaarsen ineens aanfloepten.

'Leuk trucje,' merkte Cian op. 'Ik heb mijn vaardigheid om tondeldozen aan te steken laten versloffen.'

'Het is gewoon een basisvaardigheid, een die jij je ook meester kunt maken als je de tijd zou nemen om je kracht te perfectioneren.'

'Te saai. Is dat whiskey?' Cian liep linea recta naar een karaf en schonk zich een glas in. 'O, zulk een nuchterheid en afkeuring.' De vermanende gezichtsuitdrukking van zijn broer ontging hem niet, terwijl hij de eerste warme slok nam. 'Mag ik je er even aan herinneren dat dit voor mij het einde van mijn dag is. Om precies te zijn ligt dat moment al lang achter ons.' Hij keek om zich heen en liep rond. 'Iets ruikt hier vrouwelijk. Vrouwen als Glenna laten altijd iets van zichzelf achter als herinnering voor een man.' Daarna ging hij onderuit gezakt in een stoel zitten en strekte zijn benen voor zich uit. 'Waarmee wil je me precies vervelen?'

'Er was een tijd dat je van mijn gezelschap genoot, het zelfs zocht.'

Cians schouders bewogen op een manier die te loom was om voor een schouderophalen door te gaan. 'Dan trek ik de conclusie dat een afwezigheid van negenhonderd jaar de liefde van mijn kant niet heeft versterkt.'

Even keek Hoyt hem spijtig aan, waarna hij zich omdraaide om turf op het vuur te doen. 'Komen jij en ik weer tegenover elkaar te staan?'

'Zeg jij het maar.'

'Ik wilde onder vier ogen bespreken wat je met de gevangene hebt gedaan.'

'Nog iemand die me de les leest. Ja, ja, ik had hem liefkozend over zijn bol moeten aaien, zodat hij voor een rechtbank of tribunaal had kunnen verschijnen, of hoe het recht hier ook maar geschiedt. Ik had me verdomme aan de Geneefse Conventie moeten houden. Nou, bekijk het maar.'

'Die conventie ken ik niet, maar in dit geval, in deze tijd, kon er geen sprake zijn van een rechtbank of tribunaal. Dat probeer ik je juist te vertellen, grote irritante idioot. Jij hebt een aanslagpleger gedood, en dat zou ik ook hebben gedaan, maar met meer tact en... onopvallender.'

'Dus jij zou heimelijk naar de kooi zijn geslopen waar ze hem in hadden opgeborgen en een mes tussen zijn ribben hebben geplant.' Cian trok zijn wenkbrauwen op. 'Nou, dan is het goed.'

'Nee, dat is het niet. Niets van dit alles is goed. We zijn verdomme met z'n allen in een nachtmerrie verzeild geraakt. Ik probeer te zeggen dat je hebt gedaan wat nodig was. Ik had hem zelf kunnen doden vanwege zijn poging om Moira te vermoorden, van wie ik evenveel hou als ik van mijn eigen zussen heb gehouden, en omdat hij jou heeft geraakt met zijn pijl. Ik heb nog nooit een mens gedood, want de dingen die we in de afgelopen weken hebben afgemaakt waren geen mensen maar demonen. Maar deze zou ik zonder aarzelen hebben vermoord als jij me niet voor was geweest.' Hoyt liet een stilte vallen en probeerde weer op adem te komen, al lukte het hem niet om echt te kalmeren. 'Ik wilde je dit alleen vertellen om je te laten weten hoe ik erover denk. Maar kennelijk sta ik hier onze tijd te verspillen aangezien het jou geen donder kan schelen wat ik ervan vind.'

Cian bewoog zich niet. Alleen zijn blik gleed van het woedende gezicht van zijn broer naar de whiskey in zijn hand. 'Toevallig kan het me een heleboel schelen hoe jij erover denkt, al had ik dat graag anders gehad. Jij hebt dingen in me wakker geroepen die ik al zo lang heb onderdrukt dat ik ze me niet eens meer kan herinneren. Jij hebt me mijn familie onder de neus gewreven, Hoyt, terwijl ik me erbij had neergelegd dat ik geen familie meer heb.'

Hoyt liep naar Cian en nam plaats op de stoel die tegenover zijn broer stond. 'Jij bent mijn familie.'

Toen Cian zijn ogen opsloeg en zijn broer aankeek, stond daar niets in te lezen. 'Ik ben van niemand.'

'Misschien was je van niemand vanaf het moment waarop je doodging tot het moment waarop ik je terugvond. Maar daar is verandering in gekomen. Dus als het je inderdaad iets kan schelen, wil ik tegen je zeggen dat ik trots ben op wat je doet. Ik weet dat het voor jou moeilijker is om dit te doen dan voor de rest van ons.'

'Zoals ik al heb bewezen, kost het doden van vampiers of mensen me geen enkele moeite.'

'Denk je soms dat ik niet zie dat sommige bedienden zich snel uit de voeten maken wanneer jij in de buurt bent? Dat ik niet heb gezien dat Sinann haar kindje weg griste, alsof jij de nek van dat meisje had willen breken zoals je bij de aanslagpleger hebt gedaan? Die beledigingen aan jouw adres worden wel gezien, hoor.'

'Sommigen voelen zich niet beledigd als ze worden gevreesd. Het doet er niet toe. Nee, echt niet,' hield hij vol toen Hoyts gezichtsuitdrukking nietszeggend werd. 'Dit is maar een oogwenk van tijd voor mij. Minder nog. Wanneer dit alles erop zit, ga ik gewoon weer mijn eigen weg, tenzij er toevallig een staak recht in mijn hart wordt gestoken.'

'Ik hoop dat die weg jou, van tijd tot tijd, langs mij en Glenna voert.'

'Die kans bestaat. Ik kijk graag naar haar.' Cians grijns werd breder, traag en ontspannen. 'Wie weet wordt ze uiteindelijk verstandig en beseft ze dat ze de verkeerde broer heeft gekozen. Ik heb alle tijd van de wereld.'

'Ze is gek op mij.' Hoyts stem klonk weer gemoedelijk toen hij Cians glas pakte en een slok whiskey nam.

'Ze moet wel gek zijn om haar lot aan het jouwe te verbinden, maar vrouwen zijn vreemde wezens. Je boft met haar, Hoyt, voor het geval ik dat nog niet eerder tegen je heb gezegd.'

'Zij is nu de magie.' Hij gaf het glas weer terug. 'Zonder haar zou mijn magie geen betekenis hebben. Mijn wereld stond volkomen op de kop toen zij die binnenstapte. Had jij ook maar...'

'Dat staat niet voor mij geschreven in het boek van het lot. Dichters beweren weliswaar dat liefde voor eeuwig is, maar ik kan je verzekeren dat het een heel andere zaak wordt wanneer jij een eeuwigheid hebt en de vrouw niet.'

'Heb jij ooit van een vrouw gehouden?'

Cian keek aandachtig in zijn whiskey en dacht aan de verstreken eeuwen. 'Niet op de manier die jij bedoelt. Niet zoals Glenna en jij van elkaar houden. Maar ik heb voldoende om vrouwen gegeven om te weten dat het geen keuze is die ik kan maken.'

'Is liefde een keuze?'

'Alles is een keuze.' Cian dronk het laatste restje whiskey op en zette het lege glas neer. 'En nu kies ik ervoor om naar bed te gaan.'

'Je hebt vandaag ook de keuze gemaakt om die pijl voor Moira op te vangen,' zei Hoyt toen Cian op weg ging naar de deur.

Cian bleef staan en toen hij zich omdraaide had hij een behoedzame blik in zijn ogen. 'Ja, dat is waar.'

'Volgens mij is dat een heel menselijke keuze.'

'Vind je?' De woorden waren het equivalent van een schouderophalen. 'Ik vind het enkel een impulsieve en pijnlijke keuze.'

Hij glipte de deur uit en liep naar zijn eigen kamer aan de noordkant van het kasteel. Ja, hij was impulsief geweest, maar durfde nu ook aan zichzelf toe te geven dat hij een moment van pure angst had gevoeld. Als hij die vliegende pijl een seconde later had gezien of slechts een fractie trager had bewogen, zou ze dood zijn geweest.

En op dat moment van impulsiviteit en angst had hij in gedachten haar dood gezien. De nog natrillende pijl die in haar vlees stak, het bloed dat haar levenskrachten liet wegstromen over haar donkergroene jurk en de harde grijze stenen.

Daar was hij bang voor. Hij vreesde haar dood, dat hij haar niet langer zou kunnen bereiken. Dat ze op een plek zou zijn waar hij haar niet kon zien of aanraken. Met die pijl zou Lilith hem een laatste ding hebben ontnomen, nog iets wat hij nooit terug zou kunnen krijgen.

Want hij had gelogen tegen zijn broer. Hij had wel degelijk van een vrouw gehouden. In weerwil van zijn beste, of slechtste, bedoelingen hield hij van de net gekroonde koningin van Geall.

En dat was belachelijk, en onmogelijk. En iets waar hij mettertijd wel overheen zou komen. Na een jaar of twintig zou hij zich de precieze tint van haar grote, grijze ogen niet meer kunnen herinneren. Zijn zintuigen zouden niet langer geplaagd worden door de rustige geur die ze met zich meedroeg. Hij zou de klank van haar stem vergeten en niet meer weten hoe haar trage, ernstige glimlach eruitzag.

Dergelijke dingen vervaagden, zei hij tegen zichzelf. Dat hoefde je alleen maar toe te staan.

Hij liep zijn eigen kamer binnen, deed de deur achter zich dicht en schoof de grendel erop.

De gordijnen waren dicht en er brandde geen licht. Hij wist dat Moira heel duidelijke instructies had gegeven over hoe hij moest worden gehuisvest. Precies zoals ze heel uitdrukkelijk deze kamer had gekozen, op enige afstand van de andere, aangezien hij op het noorden uitkeek.

Minder zonlicht, mijmerde hij. Een attente gastvrouw.

Hij kleedde zich uit in het donker, dacht eventjes aan de muziek die hij graag draaide voor het slapengaan en bij het ontwaken. Muziek om de stilte op te vullen, dacht hij.

Maar in deze tijd en op deze plek waren er verdorie geen cd-spelers, radio's of dat soort dingen.

Naakt rekte hij zich uit in bed. En in de absolute duisternis, de absolute stilte, dwong hij zichzelf om te slapen.

4

Moira máákte tijd. Ze ontsnapte aan haar hofdames, haar oom en haar plichten. En ze voelde zich meteen schuldig en vreesde dat ze een mislukking zou zijn als koningin omdat ze zo verlangde naar eenzaamheid.

Ze had wel twee dagen eten of twee nachten slaap willen inruilen voor één uur met haar boeken. Maar dat was egoïstisch, hield ze zichzelf voor terwijl ze zich bij het lawaai, de mensen en de vragen vandaan haastte. Het was egoïstisch om naar haar eigen comfort te verlangen wanneer er zoveel op het spel stond.

Maar hoewel ze van zichzelf niet lekker met wat boeken in een zonnig hoekje mocht gaan zitten, maakte ze wel de tijd vrij voor dit bezoekje.

Op deze dag, dat zij tot koningin was gemaakt, verlangde ze naar haar moeder en had ze haar dringend nodig. Dus tilde ze haar rokken op en liep zo snel als ze kon de heuvel af, om daarna door de kleine opening in de stenen muur naar de rand van de begraafplaats te gaan.

Bijna onmiddellijk voelde ze haar hart rustiger worden.

Als eerste ging ze naar de steen die ze direct na haar terugkomst in Geall had laten graveren en plaatsen. In Ierland had ze er zelf een geplaatst voor King, op de begraafplaats van Cian en Hoyts voorouders. Maar ze had gezworen om er hier ook een te laten maken, ter ere van een vriend.

Nadat ze een handjevol bloemen op de grond had gelegd, bleef ze staan en las de woorden die ze in de gepolijste steen had laten graveren.

KING
DEZE MOEDIGE KRIJGER LIGT NIET HIER
MAAR IN EEN LAND VER WEG.
HIJ GAF ZIJN LEVEN VOOR GEALL,
EN VOOR DE HELE MENSHEID

'Ik hoop dat je ze mooi zou hebben gevonden, de steen en de woorden. Het lijkt zo lang geleden dat ik je voor het laatst heb gezien. Het lijkt allemaal zo lang geleden, en toch is het nauwelijks meer dan een klap in je handen. Ik vind het vervelend om je te moeten vertellen dat Cian vandaag gewond is geraakt om mij te beschermen. Maar het gaat al weer redelijk met hem. Aflopen nacht hebben we bijna als vrienden met elkaar gesproken, Cian en ik. Maar vandaag, nou ja, was het niet echt vriendelijk tussen ons. Ik weet niet goed wat ik daarmee aan moet.' Ze legde een hand op de steen. 'Ik ben nu koningin. Ik weet ook niet goed wat ik daarmee aan moet. Hopelijk vind je het niet erg dat ik deze gedenksteen hier heb laten plaatsen, waar mijn familie ligt. Want in de korte tijd die we samen hebben gehad, was jij als familie voor me. Nee, jij wás familie. Ik hoop dat je nu in vrede rust.' Ze liep bij de steen vandaan, maar snelde toen terug. 'O, dat wilde ik je nog vertellen. Ik hou mijn linkerarm omhoog zoals jij me hebt geleerd.' Bij de gedenksteen hief ze haar armen op in een bokshouding. 'Dus ik wil je graag bedanken voor alle keren dat ik géén vuist in mijn gezicht krijg.'

Met de rest van de bloemen op haar gebogen arm, baande ze zich een weg door het hoge gras, over de stenen naar de graven van haar ouders.

Ze legde bloemen bij haar vaders grafsteen. 'Heer. Ik kan me u nauwelijks herinneren, en ik denk dat de meeste herinneringen die ik wel aan u heb door mijn moeder aan mij zijn doorgegeven. Ze hield zielsveel van u en had het vaak over u. Ik weet dat u een goed man was, want anders zou ze niet van u hebben gehouden. En iedereen die het over u heeft, zegt dat u een sterke, vriendelijke man was die graag lachte. Ik wilde dat ik me het geluid daarvan, van uw lach, kon herinneren.'

Ze keek over de grafstenen naar de heuvels en de bergen daarachter. 'Ik heb ontdekt dat u niet bent gestorven zoals we altijd hebben gedacht, maar dat u bent vermoord. Tegelijk met uw jongere zwager. Vermoord door demonen die op dit moment in Geall zijn en zich voorbereiden op oorlog. Ik ben alles wat er van u over is, en ik hoop dat het genoeg zal zijn.'

Vervolgens knielde ze tussen de graven, om de rest van de bloemen bij haar moeder te leggen. 'Ik mis u, elke dag. Zoals u weet, moest ik ver weg gaan om sterker terug te keren. *Mathair*.'

Ze deed haar ogen dicht toen ze het woord uitsprak. Het beeld dat ze voor zich zag, was levensecht. 'Ik kon niet voorkomen wat ze u hebben aangedaan, en als ik terugdenk aan die nacht, zie ik alles als door een mist. Uw moordenaars zijn gestraft, eentje door mijn hand. Meer kon ik niet voor u doen. Het enige wat ik kan doen, is vechten en mijn volk voorgaan in de strijd. Sommigen van hen zullen het niet overleven. Ik draag het zwaard en de kroon van Geall. Ik zal ze niet te schande maken.'

Ze bleef een tijdje zitten met alleen het geluid van de bries door het hoge gras en het steeds veranderende zonlicht.

Toen ze opstond en zich omdraaide om naar het kasteel terug te gaan, zag ze de godin Morrigan bij de stenen muur staan.

Die dag was de godin gekleed in het lichtblauw, afgezet met donkerder tinten. Haar felgekleurde haar hing als een vlammende gloed over haar schouders.

Met handen die geen bloemen meer vasthielden en een zwaar gemoed liep Moira door het gras naar haar toe. 'Vrouwe.'

'Majesteit.'

In verwarring gebracht door Morrigans buiging verstrengelde Moira haar handen zodat ze niet zouden trillen. 'Erkennen goden koninginnen?'

'Natuurlijk. Wij hebben deze plek geschapen en bepaald dat jouw bloedverwanten over dit rijk zouden heersen en dat zouden dienen. We zijn tevreden over je. Dochter.' Ze legde haar handen zacht op Moira's schouders en kuste haar op beide wangen. 'We zegenen je.'

'Ik zou liever hebben dat u mijn volk zegende en hen behoedt.'

'Dat is jouw taak. Het zwaard is uit de schede. Toen het werd gesmeed, was al bekend dat het op een dag zou zingen in de strijd. Het voeren van die strijd is ook jouw taak.'

'Zij heeft al bloed vergoten van het volk van Geall.'

Morrigans ogen waren zo diep en kalm als een meer. 'Mijn kind, met het bloed dat Lilith heeft vergoten, kun je een oceaan vullen.'

'En mijn ouders waren niet meer dan druppels in die zee?'

'Elke druppel is kostbaar en dient een doel. Neem jij het zwaard enkel op voor je eigen familie?'

'Nee.' Moira verplaatste haar gewicht van de ene op de andere voet en wees. 'Er is hier nog een steen, opgericht voor een vriend. Ik hef het zwaard voor hem, zijn wereld en voor alle werelden. We maken allemaal deel uit van elkaar.'

'Dat besef is heel belangrijk. Kennis is een groot geschenk, en de dorst naar kennis een nog groter geschenk. Gebruik wat je weet, dan zal ze je nooit kunnen verslaan. Hoofd én hart, Moira. Jij bent niet voorbestemd om aan het ene meer waarde toe te kennen dan aan het andere. Ik verzeker je dat jouw zwaard zal vlammen en je kroon zal schitteren. Maar wat jij in je hoofd en je hart hebt is de ware kracht.'

'Ik heb het gevoel dat die allebei vol angst zitten.'

'Er bestaat geen moed zonder angst. Vertrouw daarop en weet dat. En hou je zwaard aan je zijde. Jouw dood, daar is zij het meest op gebrand.'

'De mijne? Waarom?'

'Zij weet het niet. Kennis is jouw kracht.'

'Vrouwe...' begon Moira, maar de godin was verdwenen.

Voor het feest moest ze weer een andere jurk aan en moest ze toestaan dat er weer een uur aan haar werd gefrutseld. Nu ze zoveel te doen had, liet ze de kledingkeuze over aan haar tante, en ze was blij toen ze zag dat de jurk prachtig was en dat de waterblauwe kleur haar flatteerde. Ze hield van mooie jurken en vond het leuk om de tijd te nemen er op haar best uit te zien.

Maar het leek wel of ze elke keer dat ze zich omdraaide in een nieuwe jurk werd gesnoerd en ze zich de halve dag het gekwebbel en de poespas van haar hofdames moest laten welgevallen.

Ze moest bekennen dat ze de vrijheid miste van de spijkerbroeken en ruimvallende blouses die ze in Ierland had gedragen. Vanaf morgen zou ze zich kleden zoals het beste paste bij een krijger die zich voorbereidt op de strijd, hoe geschokt haar hofdames ook zouden zijn.

Maar vanavond zou ze zich in fluweel, zijde en sieraden hullen.

'Hoe gaat het met je kinderen, Ceara?'

'Goed, Vrouwe. Vriendelijk dat u naar hen informeert.' Ceara stond achter Moira en vlocht Moira's dikke haar in zijdeachtige vlechten.

'Je verplichtingen en je training houden je vaker bij hen vandaan dan ik zou willen.'

Hun blikken raakten elkaar in de spiegel. Moira wist dat Ceara een verstandige vrouw was, de nuchterste van haar drie hofdames, vond Moira.

'Mijn moeder zorgt voor hen, en dat doet ze graag. Ik besteed mijn tijd nu heel nuttig. Ik breng liever wat minder tijd met hen door dan dat ik hun iets naars zie overkomen.'

'Glenna heeft me verteld dat je heel fel bent in het man-tegen-mangevecht.'

'Dat klopt.' Er verscheen een vreugdeloze glimlach op Ceara's gezicht. 'Ik ben niet vaardig met een zwaard, maar er is nog tijd. Glenna is een goede lerares.'

'Ze is streng,' zei Dervil. 'Niet zo streng als vrouwe Blair, maar wel veeleisend. Elke dag moeten we rennen, vechten, duikelen en snijden we staken van hout. En we eindigen elke dag met vermoeide benen, blauwe plekken en splinters.'

'Beter vermoeid en onder de blauwe plekken dan dood.'

Bij het horen van Moira's effen opmerking begon Dervil te blozen. 'Ik wilde niet oneerbiedig zijn, Majesteit. Ik heb heel veel geleerd.'

'En er is me verteld dat je een ware duivelin met het zwaard wordt. Ik ben trots op je. En Isleen, ik heb gehoord dat jij goed met pijl en boog kunt omgaan.'

'Dat is waar.' Isleen, de jongste van de drie, bloosde bij het complimentje. 'Dat doe ik liever dan vechten met vuisten en voeten. Ceara mept me altijd omver.'

'Zolang jij blijft piepen als een muis en met je handen staat te fladderen, kan iedereen je omver meppen,' merkte Ceara op.

'Ceara is groter, en haar armen zijn langer dan de jouwe, Isleen. Dus moet je leren om sneller en sluwer te zijn,' zei Moira. 'Ik ben trots op elke blauwe plek die jullie oplopen. Vanaf morgen zal ik elke dag minstens één uur met jullie trainen.'

'Maar Majesteit,' begon Dervil. 'U kunt toch niet...'

'Dat kan ik en dat zal ik,' viel Moira haar in de rede. 'Ik verwacht dat jullie drieën, en de andere vrouwen, je best zullen doen om mij omver te meppen. En ik zal het jullie niet makkelijk maken.' Ze ging staan toen Ceara een stap naar achteren deed. 'Ook ik heb een heleboel geleerd.' Ze pakte haar kroon en zette die op haar hoofd. 'Ik verzeker jullie dat ik jullie alle drie, en wie het verder nog tegen me wil opnemen, een pak op haar donder kan geven.'

Ze draaide zich om, schitterend in het glanzend blauwe fluweel. 'En iedereen die mij een pak op mijn donder weet te geven of die me met blote handen of met een wapen verslaat, zal ik een van de zilveren kruisen schenken die Glenna en Hoyt hebben betoverd. Dat zal mijn mooiste geschenk zijn. Zeg dat maar tegen de anderen.'

Het leek of hij een toneelstuk binnenwandelde, dacht Cian. De grote zaal was het toneel, versierd met vaandels en opgevrolijkt met bloemen, brandende kaarsen en een knappend haardvuur. Ridders en heren en dames waren op hun best gekleed. Wambuizen en jurken, juwelen en goud. Hij zag verscheidene mannen en vrouwen die schoenen droegen met lange, spitse neuzen die omhoog kulden, die ook in de mode waren geweest toen hij nog had geleefd.

Dus zelfs betreurenswaardige modestijlen verspreidden zich van de ene naar de andere wereld, dacht hij.

Er was zoveel eten en drinken dat hij het vermoeden had dat de lange tafels kraakten onder alle schalen en kruiken. Een harpspeler speelde opgewekte, levendige muziek. De gesprekken die hij opving gingen over van alles en nog wat, van mode, politiek, seksuele roddels en versierpogingen tot financiën.

Al met al verschilde dat niet zoveel met zijn eigen nachtclub in New York, dacht hij. Weliswaar droegen de vrouwen daar minder en was de muziek harder, maar in wezen was er in de loop der eeuwen niet zoveel veranderd. Mensen vonden het nog altijd fijn om samen te komen onder het genot van een hapje, een drankje en muziek.

Hij dacht aan zijn club en probeerde te bepalen of hij die miste.

Elke avond de drommen mensen en de geluiden. Maar hij constateerde dat hij die dingen in het geheel niet miste.

Waarschijnlijk zou hij toch verveeld en rusteloos zijn geraakt en zou hij hoe dan ook weer verder zijn getrokken. Het was te danken aan de tocht die zijn broer door tijd en ruimte had afgelegd – Hoyt was min of meer bij hem voor de voordeur geland – dat Cians reisschema was bespoedigd.

Maar zonder Hoyt en de missie die hem door de goden was opgedragen, zou een verhuizing hebben betekend dat Cian van naam en plek had moeten veranderen en dat hij fondsen had moeten verplaatsen. Ingewikkeld, tijdrovend en... boeiend. Cian had meer dan honderd namen en honderd huizen gehad, en toch vond hij het creëren daarvan nog steeds interessant.

Waar zou hij naartoe zijn gegaan, vroeg hij zich af. Wellicht Sydney, of Rio. Of misschien Rome of Helsinki. Op zich was het slechts een kwestie van een speld in een landkaart prikken. Er waren maar weinig plekken waar hij nog nooit was geweest, en er was geen enkele plek waar hij zich niet zou kunnen vestigen, als hij dat verkoos.

In elk geval in zijn eigen wereld. Geall was een andere zaak. Hij had al een keer geleefd in een tijdperk met deze mode en cultuur, en hij had geen zin om dat te herhalen. Zijn familie had tot de landadel behoord, dus had hij indertijd genoeg grote feesten bijgewoond.

Al met al had hij de voorkeur gegeven aan een glas cognac en een goed boek. Hij was niet van plan om lang te blijven en was alleen gekomen omdat hij wist dat iemand hem anders zou komen halen. Hoewel hij ervan overtuigd was dat hij iedereen die hem zou komen zoeken kon ontlopen, zou hij niet onder de donderpreek uitkomen waarop Hoyt hem de volgende dag zou trakteren.

Dus was het simpeler om acte de présence te geven, een heildronk uit te brengen op de nieuwe koningin en vervolgens weg te glippen.

Wel had hij de grens getrokken bij het dragen van het officiële wambuis en de accessoires die naar zijn kamer waren gebracht. Hij mocht dan vastzitten in een middeleeuwse tijdlijn, maar hij vertikte het om zich ook zo te kleden. Daarom droeg hij zwart, een pantalon en een trui. Hij had vergeten een driedelig kostuum met stropdas in te pakken voor deze specifieke reis.

Toch glimlachte hij met enige warmte naar Glenna, die, gekleed in smaragdgroen, bij hem kwam staan. Ze droeg iets waarvan hij dacht dat het vroeger een *robe deguisee* was genoemd. Heel formeel en elegant met een lage, ronde halslijn die haar bijzonder fraaie borsten prachtig liet uitkomen.

'Nou, jouw aanblik zie ik liever dan die van welke godin dan ook.'

'Ik voel me bijna als een godin.' Ze spreidde haar armen zodat de wijde klokmouwen zwierden. 'Maar wel zwaar. Het materiaal weegt minstens vijf kilo. Ik zie dat jij voor een minder gewichtig ensemble hebt gekozen.'

'Ik zou nog liever een staak door mijn eigen hart slaan dan me in een van die kostuums te hijsen.'

Ze moest lachen. 'Dat kan ik je niet kwalijk nemen, maar ik vind het wel heel leuk om Hoyt helemaal opgedirkt te zien. Voor mij is dit net een gekostumeerd bal, en misschien geldt voor jou hetzelfde na zoveel tijd. Moira heeft koninklijk zwart en goud gekozen voor de kleding van onze huistovenaar. Het staat hem goed, net als jouw modernere keuze jou goed staat. Maar goed, deze hele dag lijkt net een heel vreemde droom.'

'Ik vond het meer een heel raar toneelstuk.'

'Ja, dat ook. Hoe het ook zij, dit feest is een korte en kleurige onderbreking. We zijn erin geslaagd om vandaag wat verkenningen uit te voeren, Hoyt en ik met magie, en Larkin en Blair met een verkenningsvlucht. We zullen je alles vertellen wanneer...'

Ze maakte haar zin niet af toen er trompetgeschal klonk.

Moira kwam binnen. De sleep van haar jurk vloeide achter haar aan en haar kroon flonkerde in het licht van wel honderd kaarsen.

Ze straalde, zoals een koningin behoorde te stralen, zoals een vrouw kon stralen.

Terwijl zijn niet-kloppende hart zich verstrakte in zijn borstkas, dacht Cian: godverdegloeiende.

Hij moest zich wel bij de anderen aan de hoofdtafel voegen voor het feestmaal. Eerder weggaan zou een openlijke belediging zijn. Op zich kon dat hem niet zoveel schelen, maar het zou de aandacht hebben getrokken. Dus zat hij opnieuw klem.

Moira zat in het midden aan de tafel, tussen Larkin en haar oom. Cian was blij dat hij naast Blair zat, die zowel een bron van informatie als onderhoudend gezelschap was.

'Lilith heeft nog niets in brand gestoken, en dat had ik niet gedacht,' begon ze. 'Waarschijnlijk is ze nog te druk bezig met het verzorgen van Fifi. O, vraagje. Dat Franse kreng is toch al ruim vierhonderd jaar oud? En jij meer dan het dubbele daarvan. Hoe komt het dan dat jullie allebei nog een accent hebben?'

'Waarom vinden Amerikanen toch dat iedereen hoort te praten zoals zij?'

'Daar zeg je iets. Is dat hertenvlees? Volgens mij wel.' Ze nam een hap. 'Dat valt best mee.'

Haar jurk was felrood en liet een deel van haar gespierde schouders onbedekt. Ze droeg in haar korte haren geen versieringen, maar in haar oren wel rijkversierde gouden medaillons, bijna zo groot als de knuistjes van een baby.

'Hoe kun je je hoofd recht houden met zulke oorbellen?'

'Wie modieus wil zijn moet pijn lijden,' zei ze ontspannen. 'Hoor eens,' ging ze verder. 'De vijand heeft dus paarden. Een stuk of vijfentwintig, verspreid over verscheidene weiden. Misschien nog een aantal meer op stal. En toen we daar rondcirkelden dacht ik: waarom zetten we Larkin niet aan de grond en jagen we die paarden op de vlucht? Gewoon om de vijand wat te irriteren. En het leek me een goed idee om wat brandjes te stichten, als ik hem tenminste kon overhalen. Als de vampiers binnen blijven, verbranden ze. Als ze naar buiten komen, verbranden ze ook.'

'Slim bedacht. Tenzij Lilith buiten natuurlijk wachtposten met bogen heeft opgesteld.'

'Ja, hè hè, alsof dat niet bij mij was opgekomen. Ik dacht: ik schiet gewoon een paar brandende pijlen omlaag om hun aandacht te trekken. Dus ik koos mijn doelwit uit: het arbeidershuisje dat het dichtst bij de grootste weide staat. Het leek me logisch dat zich daar een aantal soldaten in bevond. Dus stel je mijn verbazing en ergernis voor toen de pijlen op de lucht afketsten alsof er een muur stond.'

Hij kneep zijn ogen tot spleetjes toen hij zijn hoofd opzij draaide en haar aankeek. 'Heb je het nou over een krachtveld? Wat is dit, verdomme? *Star Trek*?'

'Ja, dat zei ik ook.' Helemaal op één golflengte met hem, gaf Blair een stomp tegen zijn schouder. 'Die tovenaar van haar, Midir, die draait volgens mij overuren. En hun hoofdkwartier ligt in een beschermende bol. Larkin vloog omlaag om wat beter te kunnen kijken en toen kregen we allebei een elektrische schok. Dat was zwaar balen.'

'Ja, dat lijkt mij ook.'

'Toen kwam de tovenaar zelf naar buiten. Uit dat grote huis. Het landhuis? Geloof me, die vent is een griezel. Fladderend zwart gewaad, lange zilverkleurige haardos. Hij stond daar gewoon, dus keken wij omlaag naar hem en hij omhoog naar ons. Het duurde even, maar toen begreep ik het. Het was een patstelling. Wij konden niets naar binnen schieten, maar zij ook niets naar buiten. Als het krachtveld in werking is, zitten zij opgesloten en zijn wij buitengesloten. Zo ondoordringbaar als een vesting, verdomme. Beter nog.'

'Ze weet wel hoe ze het beste gebruik kan maken van de mensen die ze in huis haalt,' mijmerde Cian.

'Zeg dat wel. Dus moest ik me verlagen tot het maken van onbeleefde gebaren, om ervoor te zorgen dat we onze tijd niet hadden verspild. Dat krachtveld zet ze 's nachts waarschijnlijk uit, denk je ook niet?'

'Waarschijnlijk wel. Zelfs al hebben ze voldoende voedsel meegenomen, jagen zit in de aard van het beestje. Ze moet voorkomen dat haar troepen ongeïnspireerd of juist nerveus worden.'

'Misschien kunnen we dan een nachtelijke aanval uitvoeren. Ik weet het niet. Iets om over na te denken. Dat is toch haggis?' Ze trok haar neus op. 'Dat sla ik over.' Ze boog zich nog wat verder naar hem toe en fluisterde: 'Larkin zegt dat er wordt rondgebazuind hoe jij hebt afgerekend met de kerel die probeerde Moira te vermoorden. De schildwachten van het kasteel en de ridders staan achter jouw aanpak.'

'Dat doet er nauwelijks toe.'

'Je weet wel beter. Hierdoor word je niet alleen geaccepteerd door de mensen die in feite de frontsoldaten van dit leger zijn, maar ook gerespecteerd. Dat doet er wel degelijk toe, Heer Cian.'

Hij kromp zichtbaar ineen. 'Zeg, doe me een lol.'

'Ik vind het wel mooi klinken. Dit gelei-spul is een beetje korrelig. Weet jij wat het is?'

Cian wachtte opzettelijk met antwoorden tot ze een tweede hap had genomen. 'Orgaanvlees in gelei. Waarschijnlijk van een varken.'

Toen ze zich verslikte, kon hij zijn lach niet onderdrukken.

Het klonk vreemd om hem te horen lachen, dacht Moira. Vreemd, een beetje gemeen en heel aantrekkelijk. De kleren die ze bij hem had laten bezorgen, waren een vergissing geweest. Hij was te veel een schepsel van zijn eigen tijdperk – of van wat zijn eigen tijdperk was geworden – om een kostuum uit het hare aan te trekken.

Maar hij was wel naar het feest gekomen, terwijl ze er niet zeker van was geweest of hij dat zou doen. Niet dat hij ook maar iets tegen haar had gezegd. Geen enkel woord.

Hij had voor haar gedood maar sprak niet met haar, dacht ze. Dus zou ze hem uit haar gedachten zetten, precies zoals hij haar overduidelijk uit zijn gedachten had gezet.

Haar enige wens was dat deze avond voorbij zou zijn. Ze verlangde naar haar bed, ze hunkerde naar slaap. Ze wilde haar zware fluwelen kleding uittrekken en heerlijk wegglijden in het duister, één nachtje maar.

Maar ze moest doen alsof ze smakelijk zat te eten, ondanks haar gebrek aan eetlust. Ze moest ook doen alsof ze aandacht besteedde aan de gesprekken, zelfs al wilden haar oogleden het liefst dichtzakken.

Ze had te veel wijn gedronken en had het te warm. En het zou nog uren duren voordat ze haar hoofd te ruste kon leggen.

Telkens wanneer een van de ridders een heildronk op haar uit wilde brengen, moest ze stoppen met eten, glimlachen en drinken. Als het in dit tempo doorging, zou haar hoofd waarschijnlijk van het kussen af tollen.

Ze voelde een enorme opluchting toen ze eindelijk kon aankondigen dat het dansen begon.

Er werd natuurlijk van haar verwacht dat ze mee zou doen aan de eerste serie dansen. En ze merkte dat ze zich prettiger voelde omdat ze kon bewegen en omdat er muziek klonk.

Híj danste natuurlijk niet, maar bleef gewoon zitten. Als een koning met spijsverteringsproblemen, dacht ze, op een vreemde manier geërgerd omdat zij met hem had willen dansen. Zijn handen op haar handen, zijn ogen die strak in de hare keken.

Maar hij bleef zitten en keek naar de dansende menigte terwijl hij zijn wijn dronk. Ze zwierde met Larkin, maakte een buiging voor haar oom en danste hand in hand met Hoyt.

En toen ze weer omkeek, was Cian verdwenen.

Hij wilde frisse lucht, maar verlangde bovenal naar de nacht. De nacht was nog steeds zijn tijd. Wat er in hem huisde, achter het masker van een man, zou daar altijd naar verlangen en altijd naar op zoek gaan.

Hij ging de trappen op en liep naar buiten, waar de duisternis dik leek en de muziek uit de zaal niet meer dan een zilverachtige echo was. Er waren wolken voor de maan geschoven, die de sterren verstikten. Voor het ochtend werd, zou het gaan regenen. Dat kon hij nu al ruiken.

De binnenplaats onder hem werd verlicht door toortsen en bij de poorten en op de muren stonden schildwachten.

Hij hoorde dat een van hen hoestte en spuwde en hij hoorde de vlaggen boven hem wapperen in een plotselinge windvlaag. Als hij zich concentreerde, kon hij zelfs het gewoel van muizen horen, weggestopt in hun nest in een gat tussen de stenen, en het papierachtige geritsel van de vleugels van een vleermuis die boven hem cirkelde.

Hij hoorde wat anderen niet konden horen.

Hij rook een mens – de zilte huid en het rijkelijk stromen van bloed daaronder. Een deel van hem werd voortdurend geprikkeld door de behoefte daaraan. Om te jagen, te doden en zich te voeden.

Die smaakexplosie van bloed in de mond en de keel. Het pure leven dat ontbrak in de koele plastic zakjes die hij toegestuurd kreeg. Heet, herinnerde hij zich, die eerste smaak was altijd heet geweest. Het verwarmde alle plekken die koud en doods waren, en op het moment dat hij dronk, verroerde zich iets levends, of de schaduw daarvan, in de kilte en doodsheid.

Het was goed om af en toe stil te staan bij het onnoembare genot ervan. Goed om zich te herinneren waar zijn wilskracht tegen streed. Het was van levensbelang om niet te vergeten waar degenen tegen wie ze vochten naar smachtten.

De mensen deden dat niet, konden dat niet. Zelfs Blair niet, en zij begreep meer dan de meesten.

Toch zouden die mensen vechten en sterven. Na de eersten zouden anderen volgen om te vechten en te sterven. Sommigen zouden natuurlijk op de vlucht slaan, dat gebeurde altijd. Anderen zouden verstijven van angst en gewoon blijven staan, als konijnen gevangen in het licht van een schijnwerper, om vervolgens te worden afgeslacht.

Maar de meesten zouden niet vluchten, zich niet verstoppen en niet verstijven van angst. Jarenlang had hij mensen zien leven en sterven en hij wist dat ze konden vechten als duivels wanneer ze echt met hun rug tegen de muur stonden.

Als ze wonnen, zouden ze het hele gebeuren romantiseren in liederen en verhalen. Over vele jaren zouden oude mannen bij het haardvuur vertellen over de triomfen terwijl ze hun littekens lieten zien.

En weer anderen zouden 's nachts wakker worden, badend in het koude zweet omdat ze de verschrikkingen van de oorlog in hun dromen opnieuw hadden beleefd.

Als hij het overleefde, hoe zou dat dan voor hem zijn, vroeg hij zich af. Dagen van triomf of nachtmerries? Geen van beide, dacht hij, want hij was niet menselijk genoeg om zijn tijd te verdoen met piekeren over wat was geweest.

Als Lilith erin slaagde om hem te doden... Nou ja, een echte dood was een ervaring die hij nog moest meemaken. Dat kon best interessant zijn.

En omdat hij beter kon horen dan anderen, hoorde hij de voetstappen op de stenen trap. Moira's voetstappen, want hij kende haar manier van lopen, net als haar geur.

Hij wilde zich terugtrekken in de schaduw, maar vervloekte zich toen om zijn lafheid. Ze was maar een vrouw, een mens. Ze kon en zou nooit meer voor hem betekenen.

Toen ze naar buiten kwam, hoorde hij haar een lange, diepe zucht slaken alsof er net een enorme last van haar schouders was gevallen. Ze liep naar de stenen borstwering, boog haar hoofd achterover en deed haar ogen dicht. En haalde een paar keer diep adem.

Haar gezicht was rood aangelopen door de hitte van het haardvuur en de inspanning van het dansen, en in haar ogen lag een vermoeide blik.

Iemand had dunne vlechten in haar lange haar gemaakt en daar fijne gouddraden doorheen geweven, en die golfden door het glanzend bruine gordijn dat over haar rug viel.

Hij zag het moment waarop ze voelde dat ze niet alleen was. Het plotselinge verstijven van haar schouders en haar hand die tussen de plooien van haar jurk gleed.

'Als je daar een houten staak hebt verstopt, heb ik liever dat je die niet in mijn richting laat wijzen,' zei hij.

Hoewel haar schouders zich niet ontspanden, liet ze haar hand langs haar zij zakken terwijl ze zich omdraaide. 'O, ik had je niet gezien. Ik had wat frisse lucht nodig. Het is binnen vreselijk warm en ik heb te veel gedronken.'

'Volgens mij komt het eerder omdat je te weinig hebt gegeten. Ik zal je alleen laten met je frisse lucht.'

'O, blijf toch. Ik blijf hier maar heel even, daarna is die verdomde frisse lucht weer helemaal voor jou.' Ze duwde haar haren naar achteren en hield haar hoofd schuin.

Hij was nu in de gelegenheid om haar gezicht en haar ogen goed te bekijken, en hij dacht: ja, inderdaad, de kleine koningin was hard op weg om stomdronken te worden.

'Kom jij hier om diep na te denken? Ik kan maar niet besluiten of je daarvoor dit soort open ruimte nodig hebt of dat je dat beter kunt doen in kleinere ruimten. Ik neem aan dat jij heel veel gedachten hebt, gezien alles wat jij hebt meegemaakt.' Ze struikelde half en lachte zachtjes toen hij haar arm pakte, maar die ogenblikkelijk weer losliet. 'Je doet altijd zo je best om me niet aan te raken,' zei ze. 'Behalve dan wanneer je mijn leven redt of me behoedt voor verwondingen. Of wanneer je tijdens de training op me inhakt. Dat vind ik interessant. Jij bent een man met vele gezichten, is het niet?'

'Ik zou het niet weten.'

'Behalve die ene keer dan,' vervolgde ze alsof hij niets had gezegd, en ze deed een stap naar hem toe. 'Die ene keer dat je me stevig vastpakte en zelfs je mond op de mijne drukte. Ik heb me altijd afgevraagd hoe dat precies zat.'

Tot zijn schaamte merkte hij dat hij bijna een stap achteruit deed. 'Dat was bedoeld om je een lesje te leren.'

'Ik ben een geleerde en dol op lessen. Geef me nog eens zo'n lesje.'

'De wijn heeft je dwaas gemaakt.' Hij ergerde zich aan de stijve, gewichtige klank van zijn stem. 'Je moet naar binnen gaan en vragen of je hofdames je naar bed willen brengen.'

'De wijn heeft me inderdaad dwaas gemaakt. Dat zal ik morgen wel betreuren, maar dat zien we dan wel weer. O, dit was me het dagje wel.' Ze draaide zich langzaam om, waarbij haar rokken over de stenen zwierden. 'Het is een raar idee dat het nog maar vanochtend was dat ik naar de steen ben gelopen. Hoe kan dat pas vanochtend zijn geweest? Ik heb het gevoel dat ik dat zwaard en de steen de hele dag bij me heb gedragen. Nu leg ik ze neer, tot morgen. Dus ik heb wat te veel gedronken, wat dan nog?'

Ze deed nog een stap naar hem toe, en zijn trots liet niet toe dat hij achteruitdeinsde.

'Ik had gehoopt dat je vanavond met me zou dansen. Ik heb me afgevraagd hoe het zal zijn om aangeraakt te worden door jou als we niet aan het vechten zijn, als je niet uit beleefdheid handelt of een vergissing maakt.'

'Ik was niet in de stemming om te dansen.'

'Jij zit vol stemmingen, dat is waar.' Ze keek hem aandachtig aan. Of liever gezegd: ze bestudeerde zijn gezicht zoals ze de bladzijden van een boek zou bestuderen, dacht hij. 'En heus, daar zit ik zelf ook vol mee. Ik was kwaad toen je me die ene keer kuste. En ook een beetje bang. Nu ben ik niet boos of bang. Maar volgens mij ben jij dat wel.'

'Nu zeg je niet alleen iets dwaas, maar ook iets belachelijks.'

'Bewijs het dan.' Ze overbrugde het laatste stukje tussen hen en hief haar gezicht naar hem op. 'Leer me een lesje.'

Hier kon hij onmogelijk voor worden verdoemd. Hij was immers lang geleden al verdoemd. Hij was niet voorzichtig en niet teder. Met een ruk trok hij haar tegen zich aan, waardoor ze bijna omviel, en hij bracht zijn mond omlaag om de hare te plunderen.

Hij proefde wijn en warmte, en een roekeloosheid waarop hij niet had gerekend. Hij besefte onmiddellijk dat dat zijn grote vergissing was.

Ditmaal was ze klaar voor hem. Haar handen verstrengelden zich in zijn haar, haar mond stond open en was begerig. Ze smolt niet vol overgave tegen hem aan en begon ook niet te sidderen door zijn heftigheid. Ze kromde haar rug om meer te krijgen.

Het verlangen klauwde in zijn binnenste omhoog, de zoveelste demon die op hem was afgestuurd om hem te martelen.

Hoe kon het dat de lucht tussen hen in niet rookte, dat ze niet allebei in vlammen opgingen? Dit was vuur, tot diep in het bloed, tot in de beenderen.

Hoe had ze haar hele leven zonder gekund?

Toen hij haar losliet en van zich afduwde, bleef het in haar woeden als een koorts.

‘Voelde je dat?’ Ze fluisterde het vol verwondering. ‘Voelde je dat?’

Haar smaak zat nu in hem, en met heel zijn wezen verlangde hij naar meer van haar. Dus gaf hij geen antwoord, hij sprak helemaal niet. Hij glipte de duisternis in en was verdwenen voor haar volgende ademteug.

5

Ze werd vroeg wakker, vol hernieuwde energie. De vorige dag had ze voortdurend een enorme last met zich meegesleurd, alsof die vastgeketend zat aan haar been. Maar nu was die keten gebroken. Het gaf niets dat de regen omlaag stroomde uit de sombere grijze hemel, die elk spoortje van zonneschijn verstikte. Ze voelde het licht weer in haar binnenste.

Ze kleedde zich in wat zij als haar 'Ierse kleding' beschouwde, een spijkerbroek en een sweatshirt. De tijd voor formaliteiten en decorum was voorbij, en het kon haar nu even niet schelen of ze iemands gevoelens kwetste. Dat zou ze later wel weer goedmaken.

Ze mocht dan koningin zijn, dacht ze, terwijl ze haar haren in een lange vlecht deed, maar dan wel eentje die van aanpakken wist.

Ze zou een krijger zijn.

Ze strikte de veters van haar schoenen en gordde haar zwaard om. Daarna keek ze in de spiegel en knikte goedkeurend. De vrouw die haar aankeek, herkende ze en had haar goedkeuring. Ze was een vrouw met een doel, met macht en met kennis.

Terwijl ze zich weer omdraaide, bekeek ze de kamer aandachtig. Het vertrek van de koningin, dacht ze. Ooit het toevluchtsoord van haar moeder, en nu dat van haar. Het bed was breed en prachtig opgemaakt met intens blauw fluweel en luchtig, sneeuwwit kant, want haar moeder had van zacht en mooi gehouden.

De bedstijlen waren van dik, gepolijst Gealliaans eiken en rijkelijk voorzien van houtsnijwerk met de symbolen van Geall. De schilderijen van de velden, de heuvels en de bossen die de muren sierden, waren ook taferelen van Geall.

Op een tafel bij het bed stond een klein portret in een zilveren lijst. Moira's vader had elke nacht over haar moeder gewaakt, en nu zou hij over zijn dochter waken.

Ze wierp een korte blik op de deuren die naar het balkon van haar moeder leidden. De gordijnen zaten daar nog steeds dicht, en dat zou ze zo laten. Althans, voorlopig. Ze was er nog niet aan toe om de deuren te openen, om de stenen te betreden waarop haar moeder was vermoord.

In plaats daarvan zou ze zich de gelukkige uren herinneren die ze met haar moeder in deze kamer had doorgebracht.

Ze stapte de gang op, liep naar de kamer van Hoyt en Glenna en klopte aan. Het duurde een tijdje voordat er werd gereageerd, en plotseling drong tot haar door hoe vroeg het was. Ze wilde net weer weggaan in de hoop dat ze haar niet hadden horen kloppen toen de deur openging.

Hoyt was nog bezig om zijn gewaad aan te trekken. Zijn lange, donkere haar zat in de war en zijn ogen waren nog zwaar van de slaap.

'O, mijn excuses,' begon ze. 'Ik heb er gewoon niet bij nagedacht...'

'Is er iets gebeurd? Is er iets mis?'

'Nee, nee. Niets. Ik heb er gewoon niet bij stilgestaan hoe vroeg het nog is. Alsjeblieft, ga weer terug naar bed.'

'Wat is er?' Glenna verscheen achter hem. 'Moira? Is er een probleem?'

'Alleen met mijn manieren. Ik was al vroeg op en heb er gewoon niet aan gedacht dat anderen nog in bed zouden liggen, vooral na het feest van gisteravond.'

'Geeft niets.' Glenna legde een hand op Hoyts arm ten teken dat hij opzij moest gaan. 'Wat had je nodig?'

'Alleen een woordje onder vier ogen met jou. Om eerlijk te zijn wilde ik je vragen of je met me wilde ontbijten in mijn moeders... in mijn woonkamer om iets te bespreken.'

'Gun me tien minuten.'

'Weet je het zeker? Het kan ook best later.'

'Tien minuten,' herhaalde Glenna.

'Dank je wel. Ik zal ervoor zorgen dat er eten wordt geserveerd.'

'Ze ziet eruit alsof ze... gereed is voor iets,' merkte Hoyt op toen Glenna naar de lampetkan liep om zich te wassen.

'Zeg dat wel.' Glenna doopte haar vingers in het water en concentreerde zich. Ze mocht dan niet in de gelegenheid zijn om een douche te nemen, maar ze vertikte het om zich met koud water te wassen.

Ze behielp zich met wat ze had terwijl Hoyt het vuur opstookte. Daarna sprak ze, tegemoetkomend aan haar ijdelheid, een subtiele glamourspreuk uit.

'Misschien wil ze alleen het trainingsschema van vandaag bespreken.' Glenna deed oorbellen in en prentte zich in dat ze die weer uit moest doen tijdens de training. 'Ik heb je toch verteld dat ze een beloning heeft uitgeloofd – een van onze kruisen – voor de vrouw die haar vandaag bij een oefengevecht weet te verslaan.'

'Het was slim van haar om een beloning uit te loven, maar ik vraag me af of dat het beste gebruik is van dat kruis.'

'Er zijn er negen,' bracht Glenna hem in herinnering terwijl ze zich aankleedde. 'Vijf voor ons. Een voor King, natuurlijk, en dat maakt zes. Plus de twee waarvan we hebben besloten ze aan Larkins moeder en zijn zwangere zus te geven. Die negende moet ook een doel hebben. Misschien is dit het.'

'We zullen zien wat de dag brengt.' Hij glimlachte toen ze een grijze trui over haar hoofd trok. 'Hoe komt het toch dat jij er elke ochtend knapper uitziet, *a ghrá*?'

'Jij hebt liefde in je ogen.' Ze draaide zich om en liet zich door hem omhelzen toen hij op haar afliep. Ondertussen keek ze verlangend naar het bed. 'Een regenachtige ochtend. Het zou leuk zijn om nog een uurtje tegen elkaar aan te kunnen kruipen, zodat ik mijn gang met je kon gaan.' Ze hief haar gezicht op voor een kus. 'Maar kennelijk ga ik met de koningin ontbijten.'

Zoals gewoonlijk zat Moira met een boek bij het vuur toen Glenna binnenkwam. Met een schaapachtige glimlach keek ze Glenna aan. 'Ik moet me schamen dat ik jou op dit uur bij je man en je warme bed vandaan heb gehaald.'

'Dat is het voorrecht van een koningin.'

Lachend wees Moira naar een stoel. 'Het eten komt zo. Op een dag, wanneer de zaadjes die ik heb meegenomen en geplant het goed doen, zal ik 's ochtends sinaasappelsap kunnen drinken. Ik mis de smaak ervan.'

'Ik snak naar koffie,' gaf Glenna toe. 'En naar appeltaart, een smart-tv en allerlei andere menselijke dingen.' Ze ging zitten en keek Moira aandachtig aan. 'Je ziet er goed uit,' zei ze. 'Uitgerust, en zoals Hoyt zei: gereed.'

'Dat ben ik ook. Gisteren liepen mijn hoofd en mijn hart over van allerlei dingen, en daardoor voelde alles zwaar aan. Het zwaard en de kroon waren van mijn moeder, en ze zijn alleen maar van mij omdat zij dood is.'

'En je hebt nog niet echt tijd gehad om te rouwen.'

'Nee, dat is waar. Maar ik weet dat zij alles wat ik heb gedaan voor Geall, voor iedereen, zou hebben goedgekeurd. Ze zou niet hebben gewild dat ik me ergens zou opsluiten en in mijn eentje om haar zou rouwen. Maar ik was ook bang. Wat voor koningin zou ik worden, en dan nog wel in deze hectische tijd?'

Met enige tevredenheid keek Moira omlaag naar haar broek en

stevige schoenen. 'Nou, ik weet wel wat voor koningin ik zal proberen te zijn. Sterk, en zelfs woest. Ik heb geen tijd om op een troon te zitten en allerlei zaken te bespreken. Politiek en protocol zullen even moeten wachten, nietwaar? We hebben de plechtigheid gehad en we hebben feestgevierd, en dat was allebei nodig. Maar nu is het tijd om vies en bezweet te raken.'

Ze ging staan toen het eten werd binnengebracht. Ze sprak met de jonge knul – die er nog wat slaperig uitzag – en het meisje dat hem hielp.

Ze klonk heel ontspannen, dacht Glenna. Ze noemde de bedienden bij naam terwijl ze de gerechten en het servies klaarzetten. En hoewel ze allebei een beetje verward keken toen ze zagen hoe hun koningin gekleed ging, negeerde Moira dat. Ze stuurde hen weer weg met een bedankje en het bevel dat zij en haar gast niet mochten worden gestoord.

Nu ze bij elkaar zaten, viel het Glenna op dat Moira, die al dagenlang met weinig enthousiasme had gegeten, een eetlust vertoonde die zich met die van Larkin kon meten.

'Het zal vandaag een modderige, ellendige training worden,' begon Moira. 'Maar dat lijkt me wel goed. Voor de discipline. Hoewel ik vandaag meedoe met de training, en dat van nu af aan waarschijnlijk elke dag zal doen, hebben Blair en jij nog steeds de leiding. Ik wil dat iedereen ziet dat ik train, net als alle anderen. Dat ik smerig word en onder de blauwe plekken kom te zitten.'

'Zo te horen kijk je ernaar uit.'

'Bij de goden, wis en waarachtig.' Moira nam wat van het eiergerecht dat ze de koks had leren bereiden op de manier waarop Glenna het vaak had klaargemaakt. Roerei met stukjes ham en ui. 'Weet je nog toen Larkin en ik net door de Dans in Ierland waren gekomen? Negen van de tien keer kwamen mijn pijlen precies op de plek terecht waar ik wilde, maar konden jullie vijven mij zonder al te veel te moeite op mijn kont gooien.'

'Maar je bent altijd weer opgestaan.'

'Aye. Maar tegenwoordig ben ik niet meer zo makkelijk omver te krijgen. Ik wil dat iedereen dat ziet.'

'Je hebt al getoond dat je een krijger bent toen je het tegen die vampier hebt opgenomen en hem hebt gedood.'

'Dat is waar. En nu zal ik ze laten zien dat ik een echte soldaat ben die blauwe plekken kan incasseren. En ik wil je nog iets vragen.'

'Dat dacht ik al.' Glenna schonk hun allebei meer thee in. 'Voor de dag ermee.'

'Ik heb de magie die in mij huist nooit goed leren gebruiken. Die stelt niet veel voor, zoals je zelf hebt gezien. Ik ben enigszins bedreven in het genezen van anderen, en ik bezit een soort kracht die kan worden aangeboord en gebruikt door anderen met een grotere magische kracht. Zoals jij en Hoyt hebben gedaan. Dromen. Ik heb dromen bestudeerd en boeken gelezen over hun betekenis. En boeken over magie zelf, natuurlijk. Maar ik had het idee dat mijn gave niet echt nut had, behalve dan dat ik iemands pijn ermee kon verlichten. Of weten welke kant je bij de jacht op moet om een hertenbok te vinden. Kleine dingen.'

'En nu?'

'En nu,' zei Moira met een knikje. 'Volgens mij is er nu wel een doel en een behoefte. Volgens mij heb ik alles nodig wat ik in me heb, wat ik ben. Hoe meer ik weet wat er in me zit, hoe beter ik er gebruik van kan maken. Toen ik het zwaard aanraakte, toen ik mijn hand op het gevest legde, stroomde het in me. De wetenschap dat het zwaard van mij was, en altijd al van mij was geweest. En dat ging gepaard met een kracht, als een sterke wind, die gewoon in me blies. Of eerder door me heen, denk ik. Snap je wat ik bedoel?'

'Reken maar.'

Moira knikte nogmaals en ging verder met eten. 'Dat heb ik tot nu toe verwaarloosd omdat ik er niet echt veel belangstelling voor had. Ik wilde lezen en studeren, ik wilde jagen met Larkin en paardrijden.'

'Dingen waar een jonge vrouw van geniet,' viel Glenna haar in de rede. 'Waarom zou je niet hebben mogen doen wat je leuk vond? Jij wist niet wat er komen ging.'

'Nee, dat wist ik niet. Ik vraag me af of ik het wel zou hebben geweten als ik dieper had gekeken.'

'Je had je moeder niet kunnen redden, Moira,' zei Glenna vriendelijk.

Moira keek op met een erg heldere blik in haar ogen. 'Jij kunt mijn gedachten zo gemakkelijk zien.'

'Waarschijnlijk omdat ik, in jouw plaats, dezelfde gedachten zou hebben. Je had haar niet kunnen redden. Sterker nog...'

'Ik was niet voorbestemd om haar te redden,' maakte Moira de zin af. 'Dat begin ik diep vanbinnen te geloven. Maar als ik mijn gave had onderzocht, had ik misschien een voorbode kunnen zien van wat eraan kwam. Misschien zou dat verschil hebben gemaakt. Net zoals Blair heb ik het slagveld in mijn dromen gezien. Maar anders dan zij ben ik het niet moedig tegemoet getreden. Ik ben weggelopen. Daar kan ik ook niets meer aan veranderen. Maar ik... Wacht...' Ze zocht naar de uitdrukking. 'Ik moet het mezelf niet verwijten? Zo zeg je dat toch?'

'Ja, precies.'

'Ik verwijt het mezelf niet, maar ik wil het wel veranderen. Daarom wil ik aan jou vragen of jij tijd kunt vrijmaken om mij te helpen met het aanscherpen van mijn eventuele krachten, zoals ik ook mijn vechtkunsten heb verbeterd.'

'Dat kan ik. En dat doe ik graag.'

'Dank je wel.'

'Wacht nog maar even met me te bedanken. Het is werk. Magie is een kunst en een vak. En een gave. Maar je kunt het het best vergelijken met je lichamelijke training. Magie lijkt op... nou ja, op een spier.' Glenna tikte op haar biceps. 'Die moet je trainen en opbouwen. Er wordt gezegd dat we magie beoefenen, net als geneeskunst, dus ben je nooit uitgeleerd.'

'Elk wapen dat ik meeneem de strijd in, is een klap die ik uitdeel aan de vijand.' Met opgetrokken wenkbrauwen spande Moira haar arm. 'Dus ik zal die magische spier net zo opbouwen als ik met deze heb gedaan, ik zal zo sterk mogelijk worden. Ik wil haar verpletteren, Glenna. Dat wil ik nog liever dan haar verslaan. Ik wil haar verpletteren. Om heel veel redenen. Mijn ouders, King... Cian,' voegde ze er na een korte aarzeling aan toe. 'Dat zou hij niet leuk vinden, hè? Als hij zou weten dat ik hem als een slachtoffer beschouw?'

'Zo ziet hij zichzelf niet.'

'Nee, dat weigert hij. Daarom gaat het zo goed met hem, op zijn manier dan. Hij heeft vrede met zijn... Vrede is niet echt het goede woord, want hij heeft geen vredig karakter. Maar hij heeft zijn lot geaccepteerd. Ik denk zelfs dat hij het op een bepaalde manier heeft omarmd.'

'Volgens mij is dat een goede inschatting van hem. Zo goed als maar kan.'

Moira zweeg even en schoof haar overgebleven eten heen en weer op haar bord. 'Hij heeft me opnieuw gekust.'

'O. O.' En na een stilte. 'O.'

'Ik heb hem gedwongen.'

'Niet dat ik iets wil afdoen aan je charme of krachten, maar volgens mij kan niemand Cian ergens toe dwingen.'

'Misschien wilde hij het wel, maar deed hij het pas toen ik hem ertoe aanzette. Ik had een beetje te veel gedronken.'

'Hmm.'

'Ik was niet laveloos, hoor,' zei Moira met een wat zenuwachtig klinkend lachje. 'Niet echt. Ik gedroeg me iets losser, zogezegd, en was iets vastberadener. Ik was naar buiten gegaan omdat ik frisse lucht en rust nodig had. En daar stond hij.' Ze haalde het zich opnieuw voor de geest. 'Hij had overal naartoe kunnen gaan, en ik had beslist ook ergens anders naartoe kunnen gaan. Maar dat hebben we geen van beiden gedaan, dus stonden we op dezelfde plek, op dezelfde tijd. 's Nachts,' zei ze rustig. 'Ver van de muziek en de lichten vandaan.'

'Romantisch.'

'Ja, ik denk het wel. Je kon de regen die voor het aanbreken van de dag zou gaan vallen net ruiken, en de maan piepte af en toe tussen de wolken door. Hij heeft iets mysterieus, waar ik naar wil blijven spitten tot ik alle stukjes ervan heb gevonden.'

'Je zou niet menselijk zijn als je hem niet fascinerend vond,' zei Glenna. Ze wisten allebei wat ze niet had gezegd. Hij was dat niet. Hij was niet menselijk.

'Hij gedroeg zich heel stijfjes, zoals zo vaak tegen mij, en dat was ergerlijk. En, nou ja, ik moet toegeven dat het ook een uitdaging was. Tegelijkertijd... welt het soms in me op als ik bij hem ben. Zoals kennis of magie ook kan doen. Dan steekt er iets de kop op.'

Ze drukte haar hand tegen haar buik en bewoog hem omhoog naar haar hart. 'Gewoon iets wat... vanuit mijn midden omhoogtrekt. Ik heb nog nooit sterke gevoelens gehad voor een man, niet op die manier. Als vlinders, snap je? Aangenaam en interessant, maar niet krachtig en heet. Hij heeft iets wat ik fascinerend vind. Hij is zo...'

'Sexy,' maakte Glenna de zin af. 'Buitensporig sexy.'

'Ik wilde weten of het net zo zou zijn als die andere keer, de enige keer, toen we allebei zo kwaad waren en hij me beetpakte. Ik zei tegen hem dat hij dat nog eens moest doen en dat ik me niet zou laten afschepen.' Ze hield haar hoofd schuin alsof ze de situatie probeerde te doorgronden. 'Weet je, volgens mij maakte ik hem zenuwachtig. Toen ik zag dat hij een tikje nerveus werd, maar zijn best deed om dat niet te zijn, voelde dat even bedwelmend als de wijn was geweest.'

'God, ja.' Na een diepe zucht te hebben geslaakt, pakte Glenna haar thee. 'Dat is logisch.'

'En toen hij me kuste, voelde dat precies zo als de vorige keer, maar dan overweldigender. Omdat ik erop wachtte. Op het moment zelf werd hij er net zo door gegrepen als ik. Dat wist ik gewoon.'

'Wat wil je precies van hem, Moira?'

'Dat weet ik niet. Misschien alleen die hitte, die kracht. Dat genot. Is dat verkeerd?'

'Dat zou ik je niet kunnen vertellen.' Maar ze maakte zich er wel zorgen om. 'Hij zal je nooit meer kunnen bieden. Dat moet je goed voor ogen houden. Hij kan hier niet blijven, en zelfs als hij dat wel zou doen, een poosje, zou je nooit een leven met hem kunnen opbouwen. Je begeeft je op gevaarlijk terrein.'

'Elke dag, van nu tot Samhain, is gevaarlijk. Ik weet dat wat je zegt verstandig en logisch is, maar toch voel ik dat verlangen in mijn hoofd en mijn hart. Ik zal ze allebei een beetje tot rust moeten laten komen, zodat ik daarna kan bepalen wat ik ermee aan moet. Maar ik wil niet ten strijde te trekken terwijl ik hiervoor terugdeins, alleen omdat ik bang ben voor wat er kan gebeuren of wat er juist niet kan gebeuren.'

Na er even over te hebben nagedacht, slaakte Glenna een zucht. 'Het mag dan verstandig en logisch zijn, maar ik betwijfel ten zeerste of ik mijn eigen raad zou opvolgen als ik in jouw schoenen stond.'

Moira pakte Glenna's hand. 'Het helpt om met een andere vrouw te praten. Om tegen haar te kunnen zeggen wat er in mijn hoofd en in mijn hart zit.'

In een ander deel van Geall, in een huis dat tegen zelfs het zwakste en waterigste licht was afgeschermd, zaten twee andere vrouwen met elkaar te praten.

Het was niet het begin, maar het einde van hun dag en ze zaten samen in alle rust te eten.

In alle rust, want de man die ze leegzogen, was niet meer in staat om te protesteren of zich te verzetten.

'Je had gelijk.' Lora leunde achterover en depte voorzichtig het bloed van haar lippen met een linnen servet. De man was vastgeketend aan de tafel die tussen hen in stond, Lilith had gewild dat haar gewonde metgezellin zittend zou kunnen eten in plaats van in bed te liggen en uit kopjes te drinken. 'Opstaan en op een beschaafde manier een prooi verschalken was precies wat ik nodig had.'

'Dat zei ik toch.' Lilith glimlachte tevreden.

Lora's gezicht was nog steeds ernstig verbrand. Het wijwater dat dat kreng van een demonenjager naar haar toe had geslingerd, had afschuwelijke schade veroorzaakt. Maar Lora was aan de beterende hand en de lekkere, verse maaltijd zou helpen om haar weer op krachten te laten komen.

'Eet alsjeblieft nog wat.'

'Dat zal ik doen. Je bent zo goed voor me geweest, Lilith. En ik heb je teleurgesteld.'

'Helemaal niet. Het was een goed plan, en het was bijna geslaagd. Jij hebt er een heel hoge tol voor betaald. De pijn die je hebt geleden vind ik bijna onverdraaglijk.'

'Zonder jou zou ik zijn gestorven.'

Ze waren geliefden en vrienden geweest, rivalen en tegenstanders. Vier eeuwen lang waren ze alles voor elkaar geweest. Maar Lora's verwondingen, haar bijna-dood, hadden hen dichter tot elkaar gebracht dan ooit tevoren.

'Tot jij gewond raakte, wist ik niet hoeveel ik van je hield en hoezeer ik je nodig had. Toe schat, eet nog een beetje meer.'

Gehoorzaam pakte Lora de slappe arm van de man en liet haar hoektanden erin zinken.

Voor de brandwonden was ze knap geweest, een jeugdig uitziende blondine met een stoere uitstraling. Nu was haar gezicht rauw en rood en bedekt met half genezen wonden. Maar haar blauwe ogen stonden niet langer glazig van pijn, en haar stem werd al weer even sterk als voorheen.

'Het was heerlijk, Lilith.' Ze leunde weer ontspannen achterover. 'Maar ik kan echt geen druppel meer op.'

'Dan zal ik het weg laten halen en gaan we nog even bij het vuur zitten voor we gaan slapen.'

Lilith rinkelde met een kleine gouden bel ten teken dat de bedienden konden afruimen. Ze wist dat de restjes beslist niet zouden worden verspild.

Ze ging staan om Lora naar de andere kant van de kamer te helpen, waar ze al een paar kussens en een sprei op de bank had gelegd.

'Comfortabeler dan de grotten,' merkte ze op. 'Maar toch zal ik blij zijn als ik deze plek kan verlaten en een fatsoenlijk onderkomen kan betrekken.'

Ze zorgde dat Lora lekker lag en nam toen zelf plaats, koninklijk in haar rode gewaad, haar goudblonde haren hoog opgestoken omdat ze de avond een zekere glamour had willen geven.

Haar schoonheid was niet afgenomen in de tweeduizend jaar sinds haar dood.

'Heb je pijn?' vroeg ze Lora.

'Nee, ik voel me bijna weer de oude. Het spijt me dat ik gisterochtend zo kinderachtig deed toen dat kreng langsvloog op haar bespottelijke draak-man. Toen ik haar zag, kwam alles weer terug, alle angst, de pijn.'

'Maar we hebben haar een verrassing bezorgd, nietwaar?' Teder streek Lilith de sprei glad en stopte die rond Lora in. 'Wat zal ze zijn geschrokken toen haar pijlen afketsten op Midirs schild. Je had gelijk toen je me overhaalde om hem niet te doden.'

'De volgende keer dat ik haar zie, zal ik niet huilen en de dekens over mijn hoofd trekken als een bang kind. De volgende keer dat ik haar zie, zal ze door mijn toedoen sterven. Dat zweer ik.'

'Wil je haar nog steeds veranderen en als speelkameraadje gebruiken?'

'Dat geschenk gun ik die hoer niet.' Lora's mond verstrakte tot een grijnslach. 'Van mij zal ze alleen de dood ontvangen.' Met een zucht legde ze haar hoofd tegen Liliths schouder. 'Zij zou nooit zo belangrijk voor me zijn geworden als jij. Het leek me wel grappig om wat plezier aan haar te beleven. En ik dacht dat we ons samen met haar konden vermaken in bed. Al die energie en kracht van haar zijn heel aantrekkelijk. Maar ik had nooit zoveel van haar kunnen houden als van jou.'

Ze hief haar hoofd op zodat hun lippen elkaar raakten in een lange, zachte kus. 'Ik ben de jouwe, Lilith. Voor eeuwig.'

'Mijn lieve meisje.' Lilith drukte nog een kus op Lora's slaap. 'Weet je nog dat ik je voor het eerst zag, toen je alleen in een donkere, vochtige straat van Parijs zat te huilen? Toen wist ik al dat je de mijne zou worden.'

'Ik dacht dat ik van een man hield,' mompelde Lora. 'En dat hij van mij hield. Maar hij gebruikte me, wees me af en zette me aan de kant voor een ander. Ik dacht dat mijn hart was gebroken. En toen verscheen jij.'

'Weet je nog wat ik tegen je zei?'

'Dat zal ik nooit vergeten. Je zei: "Mijn lieve, verdrietige meisje. Ben je helemaal alleen?" Ik zei tegen je dat mijn leven voorbij was, dat ik tegen de ochtend dood zou zijn van verdriet.'

Lilith lachte en streelde Lora's haar. 'Zo dramatisch. Hoe kon ik je weerstaan?'

'Of ik jou. Je was zo mooi. Als de koningin die je bent. Je was in het rood gekleed, net als vanavond, en je straalde zo. Je nam me mee naar huis en gaf me brood en wijn. Daarna luisterde je naar mijn droeve verhaal en droogde je mijn tranen.'

'Je was zo jong en charmant. Zo zeker dat de man die jou aan de kant had gezet de enige was die je ooit zou willen.'

'Ik kan me zijn naam nu niet eens meer herinneren. Of zijn gezicht.'

'Je kwam zo bereidwillig in mijn armen,' mompelde Lilith. 'Ik vroeg je of je voor altijd jong en knap wilde blijven, of je macht over mannen wilde hebben, bijvoorbeeld over de man die je had gekwetst. Je zei ja, en nog eens ja. Zelfs op het moment dat ik je proefde, klampte je je aan me vast en zei opnieuw ja en ja.'

Er verschenen rode vlekjes op Lora's oogwit toen ze terugdacht aan dat indrukwekkende moment. 'Ik had nog nooit zo'n opwinding gevoeld.'

'Toen je van mij dronk, hield ik van je zoals ik nog nooit van een ander had gehouden.'

'En toen ik weer tot leven kwam, bracht jij hem bij me, zodat ik degene die me had afgewezen tot mijn eerste prooi kon maken. We hebben hem gedeeld, zoals we zoveel hebben gedeeld.'

'Als Samhain aanbreekt, zullen we alles delen wat er is.'

Terwijl de vampiers sliepen, stond Moira op het trainingsveld, van top tot teen onder de modder en doorweekt. Haar heup deed pijn van een klap die langs haar verdediging was geglipt, en ze haalde nog steeds gierend adem door de laatste trainingsronde.

Ze voelde zich opperbest.

Ze stak een hand uit om Dervil overeind te helpen. 'Je hebt je goed geweerd,' zei Moira tegen haar. 'Je had me bijna te pakken.'

Ineenkrimpend wreef Dervil over haar forse lichaam. 'Volgens mij niet.'

Met haar handen in haar zij en een breedgerande, inmiddels

kletsnatte leren hoed op haar hoofd keek Glenna naar het tweetal. ‘Je bent deze keer langer blijven staan en sneller overeind gekomen.’ Ze knikte goedkeurend naar Dervil. ‘Vooruitgang. Er zijn aan de andere kant van het veld verscheidene mannen die je makkelijk in de houdgreep kunt nemen.’

‘Er zijn aan de andere kant van het veld verscheidene mannen die ze op een heel andere manier heeft genomen,’ riep Isleen, waarop er een paar schunnige lachjes klonken.

‘In beide gevallen weet ik tenminste wat ik met ze moet doen,’ reageerde Dervil.

‘Stop maar iets van die energie in je volgende trainingsronde,’ stelde Glenna voor. ‘Dan win je misschien in plaats van in de modder te eindigen. Laten we besluiten met wat pijl-en-boogtraining. Daarna houden we het vandaag voor gezien.’

De vrouwen reageerden opgelucht toen ze hoorden dat de trainingssessie er bijna op zat, maar Moira wuifde met haar hand. ‘Ik heb nog geen man-tegen-mangevecht gedaan met Ceara. Ik heb de beste, althans dat is me verteld, tot het laatst bewaard. Zodat ik me uit de arena terug kan trekken als een echte kampioen.’

‘Verwaand. Maar dat vind ik wel leuk,’ zei Blair terwijl ze door de regen en de modder liep. ‘De mensen die aan de wapens werken schieten lekker op,’ voegde ze eraan toe. ‘We hebben de productie een paar tandjes opgevoerd.’ Ze hield haar hoofd achterover. ‘Ik kan je wel vertellen dat die regen heerlijk aanvoelt na enkele uren bij een aambeeld en een smidsvuur te hebben gezeten. En hoe gaat het hier?’

‘Moira heeft alle uitdagers het hoofd geboden bij het zwaard- en het man-tegen-mangevecht. Ze heeft Ceara net uitgedaagd voor een trainingsronde, en daarna breien we er voor vandaag een eind aan met de boogtraining.’

‘Prima. Ik kan een groep meenemen naar de schietschijven terwijl jullie de boel hier afronden.’

Onmiddellijk steeg er een luid protest op bij de vrouwen, die de laatste trainingsronde wilden zien.

'Bloeddorstig.' Blair knikte goedkeurend. 'Dat vind ik ook leuk. Goed, dames. Geef ze de ruimte. Op wie zou jij inzetten?' mompelde ze tegen Glenna toen de twee vrouwen tegenover elkaar gingen staan.

'Moira is fel en gemotiveerd. Ze heeft vandaag alle uitdagers in het stof laten happen. Ik zou mijn geld op haar inzetten.'

'Dan kies ik voor Ceara. Die is listig en ze durft klappen te incasseren. Zie je wel?' voegde ze eraan toe toen Ceara met haar gezicht in de modder viel en meteen weer overeind kwam om aan te vallen.

Ze maakte een schijnbeweging, draaide op het laatste moment en haalde toen uit met haar been, waarmee ze Moira midden op haar lichaam trof. De koningin vloog achteruit door de treffer, maar slaagde erin haar evenwicht te hervinden en de volgende klap te ontwijken. Ze kwam met een snelle tegenaanval en gooide Ceara over haar schouder. Maar toen ze zich omdraaide, lag Ceara niet plat op haar rug, maar had ze zich op haar handen opgedrukt en haalde uit met haar voeten zodat Moira in de modder viel.

Moira stond snel op met een glinstering in haar ogen. 'Ik zie dat je reputatie niet overdreven is.'

'Ik wil die beloning.' Ceara dook in elkaar en draaide om Moira heen. 'Wees gewaarschuwd.'

'Kom maar halen dan.'

'Een goed gevecht,' merkte Blair op terwijl vuisten en voeten flitsten en lichamen alle kanten op werden gesmeten. 'Ceara, hou je ellebogen omhoog.'

Glenna gaf Blair een por met haar elleboog. 'Geen aanwijzingen vanaf de zijlijn.' Maar ze glimlachte, niet alleen omdat het een goed, gedegen gevecht was, maar ook omdat de andere vrouwen stonden te schreeuwen en aanwijzingen riepen.

Ze waren tot een eenheid geworden.

Moira week achteruit, maakte een schaarbeweging met haar benen en trapte Ceara's benen onder haar lichaam vandaan. Maar toen ze met een koprol weer overeind kwam om haar tegenstander tegen de grond te drukken, kwam Ceara omhoog en gooide Moira over haar hoofd.

Er klonken kreten van medeleven toen Moira met een keiharde klap op de grond terechtkwam. Voor ze zich weer kon oprichten, zat Ceara met gespreide benen boven op haar en hield een elleboog tegen Moira's keel en een vuist tegen haar hart.

'Je hebt net een staak door je hart gekregen.'

'Verdorie nog aan toe, je hebt gelijk. Ga in godsnaam van me af, je drukt mijn longen fijn.' Ze ademde diep in terwijl ze moeizaam met haar nog natrillende lichaam ging zitten.

Ceara plofte eenvoudigweg naast haar in de modder, en de twee vrouwen keken elkaar hijgend aan.

'Jij bent een enorm kreng als je vecht,' zei Moira ten slotte.

'Met alle respect, dat geldt ook voor u, Vrouwe. Ik heb blauwe plekke op blauwe plekken en daarbovenop weer builen.'

Met haar onderarm veegde Moira wat modder van haar gezicht. 'Ik was niet helemaal uitgerust.'

'Dat is waar, maar ik kan u uitgerust ook wel aan.'

'Volgens mij heb je gelijk. Jij hebt de beloning eerlijk gewonnen, Ceara. Ik ben er trots op door jou te zijn verslagen.'

Ze stak haar hand uit naar Ceara en na die te hebben geschud, hief ze hem hoog in de lucht. 'Hier is de kampioen van het man-tegen-mangevecht.'

Er klonk gejuich, en zoals gebruikelijk was bij vrouwen, volgden er omhelzingen. Maar toen Ceara een hand uitstak om Moira overeind te helpen, sloeg Moira dat af.

'Ik moet nog even op adem komen. Pak jij je boog maar. En met dat wapen zul jij noch iemand anders me kunnen verslaan.'

'Nee, dat lukt ons nooit, al zouden we duizend jaar oefenen. Majesteit?'

'Aye? O, god, ik zal een week niet zonder pijn kunnen zitten,' voegde ze eraan toe terwijl ze over haar beurse heup wreef.

'Ik ben nog nooit zo trots geweest op mijn koningin.'

Moira glimlachte in zichzelf en bleef nog even rustig zitten om al haar verwondingen te inventariseren. Daarna keek ze omhoog naar de plek waar ze de afgelopen nacht met Cian had gestaan.

En daar stond hij ook nu, in het halfduister en de regen, terwijl hij omlaag keek naar haar. Zelfs van veraf voelde ze zijn kracht, de verleiding die hij uitstraalde, zoals andere mannen dat nooit zouden kunnen, dacht ze.

'Waar kijk je eigenlijk naar?' vroeg ze zich hardop af. 'Is het soms leuk om mij op mijn kont in de modder te zien zitten?'

Waarschijnlijk wel, dacht ze, en wie kon hem dat kwalijk nemen? Waarschijnlijk bood ze een behoorlijk grappige aanblik.

'We zullen het vroeg of laat een keer tegen elkaar opnemen. En dan zullen we wel eens zien wie er wint.'

Ze ging staan en klemde haar kaken opeen in haar poging om rechtop te lopen in plaats van te strompelen. Zo liep ze weg, zonder nog een keer achterom te kijken.

6

Na een enorme hoeveelheid modder van zich te hebben afgeschraapt, voegde Moira zich bij de anderen voor een strategiebespreking. Ze arriveerde precies op het gespannen punt tussen discussiëren en ruziemaken.

'Ik zeg helemaal niet dat je je mannetje niet staat.' De toon waarop Larkin tegen Blair sprak, liet doorschemeren dat hij op het punt stond om zijn geduld te verliezen. 'Ik zeg alleen maar dat Hoyt en ik dit samen wel aankunnen.'

'En ik zeg dat drie mensen die klus sneller kunnen klaren dan twee.'

'Over welke klus gaat het?' vroeg Moira.

Het antwoord kwam van verschillende mensen die steeds luider begonnen te praten.

'Hier word ik geen wijs uit.' Ze hief een hand op om tot stilte te manen terwijl ze haar plaats aan de tafel innam. 'Begrijp ik nou dat het de bedoeling is om er een klein groepje op uit te sturen om een basiskamp bij het slagveld op te zetten, en dat die mensen ook op verkenning moeten?'

'Dan kunnen morgenochtend de eerste troepen worden verplaatst,' zei Hoyt. 'We hebben plekken aangegeven die als schuilplaats kunnen dienen. Hier.' Hij tikte op de kaart die op de tafel lag uitgespreid. 'Een dagmars naar het oosten. En dan nog eens een dagmars vanaf daar.'

'Maar het feit blijft dat Lilith zich hier heeft verschanst...' Blair legde haar vuist op de kaart. '... en daarmee heeft ze de beste plek en voorzieningen opgeëist. Wat wij kunnen doen, is kriskras bases opzetten en een grillige frontlijn vormen. Maar het wordt echt tijd om onze troepen in beweging te zetten, en voordat we ze eropuit sturen, moeten we basiskampen voor hen hebben veiliggesteld. Niet alleen langs de route, maar ook op de beste plekken in de buurt van de vallei.'

'Dat is waar.' Peinzend bestudeerde Moira de kaart. Ze begreep de bedoeling van het plan, waarbij ze zich bij daglicht van de ene positie naar de andere zouden verplaatsen. 'Larkin kan die afstand het snelst overbruggen van iedereen. Zijn we het daarover eens?'

'Zoals de zaken er nu voor staan wel. Maar als we andere draken kunnen rekruteren...'

'Blair, ik heb al gezegd dat dat niet gaat.'

'Draken?' Moira stak opnieuw een hand op om een einde te maken aan Larkins onderbreking. 'Wat bedoel je?'

'Als Larkin van gedaante verwisselt, kan hij communiceren, althans op een elementair niveau, met dat wat hij wordt,' begon Blair.

'Aye? En dus?'

'Dus als hij andere draken roept wanneer hij zelf die gedaante heeft, waarom zou hij er dan niet een aantal kunnen overhalen om hem te volgen... met berijders.'

'Het zijn vredige, zachtaardige wezens,' viel Larkin haar in de rede. 'Die moet je niet meesleuren in zoiets, waarbij ze gewond kunnen raken.'

'Wacht, wacht.' Moira liet zich achteroverzakken terwijl ze erover nadacht. 'Is dat echt mogelijk? Ik heb wel eens mensen gezien die een babydraakje hielden als huisdier, maar ik heb nog nooit gehoord dat iemand een volwassen draak berijdt, behalve dan in verhalen. Maar áls het kan, zouden we heel snel kunnen reizen, zelfs 's nachts. En tijdens het gevecht...' Ze maakte haar zin niet af toen ze de uitdrukking op Larkins gezicht zag. 'Het spijt me oprecht, maar we kunnen hier niet sentimenteel over doen. De draak is een symbool van Geall, en Geall heeft zijn symbolen nodig. We vragen ons volk, onze vrouwen, jong en oud, om te vechten en offers te brengen. Als het kan, vind ik dat we het moeten doen.'

'Ik weet niet óf het kan.'

Moira wist wanneer Larkin koppig was. 'Je zult het moeten proberen. We houden ook van onze paarden, Larkin,' bracht ze hem in herinnering. 'Maar daarmee trekken we ook ten strijde. Hoyt, zeg eens eerlijk, kunnen Larkin en jij er het beste samen op uit gaan of is het beter is dat jullie dit met z'n drieën doen?'

Hij keek gepijnigd. 'Die vraag plaatst me wel tussen twee vuren. Larkin is bang dat Blair nog niet volledig is hersteld van de aanval.'

'Goed genoeg om mee te gaan,' hield Blair vol, en ze gaf Larkin een weinig zachtzinnige klap tegen zijn arm. 'Wil je soms een robbertje met me vechten om dat aan den lijve te ondervinden, cowboy?'

'Aan het einde van de dag heeft ze last van haar ribben, en de schouder die gewond is geraakt is nog zwak.'

'Ik zal je eens laten zien wat zwak is.'

'Kom, kom kinderen.' Glenna slaagde erin om zowel luchtig als sarcastisch te klinken. 'Ik zal het oordeel vellen: Blair is goedgekeurd voor dienst. Sorry, liefje,' zei ze tegen Larkin, 'maar we kunnen haar echt niet op de lijst met zieken houden.'

'Het is inderdaad beter als ze meegaat.' Hoyt wierp Larkin een medelevende blik toe. 'Als we met z'n drieën gaan, hoeven we niet langer dan één dag weg te blijven. Dan kunnen de eerste soldaten morgenochtend bij het eerste licht het kasteel verlaten en op weg gaan naar de eerste post.'

'Dan blijven wij drieën hier om het werk, de training en de voorbereidingen voort te zetten.' Moira knikte. 'Dit is de beste tactiek.

Vind jij dat Tynan de eerste troepen die vertrekken moet leiden, Larkin?'

'Is die vraag een zoethoudertje voor mijn gekwetste trots of wil je echt mijn mening horen?'

'Allebei.'

Ze wist hem een onwillig lachje te ontlokken. 'Dan zeg ik ja. Hij is de geschiktste persoon ervoor.'

'Aan het werk, dan.' Blair keek de tafel rond. 'Met de snelheid die Larkin in de lucht haalt, zullen we voor de avond valt het eerste basiskamp op kunnen zetten, misschien zelfs de eerste twee.'

'Neem alles mee wat jullie nodig hebben,' zei Moira tegen hen. 'Ik zal Tynan vertellen dat hij de leiding heeft over de eerste troepen die op pad gaan zodra het licht wordt.'

'Ze zal jullie verwachten.' Het waren de eerste woorden die Cian zei sinds Moira de kamer was binnengekomen. 'Als Lilith niet zelf aan deze zet heeft gedacht, heeft een van haar adviseurs dat wel gedaan. Ze zal manschappen gereed hebben staan om jullie te onderscheppen en in een hinderlaag te laten lopen.'

Blair knikte. 'Dat had ik ook al bedacht. Daarom kunnen we beter met z'n drieën gaan en vanuit de lucht komen. Zij zullen ons niet verrassen, maar wij hen misschien wel.'

'De kans daarop wordt groter als jullie van deze kant komen.' Hij stond op en liep om de kaart heen om het aan te wijzen. 'Maak een omtrekkende beweging en nader de eerste locatie vanuit het oosten of het noorden. Dat kost natuurlijk wel meer tijd, maar ze zullen jullie verwachten van deze kant.'

'Daar zeg je zowat,' beaamde Blair, waarna ze Larkin een peinzende blik toewierp. 'Hoyt en ik kunnen landen op een plek waar ze ons niet zien en Larkin eropuit sturen om het terrein te verkennen. Misschien als een vogel of een dier dat hier geen argwaan wekt. Dan moeten we wel extra proviand meenemen, want hij heeft ontzettend veel energie nodig voor die gedaantewisselingen,' voegde ze eraan toe. 'Beter goed voorbereid dan na afloop spijt.'

'Kies voor een klein dier als je van gedaante verandert,' waarschuwde Cian Larkin. 'Als je jezelf in een hert of in ander wild verandert, schieten ze je misschien af voor de lol of als extra voedsel. Onderhand zullen ze zich wel vervelen. Als het weer daar vandaag net zo is geweest als hier, zitten ze waarschijnlijk binnen of hebben ze ergens beschutting gezocht. Wij vinden het net zo vervelend om kletsnat te worden als mensen.'

'Goed, het zal ons wel lukken.' Blair ging staan. 'Als je verder nog magische trucs in huis hebt, vergeet dan niet om die mee te nemen,' zei ze tegen Hoyt.

'Wees voorzichtig.' Glenna streek Hoyts cape glad toen ze bij de poort stonden.

'Maak je geen zorgen.'

'Dat gebeurt automatisch.' Ze liet haar handen op zijn cape rusten terwijl ze hem aankeek. 'Sinds dit is begonnen, hebben we altijd dicht in elkaars nabijheid verkeerd. Ik wilde dat ik met je mee kon gaan.'

'Jij bent hier nodig.' Hij legde een hand op het kruisje om haar hals en daarna op het zijne. 'Je zult weten waar ik ben en hoe het met me gaat. Dit neemt hoogstens twee dagen in beslag. Ik zal bij je terugkomen.'

'Dat is je verdomme geraden.' Ze trok hem naar zich toe en gaf hem een harde, lange zoen terwijl haar hart angstig sloeg. 'Ik hou van je. Wees voorzichtig.'

'Ik hou ook van jou. Sterk zijn. Ga nu naar binnen, uit de regen.'

Maar ze bleef wachten terwijl Larkin in een glinsterende draak veranderde en Hoyt en Blair alle bepakking en wapens op hem laadden. Ze wachtte tot Hoyt en Blair op de rug van de draak waren gesprongen, opstegen en wegvlogen door het gordijn van regen.

'Het is moeilijk om degene te zijn die achterblijft,' zei Moira, die achter haar stond.

'Afschuwelijk.' Ze tastte naar achteren en pakte Moira's hand stevig beet. 'Dus hou me bezig. Kom, we gaan naar binnen, dan krijg je je eerste les.' Ze draaiden zich om en liepen bij de poort vandaan. 'Weet je nog wanneer je voor het eerst merkte dat je kracht had?'

'Nee. Het was niet zo duidelijk als bij Larkin. Het was meer dat ik soms bepaalde dingen wist. Waar ik iets moest vinden wat was kwijtgeraakt. Of waar iemand zat als we verstoppertje speelden. Maar dat kon ook altijd door geluk of logisch nadenken komen.'

'Had je moeder een gave?'

'Ja. Maar op een zachte manier, als je snapt wat ik bedoel. Een soort empathie, zou je kunnen zeggen. Een gave om dingen te laten bloeien.' Al pratend gooide ze terloops haar vlecht over haar schouder. 'Je hebt de tuinen hier gezien, die heeft zij aangelegd. Als ze bij een geboorte was of een zieke hielp, schonk ze de mensen geruststelling en ontspanning. Ik beschouwde wat zij had, en wat ik heb, als een soort van vrouwelijke magie. Empathie, intuïtie, genezing.' Ze liepen onder de poort door en begaven zich naar de trap. 'Maar sinds ik met jou en Hoyt samenwerk, voel ik meer. Alsof er iets in me is ontwaakt. Het leek een soort echo of weerkaatsing van de sterkere gave die jullie allebei hebben. En toen pakte ik dat zwaard beet.'

'Een talisman of een doorgeefluik,' speculeerde Glenna. 'Of gewoon een sleutel die een deur opende naar iets wat al in je zat.'

Glenna ging als eerste de kamer binnen waarin Hoyt en zij werkten. Die verschilde niet veel van de torenkamer in Ierland. Groter, dacht Moira, en met een gewelfde deur die toegang gaf tot een van de vele balkons van het kasteel.

En de geuren waren dezelfde; kruiden en as, en iets wat het midden hield tussen bloemen en metaal. Rondom tafels en kasten had

Glenna een aantal kristallen uitgestald. Zowel om esthetische als om magische redenen.

Er stonden schalen, fiolen en boeken.

En er hingen kruisen – van zilver, hout, steen en koper – voor alle openingen naar buiten.

'Het is hier vochtig en koud,' zei Glenna. 'Waarom steek jij het haardvuur niet even aan?'

'O, natuurlijk.' Maar toen Moira naar de brede stenen haard wilde lopen, pakte Glenna lachend haar hand.

'Nee, niet op die manier. Je moet vuur máken. Dat is elementair, het is een van de basisvaardigheden. Bij het beoefenen van magie gebruiken we de elementen, de natuur. Daar hebben we respect voor. Steek het vuur aan vanaf hier, samen met mij.'

'Ik zou niet weten hoe ik moet beginnen.'

'Begin bij jezelf. Gebruik je geest, je hart, je buik, je botten en je bloed. Stel je het vuur voor, zijn kleuren en vormen. Voel de hitte ervan, ruik de rook en de brandende turf. Haal dat uit je geest, uit je binnenste, en breng het over naar de haard.'

Moira deed wat haar werd gezegd, en hoewel ze iets op haar huid voelde tintelen, bleef de turf koud.

'Het spijt me.'

'Nee. Zoiets kost tijd, energie en concentratie. En je moet vertrouwen hebben. Je bent vergeten hoe je je eerste stapjes zette, dat je je optrok aan de rokken van je moeder of aan een tafel, hoe vaak je bent gevallen voordat je kon staan. Zet je eerste stap, Moira. Steek je rechterhand uit. Stel je voor dat het vuur in je wordt ontstoken, heet en fel. Het stroomt naar buiten, vanuit je buik, door je hart, door je armen en je vingertoppen. Zie het voor je, voel het. Stuur het naar de plek waar jij het wilt hebben.'

Ze raakte bijna in trance door Glenna's rustige stem en die toenemende hitte.

Ditmaal voelde Moira een nog iets sterkere tinteling, onder haar huid en eroverheen. Er schoot een zwak vlammetje langs een stuk turf.

'O! Het was een flits in mijn hoofd. Maar jij hebt het meeste werk gedaan.'

'Een beetje maar,' verbeterde Glenna haar. 'Ik heb je alleen een zetje gegeven.'

Moira slaakte een diepe zucht. 'Ik heb het gevoel dat ik tegen een berg omhoog ben gerend.'

'Na verloop van tijd wordt het makkelijker.'

Terwijl ze naar het vuur keek dat oplaaide, knikte Moira. 'Leer het me.'

Na twee uur had Moira het gevoel dat ze niet alleen een berg had beklommen, maar er ook af was gevallen... en boven op haar hoofd terecht was gekomen. Maar ze had geleerd om twee van de vier elementen op te roepen en enigszins te beheersen. Glenna had haar een lijst met eenvoudige toverspreuken gegeven om zelf te oefenen.

Huiswerk, had Glenna het genoemd, en de geleerde in Moira popelde om ermee aan de slag te gaan.

Maar eerst moesten er andere zaken worden geregeld. Ze trok formelere kleding aan, zette de mijter van haar ambt op en ging naar haar oom om de financiën te bespreken.

Oorlogen kosten geld.

'Velen hebben hun oogst op het veld moeten laten staan,' zei Riddock. 'Hun kuddes schapen en koeien zijn onbeheerd achter gebleven. Ongetwijfeld zullen sommige mensen dakloos raken.'

'We zullen ze helpen om hun huizen te herbouwen. Er zullen twee jaar geen belastingen of heffingen zijn.'

'Moira...'

'Dat kan de schatkist wel aan, oom. Ik wil geen goud en juwelen bezitten, ongeacht wat hun geschiedenis is, terwijl ons volk zich opofferingen moet getroosten. Dan laat ik nog liever de koninklijke kroon van Geall omsmelten. Als dit achter de rug is, zal ik gewassen planten. Twintig hectare. En nog eens twintig om vee op te laten grazen. De opbrengst ervan zal worden teruggegeven aan de mensen die hebben gevochten, aan de gezinnen van degenen die zijn gesneuveld of gewond zijn geraakt terwijl ze Geall dienden.'

Hij wreef over zijn hoofd, dat inmiddels pijn deed. 'En hoe zul jij met zekerheid kunnen zeggen wie heeft gediend en wie zichzelf heeft verstopt?'

'We zullen de mensen op hun woord geloven. Jij vindt me naïef en teerhartig, en misschien ben ik dat ook. Die eigenschappen zal een koningin nodig hebben als dit achter de rug is. Maar op dit moment kan ik niet naïef en teerhartig zijn. Ik moet druk uitoefenen en de mensen aansporen om te geven en te geven. Ik vraag heel veel van je. Je zit hier terwijl vreemden je huis in een kazerne veranderen.'

'Dat stelt niets voor.'

'Dat stelt heel veel voor. En het zal niet het laatste zijn wat ik van je vraag. Oran gaat morgen met zijn troepen op pad.'

'Hij heeft met me gesproken.' Riddocks stem klonk trots, hoewel er een sombere, verdrietige blik in zijn ogen stond. 'Mijn jongste zoon is een man, zal een man móéten zijn.'

'Omdat hij jouw zoon is, zal dat vanzelf gaan. Voorlopig moet het werk hier doorgaan, zelfs als de krijgers vertrekken. Er moeten wapens worden gesmeed, mensen hebben eten en onderdak nodig. En ze moeten worden getraind. Je hebt toestemming om alle uitgaven te doen die nodig zijn. Maar...' Ze glimlachte mat. '... als een koopman of vakman een te grote winst wil maken, zal hij op audientie bij de koningin moeten komen.'

Riddock glimlachte terug. 'Komt in orde. Je moeder zou trots op je zijn.'

'Dat hoop ik. Ik denk elke dag aan haar.' Ze ging staan en Riddock volgde haar voorbeeld. 'Ik moet naar tante Deirdre. Het is zo fijn dat ze deze weken in mijn plaats de huishouding bestiert.'

'Ze geniet van haar taak.'

'Het is me een raadsel waarom. De keukens, het wasgoed, het naaien en schoonmaken. Het gaat mij boven mijn pet om zoveel dingen te moeten regelen. Zonder haar zou ik me geen raad weten.'

'Ze zal het fijn vinden om dat te horen. Maar ze heeft me verteld dat jij elke dag met haar overlegt en met haar poolshoogte neemt in de keukens en de wasruimtes. En ik heb gehoord dat je met de smeden spreekt en met de jongeren die de houten staken snijden. En vandaag heb je met de andere vrouwen getraind.'

'Ik heb nooit gedacht dat ik op mijn lauweren zou kunnen rusten bij de uitoefening van mijn ambt.'

'Nee, maar rust is wel belangrijk, Moira. Je hebt wallen onder je ogen.'

Ze zei tegen zichzelf dat ze Glenna moest vragen om haar een glamourspreuk te leren. 'Er zal tijd genoeg zijn om te rusten als dit achter de rug is.'

Een uur lang nam ze met haar tante de huishoudbudgetten en huishoudelijke taken door en het volgende uur sprak ze met degenen die die taken uitvoerden.

Toen ze naar de salon ging in de hoop op een lichte maaltijd en een heel vat thee hoorde ze Cian lachen.

Ze vond het fijn dat hij Glenna gezelschap hield, maar vroeg zich af of zij na deze lange dag de energie had om met hem te praten.

Ze betrapte zich erop dat ze zich wilde omdraaien en voelde een golf van woede opkomen. Kon ze dan alleen ontspannen in dezelfde kamer met hem zijn als ze aangeschoten was? Was ze zo laf?

Ze rechtte haar rug, liep naar binnen en zag Glenna en Cian bij de haard zitten met fruit en thee.

Ze leken zich prettig te voelen in elkaars gezelschap, dacht Moira. Vond Glenna het troostend of juist vreemd dat Cian zo op zijn broer leek? Er waren natuurlijk kleine verschillen. Cian had een kuiltje in zijn kin, dat ontbrak bij zijn broer. En zijn gezicht was magerder dan dat van Hoyt, en zijn haar was korter.

En dan was er nog zijn houding en de manier waarop hij zich bewoog. Cian leek altijd lekker in zijn vel te zitten en liep met een bijna dierlijke soepelheid.

Ze vond het fijn om hem te zien bewegen, dacht Moira. Hij deed haar altijd denken aan iets wat op zijn eigen manier exotisch en mooi was, maar desondanks dodelijk.

Ze wist zeker dat hij wist dat ze er was, want ze had nog nooit meegemaakt dat hij ongemerkt door iets of iemand werd benaderd. Maar hij bleef onderuitgezakt in de stoel zitten terwijl de meeste mannen overeind zouden komen als een vrouw, laat staan een koningin, een kamer binnenkwam.

Het was zijn equivalent van een schouderophalen, dacht ze. Een opzettelijke achteloosheid. Ze wilde maar dat ze dat ook niet zo aantrekkelijk vond.

'Stoor ik?' vroeg ze terwijl ze naar hen toe liep.

'Nee.' Glenna ging anders zitten en glimlachte naar haar. 'Ik had gevraagd om genoeg voor drie personen te brengen, in de hoop dat jij tijd zou hebben. Cian vertelde welke streken Hoyt allemaal heeft uitgehaald als kind.'

'Ik zal jullie dames alleen laten met jullie thee.'

'Toe, ga niet weg.' Voor hij overeind kon komen, had Glenna zijn arm gepakt. 'Je hebt zo je best gedaan om te voorkomen dat ik me ongerust ga maken.'

'Als je dat doorhad, heb ik gefaald.'

'Je hebt me even een adempauze gegeven, en dat stel ik op prijs. Goed, als alles volgens plan is verlopen, zijn ze nu aangekomen bij het beoogde basiskamp. Ik moet gaan kijken.' Haar hand trilde niet toen ze thee inschonk voor Moira. 'Volgens mij kunnen we dat het beste met zijn drieën doen.'

'Kun jij ze helpen als...' Moira maakte haar zin niet af.

'Hoyt is niet de enige die magie tot zijn beschikking heeft. Maar ik zal scherper kunnen zien en zo nodig beter hulp kunnen bieden met jullie hulp. Ik weet dat je al een lange dag achter de rug hebt, Moira.'

'Het zijn ook mijn familieleden.'

Met een knikje stond Glenna op. 'Ik heb alles meegenomen wat ik nodig heb.' Ze haalde haar kristallen bol tevoorschijn, een paar kleinere kristallen en wat kruiden. Die legde ze tussen hen in op de tafel. Daarna haalde ze het kruisje van haar hals en liet het kettinkje om de bol draaien.

'Goed.' Ze zorgde ervoor dat haar stem luchtig klonk en legde haar handen op de bol. 'Laten we eens kijken wat ze uitvoeren.'

Het regende in heel Geall, waardoor het een ellendige reis was. Ze maakten een grote, omtrekkende beweging en landden een halve kilometer ten oosten van de boerderij die ze als basiskamp wilden gebruiken. De ligging ervan was perfect, bijna halverwege het land dat Lilith nu in bezit had en het toekomstige slagveld.

Vanwege die ligging bleek Cians hypothese dat de vijand deze plek zou gebruiken voor een hinderlaag correct te zijn.

Hoyt en Blair lieten zich van de draak glijden en laadden alle bagage af. De lage stenen muur die de weilanden van elkaar scheidde, bood samen met de groepjes bomen die er her en der langs stonden enige dekking.

In de regen bewoog niets.

De draak veranderde terug in een man, en Larkin haalde beide handen door zijn druipende haar. 'Wat een smerige dag. Hebben jullie het doel goed genoeg kunnen zien?'

'Een arbeidershuisje,' antwoordde Blair. 'Drie buitengebouwen, twee weilandjes. Schapen. Geen rook of teken van leven, geen paarden. Als ze er zijn, hebben ze wachtposten geplaatst, waarschijnlijk twee per gebouw. Die houden de wacht terwijl de anderen slapen. Ze hebben voedsel nodig, dus misschien hebben ze gevangenen bij zich. Of als ze licht bepakt hebben gereisd, hebben ze hun proviand misschien bij zich in veldflessen of waterzakken.'

'Ik zou een kijkje kunnen wagen,' zei Hoyt. 'Maar als Lilith vampiers met magische krachten heeft meegestuurd, zouden die dat kunnen voelen, en daarmee onze aanwezigheid.'

'Het is eenvoudiger als ik er even ga kijken.' Larkin liet een korte stilte vallen en nam een hap van een appel. Door de lange reis knaagde de honger aan zijn maag. 'Hier hebben ze echt geen krachtveld in werking gesteld, zoals bij hun hoofdkwartier. Niet als ze hopen dat wij ze een bezoekje zullen brengen, zodat ze een paar van ons kunnen verschalken.'

'Verander je in een klein dier,' zei Blair. 'Dat was een goed idee van Cian.'

'Aye. Oké.' Hij propte een stuk brood in zijn mond. 'Een muis is klein genoeg, en daar heb ik al eerder succes mee gehad. Maar het zal langer duren dan wanneer ik de gedaante van een wolf of hert aanneem.' Hij nam het kruisje van zijn hals. 'Bewaar dit voor me.'

'Ik heb een hekel aan dit deel.' Blair nam het kruisje aan. 'Ik vind het vreselijk dat je zonder wapen of schild op verkenning gaat.'

'Heb een beetje vertrouwen.' Hij legde een hand onder haar kin en gaf haar een kus. Daarna deed hij een stap achteruit en veranderde in een kleine veldmuis.

'Niet te geloven dat ik dát net heb gekust,' mompelde Blair. Ze klemde het kruisje stevig in haar hand terwijl de muis wegrende over het gras. 'Nu moeten we afwachten.'

'We kunnen het beste wat voorzorgsmaatregelen nemen. Ik zal een cirkel trekken.'

Larkin was bijna bij het eerste buitengebouw toen hij de wolf zag. Die was groot en zwart en lag ineengedoken onder een paar bessenstruiken. De wolf hield met zijn rode ogen het veld en de weg naar het westen in de gaten en besteedde geen aandacht aan hem. Toch ging Larkin in een wijde boog om het dier heen, waarna hij zich onder de deur door kronkelde.

Het was een eenvoudige stal waarin twee paarden stonden. Op de grond zaten twee vampiers te dobbelen. De muis hield zijn kopje enigszins verrast schuin. Larkin had er nooit bij stilgestaan dat vampiers ook spelletjes deden. De wolf, zo redeneerde hij, was hun uitkijk. Als dat beest hun een teken gaf, zouden ze in actie komen. Maar voorlopig gingen ze te veel op in het dobbelspel om een kleine muis op te merken.

Er waren zwaarden en twee kokers vol pijlen. Snel rende hij naar de plek waar de bogen tegen de wand van een box leunden en begon ijverig aan de pezen te knagen.

Een van de vampiers vervloekte net het geluk van zijn partner toen Larkin weer naar buiten rende.

In de andere gebouwen trof hij soortgelijke taferelen aan, maar de meeste vampiers zaten in het arbeidershuisje. Hoewel hij bloed rook, zag hij geen mens. In het huis sliepen vier vampiers op zolder terwijl vijf andere de wacht hielden.

Hij saboteerde wat in zijn vermogen lag als muis en trippelde daarna snel weer weg.

Hij vond Hoyt en Blair waar hij hen had achtergelaten, maar nu zaten ze op een vochtige deken in het midden van een cirkel die zacht licht gaf. 'Vijftien in totaal voor zover ik kon tellen,' zei hij tegen hen. 'En één wolf. We moeten eerst langs dat beest zien te komen als we een kans willen maken om hen te overrompelen.'

'Dan zullen we stil moeten zijn.' Blair pakte een boog. 'En benedenwinds moeten blijven. Hoyt, als Larkin me een precieze positie kan geven, kun jij me dan helpen om die te zien?'

‘Ik zal je de precieze positie geven,’ zei Larkin voor Hoyt kon antwoorden, ‘maar van nu af aan doen we dit samen. Je hebt je zin gekregen door met ons mee te gaan, maar je gaat niet in je eentje op dat nest met demonen af.’

‘Nee, dat gaat ze zeker niet doen. Van ons drieën kun jij het beste met een boog omgaan, dus jij schiet,’ zei Hoyt tegen Blair. ‘Maar wij zullen je flank dekken terwijl je dat doet. Ik zal me tot het uiterste inspannen om ervoor te zorgen dat je goed kunt richten.’

‘Dus we gaan niet kibbelen over het feit dat één persoon zich sneller en stiller kan verplaatsen dan drie? Nee, dat dacht ik al,’ zei Blair toen er een ijzige stilte viel na haar woorden. ‘Goed, op pad dan.’

Ze moesten een brede omtrekkende beweging maken om uit het zicht te blijven en om te voorkomen dat de wind hun geur zou meevoeren. Maar toen ze uitkwamen achter de wolf, schudde Blair haar hoofd. ‘Ik denk niet dat ik zijn hart vanaf deze plek kan raken. Moira zou het misschien wel kunnen, maar zo goed ben ik niet. Hier is meer dan één schot voor nodig.’

Ze dacht even na en wist toen hoe ze dit het beste konden aanpakken.

‘Jij schiet als eerste,’ fluisterde ze tegen Larkin. ‘Probeer zo dicht mogelijk bij hem te komen. Als dat beest zich opricht, omrolt of beweegt, kan ik schieten. Eén, twee,’ voegde ze eraan toe terwijl ze haar vingers gebruikte. ‘Het moet snel en stil gebeuren.’

Hij knikte, haalde een pijl uit de koker en zette die op zijn boog. Hij moest van grote afstand schieten, en de hoek waarin het moest gebeuren was niet ideaal. Maar hij richtte, ademde in, ademde uit. En liet de pijl los.

De pijl raakte de wolf tussen de schouderbladen, en het bovenlichaam van het beest schoot omhoog. Daarna trof Blairs pijl doel.

‘Goed gedaan,’ zei ze terwijl er zwarte rook opsteeg en as die verwaaide.

Hoyt wilde net iets zeggen toen hij Glenna's stem in zijn hoofd hoorde, zo helder alsof ze naast hem stond.

Achter je!

Hij draaide zich razendsnel om. Een tweede wolf sprong op Larkin af, waarbij hij en passant Hoyt tegen de grond wierp. Larkin en de wolf vochten met elkaar, maar dat duurde niet lang. Op het moment dat Blair haar zwaard trok en Hoyt het zijne, lag de wolf opeens onder een beer.

De klauwen van de beer haalden uit en sneden diep in de keel van de wolf. Er gutste bloed naar buiten. Ineens stortte de beer neer op zwarte as en veranderde toen weer in een mens.

Blair liet zich op haar knieën vallen en streek koortsachtig met haar handen over Larkin heen. 'Ben je gebeten? Ben je gebeten?'

'Nee. Hier en daar wat schrammen. Geen bijtwonden. Verdomme, wat stonk dat ding.' Buiten adem drukte hij zich op zijn ellebogen omhoog en keek vol afkeer naar zijn bebloede overhemd. 'Een mooie jachttuniek naar de maan.' Hij wierp een blik op Hoyt. 'Alles goed met jou?'

'Ja, maar het scheelde niet veel. Glenna. Blijkbaar kijken ze toe. Ik hoorde haar in mijn hoofd.' Hoyt stak een hand uit om Larkin overeind te helpen. 'Als je dat aanhoudt, ruiken ze ons al vanaf een kilometer. Je moet... Wacht, wacht.' Langzaam verscheen er een vastberaden glimlach op zijn gezicht. 'Ik heb een idee.'

Een stukje achter de stallen stond de zwarte wolf over een bebloede gestalte gebogen, en het dier liet een laag gehuil horen. Binnen de kortste keren deed een vampier, gewapend met een strijdbijl, de deur open.

'Wat hebben we daar?' Hij keek even achterom. 'Een van de wolven heeft een cadeautje gebracht.'

Met zijn gezicht omlaag stootte Hoyt een zachte kreun uit.

'Die leeft nog. Laten we hem naar binnen brengen. Die hoeven we toch zeker niet met de anderen te delen? Ik lust voor de verandering wel iets vers.'

Beide vampiers gingen naar buiten en de tweede wierp de wolf een grijns toe. 'Goed zo, brave hond. Laten we gewoon een...'

Hij ontplofte tot een wolk as toen Blair de houten staak in zijn rug ramde, recht door zijn hart. De ander had geen tijd om zijn strijdbijl te heffen voor Hoyt van de grond opsprong en hem met zijn zwaard de keel afsneed.

'Goed zo, brave hond,' aapte Blair de vampier na, en ze gaf Larkin een snelle aai. 'Dit ging zo goed dat ik vind dat we het bij het volgende buitengebouw precies op dezelfde manier moeten doen.'

Bij het tweede gebouw lukte het ze weer, maar bij het derde gebouw kwam er maar één vampier naar buiten. Uit de manier waarop hij heimelijk achteromkeek bleek dat hij deze onverwachte maaltijd voor zichzelf wilde houden. Maar toen hij Hoyt op zijn rug draaide, ramde die onverwachte maaltijd een houten staak door zijn hart.

Omdat ze geen geluid wilde maken, gebaarde Blair dat zij als eerste naar binnen zou gaan terwijl Hoyt haar dekking gaf.

Snel en stil, dacht ze terwijl ze naar binnen glipte. Ze zag dat de andere wachtpost een comfortabel nest had gemaakt, compleet met dekens, en lekker lag te slapen in iets wat volgens haar een duiventil was.

De vampier snurkte zowaar.

Ze moest op haar tong bijten om een stuk of vijf bijdehante opmerkingen tegen te houden en stak simpelweg een staak door het hart van de vampier terwijl hij sliep.

Ze slaakte een diepe zucht. 'Niet dat ik klaag, maar dit is bijna schandelijk eenvoudig. En tamelijk saai.'

'Had je liever gehad dat we voor ons leven moesten vechten?' vroeg Hoyt.

'Nou, ja. Eigenlijk wel.'

‘Hou dan moed.’ Larkin kwam naar voren en nam de omgeving snel op. ‘Er zijn er nog negen in het huisje, dus daar zijn we zwaar in de minderheid.’

‘Ah, dank je wel, schat. Jij weet me altijd op te vrolijken.’ Ze hief de strijdbijl op die ze van haar eerste slachtoffer had afgepakt. ‘Kom, dan geven we ze op hun donder.’

Terwijl ze op hun buik achter een watertrog lagen, observeerden Blair en Hoyt het huisje. Het trucje met de gewonde man en de wolf zou hier niet werken, en ze wisten dat het alternatief riskant was.

‘Hij heeft al een behoorlijk aantal gedaantewisselingen achter de rug,’ mompelde Blair. ‘Dat begint zijn tol te eisen.’

‘Hij heeft vier honingcakejes gegeten.’

Ze knikte en hoopte maar dat die genoeg energie zouden opleveren. Ondertussen landde de draak zacht op het rieten dak. Larkin veranderde weer in een mens en pakte de schede van zijn houten staak. Hij gebaarde naar hen voordat hij zich naar beneden slingerde om door een van de ramen op de eerste verdieping te turen.

Kennelijk hoefde hij zich niet in een aap te veranderen om er als eentje te kunnen klimmen, dacht Blair. Larkin stak vier vingers op.

‘Vier boven, vijf beneden.’ Ze dook ineen. ‘Klaar?’

Half gebukt snelden ze naar weerskanten van de deuropening. Zoals afgesproken telde ze tot tien. En daarna trapte ze de deur in.

Met de strijdbijl onthoofde ze de vampier rechts van haar en blokkeerde vervolgens de uithaal van een zwaard met de steel van de bijl. Uit een ooghoek zag ze een bal vuur in Hoyts hand opflitsen. Iets slaakte een gil.

Larkin en een vampier tuimelden van de bovenverdieping en kwamen hard op de vloer terecht. Ze probeerde zich een weg naar hem toe te hakken, maar kreeg een harde trap tegen haar nog niet helemaal genezen ribben. Door de plotselinge pijn en de kracht van de trap smakte ze ruggelings tegen een tafel, die brak onder haar gewicht.

Ze gebruikte de versplinterde tafelpoot om de vampier die boven op haar dook tot as te laten vergaan. Daarna gooide ze de provisorische staak weg als een speer en trof daarmee de vampier die op het punt stond Hoyt van achteren aan te vallen. Ze miste zijn hart en duwde zichzelf vloekend en hijgend overeind.

Hoyt haalde uit met een achterwaartse trap die haar krijgershart in vervoering bracht. Toen de vampier viel, doodde Larkin hem door zijn zwaard over diens keel te halen.

'Hoeveel?' schreeuwde Blair. 'Hoeveel?'

'Ik heb er twee gedood,' zei Hoyt.

'Ik vier, bij de goden.' Op het moment dat Larkin grijnsde, pakte hij Blairs arm. 'Hoe ernstig is het?'

'Niet helemaal top. Hij heeft mijn ribben geraakt. Ik heb er maar twee gedood. Er is er nog eentje.'

'Die is via het raam boven naar buiten gegaan. Ga zitten. Je arm bloedt ook.'

'Verdomme.' Ze keek omlaag en zag de snee die ze tot dan toe niet had gevoeld. 'Verdomme. Jouw neus bloedt, en je mond ook. Hoyt?'

'Ik ben een paar keer te pakken genomen.' Hij hinkte naar hen toe. 'Volgens mij hoeven we ons niet druk te maken over de vampier die is ontsnapt. Maar ik zal een bezwering uitspreken waardoor ze zich hier niet langer welkom voelen. Laat me eens kijken wat ik voor je arm kan doen.'

'Doe eerst die bezwering maar.' Terwijl ze sissend tussen haar tanden door ademde keek ze Larkin aan. 'Vier, hè?'

'Het leek erop dat twee van hen aan het paren waren, en daar gingen ze helemaal in op toen ik door het raam binnenkwam. Dus ik kon ze allebei met één klap doden.'

'Misschien moeten we die twee dan voor één tellen.'

'Vergeet het maar mooi.' Hij legde een noodverband om haar gewonde arm aan en veegde toen het bloed onder zijn neus weg. 'Jezus, ik ben uitgehongerd.'

Daar moest ze om lachen, en ondanks haar pijnlijke ribben sloeg ze haar armen stevig om hem heen.

'Ze zijn in orde.' Glenna slaakte een beverige zucht. 'Een beetje verfomfaaid, een beetje bebloed, maar ze zijn in orde. En veilig. Sorry, sorry. Maar bij zoiets te moeten toekijken zonder te kunnen helpen... Ik moet echt even huilen.'

En ze drukte haar gezicht in haar handen en snikte het uit.

7

Cian liet Glenna en Moira alleen en blies snel de aftocht. Uit ervaring wist hij dat alleen vrouwen het best konden omgaan met de tranen van andere vrouwen. Zijn reactie op wat ze hadden gezien in de kristallen bol was geen angst of opluchting geweest, maar doodgewone, pure frustratie.

Hij had slechts kunnen toekijken terwijl de anderen vochten. Knusjes in die verdomde salon met vrouwen en theekopjes, alsof hij een bejaarde grootvader was.

Hoewel de trainingssessies hem een zeker vermaak boden, had hij geen lekker gevecht meer gevoerd sinds hij Ierland had verlaten. En het was nog veel langer geleden dat hij een vrouw had gehad. Daarmee waren hem twee heel bevredigende manieren om spanning en energie kwijt te raken ontzegd... of had hij die zichzelf ontzegd.

Maar hoe kon het ook anders nu zijn binnenste helemaal in de knoop zat door een stel rustige, grijze ogen, dacht hij.

Hij zou een dienstertje kunnen verleiden, maar dat zou allerlei moeilijkheden opleveren en waarschijnlijk niet de tijd of moeite waard zijn. En een gevecht uitlokken met een van de vele mensen die zo handig in de nabijheid verkeerden, ging ook niet, en dat was verdomd jammer.

Als hij op jacht ging, zou hij ongetwijfeld een of twee van Liliths soldaten kunnen verschalken. Maar hij kon zich niet genoeg oppeppen om de eindeloos aanhoudende regen te trotseren in de hoop een vijand te treffen en te doden.

In zijn eigen tijd en zijn eigen wereld kon hij zich tenminste op zijn werk storten. Natuurlijk waren er vrouwen, mocht hij er eentje willen, maar het belangrijkste was het werk om de tijd mee te doden. De eindeloze tijd.

Nu geen van die mogelijkheden voor hem openstond, sloot hij zich op in zijn kamer. Hij voedde zich en viel daarna in slaap.

En hij droomde over het jagen op mensen, iets wat hij in geen decennia meer had gedaan.

Hun sterke, zilte geur tintelde in de lucht en nam toe op het moment dat hun nietige, onderdrukte instincten hen waarschuwden dat ze prooi waren.

Het was een verleidelijk en primitief aroma dat begeerte aanwakkerde in zijn buik en bloed.

Ze was maar een hoer die tippelde in de steegjes van Londen. Maar wel jong en tamelijk knap ondanks haar beroep, waaruit hij concludeerde dat ze haar vak nog niet lang uitoefende. Aangezien de geur van seks aan haar kleefde, wist hij dat ze die avond een paar centen had verdiend.

Hij hoorde blikkerige muziek en rauw, dronken gelach uit een kroeg komen, en het wegstervende geklos van een paard dat een rijtuig trok. Allemaal in de verte, te ver om door menselijke oren te worden gehoord. En te ver voor haar mensenbenen om naartoe te rennen, mocht ze dat proberen.

Ze haastte zich door de dikke, gele mist en versnelde haar pas en keek telkens zenuwachtig achterom, terwijl hij er opzettelijk voor zorgde dat ze zijn voetstappen achter haar kon horen.

De geur van haar angst was bedwelmend, zo fris, zo levendig.

Het was doodsimpel om haar te vangen, zijn hand op haar mond te drukken om de kreet die ze slaakte te smoren en zijn andere hand op haar snel kloppende hart te leggen.

Het was ontzettend vermakelijk om te zien dat ze naar zijn gezicht keek – dat jeugdig en knap was – en daarna naar zijn dure kleding – en dat er vervolgens een sluwe, kokette uitdrukking op haar gezicht verscheen. Hij haalde zijn hand van haar mond.

'Heer toch, u laat een arm meisje schrikken. Ik dacht dat u een bandiet was.'

'Zeker niet.' Zijn beschaafde toon stak schril af bij haar snerpende Cockneyaccent. 'Ik heb gewoon behoefte aan een beetje vertroosting en ben bereid om je prijs te betalen.'

Met een zenuwachtig giecheltje noemde ze een bedrag waarvan hij wist dat het twee keer zo hoog was als haar normale tarief.

'Voor die prijs mag je me wel heel wat vertroosting bieden.'

'Het spijt me dat ik zo'n keurige en knappe heer om geld moet vragen, maar ik moet de kost verdienen. Ik heb hier vlakbij een kamer.'

'Die zullen we niet nodig hebben.'

'O.' Ze lachte toen hij haar rokken omhoogtrok. 'Gaan we het hier doen?'

Mijn zijn vrije hand trok hij haar lijfje omlaag en omvatte haar borst. Hij wilde haar hart voelen slaan, slaan, slaan. Hij drong bij haar binnen en stootte zo hard dat haar naakte billen tegen de vochtige stenen muur van het steegje kletsten. Hij zag de schrik en verwondering in haar ogen toen ze bemerkte dat hij haar genot kon bezorgen.

De hartslag onder zijn hand versnelde nog meer, en ze begon te hijgen en te kreunen.

Hij liet haar klaarkomen – een kleine geste – en zorgde dat haar verdwaasde en slaperige ogen recht in de zijne keken toen hij zijn hoektanden ontblootte.

Ze schreeuwde een keer, kort en hoog, maar hij smoorde het geluid toen hij zijn hoektanden in haar hals liet zinken. Haar lichaam schokte, waardoor hij tijdens het voeden – het doden – een bijzonder bevredigend orgasme beleefde.

De hartslag onder zijn hand vertraagde, werd zachter. En hield op.

Voldaan en verzadigd liet hij haar achter in het steegje bij de ratten, en het bedrag dat ze had genoemd gooide hij achteloos naast haar neer. Daarna wandelde hij weg en werd al snel opgeslokt door de dikke, gele mist.

Hij werd vloekend wakker in het hier en nu. De droomherinnering had een honger en hartstocht doen ontwaken die hij lang had weten te onderdrukken. Hij kon haar bloed bijna proeven in zijn keel en rook de intense geur ervan. In het donker rilde hij, als een verslaafde tijdens het afkicken, dus dwong hij zich om op te staan en te drinken van het goedje dat hij van zichzelf als surrogaat voor mens mocht nemen.

Het zal je nooit bevredigen. Het zal je nooit verzadigen. Waarom verzet je je tegen wat je bent?

'Lilith.' Hij zei het zacht. Hij herkende de stem in zijn hoofd, begreep nu wie en wat die droom in zijn geest had geplant.

Was het eigenlijk wel een herinnering van hemzelf geweest? Nu hij weer tot rust was gekomen, kwam het vals op hem over, als een toneelstuk waarin hij per ongeluk verzeild was geraakt. Al had hij op zich meer dan genoeg hoeren in steegjes gedood. Zoveel dat hij zich onmogelijk alle details kon herinneren.

Lilith glipte fonkelend de duisternis binnen. Diamanten blonken bij haar keel, haar oren, haar polsen en zelfs in haar prachtige haar. Ze droeg een koninklijk blauw gewaad, afgezet met sabelbont, laag uitgesneden om haar grote boezem te benadrukken.

Ze had zich flink wat moeite getroost met haar jurk en haar verschijning voor dit illusionaire bezoek, dacht Cian.

'Daar heb je mijn knappe jochie,' mompelde ze. 'Maar wat zie je er gespannen en vermoeid uit. Geen wonder na alles wat jij hebt gedaan.' Ze liet haar vinger speels bewegen. 'Stout van je, hoor. Maar dat moet ik mezelf kwalijk nemen. Ik kon niet bij je zijn tijdens je beginjaren, en zoals de twijg wordt verbogen, zo zal hij groeien.'

'Jij hebt mij anders verlaten,' merkte hij op. Hoewel hij ze niet nodig had, stak hij kaarsen aan. Daarna schonk hij een beker whiskey voor zichzelf in. 'Jij hebt me vermoord, me in een vampier veranderd en me tegen mijn broer opgezet en daarna heb je me kapot achtergelaten onder aan de rotsen.'

'Waar je je door hem af hebt laten gooien. Tja, je was jong en onbezonnen. Wat kon ik doen?' Ze trok haar lijfje omlaag zodat hij het litteken van het pentagram kon zien. 'Hij heeft me verbrand. Gebrandmerkt. Je had niets aan me.'

'En daarna dan? De dagen, maanden, jaren daarna?' Raar, dacht hij, om opeens te merken dat hij deze wrevel, deze gekwetstheid met zich meedroeg. Als een kind dat was verstoten door zijn moeder. 'Jij hebt me gemaakt, Lilith. Jij hebt me geboren laten worden. En daarna heb je me achtergelaten met nog minder gewetenswroeging dan een zwerfkat heeft die een zieke kitten in de steek laat.'

'Ja, je hebt gelijk. Daar kan ik niets tegen inbrengen.' Met trage passen liep ze door de kamer, waarbij de rok van haar gewaad langs een tafel streek. 'Ik ben nalatig geweest ten opzichte van jou, lieve jongen. En ik heb mijn woede op je broer op jou afgereageerd in plaats van op hem. Ik moet me schamen.'

In haar mooie, blauwe ogen blonken pretlichtjes en de ronding van haar lippen was bekoorlijk vrouwelijk. 'Maar je hebt zo'n succes van jezelf gemaakt, in eerste instantie dan. Dus je kunt je voorstellen hoe erg ik schrok toen Lora me vertelde dat je was opgehouden met jagen. O, je moet trouwens de groeten van haar hebben.'

'Echt waar? Ik neem aan dat ze er op dit moment behoorlijk toegetakeld uitziet.'

Liliths glimlach vervaagde, en er verscheen een zweem van rood in haar ogen. 'Pas op, anders zal die demonenjager niet de enige zijn die ik aan stukken scheur als het moment is aangebroken.'

'Denk je echt dat je dat kunt?' Hij ging ontspannen in een stoel zitten met zijn whiskey. 'Ik zou wel een weddenschap met je willen aangaan, maar helaas kun je me na afloop niet uitbetalen omdat je dan een hoopje as bent.'

'Ik heb het einde gezien, in de rook.' Ze kwam naar hem toe en boog zich over de stoel heen, zo echt dat hij haar bijna kon ruiken. 'Deze wereld zal tot op de grond toe afbranden, want ik heb er geen behoefte aan. Ieder mens op dit idiote eiland zal worden afgeslacht, ze zullen allemaal krijsen en verdrinken in hun eigen bloed. Jouw broer en zijn cirkel zullen op afschuwelijke wijze sterven. Ik heb het gezien.'

'Die tovenaar van je laat je zien wat je wilt zien,' zei Cian schouderophalend. 'Heb jij je altijd zo gemakkelijk voor de gek laten houden?'

'Hij laat me de waarheid zien!' Ze duwde zich naar achteren, waarbij haar rok een boze boog beschreef. 'Waarom blijf je dit tot mislukken gedoemde avontuur voortzetten? Waarom verzet je je tegen degene die jou het allermooiste geschenk heeft gegeven? Ik ben hiernaartoe gekomen om je een wapenstilstand aan te bieden, een privéovereenkomst, enkel tussen jou en mij. Laat alles hier achter, lieveling, en ik zal je vergeven. Laat alles achter en kom naar mij toe, dan zal ik je niet alleen vergeving schenken, maar ook een plek aan mijn zijde als de grote dag aanbreekt. Alles waar je naar hunkert en wat je jezelf hebt ontzegd, zal ik aan je voeten leggen, om te bewijzen hoezeer ik het berouw dat ik je in de steek heb gelaten toen je me nodig had.'

'Dus ik moet gewoon teruggaan naar mijn tijd, mijn wereld, en alles is vergeven en vergeten?'

'Ik geef je mijn woord. Maar als je naar míj komt, zal ik je veel, veel meer geven. Naar mij.' Ze zei het poeslief terwijl ze haar borsten kneedde met haar handen. 'Weet je nog wat we die ene nacht hebben gedeeld? De ontlading, de hitte ervan?'

Hij keek toe terwijl ze met haar handen over haar lichaam ging, wit tegen blauw. 'Dat weet ik nog heel goed.'

'Dat kunnen we opnieuw hebben, en nog meer. Aan mijn hof zul je een prins zijn. En een generaal, een die legers leidt in plaats van samen met mensen door de modder te kruipen. Je mag zelf je werelden en alle bijbehorende geneugten uitkiezen. Een eeuwigheid vol bevredigde verlangens.'

'Ik meen me te herinneren dat je me al eens eerder zoiets hebt beloofd. Maar daarna was ik alleen, kapot en verloren, de modder van de begraafplaats nog maar amper van me afgewassen.'

'Dit zal dus mijn boetedoening zijn. Kom nu, kom. Je hoort hier niet, Cian. Jij hoort bij je eigen soort.'

'Interessant.' Hij trommelde met zijn vingers tegen de beker whiskey. 'Dus ik hoef jou alleen maar op je woord te geloven dat je me zult belonen in plaats van dat je me zult martelen en doden?'

'Waarom zou ik mijn eigen creatie vernietigen?' Haar stem klonk heel redelijk. 'En dan nog wel iemand die heeft bewezen een sterke krijger te zijn?'

'Uit wrok, natuurlijk, en omdat jouw woord een even grote illusie is als je verschijning hier. Maar ik zal je mijn woord geven in een heel belangrijke zaak, Lilith. En mijn woord is even hard en helder als die diamanten die je draagt. Ik zal jacht maken op jou. Ik zal jou doden.'

Hij pakte een mes en sneed ermee over zijn handpalm. 'Dat zweer ik je, in bloed. Mijn gezicht zal het laatste zijn dat je ziet.'

Haar gezicht verstrakte van woede. 'Je hebt jezelf zojuist verdoemd.'

'Nee,' mompelde hij toen haar beeltenis verdween. 'Jíj hebt mij verdoemd.'

Het was midden in de nacht, maar hij had geen zin meer om te gaan slapen.

In elk geval kon hij op dit uur gaan en staan waar hij wilde zonder bedienden, hovelingen of schildwachten tegen het lijf te lopen. Hij had genoeg van gezelschap, of het nou mensen of vampieren waren. Maar hij had nog steeds afleiding nodig, beweging, iets om de bittere resten van de droom en het akelige bezoek dat daarop was gevolgd te laten verdwijnen.

Hij bewonderde de architectuur van het kasteel, waarvan de stijl net iets uitbundiger en fantasievoller was dan wat in zijn eigen periode gebruikelijk was geweest. Het leek uit een sprookje te komen, vanbinnen en vanbuiten, dacht hij, door de flakkerende vlammen van de toortsen die in als draak gevormde houders stonden, door de wandtapijten met taferelen van elfen en festiviteiten, door het gepolijste marmer in felle kleuren.

Natuurlijk was het niet gebouwd als vesting, maar meer als een weelderig huis. Uitermate geschikt voor een koningin. Tot Lilith was opgedoken, had Geall vrede gekend en had het land alle energie en intellectuele vermogens op kunst en cultuur kunnen richten.

In de stilte en de duisternis kon hij de tijd nemen om de kunstwerken te bestuderen en te bewonderen: de schilderijen, wandtapijten, muurschilderingen en het houtsnijwerk. Hij kon rondlopen in het duister terwijl de kasbloemen de lucht een zoete geur gaven, of hij kon door de bibliotheek zwerven en de boeken op de grote boekenplanken bekijken.

Sinds zijn ontstaan was Geall een land van kunst, boeken en muziek geweest in plaats van oorlog en wapentuig. Dus was het zowel passend als hardvochtig dat de goden en demonen deze plek hadden uitgekozen voor een bloedige oorlog.

De bibliotheek was een stil heiligdom van boeken, zoals Moira had verteld toen ze verliefd was geworden op de zijne. Hij had er al wat tijd doorgebracht met het lezen van sommige, en het had hem geïnteresseerd en geamuseerd dat de verhalen die hij daar had gevonden helemaal niet zo verschilden van de verhalen die in zijn eigen tijd waren geschreven.

Zou Geall, als het de komende strijd zou overleven, zijn eigen Shakespeare, Yeats of Austen voortbrengen? Zou de kunst hier bij tijd en wijle heropleven en haar versie van Monet of Degas krijgen?

Een fascinerende gedachte.

Voorlopig was hij te ongedurig en te gespannen om rustig een boek te lezen, dus liep hij verder. Er waren nog andere kamers die hij moest verkennen, en 's nachts was hij hier helemaal alleen.

Terwijl hij door de schaduw bewoog, bleef de regen gestaag tikken.

Hij liep door een vertrek dat waarschijnlijk ooit een zitkamer was geweest, maar nu dienstdeed als opslagplaats voor wapens. Hij pakte een zwaard en keurde het gewicht, de balans en het snijvlak. De ambachtslieden van Geall mochten hun tijd vroeger dan hebben gewijd aan kunst, maar ze wisten hoe ze een zwaard moesten smeden.

De tijd zou leren of dat voldoende was.

Doelloos draaide hij zich om en betrad het volgende vertrek, een muziekkamer.

In een hoek stond een sierlijke, vergulde harp. Een kleinere versie, gevormd als een traditionele Ierse harp, stond in een stander ernaast. Ook was er een monochordium – een vroege voorloper van de piano – versierd met prachtig houtsnijwerk op de klankkast.

Hij plukte achteloos aan een snaar en was blij dat het geluid ervan zuiver en helder klonk.

Er stond een draailier, en toen hij aan de zwengel draaide, gleed de boog over de snaren en maakte het instrument muziek met het melancholische geluid van een doedelzak.

Er waren luiten en fluiten, allemaal prachtig gebouwd. Er stonden comfortabele stoelen en er was een mooie open haard, opgetrokken uit het plaatselijke marmer. Een prachtige kamer voor musici en mensen die muziek waardeerden, mijmerde hij.

En toen zag hij de vedel. Hij pakte hem op. Het instrument had een langere klankkast dan zijn opvolger, de viool, en er zaten vijf snaren op. Toen die instrumenten in zwang waren geweest, had hij geen belangstelling gehad voor dat soort zaken. Nee, in die dagen had hij alleen interesse gehad in het doden van hoeren in steegjes.

Maar als een man de eeuwigheid heeft, heeft hij hobby's en tijdverdrijf nodig, en heeft hij jaren om zich daaraan te wijden.

Hij ging zitten met de vedel op schoot en begon te spelen.

Alles kwam terug, de noten, de klanken, en het kalmeerde hem zoals muziek hoorde te doen. Begeleid door het getik van de regen ging hij helemaal op in de muziek en dreef weg op de tranen ervan.

Anders zou ze nooit hem nooit hebben kunnen naderen zonder dat hij het merkte.

Moira hoorde het rustige gesnik van muziek terwijl ze op haar eigen zwerftocht was. Ze volgde de klanken, zoals een kind de rattenvanger van Hamelen volgt en bleef verbaasd en betoverd in de deuropening staan.

Dus zo ziet hij eruit wanneer hij zich echt kalm voelt en niet alleen doet alsof, dacht ze. Zo had hij er misschien uitgezien voordat Lilith hem had genomen, een beetje dromerig, een beetje triest, een beetje verloren.

Al haar gevoelens voor hem, die in haar binnenste waren ontstaan en langzaam waren toegenomen, leken samen te komen in haar hart toen ze zijn ware ik zag. Hij zat hier in zijn eentje en zocht troost in de muziek, dacht ze. Had ze Glenna's vaardigheid met verf of krijt maar, want dan zou ze hem op deze manier hebben getekend. Zoals slechts weinigen hem ooit hadden gezien, daar was ze zeker van.

Hij hield zijn ogen gesloten, en volgens haar hield zijn uitdrukking het midden tussen melancholie en tevredenheid. Waar hij ook aan dacht, zijn lange, soepele vingers bewogen zich vaardig over de snaren en ontlokten weemoedige muziek aan het instrument.

Toen stopte de muziek zo abrupt dat ze een kreetje van protest slaakte en toen met haar kaars naar voren liep. 'O, speel alsjeblieft door. Het was echt prachtig.'

Hij had liever gehad dat ze met een mes op hem af was gekomen dan met die onschuldige, verlangende glimlach. Ze droeg slechts een nachtjapon, wit en puur, en haar haren hingen los en vielen als een waaier over haar schouders. Het kaarslicht bewoog over haar gezicht, vol van raadselen en romantiek.

'De vloer is te koud voor blote voeten,' was het enige wat hij zei, en daarna stond hij op en legde het instrument neer.

Zijn ogen hadden hun dromerige blik verloren en werden weer koel.

Gefrustreerd zette ze de kaars neer. 'Het zijn anders mijn voeten. Je hebt me nooit verteld dat je kon spelen.'

'Ik heb je zoveel niet verteld.'

'Ik heb er geen enkele aanleg voor, tot wanhoop van mijn moeder en iedere leraar die ze in dienst nam om mij in muziek te onderwijzen. Elk instrument dat ik oppakte, maakte uiteindelijk het geluid van een kat waar iemand bovenop stapt.' Ze stak een arm uit en ging met haar hand over de snaren. 'In jouw handen leek dat instrument wel betoverd.'

'Ik heb meer jaren gehad om te leren wat me interesseert dan jij hebt geleefd. Vele jaren meer.'

Ze keek naar hem op. 'Dat is waar, maar de tijd doet niets af aan de kunst, of wel soms? Jij hebt een gave, dus waarom neem je mijn compliment niet beleefd in ontvangst?'

'Majesteit.' Hij maakte een diepe buiging voor haar. 'U eert mijn povere pogingen.'

'Ach, krijg het heen en weer,' beet ze hem toe, en tot haar verbazing ontlokte ze hem daarmee een verstikt lachje. 'Ik weet niet waarom jij altijd nieuwe manieren probeert te vinden om mij te beledigen.'

'Een man moet een hobby hebben. Dan wens ik je nu goedenacht.'

'Waarom? De nacht is jouw tijd toch? En je wilt niet naar bed. Ik kan niet slapen. Er was iets kouds.' Ze pakte haar ellebogen en rilde. 'Er was iets kouds in de lucht, en daar werd ik wakker van.' Omdat ze naar hem keek, zag ze een kleine verandering in zijn blik. 'Wat? Wat weet jij? Is er iets gebeurd? Larkin...'

'Daar heeft het niets mee te maken. Voor zover ik weet, is alles goed met hem en de anderen.'

'Wat was er dan?'

Hij stond even in tweestrijd. Zijn persoonlijke verlangen om niet bij haar in de buurt te zijn mocht niet zwaarder wegen dan het belang van iets wat ze moest weten. 'Het is hier te koud voor een nachtelijke bekentenis.'

'Dan zal ik het vuur aansteken.' Ze liep naar de haard en pakte de tondeldoos die daar lag. 'Vroeger stond er altijd whiskey in die geverfde kast daar. Ik lust wel wat.'

Ook zonder te kijken wist ze dat hij sarcastisch een wenkbrauw optrok voordat hij naar de kast toe liep.

'Heeft je moeder je nooit verteld dat de mensen het ongepast vinden als je midden in de nacht samen met een man whiskey drinkt bij het haardvuur? Laat staan met een man die geen man is.'

'Het kan me niet zoveel schelen wat wel of niet gepast is.' Ze bleef even op haar hurken zitten om er zeker van te zijn dat de turf ging branden. Daarna kwam ze overeind en liep naar een stoel, waar ze haar hand uitstak voor de whiskey. 'Dank je wel.' Ze nam de eerste slok. 'Er is vannacht iets gebeurd. Als dat Geall aangaat, moet ik het weten.'

'Het gaat om mij.'

'Het had iets met Lilith te maken. Ik dacht dat het mijn eigen angsten waren die naar binnen slopen in mijn slaap, maar het was meer. Ik heb een keer over haar gedroomd, of nee, het was méér dan een droom. Toen heb jij me wakker gemaakt.'

En daarna was hij lief voor haar geweest, herinnerde ze zich. Onwillig, weliswaar, maar lief.

'Zoiets moet het geweest zijn,' ging ze verder, 'maar ik droomde niet, ik voelde alleen ...' Ze maakte haar zin niet af terwijl ze grote ogen opzette. 'Nee, ik heb het niet alleen gevoeld. Ik heb je ook gehoord. Ik heb je horen praten. Ik hoorde jouw stem in mijn hoofd, en die klonk koud. "Ik zal jou doden." Dat heb ik je horen zeggen, heel duidelijk. Toen ik wakker werd, dacht ik dat ik dood zou vriezen als je ooit zo kil tegen mij zou spreken.' En daarna had ze zich gedwongen gevoeld om uit bed te stappen, dacht ze. Ze had zijn muziek gevolgd tot ze bij hem was gekomen. 'Wie was het?'

Later zou hij misschien proberen uit te vissen hoe ze hem in haar dromen kon horen – of voelen – spreken, dacht hij. 'Lilith.'

'Juist.' Met haar ogen op het vuur gericht, wreef Moira met haar handen over haar armen. 'Ik wist het. Die kilte had ook iets duisters. En jij was het niet.'

'Hoe weet je dat zo zeker?'

'Jij hebt een andere... kleur,' besloot ze. 'Lilith is zwart. Pikzwart. Jij bent, nou ja, je bent niet helder. Bij jou is het grijs en blauw. Dat schemert in jou.'

'Wat bedoel je precies? Een soort aura?'

De kille geamuseerdheid in zijn stem zorgde ervoor dat ze vanaf haar hals begon te blozen. 'Zo zie ik je af en toe. Glenna heeft me gezegd dat ik ermee door moet gaan. Zij is rood en goud, net als haar haren... voor het geval je het wilt weten. Was het een droom? Lilith?'

'Nee. Al heeft ze me er wel een gestuurd die een herinnering zou kunnen zijn. Een hoer die ik heb genomen en gedood in een smerige Londense steeg.' Uitdagend hief hij zijn glas en nam een slok, alsof hij zijn gevoelloze woorden op die manier kracht bij wilde zetten. 'Misschien was het niet die ene, maar ik heb heel wat anderen geneukt en gedood, dus dat maakt weinig verschil.'

Ze bleef hem strak aankijken. 'Jij denkt dat je me daarmee choqueert. Je vertelt het op die botte manier om iets wreeds tussen ons te plaatsen.'

'Er zit een heleboel wreedheid tussen ons in.'

'Wat je hebt gedaan voordat je mijn leven die nacht op de open plek in het bos voor de eerste keer redde staat niet tussen ons in. Dat ligt achter je. Denk je soms dat ik zo onervaren ben dat ik niet weet dat je allerlei vrouwen hebt gehad en ook allerlei vrouwen hebt gedood? Als je die vrouwen per se wilt meenemen in het hier en nu beledig je niet alleen mij, maar ook je eigen keuzes.'

'Ik begrijp helemaal niets van jou.' De dingen die hij niet begreep, waren zaken die hij doorgaans probeerde te ontrafelen. Begrip was een andere vorm van overleving.

'Dat is mijn schuld toch niet? Ik druk me meestal heel duidelijk uit. Als zij jou die droom heeft gestuurd, of die nou op waarheid berust of niet, heeft ze dat gedaan om jou te verontrusten.'

'Te verontrusten,' herhaalde hij, en hij stapte bij haar vandaan naar de haard. 'Jij bent echt een heel vreemd schepsel. Die droom wond me op. En hij bracht me van mijn stuk, bij gebrek aan een betere term. En dat was precies haar bedoeling.'

'En nadat ze dat voor elkaar had, heeft ze een kwetsbare plek in jou blootgelegd. Ze is naar jou toe gekomen. Als verschijning. Zoals Lora bij Blair heeft gedaan.'

Hij draaide zich om en hield de whiskey ontspannen in een hand. 'Ze heeft zich bij me verontschuldigd, weliswaar eeuwen te laat, omdat ze me slechts enkele dagen na mijn gedaanteverandering in de steek heeft gelaten, en ik bijna dood was omdat Hoyt me van een rots had afgegooid.'

'Misschien is traagheid een relatief begrip, gezien de lengte van jouw bestaan.'

Ditmaal barstte hij spontaan in lachen uit. Het was een gulle lach, vol waardering. 'Ja, jij bent een heel vreemd schepsel, met ergens diep vanbinnen ook nog een scherp verstand. Ze bood me een overeenkomst aan. Wil je horen waar die over ging?'

'Graag.'

'Ik hoef jullie alleen maar in de steek te laten. Jou en de anderen, en dat wat komt op Samhain. Als ik dat doe, is alles vergeven en vergeten. Sterker nog, als ik jullie in je sop laat gaarkoken en overloop naar haar kant, zal ik rijkelijk worden beloond. Ik zal alles krijgen wat ik wil, plus een plek aan haar zijde. En in haar bed. En alle anderen die ik verder nog in mijn bed zou willen.'

Moira tuitte haar lippen en nam nog een slokje whiskey. 'Als je dát gelooft, ben je nog onnozeler dan waar je mij voor aanziet.'

'Ik ben nooit zo onnozel geweest als jij.'

'O, nee? Wie van ons tweeën was onnozel genoeg om seks te hebben met een vampier en zich door haar te laten bijten?'

'Ha. Daar zeg je zowat. Maar jij bent dan ook nooit een hitsige jongeman geweest.'

'Want vrouwen hebben natuurlijk geen belangstelling voor vleselijke zaken. Wij zitten liever te handwerken terwijl we gebeden prevelen.'

Zijn lippen vertrokken even voordat hij zijn hoofd schudde. 'Daar zeg je alweer zowat. Hoe dan ook, aangezien ik geen hitsige jongeman meer ben, en niet langer groen als gras, besef ik heel goed dat Lilith me gevangen zou nemen en me zou martelen. Ze zou me in leven kunnen houden, om het zo maar te noemen, voor... altijd. En me onnoemlijke pijn laten lijden.'

Hij dacht er nog even over na, op allerlei nieuwe gedachten gebracht door de korte discussie met Moira. 'Of, en dat is waarschijnlijker, ze zou zich aan haar woord houden, met betrekking tot de seks en de andere beloningen, voor zolang het haar uit zou komen. Ze zou weten dat ik nuttig voor haar ben, in elk geval tot Samhain.'

Moira knikte instemmend. 'Ze zou met je naar bed gaan, en je met geschenken overladen. Je een hoge positie en rang geven. Daarna, wanneer alles achter de rug is, zou ze je gevangenzetten en martelen.'

'Precies. Maar ik ben niet van plan om me tot in de eeuwigheid te laten martelen of haar van nut te zijn. Ze heeft een goede man gedood, op wie ik erg gesteld was. Ik wil me in elk geval op haar wreken voor King.'

'Ze was vast niet blij met je weigering.'

Hij keek Moira uitdrukkingsloos aan. 'Jij bent vanavond de koningin van het understatement.'

'Laat me dan ook de meesteres van de intuïtie zijn: je hebt haar gezegd dat jij het tot jouw taak zult maken om haar te vernietigen.'

'Dat heb ik gezworen, met mijn eigen bloed. Dramatisch,' zei hij, met een korte blik op de bijna genezen wond op zijn hand. 'Maar ik voelde me theatraal.'

'Je doet er luchtig over, en dat vind ik veelzeggend. Jij hebt het harder nodig om haar eigenhandig te doden dan je toegeeft. Ze begrijpt daar niets van, of beter gezegd: ze begrijpt jóú niet. Je hebt het niet alleen nodig als vergelding, maar ook om een hoofdstuk te kunnen afsluiten.' Toen hij niets zei, hield ze haar hoofd schuin. 'Vind je het niet raar dat ik jou beter begrijp dan zij? Dat ik je beter ken dan zij ooit zou kunnen?'

'Ik denk dat jouw hersens altijd aan het werk zijn,' antwoordde hij. 'Ik hoor de raderen praktisch draaien. Het is niet zo vreemd dat je de afgelopen dagen niet goed kon slapen met al het lawaai in jouw hoofd.'

'Ik ben bang.' Met samengeknepen ogen keek hij haar aan, maar ze weigerde zijn blik te ontmoeten. 'Bang om te sterven voordat ik echt heb geleefd. Bang om mijn volk, mijn familie, jou en de anderen teleur te stellen. Als ik de kilte en de duisternis voel die ik vannacht heb gevoeld, weet ik wat er van Geall zal worden als zij dit wint. Het zal een leegte worden, uitgebrand, uitgehold en zwart. En dat vooruitzicht maakt me zo bang dat ik niet meer kán slapen.'

'Dan zal het antwoord moeten zijn dat ze dit niet mág winnen.'

'Aye. Dat moet het antwoord zijn.' Ze zette de whiskey naast zich neer. 'Je moet tegen Glenna zeggen wat je mij net hebt verteld. Volgens mij wordt het moeilijker om het antwoord te vinden als er geheimen tussen ons in staan.'

'Als ik het haar niet vertel, doe jij het wel.'

'Vanzelfsprekend. Maar ze moet het van jou horen. Als je zin hebt, mag je alle instrumenten hier bespelen, wanneer je maar wilt. En als je liever in je eentje speelt, mag je ze ook meenemen naar je kamer.'

'Dank je wel.'

Met een flauwe glimlach ging ze staan. 'Volgens mij kom ik nu wel weer in slaap. Welterusten.'

Hij bleef staan waar hij stond toen ze haar kaars pakte en hem alleen liet. En hij bleef nog uren zitten in de door het haardvuur verlichte duisternis.

In de gure, regenachtige ochtendschemering stond Moira bij Tynan en de zorgvuldig uitgekozen soldaten die op het punt stonden om de poort uit te marcheren.

'Het wordt een natte mars.'

Tynan wierp haar een glimlach toe. 'Regen is goed voor de ziel.'

'Dan moet onze ziel heel gezond zijn na de afgelopen dagen. Maar ook zíj kunnen zich verplaatsen in de regen, Tynan.' Met haar vingers raakte ze licht het kruis aan dat op zijn borstschild was geschilderd. 'Ik vraag me af of we jullie vertrek moeten uitstellen tot het opklaart.'

Hij schudde zijn hoofd en keek langs haar heen naar de anderen. 'Vrouwe, de mannen zijn gereed, zelfs zozeer dat uitstel het moreel zou aantasten en voor nervositeit zou zorgen. Ze hebben actie nodig, al is het niet meer dan een lange dag marcheren in de regen. We hebben getraind om te vechten,' ging hij verder voordat ze hem in de rede kon vallen. 'Als de vijand het gevecht met ons aan wil gaan, zullen we gereed zijn.'

'Daar vertrouw ik op.' Ze moest wel. Als ze al geen vertrouwen in Tynan had, iemand die ze al haar hele leven kende, wat moest ze dan? 'Larkin en de anderen zullen op je wachten. Ik verwacht dat zij kort na zonsondergang terug zullen komen met de mededeling dat jullie veilig zijn gearriveerd en jullie posten hebben betrokken.'

'Daar kunt u op vertrouwen, en op mij. Vrouwe.' Hij pakte haar handen.

Omdat ze vrienden waren en omdat hij de eerste was die ze op pad stuurde, ging ze op haar tenen staan en gaf hem een kus. 'Ik vertrouw ook op jou.' Ze kneep in zijn vingers. 'Hou mijn neven uit de problemen.'

'Dát is iets waar ik wellicht niet toe in staat ben, Vrouwe.' Hij wendde zijn blik van haar gezicht af. 'Heer. Vrouwe.'

Met haar handen nog steeds in die van Tynan keek Moira naar Cian en Glenna.

'Dit is een natte dag voor een mars,' zei Cian. 'Ze zullen waarschijnlijk onderweg wat soldaten hebben opgesteld om jullie wat te laten oefenen.'

'Daar hopen de mannen op.' Tynan wierp een zijdelingse blik op de bijna honderd mannen die afscheid namen van hun families en geliefden. Daarna draaide hij zijn hoofd weer om zodat zijn blik die van Cian ontmoette. 'Zijn we er klaar voor?'

'Jullie kunnen ermee door.'

Voordat Moira hem kon afsnauwen vanwege de belediging, begon Tynan te schateren. 'Voor uw doen is dat een enorm compliment.' Hij gaf Cian een hand. 'Dank u wel voor de uren van training en voor alle blauwe plekken.'

'Maak er goed gebruik van. *Slán leat.*'

'*Slán agat.*' Hij wierp Glenna een brutale grijns toe terwijl hij op zijn paard ging zitten. 'Ik zal uw man naar u terugsturen, Vrouwe.'

'Ja, doe dat. Wees gezegend, Tynan.'

'In uw naam, Majesteit,' zei hij tegen Moira, en vervolgens wendde hij zijn paard. 'Iedereen in het gelid!'

Moira keek toe terwijl de mannen zich in rijen opstelden. Ze stond daar in de regen terwijl haar neef Oran en twee andere officieren te paard naar buiten gingen, gevolgd door haar voetsoldaten, op de eerste etappe naar de oorlog.

'Het is begonnen,' mompelde ze. 'Mogen de goden over hen waken.'

'Het is beter dat ze over zichzelf waken,' zei Cian.

Toch bleef hij naast haar staan tot het eerste bataljon van het leger van Geall uit het zicht was verdwenen.

8

Met een frons dronk Glenna haar thee terwijl Cian haar, na enige aansporing van Moira, over zijn ontmoeting met Lilith vertelde. Ze zaten met zijn drietjes te ontbijten. 'Het lijkt op wat Blair eerder is overkomen, en op wat ik in New York heb meegemaakt. Ik had gehoopt dat Hoyt en ik dat soort dingen hadden geblokkeerd.'

'Bij mensen is dat misschien ook gelukt,' zei hij. 'Maar van vampier naar vampier ligt het waarschijnlijk anders. Vooral wanneer...'

'Wanneer degene die binnendringt de verwekker van de ander is,' maakte Glenna zijn zin af. 'Ja, ik begrijp het. Toch moet er een manier zijn om haar buiten te sluiten.'

'Dat is je tijd en je energie nauwelijks waard. Ik zit er niet mee.'

'Dat zeg je nu, maar je was wel behoorlijk van slag.'

Hij keek even naar Moira. 'Dat is nogal sterk uitgedrukt. Hoe dan ook, ze is heel gepikeerd weer vertrokken.'

'Dan is er toch nog iets goeds uit voortgekomen,' ging Glenna verder. 'Dat ze naar jou is toe gekomen, dat ze heeft geprobeerd om met je te onderhandelen, bewijst dat ze veel minder zelfverzekerd is dan ze graag zou willen.'

'Integendeel, ze is er absoluut van overtuigd dat ze zal winnen. Want dat heeft haar tovenaar haar laten zien.'

'Midir? Over hem heb je vannacht niets gezegd.'

'Hij kwam niet ter sprake,' zei Cian nonchalant. In werkelijkheid had hij lang en diep nagedacht voordat hij had besloten het te vertellen. 'Zij beweert dat hij haar een overwinning heeft laten zien, en volgens mij gelooft ze dat echt. De verliezen die we haar tot nu toe hebben toegebracht, zijn onbelangrijk voor haar. Dat zijn niet meer dan tijdelijke ergernissen, krenkingen van haar trots.'

'Met elke wending en elke keuze scheppen we het lot.' Moira bleef Cian strak aankijken. 'Deze oorlog is pas gewonnen als hij echt is gewonnen, door haar of door ons. Haar tovenaar vertelt haar, toont haar, wat ze wil horen en wat ze wil zien.'

'Daar ben ik het mee eens,' zei Glenna. 'Hoe zou hij anders zijn hachje moeten redden?'

'Ik spreek jullie niet tegen.' Cian haalde nonchalant zijn schouders op en pakte een peer. 'Maar zo'n rotsvaste overtuiging kan een gevaarlijk wapen zijn. En wapens kunnen tegen degene die ze vasthoudt worden gebruikt. Hoe dieper we haar onder haar huid prikken, hoe roekelozer ze misschien wordt.'

'En wat voor naald moeten we daarvoor gebruiken?' vroeg Moira.

'Daar werk ik aan.'

'Ik heb iets wat eventueel kan werken.' Glenna kneep haar ogen samen terwijl ze in haar thee roerde. 'Als die Midir van haar een deur kan openen zodat ze in jouw hoofd kan komen, Cian, kan ik zo'n deur ook openen. Ik vraag me af hoe Lilith zo'n bezoekje zou vinden.'

Cian nam een grote hap van de peer en liet zich wat onderuitzakken. 'Wat ben jij een slimme meid.'

'Ja, dat vind ik ook. Ik zal jou nodig hebben. Ik zal jullie allebei nodig hebben. Waarom besluiten we het ontbijt niet met een leuk toverspreukje?'

Het was geen klein toverspreukje, en het was ook niet leuk. Het kostte Glenna meer dan een uur om haar gereedschap en de ingrediënten voor te bereiden.

Ze vermaalde fluoriet en turkoois en zette die apart. Ze verzamelde korenbloem, hulst en takjes tijm. Ze schreef op paarse en gele kaarsen. Daarna stak ze het vuur onder haar ketel aan.

'Deze zijn afkomstig van de aarde en nu vermengen we ze met water.' Ze strooide haar ingrediënten in de ketel. 'Voor het dromen van woorden, om te kunnen zien en om te kunnen onthouden. Moira, wil jij de kaarsen in een cirkel rond de ketel zetten?'

Zij werkte verder terwijl Moira de kaarsen plaatste. 'Ik speelde al met dit idee na wat Blair is overkomen. In gedachten heb ik geprobeerd uit te vogelen hoe het eventueel kan worden gedaan.'

'Elke keer dat jij via magie een kijkje in een van haar onderkomens hebt genomen, heeft ze hard teruggeslagen,' bracht Cian haar in herinnering. 'Dus wees voorzichtig. Ik wil niet dat Hoyt me nog een keer van een rots afgooit omdat ik jou iets heb laten overkomen.'

'Ik loop geen risico... althans niet als eerste.' Ze streek haar haren achterover terwijl ze hem aankeek. 'Jij vangt de klap op.'

'Nou, dat is dan ideaal.'

'Het is riskant, dus ben jij degene die voorzichtig moet zijn.'

'Ach, wie niet waagt, die niet wint.' Hij deed een stap naar voren om in de ketel te kijken. 'Wat moet ik precies doen?'

'In eerste instantie alleen observeren. Als jij ervoor kiest om contact te leggen... is dat helemaal aan jou. Maar beloof me dat je het afbreekt als het te riskant wordt. Anders sleuren wij je terug. En dat zal niet prettig voelen. Daar zul je waarschijnlijk de gruwelijkst denkbare hoofdpijn aan overhouden en je zult je kotsmisselijk voelen.'

'Goh, dolle pret.'

'De pret begint pas.' Ze liep naar een klein doosje en maakte het open. Vervolgens stak ze een klein, uit was gesneden poppetje omhoog.

Cians wenkbrauwen schoten omhoog. 'Dat poppetje lijkt heel erg op haar. Heel knap.'

'Ik kan niet zo goed boetseren, maar een poppetje lukt me nog wel.' Glenna draaide het figuurtje dat Lilith voorstelde naar Moira toe, zodat die het ook kon bekijken. 'Over het algemeen maak ik dit soort dingen niet. Je dringt ermee binnen bij iemand, en het is gevaarlijk voor degene van wie je de beeltenis hebt gemaakt. Maar de doe-niemand-kwaadregel geldt niet voor de ondoden. Met uitzondering van het huidige gezelschap.'

'Dank je.'

'Ik heb nog één dingetje van je nodig.'

'En dat is?'

'Bloed.'

Berustend keek Cian haar aan. 'Vanzelfsprekend.'

'Een paar druppels maar, nadat ik het poppetje vastbind. Ik heb niets van haar, geen haren, geen afgeknipte nagels. Maar jullie hebben ooit bloed uitgewisseld. Volgens mij moet dat voldoende zijn.' Ze aarzelde en wikkelde de ketting van haar hanger om haar vingers. 'Misschien is dit een slecht idee.'

'Dat is het niet.' Moira plaatste de laatste kaars. 'Het wordt tijd dat we binnendringen in háár hoofd, zoals zij bij ons heeft gedaan. Dat is een mooie, hete naald onder haar huid, als je het mij vraagt. En Cian verdient het om haar een koekje van eigen deeg te geven.' Ze rechtte haar rug. 'Kunnen wij meekijken?'

'Dorst jij zelf ook naar wraak?' vroeg Cian haar.

Moira's ogen hadden de kleur van koude rook. 'Ik smacht ernaar. Kunnen we meekijken?'

'Als alles gaat zoals gepland.' Glenna slaakte een zucht. 'Klaar voor wat astrale projectie?' vroeg ze aan Cian.

'Helemaal.'

'Kom allebei in de kring van kaarsen staan. Je zult een meditatieve staat moeten bereiken, Cian. Moira en ik zullen je in de gaten houden en met je mee kijken. Wij zullen je lichaam in deze dimensie houden terwijl je geest en je beeltenis reizen.'

'Is het waar dat je een reizende geest beter in zijn eigen veilige wereld kunt houden als hij iets bij zich heeft uit die wereld?' vroeg Moira.

Glenna veegde haar haren weer naar achteren. 'Dat is een theorie.'

'Hier, pak aan.' Moira maakte de band van kralen en leer los waarmee haar vlecht was vastgebonden. 'Voor het geval de theorie klopt.'

Na er een sceptische blik op te hebben geworpen, stopte Cian het bandje in zijn zak. 'Dus ik ben gewapend met haaraccessoires.'

Glenna pakte een schaaltje zalf op. 'Concentreer je, open je chakra's,' zei ze terwijl ze de zalf op zijn huid smeerde. 'Ontspan je lichaam, open je geest.' Daarna keek ze Moira aan. 'Wij zullen de beschermingscirkel vormen. Denk aan licht. Zacht, blauw licht. Dat zal voor bescherming zorgen.'

Terwijl zij de cirkel vormden, concentreerde Cian zich op een witte deur. Dat was het symbool dat hij altijd koos wanneer hij wilde mediteren. Als hij gereed was, zou de deur zich openen en zou hij erdoorheen stappen.

'Hij heeft een sterke geest,' zei Glenna tegen Moira. 'En hij heeft heel veel oefening gehad. Hij heeft me verteld dat hij in Tibet heeft gestudeerd. Nee, laat maar,' zei ze met een handgebaar. 'Ik probeer tijd te rekken. Ik ben een beetje zenuwachtig.'

'Háár tovenaar is niet sterker dan jij. Wat hij kan, kun jij ook.'

'Daar heb je verdomme gelijk in. Al moet ik zeggen dat ik vurig hoop dat Lilith slaapt. Dat zou wel moeten.' Glenna keek even door het raam naar de afnemende regen. 'We zullen het zo weten.' Ze had een holte in het poppetje gemaakt en vulde dat met kluitjes modder van de begraafplaats, rozemarijn en salie, gemalen amethist en kwarts. 'Je moet je emoties in bedwang houden als we haar vastbinden, Moira. Leg je haat en je angst naast je neer. Het gaat ons alleen om gerechtigheid, en we willen een kijkje nemen. We kunnen Lilith kwaad doen, zelfs met magie, maar dan zal Cian het doorgeefluik zijn. Ik wil niet dat er ook maar enige terugkaatsende negativiteit op hem terechtkomt.'

'Gerechtigheid dan. Dat is voldoende.'

Glenna maakte de holte dicht met een stukje was.

'We roepen Maat op, de godin van gerechtigheid en evenwicht, om onze hand te geleiden. Met deze beeltenis sturen we magie door de lucht en over het land.' Ze plaatste een witte veer tegen het poppetje en omwikkelde het daarna met zwart lint. 'Geef het schepsel wiens beeltenis ik in mijn handen hou dromen en herinneringen, lang vervlogen en oeroud.' Ze gaf het rituele mes aan Moira en knikte. 'Verzegeld met het bloed dat zij vergoot, gebonden met deze druppels rood.'

Cian reageerde niet toen Moira zijn hand optilde en het mes over zijn handpalm liet gaan.

'Geest en beeld van hem wiens leven zij nam, zullen haar straks bereiken zodat hij bij haar kan kijken. Wij zullen observeren en over hem waken, en als hij besluit om weer te vertrekken, zal geen kwaad hem kunnen raken. Wij zullen deze magie in haar laten stromen. Geef onze boodschapper toegang tot haar dromen. Open de deuren, gun ons het zicht, laat niets ons in de weg staan. Zoals wij het willen, zo zal het gaan.'

Glenna hield het poppetje boven de ketel, en toen ze het losliet, bleef het door pure wilskracht in de lucht zweven.

'Pak zijn hand,' zei ze tegen Moira. 'En hou hem goed vast.'

Toen Moira's hand zich om de zijne klemde, stapte Cian niet gewoon door de deur, maar hij knalde erdoor. Vliegend door een duisternis die zelfs zijn gezichtsvermogen niet kon overwinnen, voelde hij Moira's hand krachtig om de zijne. In zijn hoofd hoorde hij haar stem, bedaard en kalm.

'Wij zijn bij je. We zullen je niet loslaten.'

Er was maanlicht, als spikkels in de duisternis, dat vage vormen en schaduwen liet zien. Er waren geuren; bloemen, aarde, water en vrouw.

Mensen.

Er was hitte. Temperatuur betekende weinig voor hem, maar hij voelde de temperatuurverandering, vergeleken met de vochtige kilte die hij had achtergelaten. Een gloeiende hitte die alleen werd getemperd door een briesje vanaf het water.

Nee, vanaf de zee, verbeterde hij zichzelf. Het was een zee met golven die tegen suikerachtig zand klotsten. En er waren heuvels, die verrezen achter het strand. Verspreid over de hellingen van die heuvels stonden olijfbomen. Op het hoogste punt stond een tempel – wit als het maanlicht, met marmeren zuilen – die uitzicht bood op de oceaan, de bomen, de tuinen en de poelen.

En op de man en de vrouw die samen op een witte, met gouddraad omzoomde deken lagen op het schitterende zand, vlak bij de speelse witte schuimkoppen.

Hij hoorde de vrouw lachen, het schorre geluid van een opgewonden vrouw. En hij wist dat het Lilith was, dat hij was beland in een herinnering of droom van Lilith. Hij bleef op een afstandje staan en keek toe terwijl de man het witte gewaad van haar schouders trok en zijn hoofd boog om haar borsten te kussen.

Heerlijk, zo heerlijk voelde zijn mond op haar lichaam. Alles in haar binnenste vloeide weg en zwol weer aan, als het getij. Hoe kon dit, deze schoonheid verboden zijn? Hier was haar lichaam voor gemaakt. Haar geest, haar hoofd en haar ziel waren door de goden geschapen als gezellin voor de zijne.

Uitnodigend kromde ze haar rug en streek teder met haar vingers door zijn zon gebleekte haar. Hij rook naar de olijfbomen en naar het zonlicht dat hun vruchten deed rijpen.

Haar geliefde, haar enige. Ze mompelde het tegen hem terwijl hun lippen elkaar weer raakten. Opnieuw met een verlangen dat aanzwol tot het ondraaglijk werd.

Haar ogen waren vol van hem toen zijn lichaam zich eindelijk bij het hare voegde. Het genot bracht glinsterende tranen en veranderde haar zuchten in een hulpeloos snakken naar adem.

Liefde trok door haar heen, sloeg in haar hart, als een duizendtal in zijde gehulde vuisten. Ze trok hem tegen zich aan, steeds dichter, en schreeuwde het uit met een overgave die zelfs de goden uitdaagde om het te horen.

'Cirio, Cirio.' Ze hield zijn hoofd tegen haar borst gedrukt. 'Mijn hart. Mijn geliefde.'

Hij tilde zijn hoofd op en streek met een hand door haar goudkleurige haren. 'Zelfs de maan verbleekt in vergelijking met jouw schoonheid. Lilia, mijn koningin van de nacht.'

'De nachten zijn van ons, maar ik wil de zon met jou. De zon die jouw haren en huid verguldt, de zon die je aanraakt wanneer ik dat niet kan. Ik wil naast je lopen, trots en vrij.'

Als reactie liet hij zich slechts op zijn rug rollen. 'Kijk toch eens naar die sterren. Zij zijn vannacht onze toortsen. Laten we gaan zwemmen in hun licht. We moeten deze hitte weg baden in de zee.'

Ogenblikkelijke ergernis verhardde haar blik en verjoeg de slaperige vreugde van haar gezicht. 'Waarom wil je het er niet over hebben?'

'Het is vannacht te heet voor gesprekken en narigheid.' Hij zei het achteloos terwijl hij zand tussen zijn vingers door liet glijden. 'Kom, dan doen we alsof we spelende dolfijnen zijn.'

Maar toen hij haar handen pakte om haar overeind te trekken, trok ze die met een scherpe, chagrijnige ruk weer los. 'Maar we moeten praten. Plannen maken.'

'Lieveling, we hebben vannacht nog maar zo weinig tijd over.'

'We zouden voor altijd genoeg tijd kunnen hebben, elke nacht. We hoeven alleen maar samen weg te lopen. Ik zou je vrouw kunnen worden en je kinderen schenken.'

'Weglopen?' Lachend gooide hij zijn hoofd achterover. 'Wat is dat voor dwaasheid? Kom mee, ik heb nog maar een uur. Laten we nog even zwemmen, en dan zal ik je op de golven berijden.'

'Het is geen dwaasheid.' Ditmaal sloeg ze zijn hand weg. 'We kunnen hier met een boot vandaan gaan, naar elke plek die we willen. Dan kunnen we openlijk samen zijn, in het zonlicht. Ik wil meer dan een paar uur in het donker met jou, Cirio. Je hebt me meer beloofd.'

'Wegvaren op een boot, als een dief in de nacht? Mijn thuis is hier, mijn familie, ik heb hier plichten.'

'En je schatkisten,' zei ze gemeen. 'Of die van je vader.'

'En wat dan nog? Denk je soms dat ik de eer van mijn familie ga bezoedelen door er vandoor te gaan met een tempelpriesteres om in een vreemd land als een sloeber te leven?'

'Je zei dat je alleen mijn liefde nodig had om te kunnen leven.'

'Woorden zijn gemakkelijk in de hitte van het moment. Wees nou verstandig.' Met vleiende stem liet hij een vinger over haar blote borst omlaag gaan. 'We schenken elkaar plezier. Waarom moet er dan méér zijn?'

'Omdat ik méér wil. Ik hou van jou. Ik heb mijn geloften voor jou gebroken.'

'Vrijwillig.'

'Uit liefde.'

'Met liefde vul je je maag niet, Lilia, en je kunt er ook niet mee betalen op de markt. Wees niet verdrietig. Ik zal een geschenk voor je kopen. Iets van goud, als de kleur van je haar.'

'Ik wil niets wat je kunt kopen. Ik wil alleen vrijheid. Ik wil je vrouw worden.'

'Dat gaat niet. Als we zoiets waanzinnigs doen en we worden gepakt, zullen we ter dood worden gebracht.'

'Ik zou liever samen met jou sterven dan zonder jou leven.'

'Blijkbaar hecht ik meer waarde aan mijn leven dan jij aan dat van jou of mij.' Zijn stem klonk zo loom dat hij bijna gaapte. 'Ik kan je genot schenken, en de vrijheid die daarmee gepaard gaat. Maar jou tot mijn vrouw maken? Je weet dat er al een vrouw voor me is uitgekozen.'

'Jij hebt mij gekozen. Je zei dat...'

'Genoeg.' Hij stak zijn handen omhoog, maar leek eerder verveeld dan boos door het gesprek. 'Ik heb jou hiervoor gekozen, net zoals jij mij hebt gekozen. Jij verlangde naar aanraking. Ik zag het in je ogen. Als jij bent gaan dromen over samen wegvaren, is dat je eigen schuld.'

'Je hebt jezelf aan mij beloofd.'

'Mijn lichaam. En daar heb je goed gebruik van gemaakt.' Hij deed een riem om zijn middel terwijl hij ging staan. 'Ik zou je met alle genoegen hebben aangehouden als maîtresse. Maar ik heb geen tijd of geduld voor de belachelijke eisen van een tempelhoer.'

'Hoer.' Haar blos van woede trok weg, waardoor haar gezicht even wit werd als de marmeren zuilen op de heuveltop. 'Jij hebt mijn onschuld genomen.'

'Die heb je me gegeven.'

'Dit kun je allemaal niet menen.' Ze knielde en vouwde haar handen als een vrouw die zat te bidden. 'Je bent boos omdat ik je onder druk zette. We zullen het er vannacht niet meer over hebben. We zullen gaan zwemmen, zoals je zei. En dan vergeten we al deze nare woorden.'

'Daar is het te laat voor. Denk je soms dat ik niet weet wat er in jouw hoofd omgaat? Je zult blijven zeuren om iets wat nooit werkelijkheid kan worden. Het is maar goed dat we het hierbij laten. We hebben de goden al lang genoeg getart.'

'Wil je bij me weg? Dat kun je niet menen. Ik hou van je. Als je bij me weggaat, ga ik naar je familie. En dan zeg ik dat...'

'Als je dit vertelt, zal ik zweren dat je liegt. Je zult ervoor op de brandstapel belanden, Lilia.' Hij boog zich voorover en liet een vinger over de ronding van haar schouder gaan. 'En jouw huid is te zacht en te mooi voor het vuur.'

'Ga niet weg. Ga niet bij me weg. Ik zal doen wat jij zegt, zoals jij het wilt. Ik zal het nooit meer hebben over samen weggaan. Ga niet bij me weg.'

'Smeken bederft enkel je schoonheid.'

Geschokt en intens verdrietig riep ze hem na, maar hij liep weg alsof hij haar niet hoorde.

Onbedaarlijk snikkend liet ze zich op de deken vallen en sloeg er met haar vuisten op. De pijn was als het vuur waarover hij had gesproken en trok door haar heen alsof haar botten in as veranderden. Hoe kon ze leven met die pijn?

Liefde had haar verraden, gebruikt en afgedankt. Liefde had haar voor schut gezet. En toch was haar hart er nog vol van.

Ze zou zich in zee werpen en verdrinken. Ze zou naar het dak van de tempel klimmen en ervan afspringen. Ze zou hier gewoon sterven van schaamte en pijn.

'Maar eerst dood ik hem,' zei ze verstikt van woede. 'Eerst dood ik hem en daarna mezelf. Bloed, het zijne en het mijne samen. Dat is de tol van liefde en verraad.'

Achter zich hoorde ze iets bewegen, niet meer dan een geritsel op het zand. Vol vreugde schoot ze overeind. Hij was bij haar teruggekomen. 'Mijn geliefde.'

'Ja. Dat zal ik worden.'

Zijn haar was zwart en viel tot over zijn schouders. Hij droeg een lang gewaad met de kleur van de nacht. Zijn ogen hadden dezelfde kleur, zo zwart dat ze leken te glanzen.

Ze pakte haar toga en drukte hem tegen haar borsten. 'Ik ben een priesteres van deze tempel. U hebt geen toestemming om hier te zijn.'

'Ik ga en sta waar ik wil. Zo jong nog,' mompelde hij terwijl hij haar aandachtig opnam met zijn zwarte ogen. 'Zo vers.'

'U moet hier weggaan.'

'Wanneer het mij uitkomt. Ik heb je de afgelopen drie nachten gadegeslagen, Lilia. Ik heb jou gezien en de jongen aan wie je jezelf verspilt.'

'Hoe durft u.'

'Jij hebt hem liefde geschonken en hij heeft jou leugens gegeven. Beide zijn kostbaar. Zeg eens, hoe zou je het vinden om hem met gelijke munt terug te betalen voor zijn geschenk aan jou?'

Ze voelde iets in zich roeren, de eerste verlangens naar wraak. 'Hij verdient niets van mij. Hij niet en geen enkele man.'

'Dat is waar. Dus dan zul je mij geven wat geen enkele man verdient.'

De angst sloeg toe, en ze rende weg. Maar vreemd genoeg stond hij ineens voor haar met die kille glimlach op zijn gezicht. 'Wát ben jij?'

'Ah, inzicht. Ik wist dat ik goed had gekozen. Ik ben wat er was voordat de hemelen jouw zwakke, copulerende goden uitbraakten.'

Ze rende opnieuw weg, terwijl er een kreet van paniek in haar keel bleef steken. Maar opnieuw versperde hij haar de weg. Haar paniek veranderde in doodsangst. 'Op aanraking van een tempelpriesteres staat de doodstraf.'

'Maar de dood is zo'n fascinerend begin. Ik zoek een metgezellin, een minnares, een vrouw, een studente. Jij bent haar. Ik heb een geschenk voor je, Lilia.'

Ditmaal begon hij te lachen toen ze probeerde te vluchten. En hij lachte nog steeds toen hij haar optilde en op de grond gooide terwijl zij het uit snikte.

Ze vocht, krabde, beet en smeekte, maar hij was te sterk. Ditmaal was het zijn mond op haar borst, en ze huilde door de schande ervan terwijl ze haar nagels over zijn wang haalde.

'Ja. Ja. Het is fijner als ze vechten. Dat leer je nog wel. Hun angst is als parfum. Hun geschreeuw als muziek.' Hij legde zijn hand op haar wang en dwong haar om naar hem te kijken. 'Kijk me aan. Kijk diep in mijn ogen.'

Hij drong woest bij haar binnen. Haar lichaam beefde, schudde en schokte van schrik. En van onnoemlijke opwinding.

'Heeft hij je ooit naar zulke hoogten gestuwd?'

'Nee. Nee.' De tranen op haar wangen droogden op. In plaats van naar hem te klauwen en hem te slaan, groeven haar handen in het zand op zoek naar houvast. Gevangen door de blik in zijn ogen, begon haar lichaam mee te bewegen met het zijne.

'Neem meer. Je wilt meer,' zei hij. 'Pijn is zo... opwindend.'

Hij stootte harder, zo diep dat ze bang was om in tweeën te worden gespleten. Toch hield haar lichaam zijn tempo bij en bleef ze gebiologeerd in zijn ogen staren.

Toen zijn ogen rood werden, maakte haar hart een sprongetje van hernieuwde angst, maar die angst werd fijngeknepen door een vuist van duistere opwinding. Hij was zo knap. Haar menselijke minnaar verbleekte in vergelijking met deze donkere, verdoemde schoonheid.

'Ik zal je het gereedschap van je wraak geven. Ik zal je je begin schenken. Je hoeft er alleen maar om te vragen. Vraag me om jou mijn geschenk te geven.'

'Ja. Geef me jouw geschenk. Geef me wraak. Geef me...'

Haar lichaam schokte toen hij zijn hoektanden in haar boorde. En elk genot dat ze had gekend of zich had voorgesteld verbleekte bij het gevoel waar ze ineens mee vol stroomde. Dit was de grootsheid die ze nooit in de tempel had gevonden, de bloeiende zwarte kracht waarvan ze altijd had geweten dat die net buiten haar bereik lag.

Dit was het verbodene waarnaar ze had gehunkerd.

Zij was het, die al kronkelend van genot en machtsgevoel, hem tot het hoogtepunt bracht. En zonder dat het haar werd opgedragen, richtte ze zich half op en dronk van het bloed dat opwelde uit de wond op zijn wang, waar ze hem had opengekrabd.

Ze stierf met een glimlach om haar bebloede lippen.

En ontwaakte in haar bed, tweeduizend jaar na de droom.

Haar lichaam voelde gekneusd en pijnlijk, haar geest was verward. Waar was de zee? Waar was de tempel?

'Cirio?'

'Dus jij bent een romanticus? Wie had dat kunnen denken?' Cian stapte uit de schaduw tevoorschijn. 'Roep jij om de minnaar die je heeft afgewezen en verraden?'

'Jarl?' Dat was de naam waarmee ze haar schepper had aangesproken. Maar toen droom en werkelijkheid zich van elkaar scheidden, zag ze dat het Cian was. 'Dus je bent toch gekomen. Mijn aanbod...' Maar het was niet helemaal duidelijk.

'Wat is er van die jongen geworden?' Cian ging op de rand van het bed zitten, alsof hij zich opmaakte voor een gezellig praatje.

'Welke jongen? Davey?'

'Nee, nee. Niet de welp die jij hebt geschapen. Je minnaar, die kerel die je had toen je nog leefde.'

Haar lippen trilden toen het tot haar doordrong. 'Dus jij speelt met mijn dromen? Ach, wat kan mij dat schelen?' Maar ze was tot in het diepst van haar wezen geschokt. 'Hij heette Cirio. Wat denk je dat er met hem is gebeurd?'

'Ik denk dat jouw meester ervoor heeft gezorgd dat die jongen jouw eerste slachtoffer werd.'

Ze glimlachte toen ze terugdacht aan een van haar mooiste herinneringen. 'Hij plaste in zijn toga toen Jarl hem mij aanreikte. En snikte als een kind terwijl hij om zijn leven smeekte. Ik was nieuw, maar had al de zelfbeheersing om hem urenlang in leven te houden... lang nadat hij smeekte om te mogen sterven. Ik zal het in jouw geval beter doen. Jou zal ik jarenlang pijn bezorgen.'

Ze haalde naar hem uit en vloekte toen haar klauwende nagels dwars door hem heen gingen.

'Vermakelijk, hè? En Jarl? Hoe lang heeft het geduurd voordat je je van hem ontdeed?'

Ze liet zich achteroverzakken en mokte eventjes. Daarna haalde ze haar schouders op. 'Bijna driehonderd jaar. Ik moest veel van hem leren. Hij begon bang voor me te worden omdat mijn krachten maar bleven toenemen. Ik kon zijn angst voor me ruiken. Hij zou mij hebben gedood als ik hem niet éérst had gedood.'

'Je heette Lilia, oftewel Lelie.'

'Ja, zo heette ik toen ik nog een zielig mens was. Na mijn verandering noemde hij me Lilith.' Ze draaide een lok van haar haren om haar vinger terwijl ze Cian aandachtig aankeek. 'Heb jij soms de dwaze hoop dat je een manier zult ontdekken om me vernietigen door meer te weten te komen over mijn verleden?'

Ze gooide de dekens van zich af en ging staan om, in haar blootje, naar een zilveren kruik te lopen. Toen ze het bloed in een kopje goot, beefden haar handen.

'Laten we eerlijk tegen elkaar zijn,' stelde Cian voor. 'We zijn hier maar met z'n tweeën. En dat is raar. Deel je vandaag het bed niet met Lora, het jochie of een ander?'

'Zelfs ik wil af en toe alleen zijn.'

'Juist. Dus laten we eerlijk zijn. Is het niet vreemd en desoriënterend om terug te keren naar je tijd als mens, ook al is het maar in een droom? Om je eigen dood, of je eigen begin te zien, alsof het net is gebeurd? Om je weer mens te voelen, zo goed en zo kwaad als dat gaat, tenminste?'

Afwezig trok ze een kamerjas aan. 'Ik zou best weer mens willen zijn.'

Hij trok zijn wenkbrauwen op. 'Jij? Dat verbaast me.'

'Dat moment van dood en wedergeboorte nog een keer te voelen. De geweldige, verbazingwekkende opwinding waarmee dat gepaard gaat. Ik zou weer zwak en blind willen worden enkel om het geschenk opnieuw te ervaren.'

'Juist. Dus je blijft voorspelbaar.' Hij ging staan. 'Onthoud dit. Als jij en je tovenaar mijn dromen opnieuw beïnvloeden, zal ik je dat drievoudig betaald zetten. Ik zal je geen moment rust gunnen en jij jezelf ook niet.'

Hij vervaagde, maar keerde nog niet terug. Hoewel hij Moira's geest en Glenna's wilskracht aan zich voelde trekken, bleef hij waar hij was. Hij wilde zien wat Lilith ging doen.

Ze smeet het kopje met het restje bloed erin tegen de muur. Ze sloeg een juwelenkistje kapot en beukte met haar vuisten tegen de muur tot ze bloedden.

Daarna schreeuwde ze om een bewaker.

'Breng die waardeloze tovenaar bij me. In ketenen. Breng hem... Nee, wacht. Wacht.' Ze draaide zich om en deed zichtbaar haar best om haar zelfbeheersing terug te krijgen. 'Als hij me nu onder ogen komt, zal ik hem vermoorden, en wat heb ik dan nog aan hem? Breng me iemand die ik kan opeten.'

Ze keerde zich met een ruk weer om. 'Een man. Een jongeman. Eentje van een jaar of twintig. Een blonde, als we die hebben. Toe, ga er een halen.'

Toen ze weer alleen was, wreef ze over haar slaap. 'Ik zal hem opnieuw vermoorden,' mompelde ze. 'Daarna zal ik me beter voelen. Ik zal hem Cirio noemen en hem opnieuw vermoorden.'

Ze griste haar kostbare spiegel van het bureau. En bij het zien van haar gezicht wist ze weer waarom ze Midir zou laten leven. Hij had haar dit geschenk gegeven.

'Dat ben ik,' zei ze zacht. 'Zo knap. De maan verbleekt erbij. Ja, ja. Die verbleekt erbij. Ik ben hier. Ik zal altijd hier zijn. De rest bestaat uit geesten. En ik ben hier.'

Ze pakte een borstel en begon al zingend haar haren te borstelen. Met tranen in haar ogen.

'Hier, drink op.' Glenna drukte een kopje tegen Cians lippen maar dat duwde hij ogenblikkelijk weg.

'Niks aan de hand. Ik heb geen zin in whiskey en ik ben ook niet van plan om zonder die whiskey in jouw bijzijn flauw te vallen.'

'Je ziet bleek.'

Zijn lippen vertrokken. 'Dat hoort erbij als ondode. Nou, dat was een hele belevenis.'

Aangezien hij de whiskey had geweigerd, nam Glenna zelf een slokje, waarna ze het kopje doorgaf aan Moira. 'Waanzinnig. Ze heeft ons niet gevoeld,' zei ze tegen Moira. 'Het zou fijn zijn als dat door mijn blokkades en bindingen kwam, maar ik denk dat ze vooral te verbaasd was om ons te voelen.'

'Ze was nog zo jong.' Moira ging zitten. 'Jong, en smoorverliefd op die waardeloze vent. Ik weet niet welke taal ze spraken. Vreemd genoeg begreep ik haar, maar ik kende de taal niet.'

'Grieks. Ze is begonnen als priesteres voor een of andere godin. Maagdelijkheid hoorde bij de taakomschrijving van dat beroep.' Cian verlangde naar bloed, maar nam genoegen met water. 'En laat dat medelijden maar zitten. Ze was rijp voor wat er toen met haar is gebeurd.'

'Net zoals jij dat was?' beet Moira hem toe. 'En doe nou maar niet alsof jij geen medelijden met haar had. We waren met elkaar verbonden. Ik kon het voelen. Haar hart was gebroken en even later werd ze verkracht en in bezit genomen door een demon. Ik kan de Lilith van nu verachten, maar toch medelijden hebben met Lilia.'

'Lilia was al half krankzinnig,' zei hij onaangedaan. 'Misschien is ze al deze eeuwen nog enigszins normaal gebleven door de verandering.'

'Dat ben ik met je eens. Sorry,' zei Glenna tegen Moira. 'Ik vond het niet fijn om te zien wat haar is overkomen, maar er was iets in haar blik, in haar toon. En god nog aan toe, ook iets in de manier waarop ze op dat strand uiteindelijk op Jarl reageerde. Ze was niet helemaal goed bij haar hoofd, Moira. Toen al niet.'

'Dan had ze misschien de hand aan zichzelf geslagen of was ze terechtgesteld omdat ze de man had vermoord die haar had gebruikt. Maar dat zou tenminste een normale dood zijn geweest.' Ze slaakte een zucht. 'En dan zouden wij deze zaak nu niet bespreken. Als je er maar lang genoeg over nadenkt, krijg je er hoofdpijn van. Ik heb een gevoelige vraag die eigenlijk alleen is bedoeld om mijn nieuwsgierigheid te bevredigen.' Ze schraapte haar keel voordat ze de vraag aan Cian stelde. 'De manier waarop ze reageerde, zoals Glenna het noemde. Was die niet normaal?'

'De meesten vechten of verstijven van angst. Maar zij verleende medewerking na de... Ik weet niet hoe ik dit netjes moet zeggen,' bekende Cian. 'Nadat ze genot begon te ervaren bij de verkrachting. En het was verkrachting, laat daar geen misverstand over bestaan. En geen enkele vrouw die goed bij haar verstand is, ervaart genot als ze wordt ontmenselijkt en gedwongen.'

'Ze was al van hem voordat hij haar beet,' mompelde Moira. 'Hij wist dat ze hem zou toebehoren, dat herkende hij in haar. Ze wist wat ze moest doen om te veranderen, namelijk van hem drinken. In alle boeken die ik over dat onderwerp heb gelezen, staat dat het slachtoffer moet worden gedwongen of het te horen moet krijgen. Het moet worden aangeboden. Zij nám. Ze wist het al en ze wilde het.'

'We weten nu meer dan eerst, en dat is altijd nuttig,' zei Cian. 'Bovendien heeft dit voorval haar van haar stuk gebracht, en dat is ook een pluspunt. Ik zal straks beter slapen in de wetenschap dat ik dát heb bereikt. Maar inmiddels is het al ver na mijn bedtijd. Dames.'

Moira keek hem na toen hij wegging. 'Hij heeft een klein hartje. Maar waarom doet hij zoveel moeite om te veinzen dat hij niets voelt?'

'Gevoelens veroorzaken heel vaak pijn. Ik denk dat gevoelens als een constante pijn kunnen zijn als je zoveel hebt gezien en gedaan als hij.' Glenna legde een hand op Moira's schouder. 'Ontkenning is gewoon een andere manier om te overleven.'

'Gevoelens die worden ontketend, kunnen een zalf of een wapen worden.'

Wat zouden zijn gevoelens worden als die compleet zouden worden losgelaten, vroeg ze zich af.

9

De regen maakte plaats voor een drukkende schemering, die een rokerige mist vanaf de grond omhoog deed kringelen. De nacht kwam langzaam dichterbij, maar er waren geen maan en sterren die de duisternis konden breken.

Moira waadde door de rivier van mist die over de binnenplaats stroomde en ging naast Glenna staan.

'Ze zijn bijna weer thuis,' mompelde Glenna. 'Later dan we hadden gehoopt, maar ze zijn bijna weer thuis.'

'Ik heb de haard in jouw kamer en in die van Larkin laten aansteken. En de baden worden op dit moment klaargezet. Ze zullen koud en nat zijn.'

'Dank je wel. Daar heb ik niet aan gedacht.'

'Toen we in Ierland waren, dacht jij aan alle dingen die het leven veraangenamen. Nu is dat mijn taak.' Moira volgde Glenna's voorbeeld en tuurde naar de lucht. 'Ik heb opdracht gegeven om de maaltijd te serveren in de salon, tenzij je straks liever alleen wilt zijn met Hoyt.'

'Nee, nee. Ze zullen alles samen willen bespreken. Daarna kunnen Hoyt en ik alleen zijn.' Met een hand omvatte ze het kruisje om haar hals en de amulet die aan hetzelfde kettinkje hing. 'Ik had niet verwacht dat ik zo bezorgd zou zijn. Zelfs toen we eens midden in een gevecht zaten terwijl we in de minderheid waren, heb ik me niet zo ongerust gemaakt.'

'Omdat je toen bij hem was. Als je van iemand houdt, is moeten wachten nog erger dan een verwonding.'

'Dat is een van de vele lessen die ik heb geleerd. Ik weet dat jij je zorgen maakt over Larkin. En over Tynan. Hij heeft gevoelens voor jou.'

Moira wist dat Glenna het niet over Larkin had. 'Dat weet ik. Onze moeders hoopten dat we op een goede dag zouden trouwen.'

'Maar?'

'Mij ontbreekt het aan de gevoelens die er in zo'n geval horen te zijn. Bovendien is hij te veel een vriend van me. Misschien is het voor mij makkelijker om dit alles te verdragen omdat ik geen minnaar heb op wie ik moet wachten of die ik kan verliezen.'

Glenna liet een korte stilte vallen. 'Maar?'

'Maar,' zei Moira met een zwak lachje, 'ik ben jaloers op jou omdat jij wel de marteling moet doorstaan van het wachten op de jouwe.'

Opeens zag Moira de gestalte van Cian door het halfduister aankomen. Hij kwam uit de stallen, zag ze. In tegenstelling tot de cape die de mannen van Geall droegen als bescherming tegen de kou en de regen, droeg hij een jas die op die van Blair leek. Lang, zwart en van leer.

De jas bolde op in de mist terwijl hij naar hen toe liep, waarbij de zolen van zijn schoenen nauwelijks geluid maakten op de natte stenen.

'Ze komen heus niet sneller terug als jullie hier in de nattigheid blijven staan,' zei hij.

'Ze zijn bijna thuis.' Glenna keek naar de hemel alsof ze die met haar wilskracht kon openen en Hoyt omlaag kon dwingen, naar haar toe. 'Hij weet dat ik op hem wacht.'

'Als je op mij had gewacht, zou ik nooit zijn vertrokken, Rooie.'

Met een glimlach hield ze haar hoofd schuin zodat het tegen zijn schouder rustte. Toen hij zijn arm om Glenna heen sloeg, zag

Moira dezelfde genegenheid die zij voor Larkin voelde in dat gebaar. Genegenheid die recht uit het hart kwam en die je voor familie voelde.

'Daarginds,' zei Cian zacht. 'Pal oost.'

'Zie je ze?' Glenna leunde naar voren. 'Kun jij ze al zien?'

'Als je nog heel even wacht, zie jij ze ook.'

Op het moment dat ze hen inderdaad zag, kneep ze in Moira's hand. 'Godzijdank. O, godzijdank.'

De draak suisde door de mistige lucht, een vage gouden glinstering, met berijders op zijn rug. Terwijl hij landde, holde Glenna over de stenen naar hem toe. Nadat Hoyt was afgestegen, spreidde hij zijn armen om haar op te vangen.

'Mooi om te zien,' zei Moira zachtjes terwijl Hoyt en Glenna elkaar omhelsden. 'Zovelen hebben vandaag afscheid van elkaar genomen en zoveel mensen zullen dat morgen doen. Het is geweldig dat er iemand thuiskomt en wordt omhelsd door wachtende armen.'

'Voordat hij haar kende, gaf hij er meestal de voorkeur aan om terug te keren naar eenzaamheid. Vrouwen veranderen dingen,' zei Cian.

Moira keek hem kort aan. 'Alleen vrouwen?'

'Nou ja, mensen dan. Al veranderen vrouwen hele universums, enkel en alleen door vrouw te zijn.'

'Ten goed of ten kwade?'

'Dat hangt van de vrouw af, nietwaar?'

'En van de prijs, of de man op wie ze haar zinnen heeft gezet.' Na die woorden liet ze hem alleen en rende op Larkin af.

Hoewel hij droop van de regen, trok ze hem dicht tegen zich aan. 'Ik heb eten, drinken, warm water, alles wat jullie maar nodig hebben. Ik ben zo blij om je terug te zien. Jullie allemaal.' Maar toen ze zich wilde omdraaien en bij Larkin vandaan wilde lopen om de anderen te verwelkomen, pakte hij haar stevig vast.

Op slag voelde Moira haar opluchting in angst veranderen. 'Wat? Wat is er gebeurd?'

'Laten we naar binnen gaan.' Hoyts stem klonk zacht, maar gespannen. 'Ergens waar het droog is.'

'Vertel me wat er is gebeurd.' Moira maakte zich los van Larkin.

'Tynan en zijn groep zijn overvallen toen ze bijna halverwege waren.'

Ze voelde alles in zich bevriezen. 'Oran. Tynan.'

'Die leven nog. Tynan is gewond geraakt, maar niet ernstig. Zes anderen...'

Ze pakte Larkins arm en boorde haar vingers erin. 'Dood of gevangengenomen?'

'Vijf gedood, één gevangengenomen. Verscheidene anderen zijn gewond geraakt, van wie twee ernstig. Voor hen hebben we gedaan wat we konden.'

Het gevoel van kou bleef, als ijs over haar hart. 'Heb je hun namen? Van de doden, de gewonden en de gevangene?'

'Ja, die hebben we. Moira, ze hebben Sean gevangengenomen. De zoon van de smid.'

Haar maag trok zich samen in de wetenschap dat de jongen een lot te wachten stond dat erger was dan de dood. 'Ik zal met hun families gaan spreken. Zwijg hierover tegen de anderen tot ik hun naasten heb ingelicht.'

'Ik zal met je mee gaan.'

'Nee. Nee, dit moet ik doen. Jij moet opdrogen en weer warm worden. En wat eten. Dit is mijn taak, Larkin. Ik moet dit alleen doen.'

'We hebben de namen opgeschreven.' Blair haalde een vodje papier uit haar zak. 'Het spijt me, Moira.'

'We wisten allemaal dat dit zou gebeuren.' Ze trok het papiertje vlug onder haar cape zodat het niet nat zou worden. 'Ik kom zo snel mogelijk naar de salon zodat jullie me de bijzonderheden kunnen vertellen. Maar eerst moet ik de families op de hoogte brengen.'

'Ze draagt een zware last,' zei Blair nadat Moira was weggelopen.

'Dat kan ze wel aan.' Cian keek haar na. 'Dat is nou eenmaal de taak van een koningin.'

Ze dacht dat de last haar zou verpletteren, maar wist hem te dragen. Ze torste hem mee terwijl moeders en echtgenotes in haar armen snikten. Ze wist niets over de aanval, maar zei tegen iedereen dat zijn of haar zoon, echtgenoot of broer moedig was geweest en als een held was gestorven.

Dat moest gewoon worden gezegd.

Het was erger bij de ouders van Sean, want in de ogen van de smid zag ze een hoopvolle blik verschijnen, en diezelfde hoop deed bij zijn vrouw tranen opwellen. Moira kon het niet opbrengen om hun die hoop te ontnemen, dus liet ze hen daarmee achter, samen met de gebeden dat hun zoon op de een of andere manier zou ontsnappen en weer veilig thuis zou komen.

Toen ze alle families had ingelicht, ging ze naar haar privévertrekken en legde het briefje met namen in een beschilderde doos die vanaf nu naast haar bed zou staan. Er zouden nog meer lijsten volgen. Dit was pas de eerste. De naam van iedereen die zijn of haar leven had gegeven, zou worden opgeschreven en in die doos worden bewaard.

Bij de lijst legde ze ook een takje rozemarijn om hen te gedenken, en een munt als eerbetoon.

Nadat ze de doos weer had gesloten, zette ze haar verlangen naar eenzaamheid en tijd om te rouwen opzij en ging naar de salon om te horen wat er was gebeurd.

De gesprekken vielen stil toen ze binnenkwam, en Larkin stond snel op.

'Mijn vader is net weg. Als je wilt, kan ik hem terughalen.'

'Nee, nee. Laat hem maar bij je moeder en je zus zijn.' Moira wist dat de man van haar zwangere nichtje de troepen zou aanvoeren die de volgende ochtend zouden vertrekken.

'Ik zal wat eten voor je opwarmen. Nee, je móét wat eten,' zei Glenna toen Moira haar mond opende om te protesteren. 'Beschouw het maar als medicijn, maar je zult wat eten.'

Terwijl Glenna een bord vol schepte, schonk Cian een flinke hoeveelheid appelbrandewijn in een glas en bracht dat naar haar toe. 'Drink dit eerst maar. Je ziet zo bleek als een doek.'

'Als ik dit opdrink, krijg ik niet alleen kleur, maar ook een tollend hoofd.' Maar ze haalde haar schouders op en sloeg het achterover alsof het water was.

'Voor een vrouw die een borrel zo wegwerkt, moet je wel bewondering hebben.' Geïmponeerd pakte hij het lege glas aan en ging weer zitten.

'Het was afschuwelijk. Bij jullie kan ik dat tenminste eerlijk zeggen. Het was afschuwelijk.' Moira ging aan tafel zitten en drukte haar handen tegen haar slapen. 'Om ze aan te kijken en hun gezichtsuitdrukking te zien veranderen, en te weten dat hun leven nooit meer hetzelfde zal zijn door wat ik ze heb aangedaan en wat ik ze heb afgenomen.'

'Jij hebt het hun niet aangedaan.' Glenna's stem klonk driftig toen ze het bord voor Moira neerzette. 'En jij hebt hun niets afgenomen.'

'Ik bedoelde niet de strijd of de dood. Maar het nieuws. Het moeilijkste was de familie van de jongen die gevangen is genomen. De zoon van de smid, Sean. Zijn ouders koesteren nog hoop. Hoe kon ik die mensen nou vertellen dat hem een lot te wachten staat dat erger is dan de dood? Ik kon ze die laatste hoop niet ontnemen, maar ik vraag me af of het beter was geweest om dat wel te doen.' Ze slaakte een diepe zucht en rechtte toen haar rug. Glenna had gelijk, ze moest wat eten. 'Vertel me wat jullie weten.'

‘Ze zaten in de grond,’ begon Hoyt, ‘precies zo als toen ze Blair overvielen. Tynan zei dat het er niet meer dan vijftig waren, maar ze hebben hen overrompeld. Volgens hem kon het ze niets schelen dat ze werden neergemaaid. Ze vielen aan en vochten als dol geworden dieren. Twee van onze mannen sneuvelden meteen. En de vijand heeft in de verwarring van het gevecht drie paarden van ons gestolen.’

‘Bijna een derde van het aantal paarden dat de soldaten bij zich hadden.’

‘Vier, misschien vijf van hen hebben Sean meegenomen. Hij leefde nog, volgens de soldaten die hem probeerden te redden. De vampiers namen hem mee in oostelijke richting terwijl onze mannen de gelederen gesloten hielden en terugvochten. Ze hebben ruim twintig vijanden gedood, en de rest is alle kanten op gevlucht toen het tij keerde.’

‘Het was een overwinning. Zo zul je het echt moeten beschouwen,’ zei Blair scherp. ‘Je moet wel. Jouw mannen hebben bij het eerste gevecht meer dan twintig vampiers gedood. Daarbij vergeleken zijn jouw verliezen licht. Zeg nou niet dat iedere dode er een te veel is,’ voegde ze er snel aan toe. ‘Dat weet ik ook wel. Maar dat is nou eenmaal de realiteit. Ze hebben stand gehouden dankzij hun training.’

‘Ik weet dat je gelijk hebt, en dat heb ik mezelf ook al verteld. Maar voor hen is het ook een overwinning. Ze wilden een gevangene. Anders hadden ze geen reden gehad om iemand mee te nemen. Kennelijk was het hun taak om één persoon levend in handen te krijgen, welke prijs daarvoor ook moest worden betaald.’

‘Je hebt zonder meer gelijk. Maar ik kan dat niet als een overwinning voor hen opvatten. Het was niet alleen stom, maar ook een verspilling van mankracht. Stel dat er in ruil voor die gevangene vijf vampiers zijn gestorven. Als die niet waren weggegaan, maar verder hadden gevochten, zouden ze meer van onze soldaten hebben gedood of gevangengenomen. Ik denk dat Lilith ze dit in een vlaag van woede heeft opgedragen. Maar het was ook nog eens slecht uit strategisch oogpunt.'

Zonder iets te proeven at Moira haar bord leeg terwijl ze erover nadacht. 'De manier waarop ze King naar ons heeft teruggestuurd, was kleinzielig en boosaardig. Maar op háár manier ook speels. Zij denkt dat zulke dingen ons moreel ondermijnen en dat we ons aangeslagen zullen voelen. Hoe kan ze zo weinig inzicht in ons hebben? Jij hebt maar half zo lang geleefd als zij,' zei ze tegen Cian. 'Maar jij weet beter.'

'Ik vind mensen interessant. Zij vindt ze hoogstens... smakelijk. Je hoeft niet te weten hoe de hersens van een koe werken om een kudde bijeen te drijven en er biefstuk van te maken.'

'Vooral niet wanneer je een hele bende hebt die ze te paard opdrijft en met de lasso vangt,' merkte Blair op. 'Ik trek alleen jouw metafoor door,' zei ze tegen Cian. 'Ik heb haar liefje pijn gedaan, dus daar wil ze wraak voor nemen. We hebben vier van haar basiskampen ingenomen. O ja, vergeet ik bijna te vertellen dat we vanochtend de andere twee locaties hebben opgeruimd.'

'Die stonden leeg,' zei Larkin. 'Ze had niet de moeite genomen om daar vallen te plaatsen of troepen te stationeren. Bovendien heeft Glenna ons verteld hoe jij haar tijdens onze afwezigheid hebt bespeeld.'

'Ze wilde ons gewoon met gelijke munt terugbetalen. Maar zij verliest meer dan wij. Dat maakt het echter niet makkelijker voor de families van de gesneuvelden,' voegde Blair eraan toe.

'En morgen stuur ik er meer troepen op uit. Phelan...' Moira stak een arm uit naar Larkin. 'Ik kan hem niet tegenhouden. Ik zal met Sinann gaan praten, maar...'

'Nee, dat doe ik wel. Ik neem aan dat mijn vader al met mijn zus heeft gesproken, maar ik zal zelf ook met haar gaan praten.'

Ze knikte. 'En Tynan? Hoe is het met hem?'

'Hij heeft een snijwond op zijn heup. Hoyt heeft de gewonden verzorgd. Het ging goed met Tynan toen we weggingen. Vannacht zullen ze veilig zijn.'

'Mooi. Dan zullen we bidden dat de zon morgenochtend schijnt.'

Ze moest nog een plicht volbrengen.

Haar hofdames hadden een zitkamer vlak naast haar privévertrekken, waar ze konden lezen, naaien of roddelen. Moira's moeder had er een vrolijke, bijzonder vrouwelijke ruimte van gemaakt met zachte stoffen, veel kussens en potten met bloeiende planten.

De haard werd gewoonlijk met appelhout gestookt vanwege de geur en er waren muurkandelaars in de vorm van sierlijke, gevleugelde elfen.

Na haar kroning had Moira de hofdames toestemming gegeven om de kamer naar eigen inzicht te veranderen. Maar de kamer was nog precies zo als hij in haar herinnering altijd was geweest.

Haar hofdames bevonden zich nu in die kamer, wachtend tot Moira zich terugtrok om te gaan slapen of tot ze hun vrij zou geven.

Ze kwamen overeind toen Moira binnenkwam en maakten een reverence.

'We zijn hier als vrouwen onder elkaar. Op dit moment, op deze plek zijn we alleen maar vrouwen onder elkaar.' Ze spreidde haar armen voor Ceara.

'O, Vrouwe.' Ceara's ogen, rood en opgezwollen van het huilen, stroomden over van de tranen terwijl ze zich in Moira's armen stortte. 'Dwyn is dood. Mijn broer is dood.'

'Het spijt me. Het spijt me vreselijk. Kom.' Ze leidde Ceara naar een stoel en hield haar dicht tegen zich aan. Ze huilde samen met haar, zoals ze eerder met Ceara's moeder en alle anderen had gehuild.

'Ze hebben hem daar begraven, in een veld langs de weg. Ze

konden hem niet eens mee naar huis brengen. Hij heeft geen wake gehad.'

'We zullen de grond door een priester laten wijden. En we zullen een monument oprichten voor allen die vandaag zijn gesneuveld.'

'Hij wilde graag gaan. Hij wilde vechten. Toen hij vertrok, heeft hij zich nog een keertje omgedraaid en naar me gewuifd.'

'Toe, je moet wat thee drinken.' Eveneens met rode ogen van het huilen zette Isleen de pot neer. 'Drink toch wat thee, Ceara. En u ook, Vrouwe.'

'Dank je wel.' Ceara depte haar betraande gezicht. 'Ik zou niet weten wat ik de afgelopen uren zonder Isleen en Dervil had gemoeten.'

'Het is fijn dat je vriendinnen voor je klaarstaan. Maar drink nu eerst je thee en ga daarna naar je familie. Je hebt je familie nodig. Neem zo lang verlof als je wilt.'

'Er is nog iets anders wat ik graag wil, Majesteit. Ik vraag u om me iets te geven in naam van mijn broer.'

Moira wachtte af, maar Ceara deed er verder het zwijgen toe. 'Wil je dat ik je mijn woord geef zonder dat ik weet wat ik beloof?'

'Mijn man marcheert morgen het kasteel uit.'

Het werd Moira zwaar te moede. 'Ceara.' Ze streelde met haar hand over Ceara's haar. 'Sinanns man vertrekt ook bij zonsopkomst. Zij is in verwachting van haar derde kind, en toch kan ik haar niet besparen dat hij ten strijde moet trekken.'

'Ik vraag u ook niet om me dat te besparen. Ik vraag u om toestemming om samen met mijn man ten strijde te trekken.'

'Om samen...' Verbluft ging Moira zitten. 'Ceara, je kinderen.'

'Die blijven bij mijn moeder, en daar zullen ze zo veilig zijn als het maar kan. Maar mijn man trekt ten strijde, en ik heb net zo hard getraind als hij. Waarom moet ik hier dan blijven wachten?' Ceara stak haar handen uit. 'Moet ik naaiwerk gaan doen of in de tuin gaan wandelen terwijl hij gaat vechten? U hebt zelf gezegd dat we allemaal klaar moeten staan om Geall en andere werelden te verdedigen. Ik heb hard getraind en ik ben er klaar voor. Majesteit… Vrouwe, ik vraag uw toestemming om morgen samen met mijn man te mogen vertrekken.'

Zwijgend stond Moira op. Ze liep naar het raam en tuurde de duisternis in. De regen was eindelijk opgehouden, maar de mist die erdoor was achtergebleven dreef rond als wolken.

'Heb je dit met hem besproken?' vroeg Moira ten slotte.

'Ja, en zijn eerste zorg was mijn veiligheid. Maar hij weet dat ik vastbesloten ben, en ook waarom ik dat ben.'

'Waarom dan?'

'Hij is mijn hart, mijn alles.' Ceara ging staan en drukte een hand tegen haar borst. 'Ik zou mijn kinderen nooit onbeschermd achterlaten, maar ik vertrouw erop dat mijn moeder voor hen doet wat ze kan. Majesteit, hebben wij vrouwen soms getraind en in de modder geploeterd om nu bij de haard te blijven zitten?'

'Nee. Nee, zeker niet.'

'Ik ben niet de enige vrouw die dit wil doen.'

Moira draaide zich om. 'Dus je hebt ook met de anderen gesproken.' Ze keek Dervil en Isleen aan. 'Willen jullie allebei ook gaan?' Ze knikte. 'Ik begrijp nu dat het verkeerd van me was om jullie tegen te houden. We zullen de regelingen treffen. Ik ben er trots op om een vrouw uit Geall te zijn.'

Uit liefde, dacht Moira, terwijl ze ging zitten om nog een lijst met namen op te stellen. Net zo goed uit liefde als uit plichtsbesef. De vrouwen zouden afmarcheren en ten strijde trekken voor Geall. Maar het kwam door hun echtgenoten, geliefden en familie dat ze naar het zwaard grepen.

Voor wie vocht zij? Bij wie kon zij troost zoeken voor de strijd, bij wie kon zij die warmte vinden, die reden om te vechten?

De dagen verstreken snel, en Samhain hing als een bebloede bijl boven haar hoofd. En toch zat ze hier alleen, zoals elke nacht. Zou ze weer een boek pakken, een andere landkaart of een nieuwe lijst?

Of zou ze opnieuw door de kamer gaan lopen, door de tuinen en over de binnenplaatsen dwalen, verlangend naar...

Hem, dacht ze. Ze hunkerde ernaar om weer door hem te worden vastgepakt, wilde dat hij haar nogmaals zo compleet, levendig en stralend zou laten voelen. Ze verlangde ernaar dat hij opnieuw zijn diepste wezen met haar zou delen, zoals ze dat bij hem had gezien in de nacht dat hij muziek had gemaakt, toen hij zowel haar hart in vuur en vlam had gezet als haar bloed had doen kolken.

Ze had gevochten en gebloed, en ze zou opnieuw vechten en bloeden. Als koningin zou ze te paard ten strijde trekken, met het zwaard van de goden in haar hand. Maar nu zat ze in haar stille kamer en verlangde ze als een blozend meisje naar de aanraking en de warmte van de enige die haar hart ooit sneller had doen slaan.

Dat was natuurlijk dwaas. En beledigend voor alle vrouwen ter wereld.

Ze stond op en ijsbeerde door de kamer terwijl ze erover nadacht. Aye, het was beledigend, en kleingeestig. Ze ging weer zitten en wenste dat ze dezelfde redenen kon aanvoeren waarom ze aanvankelijk de vrouwen niet had willen laten vechten. Omdat het gebruikelijk was dat de man naar de vrouw toe kwam. Dat de man beschermde en verdedigde.

Maar de omstandigheden waren toch zeker veranderd?

Had ze niet weken in een wereld geleefd waarin vrouwen, zoals Glenna en Blair, altijd voor zichzelf opkwamen?

Dus als ze wilde dat Cian haar aanraakte, zou ze dat zelf regelen en daarmee was de kous af.

Net toen ze resoluut de kamer wilde uit lopen, dacht ze aan haar uiterlijk. Daar kon ze meer werk van maken. Als ze een vampier wilde verleiden, moest ze goed voor de dag komen.

Ze trok haar jurk uit. Ze mocht dan verlangen naar een bad of naar... o, die heerlijke hete douche in Ierland, maar ze stelde zich tevreden met een wasbeurt uit de kom met geparfumeerd water.

Daarna smeerde ze haar huid in met crème en stelde zich voor dat Cians lange vingers haar zouden strelen. De hitte in haar maag nam toe en liet haar zenuwuiteinden tintelen toen ze haar mooiste nachtjapon uitkoos. Terwijl ze haar haren borstelde, wenste ze even dat ze Glenna had gevraagd om haar een eenvoudige glamourspreuk te leren. Al had ze het idee dat haar wangen al aantrekkelijk bloosden en haar ogen fonkelden. Ze beet op haar lippen tot ze pijn deden, maar vond dat die er daardoor mooi roze en vol uitzagen.

Ze stond voor de grote spiegel en bestudeerde zichzelf van alle kanten. Hopelijk zag ze er begeerlijk uit.

Ze nam een kaars en verliet de kamer, vastbesloten om er niet als maagd naar terug te keren.

Cian zat op zijn kamer en bestudeerde landkaarten. Hij was de enige van de cirkel van zes die nog geen blik op het aanstaande slagveld had geworpen, noch in werkelijkheid noch in dromen. Daar wilde hij wat aan doen.

Een van de problemen was tijd. Een mars van vijf dagen, nou, die kon hij te paard in twee dagen afleggen, misschien minder. Maar om te bivakkeren had hij wel een veilige plek bij daglicht nodig.

Een van de basiskampen die de anderen hadden ingenomen zou volstaan. Als hij het aanstaande slagveld eenmaal goed in ogenschouw had genomen, zou hij gewoon naar zo'n kamp kunnen gaan tot Samhain aanbrak.

Hij moest maken dat hij dit ellendige kasteel uit kwam, weg bij die veel te verleidelijke koningin.

Iedereen zou natuurlijk bezwaar maken, en dat was irritant.

Maar ze zouden hem echt niet in een kerker gooien zodat hij gedwongen was om te blijven. Over ongeveer een week zouden ze zelf vertrekken. Hij zou gewoon alvast vooruitgaan.

Morgenochtend, als de troepen vertrokken, kon hij op zijn paard naar buiten rijden, als de zon tenminste wegbleef. En anders zou hij gewoon tot zonsondergang wachten.

Hij ging ontspannen zitten en nipte van het bloed dat hij met whiskey had vermengd: zijn versie van een slaapmutsje. Eigenlijk zou hij ook nu meteen kunnen vertrekken. Als hij gewoon zou wegrijden, zouden zijn broer en de anderen geen tegenwerpingen kunnen maken.

Dan moest hij natuurlijk wel een briefje achterlaten. Raar dat er daadwerkelijk mensen waren die zich zorgen maakten om zijn welzijn. Ergens was het ook prettig, hoewel het bepaalde verantwoordelijkheden met zich meebracht.

Ja, hij zou zijn spullen pakken en weggaan, besloot hij, waarna hij het glas neerzette. Geen gedonder, geen drukte. En hij zou haar pas weer hoeven te zien als de troepen zich bij hem voegden.

Hij pakte de leren haarband met kralen die hij niet had teruggegeven en speelde ermee. Als hij vannacht nog zou vertrekken, zou hij haar niet hoeven zien, haar niet hoeven ruiken en zich niet hoeven voor te stellen hoe het zou zijn om haar in het donker onder zich te hebben.

Hij had een verdomd goede fantasie.

Hij was net opgestaan om te bepalen welke kleding hij het beste mee kon nemen op reis toen er op zijn deur werd geklopt.

Waarschijnlijk Hoyt, dacht hij. Nou, hij zou zijn plannen gewoon niet ter sprake brengen en op die manier een lange, irritante discussie over het onderwerp voorkomen. Hij overwoog om helemaal niet open te doen, maar stilte en een afgesloten deur zouden zijn broer, de tovenaar, niet tegenhouden.

Op het moment dat hij de deurklink beetpakte, wist hij dat het

Moira was. Hij vloekte. Hij opende de deur met de bedoeling haar snel weg te sturen zodat hij zelf ook snel weg kon.

Ze was in het wit gekleed. In iets duns en vloeiend wits, met nog iets duns eroverheen wat bijna dezelfde kleur grijs had als haar ogen. Ze rook naar lente… jong en vol belofte.

Hij voelde de begeerte in zich kronkelen als een stel slangen.

'Slaap jij dan nooit?' vroeg hij.

'Jij soms wel?' Ze beende langs hem heen, wat hem dusdanig verraste dat hij vergat om haar de weg te versperren.

'Nou, kom binnen. Maak het je gemakkelijk.'

'Dank je wel.' Ze zei het beleefd alsof zijn woorden niet hadden gedropen van het sarcasme. Vervolgens zette ze haar kaars neer en draaide zich om naar de koude haard. Hij het niet de moeite genomen om die aan te steken.

'Eens kijken of me dit lukt. Ik heb geoefend tot ik erbij neerviel. Even niks zeggen. Anders leid je me af.'

Ze stak een hand uit naar de haard. Ze concentreerde zich en vormde een beeld in haar gedachten. Spande zich nog meer in. Een zwak vlammetje flakkerde op, dus kneep ze haar ogen tot spleetjes en spande zich nog meer in.

'Kijk!' zei ze opgetogen toen de turf begon te branden.

'Nou ben ik verdomme omringd door tovenaars.'

Zowel haar haar als haar nachtjapon zwierde rond toen ze zich omdraaide. 'Het is een handig kunstje, en ik ben van plan om er meer te leren.'

'Hier zul je geen leraar voor toverkunsten vinden.'

'Nee.' Ze streek haar haren naar achteren. 'Maar wel voor andere zaken.' Ze liep naar de deur en deed hem op slot. Daarna draaide ze zich om en keek Cian aan. 'Ik wil dat je met me naar bed gaat.'

Om te voorkomen dat hij haar met ogen groot van verbazing zou aanstaren, knipperde hij snel met zijn ogen. 'Watte?'

'Je mankeert niks aan je oren, dus weet ik dat je me goed hebt verstaan. Ik wil met je naar bed. Eerst dacht ik dat ik me koket of verleidelijk moest gedragen, maar toen bedacht ik dat jij meer respect hebt voor klare taal.'

De slangen in zijn binnenste begonnen heftiger te kronkelen. En te bijten. 'Dan heb ik ook wat klare taal voor jou. Wegwezen.'

'Ik zie dat ik je heb verrast.' Ze liep door de kamer en ging met een vinger over een stapeltje boeken. 'En jij bent niet zo makkelijk te verrassen, dus, zoals Blair zou zeggen: een punt voor mij.' Met een glimlach keerde ze zich weer naar hem toe. 'Dit is nieuw voor mij, dus vertel eens, waarom wordt een man boos als een vrouw hem vraagt om met haar te vrijen?'

'Ik ben geen man.'

'Ah.' Ze stak een vinger op om aan te geven dat hij gelijk had. 'Maar je hebt wel behoeften en verlangens. Je verlangt naar mij.'

'Een man is bereid om bijna iedere vrouw aan te raken.'

'Maar jij bent geen man,' kaatste ze onmiddellijk terug en ze grijnsde daarna. 'Nog een punt voor mij. Je bent traag.'

'Zeg, als je weer hebt gedronken dan...'

'Ik heb niet gedronken. Dat weet je best. Maar ik heb wel nagedacht. Ik ga oorlog voeren, ik trek ten strijde. De kans bestaat dat ik het niet overleef. Misschien overleven we het geen van allen. Vandaag zijn er goede mannen gesneuveld, in modder en bloed, en ze hebben diep bedroefde mensen achtergelaten.'

'En seks is een bevestiging van het leven. Ik weet hoe dat werkt.'

'Aye, dat speelt ook mee. Inderdaad. Maar voor mij persoonlijk geldt dat ik er niet over peins om als maagd te sterven. Dat heb ik me heilig voorgenomen. Ik wil weten hoe het is. Ik wil het voelen.'

'Beveel een van je onderdanen dan maar om als dekhengst te fungeren, Majesteit. Ik heb geen belangstelling.'

'Maar ik wil niemand anders. Voor jou heb ik nooit iemand begeerd, en sinds ik je heb ontmoet, heb ik alleen naar jou verlangd.

Het was een grote schok toen ik ontdekte wat ik voor je voel terwijl ik weet wát jij bent. Maar die gevoelens zitten nou eenmaal in me en die willen niet weg. Ik heb verlangens, net als iedereen. En volgens mij ben ik sluw genoeg om jouw verzet te breken als dat nodig is, zelfs al ben je geen hitsige jongeman meer.'

'Je staat je mannetje tegenwoordig, hè?' mompelde hij.

'Misschien, maar vanavond liever niet. Vanavond ben ik liever vrouw.' Terwijl ze hem gadesloeg, ging ze met een hand over een van de bedstijlen. 'Zeg eens, wat voor verschil maakt het voor jou? Een uurtje of twee? Volgens mij heb je al een hele tijd geen vrouw meer gehad.'

Hij voelde zich een sukkel. Ongemakkelijk, dwaas en vol verlangen. 'Dat gaat je niets aan.'

'Misschien gaat het me wel iets aan. Ik heb gelezen dat als een man een hele tijd droogstaat, het zijn prestaties kan beïnvloeden. Maar daar hoef jij niet over in te zitten, want ik heb toch geen vergelijkingsmateriaal.'

'Heb ik even mazzel. Tenminste, als ik je zou willen.'

Ze hield haar hoofd schuin en hij zag dat er alleen nieuwsgierigheid en zelfvertrouwen in haar ogen te lezen stonden.

'Jij denkt dat je kunt zorgen dat ik wegga door me te beledigen. Maar ik durf er geld op te zetten dat je nu heel hard bent. Noem maar een bedrag.' Ze liep naar hem toe. 'Ik verlang zo naar je aanraking, Cian. Ik ben het zat om erover te dromen, ik wil het voelen.'

Hij voelde de grond onder zijn voeten verbrokkelen. Dat was al begonnen op het moment dat ze binnen was gekomen, realiseerde hij zich. 'Je weet niet wat je vraagt, wat je riskeert. Je kunt de gevolgen niet overzien.'

'Een vampier kan de liefde bedrijven met een mens. Ik weet dat jij me geen kwaad zult doen.' Ze trok het kettinkje met het kruis over haar hoofd en legde het op tafel.

'Wat ben jij goed van vertrouwen.' Hij probeerde het sarcastisch te laten klinken, maar het gebaar ontroerde hem.

'Ja. Ik heb geen afweer nodig tegen jou en dat wil ik ook niet. Waarom gebruik je mijn naam nooit?'

'Wat? Natuurlijk gebruik ik die wel.'

'Nee, dat doe je niet. Je verwijst naar me, maar je kijkt me nooit aan terwijl je mijn naam zegt.' Haar ogen hadden nu de kleur van rook en er lag een alwetende blik in. 'Een naam heeft kracht, of die nou genomen of gegeven wordt. Ben je bang voor wat ik je misschien zal afnemen?'

'Ik heb niets wat het afnemen waard is.'

'Zeg mijn naam dan.'

'Moira.'

'Nog een keer, alsjeblieft.' Ze nam zijn hand en legde die op haar hart.

'Doe dit nou niet.'

'Cian. Kijk, nou heb ik jouw naam gebruikt. Cian. Als je me niet aanraakt, als je niet met me naar bed gaat, ben ik bang dat een deel van me zal sterven voordat ik daadwerkelijk ten strijde trek. Toe.' Ze nam zijn gezicht in haar handen en zag eindelijk wat ze wilde zien in zijn ogen. 'Zeg mijn naam.'

'Moira.' Van zijn stuk gebracht pakte hij haar pols en drukte zijn lippen op haar handpalm. 'Moira. Als ik nog niet verdoemd was, zou dit me beslist naar de hel sturen.'

'Als je het me wilt leren, zal ik proberen om je eerst naar de hemel te brengen.'

Ze ging op haar tenen staan en trok zijn hoofd omlaag. Ze slaakte een beverige zucht toen zijn lippen de hare raakten.

10

Hij had gedacht dat zijn wilskracht dit had kunnen voorkomen. Kennelijk maakte een man zich ook na duizend jaar nog steeds wijs dat hij de vrouw de baas kon zijn, dacht hij terwijl hij zich aan haar overgaf.

Zij had de leiding, en eigenlijk had ze hem al vanaf het eerste ogenblik hiernaartoe geleid. Hij zou nemen wat ze hem aanbood, wat ze van hem eiste, hoe egoïstisch dat ook was. Maar in ruil daarvoor zou hij de vaardigheid van vele levens gebruiken om haar te geven wat ze van hem verlangde.

'Het is stom om je onschuld aan iemand zoals ik te geven.' Zacht liet hij een vingertop over haar sleutelbeen gaan. 'Maar nu zul je pas kunnen vertrekken wanneer je die hebt afgestaan.'

'Maagdelijkheid en onschuld zijn niet altijd hetzelfde. Ik was mijn onschuld al kwijt voordat ik jou ontmoette.' Sinds de nacht dat haar moeder was vermoord, dacht ze. Maar de herinneringen daaraan hoorden niet bij dit moment.

Vannacht was bedoeld om hem te leren kennen.

'Moet ik me voor je uitkleden, of hoor jij me uit te kleden?'

Hij liet een kort, bijna gepijnigd lachje horen, waarna hij zijn voorhoofd tegen het hare legde in een gebaar dat ze verrassend teder vond. 'Wat heb je een haast,' mompelde hij. 'Sommige dingen die je voor het eerst proeft, zijn lekkerder wanneer je dat langzaam doet dan wanneer je ze naar binnen slokt.'

'Kijk eens aan. Ik heb nu al wat geleerd. Wanneer je me kust, komt er van alles tot leven in mijn lichaam. Dingen waarvan ik niet wist dat ze daar sluimerden tot ik jou leerde kennen. Ik weet niet wat jij voelt.'

'Meer dan goed voor me is.' Hij streek met zijn vingers door haar haren, iets wat hij al weken wilde doen. 'Meer dan goed is voor ons allebei. Dit...' Hij gaf haar een zachte kus. '... is een vergissing.' Hij kuste haar nogmaals, maar nu deed hij het met meer overgave.

Net als haar geur deed haar smaak hem denken aan lente, zonlicht en jeugdigheid. Hij smachtte ernaar die beter te proeven, en hij deed zich er tegoed aan, net als aan het plotselinge stokken van haar ademhaling toen hij zijn tanden heel lichtjes over haar onderlip liet gaan.

Hij verstrengelde zijn handen in haar haren, die lange, gladde massa, en liet ze er daarna onder glijden om de zenuwen langs haar ruggengraat te plagen en te laten ontwaken.

Toen ze begon te beven, ging hij met zijn handen naar haar schouders om haar nachtjapon omlaag te laten glijden en haar zachte huid te ontbloten voor zijn lippen. Hij voelde haar overgave en haar rillingen, en toen zijn mond langs haar keel streek voelde hij ook het verleidelijke kloppen van bloed onder de huid.

Ze schrok niet toen hij zijn tanden daar zacht langs bewoog, maar verstijfde wel toen hij zijn hand over haar borst liet gaan.

Ze was nog nooit zo intiem aangeraakt. De flits van hitte die zijn handen in haar teweegbrachten, kwam als een schok, net als het besef dat zijn hand en haar huid slechts gescheiden werden door een dun laagje stof.

Maar toen was ook dat verdwenen en lag haar nachtjapon op een hoopje rond haar voeten. Haar hand ging instinctief omhoog om zichzelf te bedekken, maar hij trok hem weg en beet zacht in haar pols terwijl hij haar aankeek.

'Ben je bang?'

'Een beetje.'

'Ik zal je niet bijten.'

'Nee, nee. Dat is het niet.' Ze draaide de hand om die hij vasthield zodat haar palm tegen zijn wang drukte. 'Er gebeurt zoveel in me. Zoveel nieuwe dingen. Niemand heeft me ooit op deze manier aangeraakt.' Ze verzamelde moed, pakte zijn andere hand en legde die op haar borst. 'Laat me meer zien.'

Hij streelde met zijn duim over haar tepel en zag een uitdrukking van verbaasd genot op haar gezicht verschijnen. 'Zet dat drukke brein van je uit, Moira.'

Haar hoofd leek nu al te worden vertroebeld door mistflarden. Hoe kon ze nadenken terwijl haar lichaam baadde in gevoelens?

Hij tilde haar op, waardoor haar gezicht ineens op dezelfde hoogte was als het zijne. En toen voerde zijn mond haar weer mee die hitte in.

Was dat het bed onder haar? Was hij van de ene naar de andere kant van de kamer gelopen? Hoe was dat mogelijk... Maar haar geest werd opnieuw vertroebeld door mistflarden terwijl zijn handen en zijn mond als vlammend fluweel over haar lichaam dwaalden.

Ze was een feestmaal, en hij had al veel te lang gevast. Toch deed hij alles langzaam, genietend van hoe ze smaakte en aanvoelde. En elke keer dat ze rilde, zuchtte of naar adem snakte, vergrootte zijn opwinding.

Toen haar nieuwsgierige handen hem zijn zelfbeheersing dreigden te laten verliezen, pakte hij ze beet en klemde ze vast terwijl hij zich langzaam en genadeloos tegoed deed aan haar borsten.

De spanning in haar lichaam bouwde zich op terwijl ze onder hem lang. Omdat hij op haar lag, voelde hij de kracht die haar vulde: harder en completer. En toen hij haar naar een hoogtepunt stuwde, schoot ze half overeind en liet zich met een verstikte kreet meevoeren op de golf.

Ze zonk terug terwijl haar handen slap werden onder de zijne.

'O,' hijgde ze zacht. 'O, nu begrijp ik het.'

'Dat denk je maar.' Zijn tong ging over het heftig kloppende adertje in haar keel. Terwijl ze zuchtte, liet hij zijn hand naar de natte hitte tussen haar benen glijden en toonde hij haar wat er nog meer was.

Opeens leek alles om haar heen uit felle kleuren te bestaan. De schittering verschroeide bijna haar ogen, haar huid en haar hart. Ze bestond alleen nog uit gevoelens, een kluwen genot die nergens mee te vergelijken viel. Zij was de pijl uit een boog, en hij had haar hoog de lucht in geschoten op een eindeloze vlucht.

Zijn handen heersten over haar tot ze werd gegijzeld door deze oneindige behoefte. Half waanzinnig worstelde ze met zijn overhemd. 'Ik moet... ik wil...'

'Ik weet het.' Hij trok zijn overhemd uit zodat zij hem kon aanraken en proeven. En hij liet zich meevoeren op het genot van haar geestdriftige onderzoek. Haar ademhaling tegen zijn huid, warm en snel, haar vingers die eerst streelden en zich toen in zijn vel boorden. Toen ze zijn heupen beetgreep, hielp hij haar zodat ze de rest van zijn kleren kon uittrekken.

Hij wist niet zeker of hij geamuseerd of gevleid moest zijn toen ze grote ogen opzette.

'Ik... ik wist niet dat... Ik heb er wel eens eerder een gezien, maar...'

Hij begon te lachen. 'Echt waar?'

'Ja, natuurlijk. Mannen baden in de rivier en aangezien ik nieuwsgierig ben...'

'Heb je ze bespied? De trots van een man is niet op z'n grootst na een eh... bad in een koude rivier. Ik zal je geen pijn doen.'

Hij zou toch zeker niet anders kunnen, dacht ze. Ze had over zulke dingen gelezen, en ze had de vrouwen erover horen spreken. Maar ze was niet bang voor de pijn. Ze was nergens bang meer voor.

Dus ging ze weer liggen en zette zichzelf schrap om hem te ontvangen. Maar hij begon haar slechts opnieuw te strelen, wond haar op en ontwarde haar alsof ze een kluwen garen was.

Hij wilde dat ze kletsnat zou zijn, verdrinkend in alle sensaties, zodat ze nergens meer aan kon denken en niet langer zenuwachtig zou zijn. Haar slanke, soepele lichaam dat verwachtingsvol was verstijfd, ontspande zich. Het werd weer warm en zacht door de erotische stroming van bloed onder de huid.

'Kijk me aan. Moira, *mo chroí*. Kijk me aan. Kijk diep in mijn ogen.'

Hier kon hij met wilskracht en zelfbeheersing voor zorgen. Hij kon dat ene moment, die flits van pijn, gemakkelijker maken en haar louter het genot laten voelen. Toen haar grijze ogen glazig werden, drong hij bij haar binnen en vulde haar.

Haar lippen trilden, en de kreun die ze slaakte was laag en diep. Hij hield haar gevangen met zijn blik terwijl hij begon te bewegen met lange, trage stoten die golven van opwinding over haar gezicht en lichaam deden trekken.

Zelfs op het moment dat hij haar aan de betovering liet ontsnappen, en ze met hem mee begon te bewegen, bleef ze hem strak aankijken. Haar hart ging als een bezetene tekeer, sloeg als een woeste trommel tegen zijn borstkas, even levensecht alsof – althans zo leek het een momentje – zijn eigen hart klopte.

Ze kwam klaar met een kreet van verwondering en overgave. En eindelijk kon hij zijn eigen behoeften de vrije teugel geven, en liet hij zich door haar meevoeren.

Ze kroop dicht tegen hem aan, als een kat die het laatste druppeltje room had opgelikt. Hij wist zeker dat hij zichzelf later een flinke uitbrander zou geven om wat hij had gedaan. Maar voorlopig vond hij het heerlijk om na te genieten.

'Ik wist niet dat het zo kon zijn,' mompelde ze. 'Zo enorm.'

'Aangezien ik zo groot geschapen ben, heb ik je waarschijnlijk bedorven voor alle andere mannen.'

'Ik had het niet over de grootte van je trots, zoals jij het noemde.' Ze keek hem lachend aan en zag aan zijn lome glimlach dat hij precies had begrepen wat ze had bedoeld. 'Ik heb hier natuurlijk over gelezen. Medische boeken, romans. Maar het is veel bevredigender om het persoonlijk te ervaren.'

'Ik ben blij dat ik je bij je studie heb kunnen helpen.'

Ze draaide zich om en ging boven op hem. 'Volgens mij moet ik nog heel veel studeren voor ik alles weet wat er te weten valt. Ik dorst naar kennis.'

'Verdomme, Moira.' Hij zei het met een zucht terwijl hij met haar haren speelde. 'Je bent volmaakt.'

'O ja?' Haar toch al blozende wangen werden nog iets rozer van vreugde. 'Ik zal je niet tegenspreken want ik voel me nu ook volmaakt. Maar ik heb wel dorst. Is hier toevallig nog wat water?'

Hij duwde haar zachtjes van zich af en stond op om de kruik te halen. Ze ging rechtop zitten terwijl hij inschonk, en haar haren vielen over haar schouders en borsten. Als zijn hart nog had geklopt, zou de aanblik van haar het misschien hebben doen stilstaan, dacht hij.

Hij overhandigde haar de beker en ging tegenover haar op het bed zitten. 'Dit is gekkenwerk. Dat weet je.'

'De hele wereld is gek geworden,' antwoordde ze. 'Waarom zouden wij daar niet aan meedoen? Ik ben niet dwaas of achteloos,' zei ze snel terwijl ze een hand op de zijne legde. 'Ik heb zoveel plichten, Cian. Zoveel dingen waarin ik geen keuze heb. Dit was wél mijn eigen keuze.' Ze nam een slok en gaf de beker daarna aan hem zodat hij zijn dorst kon lessen. 'Heb jij spijt van iets wat ons allebei plezier heeft bezorgd en wat niemand heeft geschaad?'

'Jij hebt er nog niet bij stilgestaan wat de anderen ervan zullen vinden dat je het bed met me hebt gedeeld.'

'Jeetje, moet je jou nou horen. Dat je je uitgerekend zorgen maakt om mijn reputatie. Ik ben een zelfstandige vrouw, en het gaat niemand iets aan met wie ik het bed deel.'

'Maar je bent de koningin...'

'Dat betekent niet dat ik daarom minder vrouw ben,' viel ze hem in de rede. 'Een vrouw uit Geall bovendien. Wij staan erom bekend dat we onze eigen beslissingen nemen. Daar ben ik eerder op de avond nog aan herinnerd.' Ze ging staan en sloeg haar peignoir om zich heen.

Het leek wel of ze zichzelf in mist hulde, dacht hij.

'Een van mijn hofdames, Ceara... Weet je wie ik bedoel?'

'Ah, die lange met donkerblond haar. Zij heeft je verslagen bij het man-tegen-mangevecht.'

'Inderdaad. Haar broer is vandaag gesneuveld tijdens de mars. Hij was jong, nog geen achttien.' Ze voelde opnieuw een steek in haar hart. 'Ik ben naar het privévertrek van mijn hofdames gegaan om met haar te praten. Ik wilde haar verlof geven zodat ze bij haar familie kon zijn.'

'Maar zij is trouw en vindt haar plicht tegenover jou belangrijker.'

'Niet alleen haar plicht tegenover mij. Ze vroeg me of ik haar een gunst wilde verlenen, in naam van haar broer. Eén ding maar.' Haar stem beefde van emotie, maar ze herpakte zich. 'En dat was of ze morgenochtend samen met haar man het kasteel uit mag marcheren. Om hiervandaan te gaan, weg van haar kinderen, weg van een veilige plek, om alles het hoofd te bieden wat ze onderweg zullen tegenkomen. En ze is niet de enige vrouw die heeft gevraagd of ze mag gaan. Wij zijn niet zwak. Wij blijven niet zitten wachten, althans niet meer. Daar ben ik vanavond aan herinnerd.'

'Dus je laat haar vertrekken.'

'Haar en alle anderen die dat wensen. Uiteindelijk zullen sommigen die niet willen toch het bevel krijgen om te gaan. Ik ben niet naar je toe gekomen uit zwakte of omdat ik troost of bescherming nodig had. Ik ben gekomen omdat ik jou wilde. Omdat ik dit wilde.'

Ze hield haar hoofd schuin en liet met een glimlachje haar peignoir weer vallen. 'En het lijkt erop dat ik je opnieuw wil. Moet ik je soms verleiden?'

'Daar is het te laat voor.'

Haar glimlach werd breder toen ze naar het bed liep. 'Ik heb gehoord... en gelezen dat een man wat tijd nodig heeft voordat hij opnieuw kan vrijen.'

'Je dwingt me ertoe om mezelf te herhalen. Ik bén geen man.'

Hij greep haar hand, trok haar op bed en ging op haar liggen.

Ze lachte en trok speels aan zijn haar. 'Is dat niet handig, gezien de omstandigheden?'

Later viel Cian voor de eerste keer in lange tijd – langer dan hij zich kon herinneren – niet in slaap in stilte, maar begeleid door het zachte ritme van Moira's hart.

En dat hart maakte hem wakker. Hij hoorde het plotseling snel bonzen en toen begon Moira wild te bewegen in haar slaap.

Hij vloekte toen hem te binnen schoot dat ze haar kruisje niet droeg en dat hij geen van Glenna's voorzorgsmaatregelen had getroffen om te voorkomen dat Lilith kon binnendringen.

'Moira.' Hij pakte haar bij haar schouders en trok haar overeind. 'Word wakker.'

Net toen hij haar uit haar droom wakker wilde schudden, gingen haar ogen ineens open. In plaats van de angst die hij had verwacht te zien zag hij verdriet.

'Het was maar een droom,' zei hij voorzichtig. 'Anders niet. Lilith kan je geen kwaad doen in dromen.'

'Het was Lilith niet. Het spijt me dat ik je heb wakker gemaakt.'

'Je beeft helemaal. Hier.' Hij trok een deken omhoog en legde die over haar schouders. 'Ik zal het haardvuur weer aansteken.'

'Hoeft niet. Doe geen moeite,' zei ze toen hij opstond. 'Ik moet gaan. Het wordt al bijna licht.'

Hij ging op zijn hurken zitten en legde turf in de haard. 'Je vertrouwt me niet genoeg om me over je droom te vertellen.'

'Daar gaat het niet om. Echt niet.' Ze had snel op moeten staan, dacht ze. Meteen moeten weggaan toen ze wakker was geworden. Maar voorlopig leek ze zich niet te kunnen verroeren. 'Het was Lilith niet, het was gewoon een nare droom. Alleen...'

Haar ademhaling haperde en werd onregelmatig.

In plaats van naar haar toe te gaan, stak hij de turf aan en liep vervolgens naar de kaarsen en stak die ook aan.

'Ik kan er niet over praten. Dat lukt me niet.'

'Natuurlijk wel. Misschien niet met mij, maar wel met Glenna. Ik zal haar wakker maken.'

'Nee. Nee. Nee.' Ze sloeg haar handen voor haar gezicht.

'Dus...' Aangezien hij nu toch op was en slapen er voorlopig niet meer in zat, schonk hij zichzelf een beker bloed in. 'Vrouwen uit Geall zijn niet zwak.'

Ze liet haar handen zakken, en in de ogen die ze verborgen had gehouden verscheen een verzengende, beledigde blik. 'Vuile bloedzuiger.'

'Precies. Als je dat niet aankunt, moet je gauw teruggaan naar je kamer. Maar als je blijft, vertel je me alles waardoor je wordt gekweld. De keuze is aan jou.' Hij pakte een stoel. 'Jij bent dol op keuzes maken, dus ga je gang.'

'Dus jij wilt horen over mijn pijn, mijn verdriet? Nou ja, waarom zou ik het je ook niet vertellen, voor jou is het toch niet belangrijk. Ik droomde over de moord op mijn moeder, een droom die telkens terugkeert en steeds duidelijker wordt. Eerst was het warrig en wazig, alsof ik het door een veeg modder zag. Toen had ik het er makkelijker mee.'

'En nu?'

'Nu kon ik alles duidelijk zien.'

'Wat zag je precies?'

'Ik sliep.' Ze keek hem aan met een blik vol ontzetting en pijn. 'We hadden net gegeten 's avonds, en mijn oom en Larkin en de rest van de familie waren op bezoek. Een familiefeestje. Mijn moeder vond het fijn om zoiets om de paar maanden te doen. Na het eten werd er muziek gemaakt en gedanst. Mijn moeder hield van dansen. Het was al laat toen we naar bed gingen, en ik viel heel snel in slaap. Ik hoorde haar schreeuwen.'

'Hoorde niemand anders dat?'

Moira schudde haar hoofd. 'Nee. Ze schreeuwde niet, snap je? Niet hardop. Volgens mij heeft ze niet hard geschreeuwd. In haar hoofd heeft ze dat wel gedaan, en ik heb het in mijn hoofd gehoord. Maar één keer. Ik dacht dat ik het me verbeeldde, dat ik het had gedroomd. Maar ik ben wel opgestaan en naar haar kamer gelopen, gewoon om mezelf gerust te stellen.'

Ze zag het nog steeds voor zich. Ze had niet de moeite genomen om een kaars aan te steken, want haar hart was zo tekeergegaan dat ze haar kamer uit was gerend naar die van haar moeder.

'Ik heb niet aangeklopt. Ik zei tegen mezelf: nee, dan maak je haar alleen maar wakker. Kijk gewoon even naar binnen zodat je met eigen ogen kunt zien dat ze slaapt. Maar toen ik de deur opendeed, lag ze niet in haar bed en sliep ze niet. Ik hoorde geluiden, zulke afschuwelijke geluiden. Als beesten, wolven, maar dan erger. O, veel erger.' Ze liet een stilte vallen en probeerde te slikken, maar haar keel was gortdroog. 'De deuren naar haar balkon stonden open en de gordijnen wapperden in de wind. Ik riep haar. Ik wilde naar die deuren rennen, maar dat kon ik niet. Het leek of mijn benen in lood waren veranderd. Ik kon nauwelijks mijn ene voet voor de andere zetten. Ik kan het je niet zeggen.'

'Dat kun je wel. Je bent naar de deur gelopen, de deur van het balkon.'

'Ik zag... O, god. O, god. Ze lag op de stenen. En het bloed, zoveel bloed. Die dingen waren bezig om... Straks moet ik overgeven.'

'Nee, dat hoef je niet.' Hij stond op en liep naar haar toe. 'Je hoeft niet over te geven.'

'Die dingen verscheurden haar.' De woorden schoten nu naar buiten. 'Ze verscheurden haar lichaam. Demonen, schepsels uit nachtmerries, trokken mijn moeder aan flarden. Ik wilde schreeuwen, maar ik kon het niet. Ik wilde op ze afrennen en ze van haar af slaan. Een van die dingen keek me aan. Hij had rode ogen, en zijn gezicht zat onder het bloed van mijn moeder. Hij stormde op de deur af, en ik wankelde naar achteren. Weg, bij haar vandaan, terwijl ik juist naar haar toe had moeten gaan.'

'Ze was al dood, Moira. Dat wist je. Als je het balkon op was gestapt, zou jij ook dood zijn geweest.'

'Ik had naar haar toe moeten gaan. Die demon kwam op me af, en ik begon te schreeuwen en bleef schreeuwen. Zelfs toen hij terugdeinsde alsof hij tegen een muur was op geknald, bleef ik schreeuwen. Daarna werd alles zwart. Mijn moeder lag daar bloedend op de grond, en ik stond daar maar te gillen.'

'Toe, je bent niet dom,' zei hij kortaf. 'Je weet best dat je in shock verkeerde. Wat je daar zag had dezelfde uitwerking als een fysieke klap. Je had helemaal niets kunnen doen om je moeder te redden.'

'Hoe kon ik haar daar achterlaten, Cian? Hoe kon ik haar daar gewoon laten liggen?' Tranen stroomden uit haar ogen en biggelden over haar wangen. 'Ze was het liefste wat ik had op deze wereld.'

'Omdat je hersens niet konden verwerken wat je zag. Dat beeld was iets wat voor jou onmogelijk was. Ze was al dood voor jij de kamer binnenkwam. Op het moment dat je haar hoorde schreeuwen, was ze dood, Moira.'

'Hoe weet je dat zo zeker? Als...'

'Het waren moordenaars. Die hebben haar ogenblikkelijk gedood. Wat ze daarna deden was voor hun eigen plezier, maar het doel was haar dood.'

Hij pakte haar koude handen vast om ze op te warmen. 'Ze heeft slechts heel even angst gevoeld, pijn gehad. De rest heeft ze niet meer gemerkt.'

Ze werd heel stil en keek hem doordringend aan. 'Zweer je dat je dat echt gelooft?'

'Het is geen kwestie van geloven, maar van weten. Ik zweer het. Als ze haar hadden willen martelen, hadden ze haar meegenomen naar een plek waar ze er de tijd voor hadden kunnen nemen. Wat jij zag, was een poging om de waarheid te verbergen. Er zou worden gezegd dat het door wilde dieren was gedaan. Precies zoals bij je vader.'

Ze slaakte een diepe zucht, en daarna nog een, toen ze de afschuwelijke logica ervan inzag. 'De gedachte dat ze misschien nog leefde toen ik daar aankwam, liet mijn maag altijd omdraaien. Dat ze nog leefde terwijl die demonen haar lichaam verscheurden. Vreemd genoeg is de wetenschap dat ze toen al niet meer leefde voor mij een stuk gemakkelijker te aanvaarden.' Ze veegde een traan weg met haar vuist. 'Het spijt me dat ik je een bloedzuiger heb genoemd.'

'Ik had je kwaad gemaakt.'

'Bewust. Tot nu toe heb ik nog nooit met iemand over die nacht gesproken. Ik kon het tafereel niet in me oproepen, ernaar kijken en erover praten.'

'Maar dat heb je nu wel gedaan.'

'Nu ik erover heb gepraat, zal ik haar misschien niet langer voor me zien zoals ze er die nacht uitzag. Misschien zie ik haar voortaan weer zoals ze was toen ze nog leefde en gelukkig was. Al die schilderijen van haar die ik in mijn hoofd heb, in plaats van dat laatste. Zou je me nog even willen vasthouden?'

Hij ging zitten, sloeg zijn arm om haar heen en streelde haar haren toen ze haar hoofd op zijn schouder liet rusten.

'Ik voel me een stuk beter nu ik het je heb verteld. Het was heel aardig van je om me kwaad te maken zodat ik het kón vertellen.'

'Graag gedaan.'

'Ik zou willen dat ik hier nog even kon blijven in het duister en de stilte, bij jou. Maar ik moet me aankleden en vertrekken. Bij het ochtendgloren moet ik de soldaten uitgeleide doen.' Ze hief haar hoofd op. 'Wil je me een ochtendzoen geven?'

Hij drukte zijn lippen op de hare en gaf haar zo'n lange kus dat die een pijnscheut in zijn buik veroorzaakte.

Ze deed haar slaperige ogen open. 'Die kus voelde ik tot in mijn voetzolen. Ik hoop dat het betekent dat ik vandaag een iets lichtere tred zal hebben.' Ze ging staan en pakte haar kleren. 'Je mag me best even missen in de komende uren,' zei ze. 'Of tegen me liegen en zeggen dat je me hebt gemist als ik je weer zie.'

'Als ik je vertel dat ik je heb gemist, zal dat geen leugen zijn.'

Eenmaal aangekleed legde ze haar handen op zijn wangen en gaf hem nog een kus. 'Dan zal ik genoegen nemen met wat dan de waarheid ook maar is.'

Ze pakte haar kaars en liep naar de deur. Daar wierp ze hem nog een grijns toe en haalde toen de deur van het slot. En toen ze de deur opende, hief Larkin net zijn hand op om aan te kloppen.

'Moira?' Zijn glimlach was spontaan en verbaasd, maar verdween ogenblikkelijk toen hij het beslapen bed zag en Cian, die lui een deken om zijn middel bond.

Bevangen door een wilde woede duwde Larkin Moira opzij en stormde op Cian af.

Cian nam niet de moeite om de stomp te ontwijken en die raakte hem vol in zijn gezicht. De tweede vuist die op hem afkwam, greep hij een paar centimeter voor die zijn gezicht zou raken. 'Je hebt recht op één klap. Maar dat is genoeg.'

'Daar heeft hij helemaal geen recht op.' Moira was alert genoeg om de deur weer te sluiten en de grendel ervoor te schuiven. 'Als je hem nog een keer slaat, verkoop ik je persoonlijk een schop onder je kont, Larkin.'

'Vieze klootzak. Hier zul je je voor moeten verantwoorden.'

'Ongetwijfeld. Maar niet tegenover jou.'

'O, wel tegenover mij. Dat verzeker ik je.'

'Hou op. Dat méén ik.'

Toen Larkin zijn vuisten opnieuw balde, moest Moira de neiging onderdrukken om hem een klap met een kandelaar te verkopen. 'Heer Larkin, als uw koningin beveel ik u een stap naar achteren te doen.'

'Toe, ga nou niet op je strepen staan,' zei Cian ontspannen. 'Gun dat joch een poging om de eer van zijn nichtje te redden.'

'Ik zal je verdomme bewusteloos slaan.'

Moira's geduld was helemaal op en ze stapte tussen hen in. 'Kijk me aan. Hoe dom ben je, Larkin. Kijk me aan. In wiens kamer zijn we?'

'In de kamer van die gore klootzak.'

'En jij denkt dat hij me aan mijn haren hiernaartoe heeft gesleept en me heeft verkracht? Nou, dan ben je een sukkel. Ik ben hiernaartoe gelopen en heb op Cians deur geklopt. Ik ben zijn kamer binnengegaan en zijn bed in gestapt omdat ik dat wilde.'

'Je weet niet wat je...'

'Als je het verdorie waagt om te zeggen dat ik niet weet wat ik wil, sla ik je verdomme bewusteloos.' Ze priemde met een vinger in zijn borstkas om haar woorden kracht bij te zetten. 'Ik heb recht op privacy, en dit behoort daartoe en daar heb jij helemaal niets over te zeggen.'

'Maar hij... jij... Het hoort gewoon niet.'

'Je kunt me wat.'

'Het is nauwelijks verbazingwekkend dat je neef bezwaren maakt dat jij het bed deelt met een vampier.' Cian liep bij hen vandaan en pakte zijn beker. Opzettelijk doopte hij er een vinger in en likte het bloed eraf. 'Akelige gewoonte.'

'Ik sta niet toe dat jij...'

'Wacht.' Larkin onderbrak Moira's woede-uitbarsting. 'Een momentje. Ik wil Cian graag even onder vier ogen spreken. Alleen praten,' zei hij voordat Moira bezwaar kon maken. 'Ik geef je mijn woord.'

Ze haalde een hand door haar haren. 'Ik heb geen tijd voor dit soort dwaasheid. Gedraag je dan maar typisch mannelijk en bespreek zaken die jullie niet aangaan alsof ik niet bij mijn verstand ben. Ik moet me omkleden en de soldaten toespreken die vandaag op pad gaan.' Langzaam liep ze weer naar de deur. 'Ik vertrouw erop dat jullie elkaar niet vermoorden vanwege mijn privérelaties.'

Ze liep de gang in en smeet de deur met een klap dicht.

'Schiet op,' zei Cian kortaf. 'Ik heb ineens schoon genoeg van mensen.'

De ergste woede was ondertussen van Larkins gezicht verdwenen. 'Jij denkt dat ik je heb geslagen omdat ik boos ben vanwege wát jij bent. Maar ik zou precies hetzelfde hebben gedaan bij iedere andere man die ik zo bij haar zou hebben aangetroffen. Ze is tenslotte mijn nichtje. Het had niets te maken met wat ik dacht, aangezien ik zonet helemaal niet nadacht.' Hij wipte van de ene voet op de andere en slaakte een diepe zucht. 'En nu ik wel nadenk, voegt dat een extra laag complicaties toe. Maar denk vooral niet dat ik je een mep heb verkocht omdat je een vampier bent. Eerlijk gezegd zie ik je helemaal niet op die manier tenzij ik, nou ja... tenzij ik erover nadenk. Je bent een vriend van me. Je bent een van de cirkel van zes.'

Terwijl hij praatte, verloor hij opnieuw zijn zelfbeheersing. 'En ik wil je even heel duidelijk vertellen dat mijn vraag "Hoe haal je het verdorie in je hoofd om misbruik te maken van mijn nichtje?"

helemaal niets te maken heeft met de vraag of jouw klotehart klopt of niet.'

Cian wachtte even. 'Ben je klaar met dat deel van je toespraak?'

'Ja, maar pas wanneer ik een antwoord heb gekregen.'

Met een knikje ging Cian zitten en pakte zijn beker weer. 'Je hebt me wel in een lastige positie gemanoeuvreerd, nietwaar? Door mij je vriend te noemen en te zeggen dat ik een van jullie ben. Ik ben misschien het eerste, maar ik zal nooit het tweede zijn.'

'Gelul. Je probeert je er gewoon uit te kletsen. Ik vertrouw maar weinig anderen zoals ik jou vertrouw. En nou heb je mijn nichtje verleid.'

Cian moest lachen. 'Je onderschat haar. Dat deed ik ook.' Hij liet een vinger over het leren haarbandje met de kralen gaan. 'Ze heeft me ontrafeld als een knot garen. Daarmee praat ik trouwens niet goed dat ik haar niet heb gedwongen om te vertrekken, maar ze is ontzettend vasthoudend en koppig. Ik kon haar niet... Ik heb geen weerstand aan haar geboden.' Hij wierp een zijdelingse blik op de landkaarten, waar hij geen blik meer op had geworpen sinds ze op zijn deur had geklopt. 'Maar dat zal verder geen probleem zijn aangezien ik vanavond vertrek. Eerder nog, als het weer meewerkt. Ik wil het toekomstige slagveld met eigen ogen zien. Dus tot dit alles achter de rug is, heeft ze van mij niets meer te vrezen... en ik niets meer van haar.'

'Dat kun je niet maken. Nee, echt niet,' hield Larkin vol toen Cian slechts een wenkbrauw optrok. 'Als je op die manier vertrekt, zal ze denken dat het aan haar ligt. Je zult haar ermee kwetsen. Als het door mij komt dat je ineens wilt vertrekken, dan...'

'Nee, dat had ik me al voorgenomen voordat zij vannacht naar me toe kwam. Gedeeltelijk omdat ik hoopte dat ik dan van haar af zou kunnen blijven.'

Duidelijk gefrustreerd woelde Larkin met zijn handen door zijn haar. 'Aangezien je daar niet snel genoeg voor bent vertrokken, zal het nu nog even moeten wachten. Ik breng je er zelf wel naartoe. Door de lucht, over een paar dagen of zodra alle regelingen getroffen zijn. Maar wij moeten met zijn zessen bij elkaar blijven.'

Nu hij weer tot rust was gekomen, sloeg Larkin Cians gezicht aandachtig gade. 'We moeten één cirkel vormen. Dat is belangrijker dan wel of niet met iemand naar bed gaan. En nu ik weer een beetje gekalmeerd ben, besef ik dat het jullie zaak is. Het is niet aan mij om me daarmee te bemoeien. Maar verdomme,' ging hij verder, 'ik ga toch één ding van je vragen, als haar vriend en als haar bloedverwant die optreedt namens haar vader. Heb je gevoelens voor haar? Echte gevoelens?'

'Jij neemt het woord "vriend" wel heel makkelijk in de mond.'

'Jij bent mijn vriend ook. Ik geef om je alsof je mijn broer bent. Kijk, nou heb ik je de waarheid verteld.'

'Verdomme.' Cian zette de beker hard neer en keek sip naar het bloed dat op de landkaarten was gespetterd. 'Jullie mensen overstelpen me met gevoelens. Jullie proppen ze bij me naar binnen zonder er bij stil te staan hoe ik ze moet overleven.'

'Hoe kun je overleven zonder gevoelens?' vroeg Larkin.

'O, heel gemakkelijk. Wat kan het jou schelen wat ik voel? Zij had dringend iemand nodig.'

'Niet zomaar iemand. Jou.'

'Haar vergissing,' zei Cian bedaard. 'En mijn verdoemenis. Ik hou van haar, anders zou ik haar al veel eerder hebben genomen, maar dan alleen voor de lol. Ik hou van haar, anders had ik haar vannacht wel weggestuurd. Hoe het kan, weet ik niet, maar ik hou van haar, anders zou ik me nu niet zo verduiveld wanhopig voelen. En als je dat doorvertelt, scheur ik de kop van je romp, vriend of geen vriend.'

'Goed.' Larkin knikte, ging staan en stak een hand uit. 'Ik hoop dat jullie elkaar zo gelukkig maken als maar kan, en voor zo lang als jullie vergund is.'

'Verdomme.' Cian aanvaardde de uitgestoken hand. 'Wat kwam je hier eigenlijk zo vroeg doen?'

'O, helemaal vergeten. Ik dacht dat je nog niet in bed zou liggen. Ik wilde je vragen of jouw hengst met een van de merries van mijn familie mag paren. Zij is bronstig, en jouw Vlad zou een prachtige hengst voor haar zijn.'

'Wil je mijn paard als dekhengst gebruiken?'

'Ja, graag. Als jij dat goed vindt, tenminste. Ik wilde haar vanochtend bij hem brengen.'

'Ga je gang. Ik weet zeker dat hij het fijn zal vinden.'

'Dank je wel. We zullen je het standaardtarief betalen.'

'Nee, ik hoef geen vergoeding. Beschouw het maar als vriendendienst.'

'Een vriendendienst. Goed. Dank je wel. Ik ga nu op zoek naar Moira zodat ze me de uitbrander kan geven die ik heb verdiend.' Bij de deur bleef Larkin nog even staan. 'O, de merrie die ik in gedachten heb voor je hengst is echt prachtig.'

Bij het zien van Larkins grijns en snelle knipoog voordat hij de deur uit liep, barstte Cian ondanks de ellende van die ochtend in lachen uit.

11

Op Moira's bevel hingen de vlaggen halfstok en speelden doedelzakspelers een requiem. Als de goden het wilden, zou ze meer doen voor degenen die hun leven hadden gegeven in deze oorlog. Maar voorlopig was dit alles wat er gedaan kon worden om de doden eer te bewijzen.

Ze stond op de binnenplaats en voelde zich verscheurd tussen verdriet en trots bij de aanblik van de mannen en vrouwen – de krijgers – die zich voorbereidden op de lange mars naar het oosten. Ze had al afscheid genomen van haar hofdames, en van Phelan, de echtgenoot van haar nicht.

'Majesteit.' Niall, de grote bewaker die een van haar trouwste commandanten was geworden, kwam voor haar staan. 'Moet ik de poorten laten openen?'

'Zo dadelijk. Wens je dat je vandaag al mee kon gaan?'

'Ik doe wat u mij opdraagt, Vrouwe.'

'Je wensen zijn van jezelf, Niall, en die begrijp ik maar al te goed. Maar ik heb je hier nog wat langer nodig. Binnenkort mag jij ook gaan.' Binnenkort zou iedereen moeten gaan, dacht ze. 'Hoe gaat het met je broer en zijn gezin?'

'Die zijn veilig. Het been van mijn broer is weliswaar aan het genezen, maar hij kan er nog niet op staan om te vechten.'

'In deze strijd is er meer nodig dan mannen die met een zwaard kunnen zwaaien op het slagveld.'

'Aye.' Hij sloot zijn hand om het gevest van het zwaard dat langs zijn zij hing. 'Maar om u de waarheid te zeggen, sta ik klaar om met het mijne te zwaaien.'

Ze knikte. 'En dat zal ook gebeuren.' Ze haalde diep adem. 'Open de poorten.'

Voor de tweede keer keek ze haar mensen na toen ze wegmarcheerden van het kasteel. Ze wist dat dit tafereel zich zou blijven herhalen tot zij zelf door de poorten zou rijden, waarna alleen de bejaarden, de allerjongsten, de zieken en de gebrekkigen zouden achterblijven.

'Het is een heldere dag,' zei Larkin, die naast haar was komen staan. 'Ze zouden het eerste basiskamp zonder problemen moeten bereiken.'

Zwijgend keek Moira naar Sinann, die een stukje verderop stond, met een kind in haar armen, eentje in haar buik en nog een aan haar rokken. 'Ze heeft geen traan gelaten.'

'Ze zou nooit huilend afscheid nemen van Phelan.'

'Haar tranen moeten ondertussen een vloed in haar binnenste vormen, maar desondanks verbergt ze die voor haar kinderen. Als een moedig hart een wapen is, zullen wij de vijand van de aardbodem vegen, Larkin.'

Toen ze zich omdraaide om weg te gaan, kwam hij naast haar lopen. 'Ik nog geen tijd gehad om met je te praten,' begon hij. 'Niet ervoor en niet erna.'

'Voor de ceremonie.' Haar stem klonk nu zo koel als de ochtend. 'En nadat je mijn privacy had geschonden.'

'Die heb ik niet geschonden. Ik was daar toevallig, op een moment dat gênant was voor alle betrokkenen. Cian en ik hebben de zaak onderling opgelost.'

'Je meent het?' Haar wenkbrauwen schoten omhoog terwijl ze hem een zijdelingse blik toewierp. 'Dat verbaast me niks, mannen lossen alles altijd onderling op, op welke manier dan ook.'

'Nou moet je niet die koninklijke toon tegen me aanslaan.' Hij pakte haar bij de arm en trok haar mee naar een van de tuinen, voor wat meer privacy. 'Nou vraag ik je, hoe had ik dan moeten reageren toen ik zag dat je bij hem was geweest?'

'Het was zeker te veel gevraagd dat je je beleefd zou omdraaien en weer weg zou gaan?'

'Absoluut. Als ik bedenk dat een vent met een bijna eeuwigdurende ervaring jou heeft verleid...'

'Het was andersom. Voor honderd procent.'

Hij begon te blozen, krabde zich op zijn hoofd en liep gefrustreerd heen en weer. 'Bespaar me de details, alsjeblieft. Ik heb hem mijn verontschuldigingen aangeboden.'

'En mij?'

'Wat wil je nou eigenlijk van me, Moira? Ik hou van je.'

'Ik verwacht van je dat je begrijpt dat ik een volwassen vrouw ben, en dat ik zelf kan besluiten of ik een minnaar neem of niet. Krimp nou niet ineen bij het horen van dat woord,' snauwde ze ongeduldig. 'Ik kan de scepter zwaaien, ik kan vechten, ik kan sterven als het nodig is, maar het idee dat ik een minnaar neem, kwetst je gevoelens?'

Daar dacht hij even over na. 'Aye. Maar daar kom ik wel overheen. Wat ik het liefste van alles wil, is dat jij nooit gekwetst zult worden. Geen verwondingen in de strijd, geen hartzeer. Is dat voldoende?'

Haar boze bui verdween en haar hart verzachtte zich, zoals het altijd deed bij hem. 'Dat kan niet anders, want ik wil hetzelfde voor jou. Larkin, vind jij dat ik een goede, sterke geest heb?'

'Een beetje té sterk bij tijd en wijle.'

'Verstandelijk weet ik dat ik geen leven kan opbouwen met Cian. Verstandelijk weet ik dat wat ik heb gedaan op een goede dag tot verdriet en pijn zal leiden. Maar mijn hart heeft alles nodig wat ik op dit moment met hem kan hebben.'

Ze veegde met haar vingers over de bladeren van een bloeiende struik. De blaadjes zouden afvallen bij het eerste teken van vorst, dacht ze. Dan zouden heel wat dingen vallen.

'Als ik mijn verstand en mijn hoofd combineer, weet ik, heel zeker, dat hij en ik beter zijn geworden door wat we elkaar hebben geschonken. Hoe kun je iemand liefhebben en die persoon vervolgens de rug toekeren?'

'Dat weet ik niet.'

Ze keek om, naar de binnenplaats, waar de mensen weer hun gewone gang gingen en hun dagelijkse bezigheden uitvoerden. Wat er ook zou gebeuren, het leven zou verdergaan, peinsde ze. Zij zouden ervoor zorgen dat het verder zou gaan.

'Je zus keek haar echtgenoot na toen hij bij haar vandaan reed, in de wetenschap dat ze hem wellicht nooit meer terug zal zien. Maar ze huilde niet in zijn aanwezigheid of die van haar kinderen. Als ze huilt, zal ze dat doen als ze alleen is. Het zijn haar tranen om te plengen. En als dit allemaal achter de rug is, is het aan mij om de mijne te plengen.'

'Wil je iets voor me doen?'

'Als ik het kan.'

Hij streelde even over haar wang. 'Als je wilt huilen, vergeet dan niet dat ik een schouder voor je heb.'

Daar moest ze om glimlachen. 'Daar zal ik aan denken.'

Toen ze uiteengingen, liep ze naar de zitkamer, waar ze Blair en Glenna aantrof, die het rooster van die dag bespraken.

'Hoyt?' vroeg Moira, thee voor zichzelf inschenkend.

'Die is hard aan het werk. We hebben gisteren een hele reeks nieuwe wapens afgemaakt.' Glenna wreef in haar vermoeide ogen. 'We zullen ze de klok rond blijven betoveren. Ik ga wat mensen trainen van de groep die hier achterblijft. Eenvoudige voorzorgsmaatregelen en daarnaast een paar lessen in verdedigen en aanvallen.'

'Daar zal ik je mee helpen. En jij, Blair?'

'Zodra Larkin klaar is met voor pooier spelen, gaan we...'

'Pardon?'

'Hij heeft een hitsige merrie en heeft met Cian afgesproken dat Vlad haar een beurt zal geven. Ze krijgt niet eens eerst een borrel en een etentje. Goh, ik dacht dat hij je dat zou vertellen.'

'Nee, wij hebben andere dingen besproken. Het zal hem wel zijn ontschoten. Dus hij gaat Cians paard als dekhengst gebruiken.' Haar glimlach werd langzaam breder. Ja, het leven ging verder. 'Dat is iets positiefs. Sterk en hoopvol, en verdraaid slim, omdat hij daarmee voor uitstekend nageslacht kan zorgen. Dus daarom klopte hij vanochtend nog voor zonsopkomst aan bij Cian.'

'Hij dacht dat als Cian erin zou toestemmen, hij kon... Wacht eens even.' Blair hief een hand op. 'Hoe weet jij dat hij voor zonsopkomst op Cians deur klopte?'

'Omdat ik net de kamer verliet toen Larkin aankwam.' Moira nam kalmpjes een slokje thee terwijl Blair schuins naar Glenna keek en daarna haar wangen vol lucht blies.

'Oké.'

'Wat? Geen gescheld en gevloek omdat Cian een onschuldige vrouw heeft verleid?'

Blair ging met haar tong langs haar tanden. 'Je was in zijn kamer. Hij heeft je vast niet meegelokt met de afgezaagde vraag of je zijn etsen wilde bekijken. Dat lijkt me niets voor hem.'

Tevreden gaf Moira een klap op de tafel. 'Kijk! Ik wist wel dat een vrouw meer gezond verstand zou hebben en een beetje meer respect voor mijn listen. En jij?' Met opgetrokken wenkbrauwen keek ze Glenna aan. 'Heb jij er niets over te zeggen?'

'Jullie zullen allebei gekwetst worden, maar dat weten jullie al. Dus hoop ik dat jullie zo lang mogelijk en zoveel mogelijk geluk zullen geven en nemen.'

'Dank je.'

'Is alles goed met je?' vroeg Glenna. 'De eerste keer is vaak moeilijk of een beetje teleurstellend.'

Daarop begon Moira stralend te glimlachen. 'Het was prachtig, en opwindend, en veel fijner dan ik me had voorgesteld. Alles wat ik me van tevoren had ingebeeld, haalde het niet bij de werkelijkheid.'

'Als een man het na een paar honderd jaar oefenen nog niet kan, zal het nooit wat met hem worden,' mijmerde Blair. 'En Larkin kwam binnen toen... Dan zal hij wel uit zijn slof geschoten zijn.'

'Hij heeft Cian een vuistslag verkocht, maar ze hebben het al weer bijgelegd. Zoals mannen altijd doen wanneer ze elkaar te lijf zijn gegaan. We zijn het erover eens geworden dat het aan mij is wie ik in mijn bed uitnodig.'

Er viel een kameraadschappelijke stilte terwijl de drie vrouwen hun ogen ten hemel sloegen.

'We hebben niet veel tijd meer voordat we deze veilige plek moeten verlaten. Maar hopelijk zal er na Samhain voldoende tijd zijn om mijn keuzes te bespreken.'

'Ik ga ook op pad,' zei Blair tegen haar. 'Na flink wat aandringen van mijn kant hebben Larkin en ik besloten om over een paar uur te vertrekken. We gaan proberen een paar draken gevangen te nemen. Hij is nog altijd niet helemaal overtuigd, maar heeft erin toegestemd om een poging te wagen.'

'Als het lukt, zal dat enorm voordeel voor ons zijn.' Moira legde haar kin op haar vuist en bekeek het idee in gedachten van alle kanten. 'Ik denk dat we de exemplaren die in het strijdgewoel wat minder sterk zullen zijn ertussen uit moeten vissen. Als ze kunnen vliegen... boogschutters in de lucht.'

'Brandende pijlen,' zei Blair met een knikje. 'Ze hoeven niet heel trefzeker te zijn...'

'Zolang ze onze eigen troepen maar niet raken,' maakte Glenna haar zin af. 'Er is niet veel tijd meer om te trainen, maar het is het proberen waard.'

'Vuur, aye,' stemde Moira in. 'Dat is een sterk wapen, vooral als het uit de lucht komt. Jammer dat je de zon niet zo kunt betoveren dat die op een pijlpunt rust, Glenna, dan zou dit zo gepiept zijn.'

'Ik ga kijken of ik Larkin een beetje kan opjagen.' Blair stond op, maar aarzelde toen even. 'Weet je, toen ik het voor de eerste keer deed, was ik zeventien. Die kerel had haast en na afloop dacht ik: is dit alles. Dat stelt niks voor. Er valt iets voor te zeggen om te worden ingewijd door iemand die weet wat hij doet en veel gevoel voor stijl heeft.'

'Zeg dat wel.' Moira glimlachte traag en tevreden. 'Dat is zonder meer waar.' Ze voelde dat Blair en Glenna elkaar boven haar hoofd nog een blik toewierpen, maar ze bleef rustig haar thee drinken terwijl Blair de kamer verliet.

'Hou je van hem, Moira?'

'Ik geloof dat er iets in mijn binnenste zit wat al mijn hele leven heeft gewacht om te voelen wat ik voor hem voel. Wat mijn moeder voor mijn vader voelde in de korte tijd die hun vergund is geweest. Wat jij voor Hoyt voelt. Denk je dat ik me alleen inbeeld dat ik van hem hou omdat hij een vampier is?'

'Nee. Nee, zeker niet. Ik heb zelf ook sterke, oprechte gevoelens voor hem. Die hebben alles te maken met wat hij is. Maar Moira, je weet dat je geen leven met hem zult kunnen hebben. Dat komt door hoe hij is. Daar kunnen jullie geen van beiden iets aan veranderen, net zomin als de zon mee kan vliegen op een pijl.'

'Ik heb alles aangehoord wat Blair en hij ons hebben verteld over... zijn soort.' Bovendien heb ik er talloze boeken vol feiten en overlevering over gelezen, dacht Moira. 'Ik weet dat hij nooit ouder zal worden. Hij zal voor altijd zo blijven als hij was op het moment dat hij werd veranderd. Jong, sterk en vitaal. Ik zal wel veranderen. Oud worden, zwak, grijs en gerimpeld. Ik zal ziektes krijgen en dat zal hem nooit overkomen.'

Ze stond op en liep naar een raam waar een zonnestraal binnenviel. 'Zelfs als hij van me hield zoals ik van hem hou, is dat voor ons allebei geen leven. Hij kan niet voor een raam staan en de zon warm op zijn gezicht voelen, zoals ik nu doe. Het enige wat we hebben is de duisternis. Hij kan geen kinderen verwekken. Dus ook die kan hij me niet geven. Soms denk ik, één jaar samen, of vijf, of tien. Alleen dat. Soms wens ik dat,' mompelde ze. 'Maar hoe egoïstisch mijn eigen wensen ook zijn, ik heb een plicht te vervullen.'

Ze draaide zich weer om. 'Hij zou hier nooit kunnen blijven, en ik kan hier nooit weg.'

'Toen ik verliefd werd op Hoyt en meende dat we nooit samen zouden kunnen zijn, brak die gedachte elke dag mijn hart.'

'Maar toch hield je van hem.'

'Ja, toch hield ik van hem.'

Moira stond daar terwijl de zon schuin achter haar binnenviel en glinsterde op haar kroon. 'Morrigan zei dat dit de tijd van het weten is. Ik weet dat mijn leven minder mooi zou zijn als ik niet van hem hield. Hoe beter het leven, hoe langer en harder we vechten om het te behouden. Dus heb ik nog een ander wapen in me. En dat zal ik gebruiken.'

Moira kwam tot de ontdekking dat het vermoeiender was om kinderen en oude mensen te leren hoe ze zichzelf en elkaar tegen monsters moesten verdedigen dan zelf urenlang te trainen. Ze had niet beseft hoe lastig het zou zijn om een kind ervan te overtuigen dat monsters toch bestonden.

Haar hoofd deed pijn van alle vragen en haar hart deed zeer door de angst die ze had gezien.

Ze stapte de tuin in voor wat frisse lucht en om, nogmaals, naar de hemel te turen om te kijken of Blair en Larkin al terugkwamen.

'Voor zonsondergang zijn ze terug.'

Bij het horen van Cians stem draaide ze zich met een ruk om. 'Wat doe jij hier? Het is nog licht.'

'De schaduw is hier op dit tijdstip donker genoeg.' Toch leunde hij met zijn rug tegen de stenen, uit het directe zonlicht. 'Het is een mooi plekje, heel rustig. En vroeg of laat kom jij hier altijd een paar minuten.'

'Dus je hebt mijn gewoontes bestudeerd.'

'Een man moet iets doen om de tijd te verdrijven.'

'Glenna en ik hebben de kleintjes en de ouden van dagen geleerd hoe ze zichzelf moeten verdedigen als hier een aanval komt wanneer wij al weg zijn. We kunnen niet veel gezonde mensen achterlaten om het kasteel te verdedigen.'

'De poorten blijven gesloten. Hoyt en Glenna zullen een extra beschermingslaag aanbrengen. De mensen zullen hier veilig zijn.'

'En als we verliezen?'

'Dan kunnen zij ook niets meer aan de situatie veranderen.'

'Ik geloof dat er altijd iets kan worden gedaan als je iemand voor de keuze stelt en hem of haar een wapen in de hand geeft.' Ze liep naar hem toe. 'Ben je hier gekomen om op me te wachten?'

'Ja.'

'En wat verkies je te doen, nu ik er ben?'

Hij bleef staan waar hij stond, maar ze zag de strijd die in zijn binnenste woedde. Hoewel de lucht plotseling leek te zwiepen en te kolken door die botsing, bleef ze rustig staan, met een ernstige, geduldige blik in haar ogen.

Hij pakte haar met twee handen vast en trok haar met een snelle, ruwe ruk tegen hem aan. Zijn mond was begerig.

'Een prima keuze,' wist ze uit te brengen toen ze weer kon spreken.

Toen belaagden zijn lippen de hare opnieuw en beroofden haar van zowel haar adem als haar wilskracht.

'Weet je wel wat je hebt ontketend?' vroeg hij. Voordat ze kon reageren, keerde hij zich om en greep haar handen beet om haar op zijn rug te trekken.

'Cian, wat...'

'Hou je goed vast,' beval hij, haar verbaasde lachje onderbrekend.

Hij sprong omhoog. Haar armen verstrakten om zijn nek terwijl ze naar adem snakte. Vanuit stilstand scheerde hij ruim drie meter omhoog en klom tegen de muur op.

'Wat doe je nou?' Ze wierp een korte blik naar beneden en voelde haar maag samentrekken bij het zien van de hoogte. 'Je had wel even mogen zeggen dat je je verstand hebt verloren.'

'Dat heb ik verloren op het moment dat je gisteravond mijn kamer binnenkwam.' Hij zwierde door het raam naar binnen en trok de gordijnen achter zich dicht, zodat ze allebei in het pikkedonker stonden. 'Dit is de tol die je daarvoor moet betalen.'

'Als je weer naar binnen wilde, zijn er ook deuren...'

Ze slaakte een kreet van schrik toen hij haar in zijn armen nam. Het leek of ze door de lucht vloog, blind in de duisternis. Haar volgende kreetje werd veroorzaakt door een verblufte opwinding toen ze opeens onder hem op bed lag, en zijn handen aan haar kleding rukten zodat hij haar naakte huid kon voelen.

'Wacht. Wacht. Ik kan niet nadenken. Ik zie niks.'

'Te laat.' Zijn mond legde haar het zwijgen op, en zijn handen wakkerden haar begeerte aan op een harde, heftige golf.

Haar lichaam verstrakte onder het zijne en hij wist dat ze zocht naar de brandende kam van die golf. Hij voelde haar ademhaling hijgend tegen zijn lippen toen ze dat punt bereikte en haar lichaam verslapte.

Hij pakte haar polsen in een hand en trok haar armen boven

haar hoofd, zodat ze uitgestrekt en gewillig onder hem lag, en hij begroef zich in haar.

Ze wilde het opnieuw uitschreeuwen, maar had geen stem meer. Bovendien zag ze niks en omdat hij haar handen gevangenhield, kon ze zich ook nergens aan vastklampen. Ze kon alleen maar voelen terwijl hij in haar stootte met een donker, wanhopig genot tot ze kronkelde en zich vervolgens half oprichtte om zich roekeloos aan hem aan te passen, harde stoot na harde stoot.

Deze keer werd ze verschroeid door de hete kam van de golf.

Zo bleef ze liggen, verhitte huid over gesmolten botten, niet tot bewegen in staat, zelfs niet toen hij haar even alleen liet om de haard en kaarsen aan te steken.

'Soms is keuze niet het probleem,' zei hij, en ze meende te horen dat er vloeistof in een beker werd geschonken. 'En het is ook geen wapen.'

Ze voelde de beker tegen haar hand aan stoten en slaagde erin haar zware oogleden op te slaan. Ze produceerde een geluidje en pakte de beker aan, al betwijfelde ze of ze water zou kunnen doorslikken.

Toen zag ze de rauwe rode brandvlek op zijn hand. Ze duwde zichzelf snel overeind, waarbij er bijna water over de rand van de beker klotste. 'Je hebt jezelf gebrand. Laat eens zien. Ik...' En toen zag ze dat de brandwond de vorm van een kruis had.

'Ik ben vergeten om het af te doen.' Haastig duwde ze het kruis en de ketting onder haar bovenlijfje.

'Een kleine tol om te betalen.' Hij hief haar pols op en zag de vage blauwe plek. 'Bij jou heb ik minder zelfbeheersing dan me lief is.'

'Dat vind ik fijn. Geef me je hand. Ik ben redelijk bedreven in genezen.'

'Het stelt niets voor.'

'Nou, geef me je hand dan. Dit is een goede oefening voor me.'

Ze stak de hare verwachtingsvol uit. Na een korte aarzeling ging hij naast haar zitten en legde zijn hand in de hare.

'Ik vind het fijn dat je minder zelfbeheersing hebt,' zei ze nadrukkelijk, waarop hij haar diep in de ogen keek. 'Ik vind het fijn om te weten dat ik zo begeerd word door jou, dat jij je zo aangetrokken voelt tot iets in mij dat er bijna iets ontploft.'

'Dat is al behoorlijk gevaarlijk wanneer je te maken hebt met een mens. Als een vampier zijn zelfbeheersing verliest, gaan er dingen dood.'

'Jij zou me nooit kwaad doen. Je houdt van me.'

Zijn gezichtsuitdrukking werd zorgvuldig neutraal. 'Seks heeft zelden iets te maken met...'

'Ik mag dan onervaren zijn, dat wil niet zeggen dat ik dom of lichtgelovig ben. Is het beter?'

'Wat?'

Lachend keek ze hem aan. 'Je hand. Die is veel minder rood.'

'Met mijn hand is alles goed.' Hij trok hem weg, voelde de wond niet meer schrijnen. 'Je leert snel.'

'Dat klopt. Leren is een liefhebberij van me. Ik zal je vertellen wat ik van jou heb geleerd. Je houdt van me.' Haar lippen waren licht geplooid terwijl ze zijn haar streelde. 'Als het alleen om seks had gedraaid, zou je je er gisteravond minder tegen hebben verzet. Als het je alleen om begeerte, om seks, was gegaan, zou je me niet met zoveel zorg hebben genomen, of me voldoende hebben vertrouwd om een tijdje naast me te slapen.'

Voordat hij iets kon zeggen, hief ze een vinger op. 'Er is nog meer.'

'Dat is er bij jou altijd.'

Ze stond op en trok haar kleren recht. 'Toen Larkin binnenkwam, deed je geen enkele poging om te voorkomen dat hij je zou slaan. Je houdt van me, en daarom vond je dat je schuldig was aan het nemen van mijn onschuld. Je houdt van me, en daarom heb je me vaak genoeg geobserveerd om een van mijn favoriete plekjes te kennen. Daar wachtte je me op, en daarna heb je me mee hiernaartoe genomen omdat je me nodig had. Ik laat jou niet onberoerd, Cian, net zoals jij mij niet onberoerd laat.'

Ze bleef hem strak aankijken terwijl ze een slokje water nam. 'Je houdt van me, net zoals ik van jou hou.'

'Op eigen risico.'

'En het jouwe,' zei ze met een knikje. 'We leven in riskante tijden.'

'Moira, dit kan nooit...'

'Zeg niet "nooit" tegen me.' Haar stem trilde van intensiteit en de kleur van haar ogen veranderde in het grijs van hellerook. 'Ik weet het. Ik weet alles van nooit. Beloof me "vandaag". Laat het tussen ons gezegd en gezwegen vandaag zijn. Ik zal moeten vechten voor morgen, en overmorgen en wellicht voor altijd. Maar hier, nu met jou, draait het alleen om vandaag. Elke dag die ons vergund is.'

'Niet huilen. Ik heb liever de brandwond dan jouw tranen.'

'Ik ga niet huilen.' Ze deed haar ogen even dicht en dwong zichzelf om zich aan haar woord te houden. 'Ik wil dat je me vertelt wat je me zonder woorden hebt getoond. Ik wil dat je me vertelt wat je ziet als je naar me kijkt.'

'Ik hou van je.' Hij liep naar haar toe en raakte haar gezicht heel teder aan met zijn vingertoppen. 'Dit gezicht, deze ogen, alle gedachten die zich daarachter afspelen. Ik hou van je. De afgelopen duizend jaar heb ik nooit van een ander gehouden.'

Ze pakte zijn hand en drukte haar lippen erop. 'O! Kijk. Er is geen brandwond meer. De liefde heeft je genezen. Dat is de sterkste magie.'

'Moira.' Hij bleef haar hand vasthouden en drukte die tegen zijn borstkas. 'Als dit hart kon kloppen, zou dat alleen voor jou zijn.'

Opnieuw prikten er tranen in haar ogen. 'Je hart mag dan stilstaan, maar het is niet leeg. Het is niet stil, want het spreekt tegen mij.'

'En is dat genoeg?'

'Niets zal ooit genoeg zijn, maar we moeten het ermee doen. Kom, dan gaan we...'

Ze hield op met praten toen ze buiten geschreeuw hoorde. Ze draaide zich om, rende naar het raam en trok een van de gordijnen weg. Haar hand vloog naar haar keel. 'Cian, kom eens kijken. De zon staat laag genoeg. Moet je zien.'

De hemel was vol draken. Flitsen smaragdgroen, robijnrood en goud. Hun slanke lijven scheerden over het kasteel als fonkelende sieraden in het afnemende licht. En hun trompetterende geroep leek wel een lied.

'Is dat niet het mooiste wat je ooit hebt gezien?'

Toen hij een hand op haar schouder legde, bedekte Moira die met de hare. 'Hoor de mensen ze eens toejuichen. Kijk de kinderen rennen en lachen. Dat is de klank van hoop, Cian. Dit geluid, deze aanblik.'

Ze keek toe toen de draken landden. 'Er is vast maar weinig dat je in al jouw jaren niet hebt gedaan.'

'Heel weinig,' beaamde hij, maar toen begon hij onwillekeurig te glimlachen. 'Maar nee, ik heb nog nooit een draak bereden. En ja, dat wil ik verdomd graag. Laten we naar beneden gaan.'

Er was nog altijd zoveel zonlicht dat hij die klotecape nodig had op open plekken. Maar desondanks ontdekte Cian dat hij nog altijd betoverd kon worden – toen hij in de gouden ogen van een jonge draak keek.

De soepele lijven van de dieren waren bedekt met grote schubben die de kleuren van edelstenen hadden en zo glad waren als glas. Ze hielden hun ragfijne vleugels dicht tegen hun lijf terwijl ze rakelings langs de grond scheerden. Maar het waren de ogen die hem biologeerden. Die leken vol levendige belangstelling, intelligentie en zelfs humor.

'Het leek me dat de jonkies makkelijker te trainen zouden zijn,' zei Blair tegen hem terwijl ze stonden te kijken. 'Larkin kan het beste met ze communiceren, zelfs in zijn mensengedaante. Ze vertrouwen hem.'

'Dat zal het voor hem lastiger maken om ze te gebruiken in een gevecht.'

'Ja, mijn man heeft een klein hartje, en dat onderwerp hebben we uitgebreid besproken. Hij hoopte iedereen te kunnen overhalen om ze alleen voor transport te gebruiken. Maar op het slagveld kunnen zij voor een verdomd groot verschil zorgen. Of boven het slagveld. Al moet ik bekennen dat het idee mij ook een lichte pijnscheut bezorgt.'

'Ze zijn schitterend en onbedorven.'

'Dat tweede zullen wij veranderen.' Blair slaakte een zucht. 'Alles is een wapen,' mompelde ze. 'Maar goed, wil je de lucht in?'

'Reken maar.'

'Je eerste vlucht is met mij. Ja, ja,' zei ze bij het zien van zijn misprijzende blik. 'Je bestuurt je eigen vliegtuig, je rijdt paard en je kunt over hoge gebouwen springen. Maar je hebt nog nooit op een draak gereden, dus mag je dat nog niet alleen doen.'

Ze liep langzaam naar een exemplaar dat robijnrood en zilver was. Dit dier had ze op de terugweg naar het kasteel bereden, maar toch stak ze haar hand weer uit, zodat het haar geur kon herkennen. 'Nu jij. Ze moet je leren kennen.'

'Ze?'

'Ja, dat zag ik.' Blair grijnsde. 'Ik kon me niet inhouden.'

Cian legde zijn handen op de flank van de draak en bewoog ze langzaam naar haar kop. 'Wat ben jij mooi.' Hij mompelde in het Iers tegen haar. Als reactie zwiepte ze met haar staart, wat duidelijk flirtend was bedoeld.

'Hoyt is net zo bedreven met ze als jij.' Blair knikte naar de plek waar Hoyt saffierblauwe schubben streelde. 'Dat zit zeker in de familie.'

'Hmm. Zeg, waarom bestijgt Hare Majesteit er een in haar eentje?'

'Zij heeft al eerder op een draak gereden. Althans, ze heeft Larkin bereden in drakengedaante, dus kent ze het klappen van de zweep. En ze heeft de laatste tijd nog wel meer bereden.'

'Pardon?'

'Ik zeg het maar gewoon. Jullie tweeën zien er een stuk relaxter uit dan gisteren.' Ze wierp hem een brede glimlach toe, waarbij haar tanden flonkerden, en sloeg haar been toen over de draak. 'Hupsakee.'

Hij besteeg het dier op dezelfde manier waarop hij tegen de muren had geklommen – met een soepele sprong. 'Stevig,' merkte hij op. 'Comfortabeler dan ze eruitzien. Eigenlijk verschilt het niet zoveel van een paard.'

'Niet als je het over Pegasus hebt. Maar goed, je geeft ze geen zachte schop, zoals een paard en je klikt niet met je tong. Je doet gewoon...'

Blair deed het voor door zich voorover te buigen, over de nek van de draak, en een hand langs de keel van het dier te laten gaan. Met het geluid van wapperende zijde spreidde het dier de vleugels. En steeg op.

'Als je maar lang genoeg leeft, maak je uiteindelijk alles een keer mee,' zei Cian achter Blair.

'Zeker, en dit is een van de aangenaamste dingen om mee te maken. Maar er komt nog wel het een en ander bij kijken. De verzorging, het voeren, de poep.'

'Ik durf te wedden dat de rozen daardoor in bloei zullen komen.'

Ze wierp haar hoofd in de nek en schaterde het uit. 'Wie weet.

We moeten ze trainen, net als hun berijders. Maar deze schoonheden leren snel. Moet je opletten.' Ze leunde naar rechts en de draak helde licht over om haar richting te volgen.

'Het lijkt wel wat op motorrijden.'

'Min of meer hetzelfde principe. Leun mee in de bochten. Moet je Larkin zien. De uitslover.'

De man in kwestie zat op een enorme goudkleurige draak en maakte ingewikkelde loopings en draaien.

'De zon is bijna onder,' zei Cian. 'Wacht nog een paar minuten, zodat ik niet zal verbranden, en dan zullen we hem wat laten zien.'

Blair keek even achterom. 'Doen we. Ik wil even iets zeggen.'

'Wat dan?'

'Zij draagt alle zorgen van de wereld met zich mee. Als dat wat jullie doen haar last een beetje lichter maakt, ben ik er helemaal voor. Mijn last werd absoluut verlicht door mijn relatie met Larkin, dus hoop ik dat het jullie beiden ook helpt.'

'Je verbaast me, demonenjager.'

'Ik verbaas mezelf ook, vampier, maar zo liggen de zaken nou eenmaal. De zon is onder. Klaar om een showtje weg te geven?'

Vol opluchting schoof hij de capuchon van zijn cape naar achteren. 'Kom, dan zullen we jouw cowboy een paar echte trucjes laten zien.'

12

Davey was al bijna vijf jaar van Lilith. Op een zwoele zomeravond had ze zijn ouders en jongere zusje afgeslacht op Jamaica. De all-invakantie in het voorseizoen was een verrassing van Davids vader voor de dertigste verjaardag van zijn vrouw. Op hun eerste avond daar, opgetogen door de vakantiesfeer en beneveld door de gratis rumpunch, hadden ze een derde kind verwekt.

Dat wisten ze zelf natuurlijk niet, en als de zaken anders waren verlopen, zou het vooruitzicht van een nieuwe baby ervoor hebben gezorgd dat dit voorlopig hun laatste tropische vakantie was.

Uiteindelijk bleek het de laatste vakantie van hun gezin te zijn.

Het was gebeurd tijdens een van Liliths korte, hartstochtelijke vervreemdingen van Lora. In een opwelling had ze Jamaica uitgekozen, en daar had ze zich vermaakt met het doden van plaatselijke inwoners en hier en daar een toerist. Maar ze was uitgekeken geraakt op de smaak van mannen die net uit de kroeg kwamen.

Ze wilde wat afwisseling, iets frissers en zoeters. En het jonge gezin was precies wat ze zocht.

Ze had de moeder en haar jonge dochtertje, die giechelend een strandwandeling in het maanlicht hadden gemaakt, snel en wreed van hun leven beroofd. Ze was onder de indruk geweest van de paniekerige, vruchteloze worsteling en de instinctieve poging van de moeder om haar kind te beschermen. Omdat zij haar honger al hadden bevredigd, had ze er ook voor kunnen kiezen om de man en het jongetje, die spetterden in de branding, zich onbewust van het gevaar, met rust te laten. Maar ze had willen weten of de vader voor zijn zoon zou vechten. Of dat hij zou smeken, zoals de moeder had gesmeekt.

Vechten deed hij inderdaad – en hij had tegen de jongen geschreeuwd dat hij moest vluchten. Rennen, Davey, ren weg! had hij geschreeuwd. En de angst om zijn zoon had zijn bloed rijker gemaakt, waardoor hij als prooi nog zoeter was geworden.

Maar de jongen was niet weggerend. Hij had ook gevochten, en dat had haar nog meer geïmponeerd. Hij had geschopt en gebeten, had zelfs geprobeerd om op haar rug te springen om zijn vader te redden. Vanwege zijn felle aanval en zijn engelachtige gezichtje had ze besloten om hem te veranderen in plaats van hem leeg te zuigen en verder te trekken.

Toen ze zijn mond tegen haar bloedende borst had gedrukt, had ze iets in haar binnenste voelen ontwaken wat nog nooit voor een ander was ontwaakt. Dat bijna moederlijke gevoel had haar gefascineerd en verrukt.

Dus Davey was haar huisdier, haar speeltje, haar zoon en haar minnaar geworden.

Het schonk haar veel voldoening dat hij zich zo snel en natuurlijk had aangepast aan de verandering. Toen Lora en zij zich hadden verzoend, wat ze altijd deden, had Lilith tegen haar gezegd dat Davey hun Peter Pan in vampiergedaante was. Het jongetje dat eeuwig zes zou blijven.

Maar, zoals iedere jongen van zes, moest hij worden verzorgd, vermaakt en onderwezen. Volgens Lilith nog meer dan een gewone jongen omdat haar Davey een prins was. Daardoor was hij niet alleen bijzonder bevoorrecht, maar had hij ook een bijzonder grote plicht.

En deze specifieke jacht voldeed volgens haar aan beide aspecten.

Hij rilde van opwinding toen ze hem de grove kleren van een boerenjongen aantrok. Ze moest lachen toen ze zijn ogen zag oplichten op het moment dat ze wat vuil en bloed op zijn gezicht smeerde.

'Mag ik het zien? Mag ik in je magische spiegel kijken om mezelf te zien? Toe, alsjeblieft!'

'Natuurlijk.' Lilith wierp Lora een geamuseerd glimlachje toe – van de ene volwassene naar de andere.

Lora speelde het spelletje mee en begon te huiveren terwijl ze de kostbare spiegel oppakte. 'Je ziet er angstaanjagend uit,' zei ze tegen Davey. 'Zo klein en zwak. En... menselijk.'

Voorzichtig pakte Davey de spiegel en staarde naar zijn spiegelbeeld. En hij ontblootte zijn lange hoektanden. 'Het is net een kostuum,' giechelde hij. 'Ik mag er helemaal zelf eentje doden, hè mama? Helemaal zelf.'

'We zullen zien.' Lilith pakte de spiegel en boog zich voorover om een kus op zijn smerige wang te drukken. 'Jouw rol is heel belangrijk, schatje van me. De belangrijkste rol van allemaal.'

'Ik weet precies wat ik moet doen.' Hij wipte op en neer op zijn tenen. 'Ik heb geoefend en geoefend en geoefend.'

'Dat weet ik. Je hebt heel hard gewerkt. Ik zal zo trots op je zijn.'

Ze legde de spiegel neer, met de spiegelkant omlaag, zodat ze niet in de verleiding kwam om een snelle blik op zichzelf te werpen. Lora's brandwonden waren nog rauw en roze, en haar spiegelbeeld was zo akelig dat Lilith alleen in de betoverde spiegel keek wanneer Lora niet in de kamer was.

Toen er op de deur werd geklopt draaide ze zich om. 'Daar zul je Midir hebben. Laat hem even binnen, Davey, en ga daarna naar Lucius en wacht daar op ons.'

'Gaan we algauw?'

'Ja. Over een paar minuten.'

Hij rende naar de deur en bleef daar met een kaarsrechte rug staan terwijl de tovenaar een buiging voor hem maakte. Davey marcheerde de kamer uit, haar kleine soldaatje, en liet de deur open, zodat Midir gedwongen was die te sluiten.

'Uwe Majesteit. Vrouwe.'

'Je mag overeind komen.' Lilith maakte een achteloos handgebaar. 'Zoals je ziet, is de prins er helemaal klaar voor. Ben jij dat ook?'

Hij droeg zijn gebruikelijke zwarte gewaad, dat ruiste wanneer hij bewoog. Zijn gezicht was hard en knap, omlijst door zijn golvende zilvergrijze haren. Zijn diepe, zwarte ogen ontmoetten de koele blauwe van Lilith.

'Hij zal beschermd zijn.' Midir wierp een zijdelingse blik op de grote kist aan het voeteneinde van het bed en op de open zilveren pot die erop stond. 'U hebt het drankje gebruikt, zoals ik had gezegd.'

'Inderdaad, en als dat niet werkt, zul je dat met je leven bekopen, Midir.'

'Het zal werken, en de toverspreuk die ik ga gebruiken zal hem drie uur lang beschermen tegen hout en staal. Hij zal even veilig zijn als in uw armen, Uwe Majesteit.'

'Als dat niet het geval is, zal ik je eigenhandig ombrengen. Zo onaangenaam mogelijk. En om zekerheid te hebben, zul je ons vergezellen bij deze jachtpartij.'

Heel even zag ze verbazing en ergernis op zijn gezicht. Toen boog hij zijn hoofd en zei gedwee: 'Zoals u wilt.'

'Dat wil ik. Meld je bij Lucius. Hij zal je een paard geven.' Ze draaide zich om ten teken dat hij kon gaan.

'Maak je niet ongerust.' Lora liep naar Lilith toe en sloeg haar armen om de andere vrouw heen. 'Midir weet dat zijn leven gevaar loopt als ons lieve jochie ook maar iets overkomt. Davey heeft dit nodig, Lilith. Zowel de oefening als de opwinding. En hij is eraan toe om zich een beetje uit te sloven.'

'Ja, ja. Ik weet het. Hij is rusteloos en verveelt zich. Dat kan ik hem niet kwalijk nemen. Het komt allemaal wel goed,' zei ze, om zowel Lora als zichzelf gerust te stellen. 'Ik zal bij hem zijn.'

'Laat mij ook gaan. Verander van gedachten en laat me je vergezellen.'

Lilith schudde haar hoofd en drukte een kus op Lora's verbrande wang. 'Je bent nog niet klaar voor een jachtpartij. Je bent nog zwak en ik weiger je leven in de waagschaal te stellen, liefje.' Ze pakte Lora's armen stevig beet. 'Ik heb je nodig op Samhain. Dan moet je vechten, doden, schransen. Die avond, wanneer we de vallei hebben overspoeld met bloed, wanneer we nemen wat ons toekomt, wil ik Davey en jou aan mijn zijde.'

'Ik heb bijna net zo'n hekel aan wachten als Davey.'

Lilith glimlachte. 'Ik zal een cadeautje voor je meenemen van het spelletje van vanavond.'

Davey reed achterop bij Lilith op de maanverlichte avond. Hij had op zijn eigen pony willen rijden, maar zijn moeder had hem uitgelegd dat die niet snel genoeg was. Hij hield ervan om snel te gaan, om de wind te voelen, te vliegen naar de jachtpartij en het doden. Hij kon zich geen opwindender avond herinneren dan deze.

Het was zelfs nog fijner dan het cadeau dat ze hem op zijn derde verjaardag als vampier had gegeven, toen ze hem in een zomernacht had meegenomen naar een kampeerplek van de padvinderij. En dat was gewéldig geweest! Het gillen, rennen en huilen. Het smak, smak, smakken.

Dat was leuker dan op mensen jagen in de grotten of een vampier verbranden die stout was geweest. Het was leuker dan alles wat hij zich kon herinneren.

De herinneringen aan zijn menselijke familie waren vaag. Soms ontwaakte hij uit een droom en was hij heel even in een slaapkamer met plaatjes van raceauto's aan de muur en blauwe gordijnen voor het raam. In de kast van de slaapkamer zaten monsters, en dan huilde hij net zolang tot zij kwam.

Ze had bruin haar en bruine ogen.

Af en toe kwam hij ook binnen, de lange man met het prikkende gezicht. Hij joeg de monsters altijd weg, en zij kwam bij hem zitten en streelde zijn haren tot hij weer in slaap viel.

Als hij heel erg zijn best deed, wist hij nog dat hij in het water had gespeeld, voelde hij het natte zand onder zijn voeten en hoorde hij de man lachen toen de golven hen nat spetterden.

Daarna lachte hij niet meer, maar gilde hij. En schreeuwde de man: Rennen, Davey, ren weg!

Maar hij deed niet erg vaak zijn best om daaraan terug te denken.

Het was leuker om aan jagen en spelen te denken. Als hij heel erg zijn best deed, mocht hij van zijn moeder een van de mensen als speeltje houden. Hij was dol op hun geur als ze bang waren en de geluiden die ze maakten als hij zich aan hen begon te laven.

Hij was een prins en hij kon doen en laten wat hij wilde. Bijna.

Hij zou zijn moeder vanavond laten zien dat hij een grote jongen was. En daarna zou het niet langer 'bijna' zijn.

Toen ze de paarden lieten stoppen, was hij bijna misselijk van opwinding. Vanaf hier zouden ze te voet verdergaan, en dan zou hij aan de beurt zijn. Zijn moeder hield zijn hand stevig vast, en hij wenste dat ze dat niet zou doen. Hij wilde marcheren, zoals Lucius en de andere soldaten. Hij wilde een zwaard dragen, en niet de kleine dolk die verstopt zat onder zijn tuniek.

Toch was het leuk om snel te gaan, sneller dan welke mens ook, over de velden naar de boerderij.

Ze bleven opnieuw staan en zijn moeder ging op haar hurken zitten en nam zijn gezicht in haar handen. 'Doe het zoals we hebben geoefend, lieve jongen van me. Je zult het fantastisch doen. Ik zal elke minuut bij je in de buurt zijn.'

Hij stak zijn borst vooruit. 'Ik ben niet bang voor ze. Ze zijn maar eten.'

Lucius grinnikte achter hem. 'Hij mag dan klein zijn, maar hij is op-en-top een krijger, Uwe Majesteit.'

Ze kwam overeind, maar liet haar hand op Daveys schouder rusten toen ze zich tot Midir wendde. 'Je leven,' zei ze zachtjes. 'Begin.'

Midir spreidde zijn armen in het zwarte gewaad en begon aan zijn spreuk.

Na een handgebaar van Lilith verspreidden de mannen zich, en vervolgens begaven Lucius, Davey en zij zich dichter naar de boerderij.

Door een van de ramen zagen ze de nagloeiende sintels van een haardvuur dat was gedoofd voor de nacht. Ze roken de paarden die op stal stonden en de eerste vleugjes mens. Daardoor welden de honger en opwinding op in Daveys binnenste.

'Zorg dat je klaar bent,' zei ze tegen Lucius.

'Vrouwe, ik ben bereid mijn leven te geven voor de prins.'

'Ja, dat weet ik.' Ze legde haar hand even op Lucius' arm. 'Daarom ben je hier ook. Goed, Davey. Zorg dat ik trots op je kan zijn.'

In de boerderij hielden Tynan en twee anderen de wacht. Het was bijna tijd om hun aflossing te wekken, en hij kon wel een paar uur slaap gebruiken. Zijn heup deed pijn door de wond die hij had opgelopen bij de aanval op de eerste dag van hun mars. Hij hoopte dat hij die aanval niet opnieuw voor zich zou zien als hij zijn prikkende ogen eindelijk even kon sluiten.

Ze hadden goede mannen verloren. Die waren afgeslacht.

Er zou een moment komen dat hij die mannen zou wreken op het slagveld. Als hij daarbij zou sneuvelen, wenste hij alleen dat hij daarvoor dapper en sterk zou hebben gevochten en een even groot aantal vijanden over de kling had gejaagd.

Hij ging anders staan en maakte zich op voor de wisseling van de wacht toen hij een geluid hoorde, waardoor zijn hand automatisch naar het gevest van zijn zwaard ging.

Zijn blik werd scherper, zijn oren prikten. Het kon een nachtvogel zijn, maar het had heel menselijk geklonken.

'Tynan.'

'Ja, ik heb het gehoord,' zei hij tegen een van andere wachters.

'Het leek of er iemand huilde.'

'Blijf waakzaam. Niemand mag…' Zijn stem stierf weg toen hij iets zag bewegen. 'Daar, bij de meest noordelijk wei. Zie je dat? O, godallemachtig, het is een kind.'

Een jongen, meende hij, al kon hij het niet goed zien. De kleren die het kind droeg waren gescheurd en bloederig, en het liep wankelend, huilend, met zijn duim in zijn mond.

'Hij zal zijn ontsnapt bij een overval ergens in de buurt. Maak de aflossing wakker en hou samen met hen de wacht. Ik ga het kind halen.'

'We hebben bevel gekregen om na zonsondergang niet naar buiten te gaan.'

'We kunnen dat kind niet buiten laten. Zo te zien is het ook nog gewond. Maak de aflossing wakker,' herhaalde Tynan. 'Ik wil een boogschutter bij dit raam. Als er buiten iets anders beweegt dan het kind of ik, richt dan op zijn hart.'

Hij wachtte tot de mannen hun posities hadden ingenomen en zag het kind op de grond vallen. Een jongen, daar was hij ondertussen zeker van, en het arme kereltje blèrde en jammerde zielig terwijl hij zich opkrulde tot een balletje.

'We kunnen een oogje op hem houden tot het ochtend is,' stelde een van de anderen voor.

'Zijn de mannen van Geall zo bang in het donker dat ze zich binnen verschuilen terwijl er buiten een bloedend kind ligt te huilen?'

Hij duwde de deur open. Hij wilde snel zijn, het kind naar binnen brengen, waar het veilig zou zijn. Maar hij dwong zichzelf om stil te blijven staan toen de jongen zijn hoofd ophief. Zijn gezichtje was bevroren van angst.

'Ik zal je geen kwaad doen. Ik ben een soldaat van de koningin. Ik zal je naar binnen brengen.'

De jongen krabbelde overeind en schreeuwde het uit, alsof Tynan op hem had ingehakt met een zwaard. 'Monsters! Monsters!'

Hij begon te rennen, waarbij hij zwaar trok met zijn linkerbeen. Tynan haastte zich achter hem aan. Het was beter om de jongen bang te maken dan om hem te laten ontsnappen, waardoor hij hoogstwaarschijnlijk als lekker hapje voor een demon zou eindigen. Vlak voordat de jongen over de stenen muur rond de dichtstbijzijnde wei wist te klauteren, kreeg Tynan hem te pakken.

'Rustig, rustig. Je bent nu veilig.' De jongen schopte en sloeg en gilde, waardoor er een nieuwe pijnscheut door Tynans heup ging. 'Je moet mee naar binnen. Niemand zal je nog kwaad doen. Niemand...'

Opeens meende hij iets te horen – gezang – en hij verstrakte zijn greep op het kind. Hij draaide zich om, klaar om terug te rennen naar het huis toen hij iets anders hoorde, iets wat werd voortgebracht door het schepsel dat hij in zijn armen hield. Laag, dierlijk gegrom.

De jongen kreeg een afschuwelijke grijns op zijn gezicht en haalde uit naar Tynans keel.

Er bestond nog iets ergers dan ondraaglijke pijn, en daardoor zakte Tynan op zijn knieën. Geen kind, zeker geen kind, dacht hij terwijl hij vocht om zich te bevrijden. Het ding verscheurde hem als een wolf.

Vaag hoorde hij geschreeuw, gegil, het ploffen van pijlen, het kletteren van zwaarden. En het laatste wat hij hoorde, was het afgrijselijk geluid van zijn eigen bloed waar gretig van werd gedronken.

Ze gebruikten vuur, staken de pijlpunten in brand, maar toch werd bijna een kwart van hen gedood of gewond voordat de demonen zich terugtrokken.

'Neem die daar levend gevangen.' Bevallig veegde Lilith bloed van haar lippen. 'Ik heb Lora een cadeautje beloofd.' Met een glimlach keek ze neer op Davey, die boven het lichaam van de soldaat uittorende die hij had gedood. Ze zwol van trots omdat haar jongen zich was blijven voeden. Zelfs toen soldaten het lijk van het slagveld hadden willen slepen, was de prins zich eraan blijven vastklampen.

Daveys ogen waren rood en glanzend, en zijn sproeten staken af als goud tegen zijn blos die het bloed op zijn wangen had veroorzaakt.

Ze tilde hem op en hield hem hoog boven haar hoofd. 'Aanschouw jullie prins!'

De mannen die niet waren gesneuveld in de strijd knielden neer.

Ze liet hem een stukje zakken zodat ze hem een lange, innige zoen op zijn mond kon geven.

'Ik wil meer,' zei hij.

'Ja, mijn liefste, en dat zul je ook krijgen. Binnenkort. Gooi dat ding op een paard,' zei ze met een achteloos gebaar naar Tynans lijk. 'Daar kan ik nog iets mee.'

Ze besteeg haar paard en stak haar armen uit zodat Davey erin kon springen. Terwijl haar wang langs zijn haren streek, keek ze omlaag naar Midir.

'Je hebt het goed gedaan,' zei ze tegen hem. 'Je hebt toestemming om alle mensen mee te nemen die je wilt, waar je ze dan ook maar voor wilt gebruiken.'

Het maanlicht scheen op zijn zilvergrijze haar toen hij zijn hoofd boog. 'Dank u.'

Moira stond in de stevige wind en keek naar de draken en hun berijders die boven haar hoofd cirkelden. Het was een adembenemend schouwspel, dacht ze, en onder andere omstandigheden zou ze daar enorme vreugde uit hebben geput. Maar dit waren militaire manoeuvres, geen spektakel.

Toch hoorde ze de kinderen roepen en klappen, en velen van hen deden net alsof ze een draak of een berijder waren.

Ze glimlachte toen ze haar oom zag, die naar haar toe liep en naast haar kwam staan kijken. 'Heb jij geen zin om te vliegen?' vroeg ze.

'Dat laat ik over aan de jongeren en degenen die nog soepel zijn. Het is een schitterend gezicht, Moira. En het biedt hoop.'

'De draken hebben iedereen opgebeurd. En op het slagveld zullen ze ons een voordeel geven. Zie je Blair? Ze rijdt alsof ze op een draak geboren is.'

'Ze is moeilijk te missen,' mompelde Riddock toen Blair haar draak met duizelingwekkende snelheid naar de grond liet scheren en toen abrupt weer omhoogging.

'Ben je blij dat Larkin en zij gaan trouwen?'

'Hij houdt van haar en ik kan niemand bedenken die zo goed bij hem past als zij. Dus aye, zijn moeder en ik zijn blij. En we zullen hem elke dag missen. Hij zal met haar meegaan,' zei Riddock voordat Moira kon reageren. 'Dat is zijn keuze, en ik voel in het diepst van mijn wezen dat het de juiste keuze voor hem is. Maar we zullen hem missen.'

Moira legde haar hoofd tegen de arm van haar oom. 'Aye, dat zullen we zeker.'

Zij zou de enige zijn die bleef, dacht ze toen ze weer naar binnen ging. De enige van de cirkel die na Samhain in Geall zou blijven. Hoe moest ze dat ooit verdragen?

Het kasteel voelde nu al leeg aan. Er waren al zoveel mensen vooruitgegaan, en anderen waren druk bezig met taken die zij hun had opgedragen. Binnenkort, zeer binnenkort, zou ze zelf ook vertrekken. Daarom was het volgens haar hoog tijd om haar wensen op papier te zetten, voor het geval ze niet zou terugkeren.

Ze trok zich terug in haar zitkamer en ging zitten om haar ganzenveer scherper te snijden. Maar daarna veranderde ze van gedachten en pakte ze een van de schatten die ze mee terug had genomen uit Ierland.

Moira besloot dat ze dit document zou schrijven met het instrument uit een andere wereld.

Ze zou een pen gebruiken.

Welke waardevolle spullen bezat ze die niet automatisch aan de volgende heerser van Geall zouden toekomen?

In elk geval een deel van haar moeders sieraden. In gedachten verdeelde ze die tussen Blair, Glenna, haar tante en nicht, en ten slotte tussen haar hofdames.

Haar vaders zwaard zou naar Larkin gaan, besloot ze, en de dolk die hij ooit had gedragen naar Hoyt. Het miniatuurportret van haar vader zou voor haar oom zijn, als zij eerder zou overlijden dan hij, want haar vader en oom waren dikke vrienden geweest.

Er waren natuurlijk ook snuisterijen. Kleine dingetjes, waar ze goed over nadacht aan wie ze die moest nalaten.

Haar boog en pijlkoker gaf ze aan Cian, net als de pijlen die ze eigenhandig had vervaardigd. Ze hoopte dat hij zou begrijpen dat die meer dan gewone wapens voor haar waren. Ze was er trots op en had er veel liefde in gestopt.

Ze schreef alles zorgvuldig op en verzegelde het document vervolgens. Ze zou het aan haar tante geven, zodat die het veilig kon bewaren.

Nu ze dit had gedaan, voelde ze zich beter. Op de een of andere manier voelde haar geest er lichter en schoner door. Ze legde het papier opzij en stond op om zich aan haar volgende taak te wijden. Ze liep de slaapkamer in en ging naar de balkondeuren. Daar hingen de gordijnen nog voor, die zowel het licht als het uitzicht blokkeerden. Ze trok ze open en liet het zachte licht naar binnen stromen.

In gedachten zag ze het opnieuw: de duisternis, het bloed, het verscheurde lichaam van haar moeder en de schepsels die haar verminkt hadden. Maar nu deed ze de deuren open en dwong ze zichzelf om het balkon op te stappen.

De lucht was koel en vochtig, en boven haar was de hemel vol draken. Overal zag ze kleurrijke strepen en wervelingen tegen het lichtblauw. Haar moeder zou genoten hebben van hun aanblik, het geluid van hun vleugels, het vrolijke gelach van de kinderen beneden op de binnenplaats.

Moira liep naar de balustrade, legde haar handen erop en voelde het stevige steen. En terwijl ze daar stond, zoals haar moeder ook vaak had gedaan, keek ze uit over Geall en bezwoer ze dat ze haar best zou doen.

Het zou haar hebben verbaasd als ze had geweten dat Cian een groot gedeelte van zijn rusteloze dag had doorgebracht met hetzelfde als zij net had gedaan. Zijn lijsten met schenkingen en instructies waren aanzienlijk langer dan die van haar, en veel gedetailleerder. Maar hij had dan ook aanmerkelijk langer geleefd en in die tijd flink wat bezittingen vergaard.

Hij kon geen enkele reden bedenken waarom die zaken verloren zouden moeten gaan.

Tijdens het schrijven vervloekte hij minstens tien keer zijn ganzenveer en wenste hij vurig dat hij het gemak van een computer had. Maar hij ging door tot hij meende dat hij zijn eigendommen naar tevredenheid had verdeeld.

Hij wist niet zeker of alles precies volgens zijn wensen geregeld kon worden omdat het gedeeltelijk afhing van Hoyt. Daar zou hij het nog met hem over moeten hebben, dacht Cian. Als hij ergens op kon vertrouwen, was het wel het feit dat Hoyt alles zou doen wat in zijn niet onaanzienlijke macht lag om de taak te vervullen waarmee Cian hem wilde opzadelen.

Al met al hoopte hij dat het niet nodig zou zijn. Een duizendjarig bestaan wilde niet zeggen dat hij het op wilde geven. En hij was verdomme zeker niet van plan om naar de hel te gaan voordat hij Lilith daarnaartoe had gestuurd.

'Jij was altijd al zakelijk ingesteld.'

Hij schoot overeind en trok zijn dolk met een vloeiende beweging terwijl hij zich naar het stemgeluid draaide. Toen verslapten zijn vingers en viel de dolk plompverloren op de grond.

Zelfs na een millennium kon iemand nog ongelooflijk schrikken.

'Nola.' Zijn stem klonk schor toen hij de naam uitsprak.

Ze was een kind, zijn zus, precies zoals ze was geweest toen hij haar voor het laatst had gezien. Haar lange, donkere haar viel steil omlaag en haar ogen waren diepblauw. En er lag een glimlach in.

'Nola,' zei hij nogmaals. 'Mijn god.'

'Ik dacht dat je zou zeggen dat je geen god hebt.'

'In elk geval geen die mij voor zichzelf wil opeisen. Hoe kun je hier zijn? Ben je wel echt hier?'

'Dat kun je met eigen ogen zien.' Ze spreidde haar armen uit en draaide een rondje.

'Je hebt geleefd en je bent gestorven. Als oude vrouw.'

'Jij hebt de vrouw nooit gekend, dus ben ik hier zoals ik in je herinnering leef. Ik heb je gemist, Cian. Ik heb naar je gezocht, tegen beter weten in. Jarenlang heb ik gezocht en hoop gekoesterd voor Hoyt en jou. Maar je bent nooit gekomen.'

'Hoe had ik dat kunnen doen? Je weet wat ik was. Dat begrijp je nu.'

'Zou je mij kwaad hebben gedaan? Of iemand van ons?'

'Ik weet het niet. Ik hoop van niet, maar ik zag geen enkele reden om dat risico te nemen. Wat doe je hier?'

Hij stak zijn hand uit, maar zij hief de hare op en schudde haar hoofd. 'Ik ben niet van vlees en bloed. Slechts een geestverschijning. Ik ben hier om jou eraan te herinneren dat je weliswaar niet meer bent zoals je was toen je van mij was, maar dat je ook niet bent wat zij van je heeft gemaakt.'

Omdat hij heel even tijd nodig had om zich te herpakken, bukte hij zich om de dolk op te rapen die hij had laten vallen en stak het wapen weer in de schede. 'Wat doet dat ertoe?'

'Heel veel. Het zal verschil maken.' En geestverschijning of niet, haar ogen werden vochtig toen ze hem strak aankeek. 'Ik heb kinderen gekregen, Cian.'

'Dat weet ik.'

'Sterk, bekwaam, getalenteerd. Ook van jouw bloed.'

'Was je gelukkig?'

'O, zeker. Ik hield van mijn man en hij hield van mij. We hadden die kinderen en we hebben een goed leven gehad. Maar het verlies van mijn broers heeft toch voor een lege plek in mijn hart gezorgd die ik nooit heb kunnen vullen. Soms zag ik Hoyt en jou. In het water, in de mist of in het vuur.'

'Ik heb dingen gedaan waarvan ik niet had gewild dat jij ze zou zien.'

'Ik heb je zien doden, en je zien laven. Ik heb je op mensen zien jagen, zoals je eerder op herten had gejaagd. En ik heb je in het maanlicht bij mijn graf zien staan, waar je bloemen op legde. Ik heb je zij aan zij zien vechten met de broer van wie we allebei houden. Ik heb mijn Cian gezien. Weet je nog hoe je me op je paard trok en we einden gingen rijden?'

'Nola.' Hij wreef met een vinger over zijn voorhoofd. Het deed te veel pijn om daaraan te denken. 'We zijn allebei dood.'

'En we hebben allebei geleefd. Op een nacht verscheen ze aan mijn raam.'

'Ze? Wie?' Zijn binnenste werd zo koud als de winter. 'Lilith?'

'We zijn allebei dood,' bracht Nola hem in herinnering. 'Maar je balt je handen tot vuisten en je blik wordt messscherp. Probeer je me nog altijd te beschermen?'

Hij liep naar het vuur en schopte loom tegen de gloeiende turf. 'Wat is er gebeurd?'

'Het was ruim twee jaar nadat Hoyt bij ons was weggegaan. Vader was overleden en moeder was ziek. Ik wist dat ze nooit meer sterk zou worden, dat ze zou sterven. Ik was zo verdrietig, zo bang. Ik ontwaakte in het donker en zag een gezicht voor mijn raam. Dat was beeldschoon. Goudkleurig haar en een lieve glimlach. Ze fluisterde tegen me, zei mijn naam. "Vraag me binnen," zei ze, en ze beloofde me een verrassing.'

Met een minachtende uitdrukking wierp Nola haar haren naar achteren. 'Ze dacht dat ik dom zou zijn omdat ik maar een meisje was, en de jongste van ons gezin. Dat ik me makkelijk zou laten beduvelen. Ik ging naar het raam en keek in haar ogen. Er school macht in haar blik.'

'Hoyt moet je toch hebben verteld dat je niet zulke grote risico's mocht nemen. Hij moet...'

'Hij was er niet, evenmin als jij. Er school ook macht in mij. Ben je dat soms vergeten?'

'Nee. Maar je was nog maar een kind.'

'Ik was een zieneres, en door mijn aderen stroomde het bloed van demonenjagers. Ik keek haar recht in de ogen en zei tegen haar dat het mijn bloedverwanten zouden zijn die een einde aan haar zouden maken. Mijn bloedverwanten die de wereld van haar zou bevrijden. En voor haar zou er geen eeuwigheid in de hel zijn. Haar verdoemenis zou een definitief einde zijn. Ze zou tot stof vergaan, en haar geest zou het niet overleven.'

'Dat vond ze vast niet leuk.'

'Haar schoonheid blijft, zelfs als ze haar ware ik onthult. Dat is nog een kracht. Ik hield Morrigans kruis omhoog, dat ik altijd om mijn hals droeg, zoals Hoyt me had gezegd. Er schoot een lichtstraal uit, als een zonnestraal. Ze is schreeuwend weggevlucht.'

'Je was altijd al onbevreesd,' mompelde hij.

'Zolang ik leefde, is ze nooit meer teruggekomen. Ze is pas teruggekomen toen Hoyt en jij samen teruggingen naar huis. Je bent nu sterker dan je zonder hem was, en hij is sterker dan hij zonder jou was. Dat boezemt haar angst in. Dat haat ze. En ze is er jaloers op.'

'Zal hij dit overleven?'

'Dat weet ik niet. Maar als hij sterft, zal het zijn zoals hij heeft geleefd. Eervol.'

'Eer is een schrale troost als je onder de groene zoden ligt.'

'Waarom klamp jij je dan vast aan jouw eer?' vroeg ze met een ongeduldige klank in haar stem. 'Je eer heeft je hier teruggebracht. En tijdens de grote veldslag zul je je eer bij je dragen, samen met je zwaard. Dat heeft ze niet uit je kunnen zuigen, en het beetje dat ze heeft laten zitten was voldoende voor jou om er opnieuw kracht uit te putten. Jij hebt deze keuze gemaakt. En je zult er nog meer moeten maken. Vergeet me niet.'

'Nee. Ga niet weg.'

'Vergeet me niet,' herhaalde ze. 'Tot we elkaar weer zullen zien.'

Eenmaal alleen ging hij zitten en legde zijn hoofd in zijn handen. En zijn herinneringen werden hem bijna te veel.

13

Meestal bleef Cian uit de buurt van de torenkamer waar Hoyt en Glenna hun magische bezigheden uitoefenden. Die gingen vaak gepaard met behoorlijk veel licht, flitsen, vuur en andere elementen die ongunstig waren voor vampiers.

Maar hij merkte dat hij zijn broer dringend wilde spreken, iets waaraan hij eeuwenlang geen behoefte had gehad, of dat in elk geval nooit aan zichzelf had toegegeven.

Vlak voor hij aanklopte, zag hij dat een van zijn twee magisch getalenteerde familieleden, of allebei, als voorzorgsmaatregel beschermingssymbolen op de torendeur had getekend om nieuwsgierigen buiten te houden. Zelf was hij ook liever buiten gebleven, maar toch klopte hij aan.

Toen Glenna opendeed, zag hij zweetdruppeltjes op haar huid. Ze had haar haren opgestoken en droeg alleen een topje en een katoenen broek. Cian trok een wenkbrauw op.

'Stoor ik?'

'We waren helaas niet fysiek bezig. Het is hier gewoon smoorheet. We oefenen met een hoop hitte- en vuurspreuken. Sorry.'

'Ik heb niet zoveel last van temperatuuruitschieters.'

'O. Juist.' Ze deed de deur achter hem dicht. 'We hebben de ramen geblindeerd, om alles afgeschermd te houden, dus hoef je je geen zorgen te maken over het licht.'

'De zon gaat bijna onder.'

Hij keek naar Hoyt, die over een gigantische koperen ketel gebogen stond. Zijn broer had zijn handen erboven gespreid en zelfs aan de andere kant van de kamer was het gevoel van intense hitte, kracht en energie tastbaar.

'Hij is wapens aan het bezielen met vuur,' legde Glenna uit. 'En ik was bezig met, nou... eigenlijk is het een soort bom. Iets wat we uit de lucht omlaag kunnen laten vallen.'

'De Britse geheime dienst zou jou vast graag in dienst nemen.'

'Dan kan ik hun versie van Q zijn.' Met de rug van haar hand veegde ze haar bezwete voorhoofd af. 'Zal ik je een rondleiding geven?'

'Nou, eigenlijk... wilde ik... Ach, ik schiet Hoyt wel aan als hij het minder druk heeft.'

'Wacht.' Glenna kon zich niet herinneren dat ze Cian ooit zo nerveus had gezien. Nee, niet nerveus, dacht ze. Van streek. 'Hij is aan een pauze toe. Net als ik. Als de hitte je niet stoort, wacht dan een paar minuutjes. Hij is bijna klaar. Ik ga even een frisse neus halen.'

Voordat ze de kamer kon verlaten, pakte Cian haar hand. 'Dank je wel. Dat je niets hebt gevraagd.'

'Geen probleem. En als het wel een probleem is, weet je me te vinden.'

Nadat ze weg was, leunde Cian tegen de deur. Hoyt stond er nog steeds hetzelfde bij, zijn handen uitgespreid boven de zilveren stoom die opsteeg uit de ketel. Zijn ogen waren donkerder dan normaal, zoals altijd wanneer hij zich concentreerde om zijn krachten sterk en stabiel te houden.

Dat was al zo geweest toen ze nog kinderen waren, dacht Cian.

Net als Glenna had Hoyt zich half uitgekleed om te werken, en hij droeg alleen een wit T-shirt en een vale spijkerbroek. Zelfs na de afgelopen maanden was het vreemd om zijn broer in kleding uit de eenentwintigste eeuw te zien.

Hoyt had nooit iets om mode gegeven, dacht Cian. Maar wel om waardigheid en doelmatigheid. Hoeveel ze ook op elkaar leken, ze benaderden het leven van totaal verschillende kanten. Hoyt zocht zijn heil in eenzaamheid en studie, terwijl hijzelf de voorkeur gaf aan gezelschap en zakendoen, en het genot dat beide hem brachten.

Toch hadden ze een hechte band gehad, elkaar begrepen op een niveau dat niet veel anderen gegeven was. Ze hadden van elkaar gehouden op een manier die even sterk en stabiel was als Hoyts kracht, bedacht Cian nu.

En toen was hun hele wereld op de kop gezet.

Dus wat deed hij hier eigenlijk? Was hij op zoek naar antwoorden en troost, terwijl hij wist dat beide niet te vinden waren? Niets kon worden teruggenomen, geen enkele daad en gedachte, geen enkel moment. Het was in alle opzichten een domme verspilling van tijd en energie.

De man die als een standbeeld in de stoom stond, was niet de man die hij had gekend, net zomin als hij nog dezelfde man was. Feitelijk was hij zelfs geen man meer.

Hij had te veel tijd doorgebracht met deze mensen, met gevoelens en behoeften en daardoor had hij uit het oog verloren welke zaken nooit konden worden veranderd. Hij duwde zich af van de deur.

'Wacht. Een momentje nog.'

Bij het horen van Hoyts stem bleef hij staan, en tot zijn ergernis begreep hij dat Hoyt had geweten dat hij niet alleen een andere houding had willen aannemen, maar dat hij had willen vertrekken.

Hoyt liet zijn handen zakken, en de stoom verdween op slag.

'We zullen hier in elk geval goed bewapend aan beginnen.' Hoyt stak zijn hand in de ketel en haalde er een zwaard uit aan het gevest. Met een ruk draaide hij zich om en richtte de punt ervan op de haard. Prompt schoot er een vuurstraal uit.

‘Ga jij er hier een van gebruiken?’ Hoyt draaide het zwaard om in zijn hand en keek kritisch naar de kling. ‘Je bent bedreven genoeg om jezelf niet te branden.’

‘Ik zal alles gebruiken wat voorhanden is, en mijn best doen om uit de buurt van jouw arm te blijven, die een stuk minder bedreven is.’

‘Je bent hier niet omdat je je zorgen maakt over mijn armzalig kunsten als zwaardvechter.’

‘Nee.’

Aangezien hij hier nu toch was, zou hij doen waarvoor hij gekomen was. Maar eerst slenterde hij door de kamer terwijl Hoyt de andere wapens uit de ketel haalde. Het vertrek geurde naar kruiden en rook, naar zweet en inspanning.

‘Ik heb je vrouw weggejaagd.’

‘Die vind ik wel weer.’

‘Nu ze er niet is, kan ik het je wel vragen. Ben je niet bang dat je haar hierbij zult verliezen?’

Hoyt legde het laatste zwaard op de werktafel. ‘Dat is elke avond mijn laatste gedachte voordat ik ga slapen en ’s ochtends mijn eerste bij het ontwaken. De rest van de tijd probeer ik er niet aan te denken, en doe ik mijn best om het verlangen om haar veilig op te sluiten tot dit allemaal voorbij is te onderdrukken.’

‘Ze is geen vrouw die je kunt opsluiten, zelfs niet met jouw vaardigheden.’

‘Nee, maar die wetenschap maakt mijn angst niet minder. Ben jij bang dat Moira iets zal overkomen?’

‘Wat?’

‘Denk je soms dat ik niet weet dat je iets met haar hebt? Dat je hart haar toebehoort?’

‘Een tijdelijke waanzin. Die gaat wel weer voorbij.’ Bij het zien van Hoyts kalme, indringende blik schudde Cian zijn hoofd. ‘Ik heb het niet voor het kiezen, en zij ook niet. Door wat ik ben, behoren huisje-boompje-beestje niet tot de mogelijkheden.' Dat wuifde hij weg toen Hoyt hem niet-begrijpend aankeek. 'Een echt thuis. Ik kan haar geen leven bieden, zelfs al zou ik dat willen, en mijn leven, of wat daarvoor doorgaat, zal verdergaan lang nadat het hare is afgelopen. Maar ik ben hier niet gekomen om je dat te vertellen.'

'Vertel me eerst eens dit: hou je van haar?'

Hij voelde het in zijn binnenste, de waarheid die door zijn hart wervelde en in zijn ogen te lezen stond. 'Ze is... Het is alsof ze een licht voor me is terwijl ik eeuwig in de duisternis heb geleefd. Maar de duisternis is mijn natuurlijke omgeving, Hoyt. Ik weet hoe ik daarin moet overleven, hoe ik daar tevreden en productief kan zijn en hoe ik me er moet vermaken.'

'Ik hoor je niet "gelukkig" zeggen.'

Er verscheen een gefrustreerde klank in zijn stem. 'Ik was gelukkig genoeg voordat jij kwam. Voordat jij alles opnieuw op zijn kop zette, net zoals Lilith eerder had gedaan. Wat moet ik doen volgens jou? Wensen dat ik hetzelfde krijg als Glenna en jij als jullie het allebei overleven? Wat schiet ik daarmee op? Zal mijn hart daardoor weer gaan kloppen? Kan jouw magie dat bewerkstelligen?'

'Nee. Ik heb niets gevonden wat jou terug kan veranderen. Maar...'

'Doe geen moeite. Ik ben wat ik ben, en ik heb het er prima van afgebracht. Daar hoor je me echt niet over zeuren. Ze is een ervaring. Liefde is een ervaring, en ik ben altijd op zoek naar nieuwe ervaringen.' Hij streek met zijn vingers door zijn haren. 'Jezus. Is hier ook wat te drinken?'

'Daar staat whiskey.' Hoyt gebaarde met zijn kin naar een kast. 'Ik wil er ook een.'

Cian schonk een royale hoeveelheid in twee bekers en liep naar Hoyt, die twee krukken met drie poten bij elkaar trok. Dus Cian ging zitten en ze dronken even in stilte.

'Ik heb een document opgesteld, een soort testament, voor het geval mijn geluk me in de steek laat met Samhain.'

Hoyt keek van de whiskey naar Cian. 'Aha.'

'Ik heb behoorlijk wat bezittingen, eigendommen, goederen en persoonlijke spullen vergaard. Ik verwacht dat jij dat allemaal zult afhandelen zoals ik het heb opgeschreven.'

'Natuurlijk doe ik dat.'

'Het zal geen eenvoudige taak zijn, aangezien ze over de hele wereld verspreid zijn. Ik hou er niet van om alles op één kaart te zetten. Er liggen paspoorten en andere identiteitspapieren in het appartement in New York, en her en der in kluizen. Als je daar iets van kunt gebruiken, mag je ze hebben.'

'Dank je.'

Cian liet de whiskey ronddraaien in zijn beker en bleef ernaar kijken. 'Er zijn een paar dingen waarvan ik graag wil dat Moira ze krijgt, als je ze bij haar kunt krijgen.'

'Dat lukt me wel.'

'Ik wilde de club en het appartement in New York nalaten aan Blair en Larkin. Ik denk dat die beter bij hen passen dan bij jou.'

'Dat doen ze zeker. Ik ben ervan overtuigd dat ze je dankbaar zullen zijn.'

Bij het horen van de gemoedelijke, praktische toon van zijn broer welde er ergernis in hem op. 'Nou, laat je niet verstikken door sentiment, aangezien de kans groter is dat ik een wake zal moeten organiseren voor jou dan jij voor mij.'

Hoyt hield zijn hoofd schuin. 'Denk je dat?'

'Ja, verdomme nog aan toe. Jij hebt nog geen drie decennia achter de rug en ik bijna honderd. En toen ik ook nog leefde, was jij altijd minder goed in gevechten dan ik, hoeveel trucs je ook achter de hand hebt.'

'Maar ja, zoals je al zei, zijn we niet meer wat we vroeger waren.' Hoyt glimlachte vriendelijk. 'Ik heb me heilig voorgenomen dat we dit allebei zullen doorstaan, maar als jij sneuvelt, nou... dan zal ik het glas op je heffen.'

Cian liet een kort lachje horen toen Hoyt de daad bij het woord voegde.

'En wil je ook doedelzakken en trommels?'

'O, verdomme nog aan toe.' Er verscheen een ondeugende glinstering in Cians ogen. 'Ik zal bij de jouwe zorgen voor wat fluiten, en daarna je treurende weduwe troosten.'

'In elk geval hoef ik geen gat voor je te graven, aangezien je tot stof zult vergaan, maar ik zal je eer bewijzen en een steen voor je laten houwen. "Hier ligt Cian niet, want hij is weggeblazen door de wind. Hij leefde en hij is gestorven, en is toen blijven plakken als de laatste, irritante bezoeker van een bal." Vind je dat toepasselijk?'

'Ik denk dat ik me beter nog eens kan bezinnen op de vraag wie de uitvoerder van mijn laatste wil wordt.' Cian pakte de fles die hij op de grond had gezet en schonk nogmaals whiskey in de bekers. 'Ik heb Nola gezien.'

'Wat?' Hoyt liet de beker zakken, die hij net had opgetild. 'Wat zei je nou?'

'Op mijn kamer. Ik heb Nola gezien, met haar gesproken.'

'Heb je over Nola gedroomd?'

'Zei ik dat soms?' snauwde Cian. 'Ik zei dat ik haar heb gezien, met haar heb gesproken. Even wakker als ik nu ben en hier naar jou kijk en met jou praat. Ze was nog een kind. Jezus, hier is op de hele wereld te weinig whiskey voor.'

'Ze kwam bij je,' mompelde Hoyt. 'Onze Nola. Wat zei ze?'

'Dat ze van me hield, en van jou. Dat ze ons miste. Ze had op ons gewacht, in de hoop dat we thuis zouden komen. Verdomme. Godverdomme.' Hij sprong op en begon te ijsberen. 'Ze was een kind, precies zoals de laatste keer dat ik haar heb gezien. Dat was natuurlijk een leugen. Ze is volwassen geworden, oud geworden. Ze is gestorven en tot stof vergaan.'

'Maar waarom zou ze bij jou komen als volwassen of oude vrouw?' vroeg Hoyt. 'Ze is bij je gekomen zoals jij je haar herinnerde, zoals jij aan haar denkt. Ze heeft je een geschenk gegeven. Waarom ben je kwaad?'

Binnen in hem woedde een razernij die zich strak om de pijn wikkelde. 'Hoe kun jij weten hoe het is om je zo te voelen, om er vanbinnen door verscheurd te worden? Zij zag er nog hetzelfde uit, maar ik ben niet meer hetzelfde. Ze vertelde hoe ik haar altijd op mijn paard tilde en met haar ging rijden. En het voelde alsof het gisteren was. Als al die gisterens door mijn hoofd blijven rondspoken, word ik knettergek.'

Cian keerde zich weer om. 'Wanneer dit voorbij is, zul jij weten dat je je uiterste best hebt gedaan, dat je alles hebt gedaan wat wij van je hebben gevraagd... voor haar, voor hen allemaal. Als je het overleeft, zal elke steek van pijn die je voelt voor wat je hebt moeten achterlaten worden gecompenseerd door die wetenschap en door het leven dat je zult opbouwen met Glenna. Ik moet teruggaan naar waar ik was. Ik kan niet anders. Ik kan dit niet allemaal met me meedragen. Dat overleef ik niet.'

Hoyt bleef even stil. 'Had ze pijn, rouwde ze?'

'Nee.'

'Maar toch zul je het niet overleven als je dat allemaal met je meedraagt.'

'Ik weet het gewoon niet. Maar ik weet wel dat de ene emotie tot de andere leidt, tot je erin verdrinkt. Ik verdrink nu al half in mijn gevoelens voor Moira.'

Hij kalmeerde zichzelf en ging weer zitten. 'Ze droeg het kruis dat jij haar had gegeven, Nola, bedoel ik. Ze zei dat ze dat altijd om had, precies zoals jij haar had opgedragen. Ik vond dat je dat moest weten. En ik vind ook dat je moet weten dat ze tegen me zei dat Lilith nog een keer is teruggekomen en heeft geprobeerd haar over te halen om haar binnen te laten.'

Precies zoals Cian eerder had gedaan balde Hoyt zijn vuist. ‘Heeft dat kreng uit de hel onze Nola benaderd?’

‘Ja, en ze heeft een trap onder haar kont gekregen voor al haar moeite, figuurlijk gesproken, dan.’ Hij vertelde Hoyt wat Nola had gezegd en zag Hoyts grimmige gezicht wat zachter worden door trots en voldoening. ‘Toen liet ze dat kruis van jou zien en droop Lilith af. Volgens Nola is ze nooit meer teruggekomen, tot het moment waarop wij terugkwamen.’

‘Nee, maar. Tjonge jonge. Dat is interessant. Het kruis beschermde niet alleen de draagster, het joeg Lilith zoveel schrik aan dat ze ervandoor ging. Dat, en de voorspelling dat wij haar definitief uit de weg zullen ruimen.’

‘Misschien wil ze ons daarom zo graag eerst doden.’

‘Aye. Nola’s dreigement kan haar zeker extra vastberaden hebben gemaakt. Stel je voor hoe dat voor Lilith moet zijn geweest om door een kind te worden weggejaagd.’

‘Ze wil wraak, dat lijdt geen twijfel. Ze wil dit natuurlijk winnen. Om zichzelf tot een soort godheid te kunnen maken, maar in feite draait het om ons. Om ons zessen en de band tussen ons. Ze wil ons vernietigd zien.’

‘Daar heeft ze tot nu toe niet veel mazzel mee gehad, is het wel?’

‘En hoe denk jij daarover? De goden zijn toch zeker degenen die onttronen? We zijn allemaal door het oog van de naald gekropen en hebben daarvoor gebloed. Maar wij allemaal, ook Lilith, zijn naar een bepaalde plek en tijd gedreven. Het komt erop neer dat ik noch door goden noch door demonen ergens naartoe wil worden gedirigeerd.’

Hoyt trok zijn wenkbrauwen op. ‘Hebben we dan een keuze?’

‘Iedereen heeft het over keuzes, maar wie van ons kan er nu nog uitstappen? Het zijn toevallig niet alleen mensen die behept zijn met trots. Dus tikt de tijd verder.’ Hij stond op. ‘En op die dag des oordeels zullen we zien wat we zien. De zon is al lang onder. Ik heb behoefte aan wat frisse lucht.' Hij liep naar de deur, bleef daar even staan en keek achterom. 'Ze kon me niet vertellen of jij het zou overleven.'

Hoyt haalde een schouder op en dronk zijn laatste whiskey op. Daarna glimlachte hij. 'Als jij die fluiten maar regelt.'

Cian ging bij zijn paard kijken. En hoewel hij wist dat het riskant was, zadelde hij Vlad en reed de poort uit. Hij had behoefde aan de snelheid en aan de duisternis van de avond. Misschien ook aan de risico's.

De maan was nu meer dan halfvol. Als die cirkel compleet was, zou de grond doordrenkt zijn van bloed, zowel van mensen als demonen.

Hij had nooit in andere oorlogen gevochten, had er het nut niet van ingezien. Oorlogen om land, rijkdommen en hulpbronnen. Oorlogen die werden gevoerd in de naam van geloof. Maar deze oorlog was zijn persoonlijke strijd geworden.

Nee, het waren niet alleen mensen die trots, of zelfs eer, bezaten. Of liefde. Dus om al die redenen was dit zijn oorlog. Als hij geluk had, zou hij op een goede dag weer in Ierland rijden, of waar hij ook maar wilde. En dan zou hij terugdenken aan Geall met zijn lieflijke heuvels en dichte wouden. Hij zou denken aan al het groen en het stromende water, aan de staande stenen en de grillige kastelen op de verhogingen naast de rivier.

Hij zou denken aan de koningin. Moira, met de grote grijze ogen en de kalme glimlach die haar slimme brein en grote, gulle hart maskeerden. Wie had kunnen denken dat hij na zoveel mensenlevens verleid en betoverd zou worden door zo'n vrouw? Dat hij zich in haar zou verliezen?

Hij liet Vlad over stenen muurtjes springen en over velden galopperen waar de lucht zoet en koel was nu de avond was gevallen. Het maanlicht scheen op het steen van haar kasteel, en achter de ramen gloeiden kaarsen en lampen. Ze had woord gehouden en die derde vlag laten hijsen, zodat er naast de claddagh en draak nu ook de goudgele zon te zien was.

Met heel zijn hart wenste hij dat ze Geall, en de rest van de werelden, de zon zou schenken nadat er bloed had gevloeid.

Misschien kon hij niet al zijn gevoelens en verlangens met zich mee terugnemen als hij wilde overleven. Maar dit wilde hij wel meenemen. Als hij terugging naar de duisternis, wilde hij dit van haar meenemen, en die enkele glinstering van licht hebben gedurende al zijn verdere nachten.

Hij reed terug en trof haar aan, wachtend met haar boog in haar handen en het zwaard van Geall om haar middel gegespt.

'Ik zag je wegrijden.'

Hij steeg af. 'Beschermde je me?'

'We hadden afgesproken dat niemand van ons er alleen op uit zou gaan, vooral niet als het donker is.'

'Ik had het nodig,' was het enige wat hij zei, en hij bracht de hengst terug naar de stallen.

'Daar leek het inderdaad op, te oordelen naar de manier waarop je reed. Hoewel ik nergens hellehonden zag, zaten ze jou kennelijk wel op de hielen. Vertrouw je het de stalknechten toe om hem droog te wrijven en klaar te maken voor de nacht? Het werk kalmeert hen, zoals die wilde rit jou heeft gekalmeerd.'

'Uw stem klinkt gemoedelijk, maar toch geeft u me een standje, Uwe Majesteit. Dat doet u heel goed.'

'Heb ik met de paplepel ingegoten gekregen.' Ze pakte de teugels en gaf ze, met instructies, aan de jongen die zich de stallen uit haastte.

Daarna keek ze Cian weer aan. 'Heb je een bui?'

'Altijd.'

'Ik had moeten zeggen slechte bui, maar de kans bestaat dat je dan ook "altijd" zegt. Ik hoopte dat je samen met me zou willen eten als je humeur niet slechter is dan normaal. Alleen wij tweeën. En dat je vannacht bij me zou willen blijven.'

'En als ik wel een slechte bui heb?'

'Dan hoop ik dat een maaltijd en wat wijn voldoende zijn om je over te halen naast me te komen liggen en bij me te blijven. Of we kunnen kibbelen tijdens de maaltijd en daarna naar bed gaan.'

'Dat aanbod zou ik alleen afslaan als ik van mijn paard was gevallen en een hersenbeschadiging had opgelopen.'

'Mooi zo. Ik heb honger.'

En ze was woedend, dacht hij een tikje geamuseerd. 'Waarom geef je me niet eerst die preek, dan heb ik die maar gehad. Anders krijg je nog spijsverteringsproblemen.'

'Ik heb geen preek voor je, en als ik die wel had, is dat niet wat ik op dit moment wil doen.' Ze liep – koninklijk, dacht hij – over de binnenplaats. 'Het liefste zou ik je nu een harde trap onder je kont verkopen omdat je zo'n groot risico hebt genomen. Maar...'

Ze haalde diep adem, en deed dat nog een keer toen ze het kasteel in liepen. 'Ik weet hoe het voelt om even weg te moeten, om een stukje te rijden. Dat je het gevoel hebt dat de druk in je binnenste je uit elkaar zal laten ploffen als je dat niet doet. Ik kan me verdiepen in een boek en mijn gedachten op die manier tot rust brengen. Jij had die rit nodig, de snelheid ervan. En volgens mij zijn er ook momenten waarop je alleen de duisternis nodig hebt.'

Hij sprak pas toen ze bij haar kamerdeur waren. 'Het is onvoorstelbaar dat je me zo goed begrijpt.'

'Ik heb je grondig bestudeerd.' Ze glimlachte vaag en keek hem recht in zijn ogen. 'Ik leer snel. En daar komt nog bij dat je nu in mijn hart zit. Je zit in me, dus weet ik het.'

'Ik verdien jou niet,' zei hij zacht. 'Dat bedenk ik me nu pas. Ik heb jou niet verdiend.'

'Ik ben geen loon of prijs. Niemand hoeft me te verdienen.' Ze opende de deur van haar zitkamer.

Ze had de haard en kaarsen al laten aansteken. De koude maaltijd en de goede wijn stonden al klaar, met bloemen uit een van de kassen.

'Je hebt je heel wat moeite getroost.' Hij deed de deur achter hem dicht. 'Dank je wel.'

'Dat heb ik voor mezelf gedaan, maar ik ben blij dat je het leuk vindt. Ik wilde een avond, eentje maar, speciaal voor ons tweetjes. Alsof dit allemaal niet speelt. Alsof we gewoon met elkaar kunnen eten en praten. En ik net iets te veel wijn kan drinken.'

Ze legde haar boog en pijlkoker neer en gespte haar zwaard los. 'Een avond waarop we niet over veldslagen, wapens of strategieën praten. Waarop je me zou vertellen dat je van me houdt. Je zou het niet eens hoeven zeggen, omdat ik het zou zien wanneer je me aankijkt.'

'Ik hou ook van je. Ik keek achterom naar het kasteel en zag de gloed van deze kaarsen achter de ramen. Zo zie ik jou. Als een bestendige gloed.'

Ze stapte naar hem toe en nam zijn gezicht in haar handen. 'En als ik jou zie als de nacht, dan is dat vanwege de raadselachtigheid en de opwinding ervan. Ik zal nooit meer bang zijn voor het donker, omdat ik erin heb gekeken.'

Hij zoende haar voorhoofd, haar slapen en daarna haar lippen. 'Laat me je dat eerste glas van het iets te veel wijn inschenken.'

Ze ging aan de tafel zitten en keek naar hem. Hij was haar minnaar, dacht ze. Die vreemde, fascinerende man die inwendig oorlogen uitvocht. En zij zou deze avond en de hele nacht met hem hebben, een paar vredige uren voor hen allebei.

Zij koos de gerechten voor zijn bord, alsof ze zijn echtgenote was, dacht ze. Ook dat zou haar deze ene avond vergund zijn. Toen hij tegenover haar ging zitten, hief ze haar glas op naar het zijne. '*Sláinte*.'

'Sláinte.'

'Wil je me vertellen over alle plaatsen die je hebt gezien? Waar je bent geweest? Daar wil ik in gedachten naartoe gaan. Ik heb de kaarten in jouw bibliotheek in Ierland bestudeerd. Jouw wereld is zo groot. Vertel me alsjeblieft over de prachtige dingen die je hebt gezien.'

Hij nam haar mee naar Italië tijdens de renaissance, naar Japan gedurende het tijdperk van de samoerai en naar Alaska tijdens de goudkoorts. Hij voerde haar mee naar de jungle van het Amazonegebied en de steppen van Afrika.

Hij probeerde snelle plaatjes te schetsen met woorden, zodat ze de variëteit, de contrasten en de veranderingen kon zien. Hij zag haar geest bijna opengaan om alles te kunnen bevatten. Ze stelde tientallen vragen, vooral wanneer hij iets vertelde wat in tegenspraak was met wat ze in zijn bibliotheek had gelezen, of wanneer hij dat juist mooier maakte.

'Ik heb me afgevraagd wat er aan de andere kant van de zee is.' Ze legde haar kin op haar vuist terwijl hij meer wijn inschonk. 'Andere landen, andere culturen. Het lijkt erop dat we ooit deel hebben uitgemaakt van Ierland, en dat er hier, in deze wereld, ook delen zijn van Italië, Amerika, Rusland en al die andere wonderbaarlijke plekken. Op een goede dag wil ik dolgraag een... olifant zien.'

'Een olifant.'

Ze begon te lachen. 'Aye, een olifant. En een zebra en een kangoeroe. Ik wil dolgraag de schilderijen zien van de kunstenaars over wie jij hebt verteld, en van degenen die ik in je boeken heb gevonden. Michelangelo en Leonardo, Van Gogh, Monet, Beethoven.'

'Beethoven was een componist. Ik geloof niet dat hij kon schilderen.'

'O ja, dat is ook zo. De *Mondscheinsonate* en al die symfonieën met nummers. Ik haal het een beetje door elkaar vanwege de wijn.

Ik wil graag een viool en een piano zien. En een elektrische gitaar. Bespeel jij een van die instrumenten?'

'Nou, toevallig weten niet veel mensen dat The Beatles oorspronkelijk zes bandleden hadden. Nee, laat maar zitten.'

'Dat weet ik. John, Paul, George en Ringo.'

'Jij hebt een geheugen als die olifant die je zo graag wilt zien.'

'Zolang je je iets herinnert, is het van jou. Ik zal waarschijnlijk nooit een olifant zien, maar op een goede dag zal ik sinaasappelbomen hebben. De zaadjes in de kas komen op.' Ze deed haar duim en wijsvinger iets uit elkaar. 'Er komt zo'n stukje groen boven de aarde uit. Glenna zei dat de bloesem ervan een heerlijke geur zal verspreiden.'

'Dat zal die zeker doen.'

'En ik heb ook nog andere dingen meegenomen.'

Hij vond het grappig dat ze klonk alsof ze een geheimpje opbiechtte. 'Dus jij hebt lange vingers?'

'Ik dacht: als ik niet ben voorbestemd om ze mee te nemen naar Geall, gaan ze niet mee. Ik heb een stekje van je rozen meegenomen. Nou goed dan, drie stekjes. Ik was hebberig. En een foto van Larkin en mij die Glenna heeft genomen. En een boek. Ik beken dat ik een boek heb meegenomen, zo uit je bibliotheek. Ik ben een dief.'

'Welk boek?'

'Gedichten van Yeats. Die wilde ik zo graag omdat erop stond dat hij Iers was, en het leek belangrijk dat ik iets zou meenemen wat door een Ier was geschreven.'

Omdat jij Iers was, dacht ze. Omdat het boek van jou was.

'En de gedichten waren zo mooi en krachtig,' ging ze verder. 'Ik hield mezelf voor dat ik het je zou teruggeven zodra ik er meer had overgeschreven, maar dat is een leugen. Ik ga het houden.'

Lachend schudde hij zijn hoofd. 'Beschouw het maar als een cadeau.'

'Dat is lief van je, maar ik wil er best voor betalen.' Ze stond op en liep naar hem toe. 'Noem jij de prijs maar.' Ze ging op zijn schoot zitten en sloeg haar armen om zijn nek. 'Hij heeft iets geschreven, jouw Yeats, wat me aan jou deed denken, en vooral aan wat we vanavond tussen ons voelen. Hij schreef: "Ik leg mijn dromen aan jouw voeten. Loop voorzichtig want je loopt op mijn dromen."'

Ze streek met haar vingers door zijn haar. 'Je kunt mij je dromen geven, Cian. Ik zal voorzichtig lopen.'

Ontroerd legde hij zijn wang tegen de hare. 'Jij bent uniek.'

'Met jou ben ik meer dan ik ooit ben geweest. Wil je samen met mij een poosje op het balkon staan? Ik wil graag naar de maan en de sterren kijken.'

Hij stond tegelijk op met haar, maar toen hij zich omdraaide, trok ze hem terug. 'Nee, het balkon van de slaapkamer.'

Hij dacht aan haar moeder, aan wat Moira daar had gezien. 'Weet je het zeker?'

'Heel zeker. Ik heb er eerder vandaag al gestaan, in mijn eentje. Ik wil er nu met jou staan, 's avonds. Ik wil dat je me daar kust, zodat ik daar de rest van mijn leven aan zal terugdenken.'

'Je hebt een cape nodig. Het is koud.'

'Vrouwen uit Geall zijn sterk.'

En toen ze hem voorging, met haar hand stevig om de zijne geklemd, en de balkondeuren opende, bedacht hij dat ze dat zeker was, heel sterk.

14

Hij kuste haar op het balkon en dat zou ze nooit vergeten, zoals ze niets van dit alles ooit zou vergeten. Niet de rustige muziek van de avond, de kille lucht of de bedrevenheid van zijn mond.

Vanavond zou ze niet denken aan de zonsopgang en de verplichtingen die hun beiden te wachten stonden. De avond en nacht waren zijn tijd, en zolang zij bij hem was, zouden het ook de hare zijn.

'Jij hebt veel vrouwen gekust.'

Hij glimlachte flauwtjes en streelde nogmaals met zijn lippen over de hare. 'Ja.'

'Honderden.'

'Op zijn minst.'

Ze kneep haar ogen tot spleetjes. 'Duizenden.'

'Waarschijnlijk wel.'

'Hm.' Ze slenterde bij hem vandaan, draaide zich toen om en leunde tegen de stenen balustrade. 'Ik denk dat ik het bevel zal uitvaardigen dat iedere man hier moet komen om zijn koningin te kussen. Zodat ik op gelijke hoogte kan komen. En tegelijkertijd zou dat een soort onderzoek zijn, een vergelijking. Dan kan ik inschatten hoe goed jij bent in deze specifieke vaardigheid.'

'Interessant. Maar ik vrees dat je zult ontdekken dat jouw landgenoten jammerlijk in gebreke blijven.'

'O? Hoe weet je dat zo zeker? Heb je al eens een man uit Geall gezoend?'

Hij schoot in de lach. 'Jij bent nogal slim, nietwaar?'

'Dat is me gezegd.' Ze bleef staan waar ze stond toen hij naar haar toe liep en haar klemzette door zijn handen aan weerskanten van haar op de balustrade te leggen. 'Gaat jouw voorkeur uit naar slimme vrouwen?'

'Op dit moment wel, zeker als hun ogen de kleur hebben van avondnevel en hun haar die van geboend eikenhout.'

'Grijs en bruin. Dat heb ik altijd saaie kleuren gevonden, maar als ik bij jou ben, is er niets aan me wat saai voelt.' Ze legde een hand op zijn hart. Hoewel dat niet klopte, zag ze de hartslag ervan in zijn ogen. 'Bij jou voel ik me niet verlegen of zenuwachtig. Eerst wel, totdat je me kuste.'

Ze drukte haar lippen op de plek waar even daarvoor haar hand had gerust. 'Daarna dacht ik: nogal logisch. Ik had het kunnen weten. Het leek of er een doek in me werd opgehaald. Ik geloof niet dat het ooit nog neergelaten zal worden.'

'Jij brengt het licht in me naar boven, Moira.' Hij zei niet tegen haar, en niet tegen zichzelf, dat het licht weer zou doven wanneer hij haar zou achterlaten.

'De maan schijnt helder en de sterren flonkeren.' Ze legde haar handen op de zijne. 'We zullen de gordijnen open laten tot het tijd is om te gaan slapen.'

Ze ging samen met hem naar binnen, naar een kamer die fonkelde door maanlicht en kaarslicht. Ze wist nu hoe het zou zijn, de warmte die zou omslaan in hitte, en de hitte die een verzengend vuur zou worden. En alle opwinding en sensaties die daartussenin kwamen.

Ergens buiten riep een uil. Om zijn partner, dacht ze. Ze wist nu hoe het was om te smachten naar een partner.

Ze zette haar diadeem af en legde het weg. Daarna bracht ze haar handen omhoog om haar oorbellen uit te doen. Toen ze zag dat hij naar haar keek, besefte ze dat die kleine handelingen, deze voorbereiding op het uitkleden, heel opwindend konden zijn.

Dus deed ze de oorbellen langzaam uit, waarbij ze naar hem keek, net zoals hij haar observeerde. Ze nam het kruis dat ze onder haar lijfje had gestopt en deed de ketting af. Ze wist dat dat een daad van vertrouwen was.

'Mijn dames zijn er niet. Wil jij mijn veters alsjeblieft losmaken?'

Ze ging met haar rug naar hem toe staan en tilde haar haren op. 'Ik denk dat ik ga proberen om een rits te maken. Dat is in feite iets heel eenvoudigs, maar het maakt het aan- en uitkleden veel eenvoudiger.'

'Met gemak gaat veel charme verloren.'

Over haar schouder wierp ze hem een glimlach toe. 'Dat kun jij makkelijk zeggen.' Maar toen ze hem haar veters voelde losmaken, bezorgde haar dat inderdaad vlinders in haar buik. 'Welke van de uitvindingen die er tijdens jouw leven zijn gedaan vond je het fijnst?'

'Sanitair binnenshuis.'

De snelheid waarmee hij antwoord gaf, maakte haar aan het lachen. 'Larkin en ik zijn daarmee verwend, en dat mis ik echt vreselijk. Ik heb de buizen en reservoirs bestudeerd. Volgens mij kan ik wel iets fabriceren wat op jouw douche lijkt.'

'Koningin en loodgieter in één.' Hij drukte zijn lippen op haar schouder terwijl hij de stof wegtrok. 'Jouw talenten zijn grenzeloos.'

'Ik vraag me af hoe ik het er af zal brengen als lijfknecht van een heer.' Ze draaide zich naar hem om. 'Ik hou van knopen,' zei ze terwijl ze zijn overhemd los begon te maken. 'Die zijn doelmatig en mooi.'

Net als zij, dacht hij toen ze zich efficiënt een weg omlaag baande. Daarna duwde ze haar haren naar achteren. 'Ik denk dat ik mijn haar kort laat knippen. Net als dat van Blair. Dat is ook doelmatig.'

'Nee, niet doen.' Zijn buik trilde toen haar vingers op de knoop van zijn spijkerbroek bleven rusten. Hij kamde met zijn vingers door haar lange haren, van de kruin tot haar middel. 'Het is prachtig. De manier waarop het over je schouders valt en langs je rug hangt. Het gloeit bijna tegen je huid.'

Verrukt keek ze naar de hoge spiegel. En voelde een schok toen ze zichzelf half aangekleed zag staan. Alleen.

Haastig wendde ze haar blik af en glimlachte naar hem. 'Maar het is heel bewerkelijk en...'

'Maakt het je bang?'

Het had geen zin om te doen alsof ze hem niet begreep. 'Nee. Ik schrok gewoon even. Is het moeilijk voor jou? Dat je je eigen spiegelbeeld niet kunt zien?'

'Dat is nou eenmaal zo. Je past je eraan aan. De zoveelste ironie. Alsjeblieft, hier heb je de eeuwige jeugd, maar je kunt jezelf niet bewonderen. Maar toch...'

Hij draaide haar om, zodat ze allebei met hun gezicht naar de spiegel stonden. Toen tilde hij haar haar op en liet het omlaag vallen. Toen ze begon te lachen omdat haar haren uit zichzelf rond leken te vliegen, legde hij zijn handen op haar schouders.

'Er zijn altijd manieren om jezelf te vermaken,' zei hij tegen haar. Weer tilde hij haar haren op, maar ditmaal streek hij met zijn lippen – en het randje van zijn tanden – langs de achterkant van haar nek.

Hij hoorde haar naar adem snakken en zag haar ogen groot worden. En hij liet zijn vingers over haar huid glijden – langs haar blote schouders, naar de plek waar haar losgemaakte lijfje nog maar nauwelijks haar boezem bedekte. 'Je moet alleen voelen.'

'Cian.'

'Heb je ooit gedroomd over een minnaar die midden in de nacht in het donker naar je toe komt?' Hij trok de jurk verder omlaag tot haar middel en liet zijn vingertoppen toen over haar borsten gaan. 'Die je overweldigt. Dat je zijn handen en lippen voelt die je huid verwarmen?'

Ze bracht haar handen omhoog naar de zijne, omdat ze die wilde voelen. Toen begon ze te blozen en liet ze weer zakken omdat haar spiegelbeeld haar eigen borsten omvatte.

Hij glimlachte, onzichtbaar achter haar. 'Je zei dat ik je onschuld niet had genomen. Misschien had je gelijk, maar ik denk dat ik dat nu wel ga doen. Het is... sappig, en datgene wat ik ben smacht ernaar.'

'Ik ben niet onschuldig,' zei ze, maar ze trilde.

'Onschuldiger dan je denkt.' Met zijn duimen trok hij rondjes over haar borsten, steeds kleinere, tot ze over harde topjes wreven. 'Ben je bang?'

'Nee.' En ze sidderde. 'Ja.'

'Een beetje angst kan de opwinding vergroten.' Hij duwde de jurk op de vloer en boog zijn hoofd tot vlak bij haar oor. 'Stap eruit,' fluisterde hij. 'En kijk. Kijk naar je lichaam.'

Angst vermengde zich met opwinding, waardoor ze beide emoties onmogelijk meer uit elkaar kon houden. Haar lichaam was hulpeloos, haar geest als verlamd. Handen en lippen die ze niet kon zien bewogen over haar huid, erotisch intiem, loom bezitterig. Ze zag zichzelf sidderen, en er verscheen een uitdrukking van verbaasd genot op haar gezicht.

De wolken van overgave in haar ogen.

Haar fantoomminnaar liet zijn handen langs haar lichaam omlaag gaan, waarbij zijn vingers speelden, betastten en een spoor van kippenvel achterlieten. Toen hij deze keer haar borsten omvatte, legde ze haar handen schaamteloos op de zijne.

Ze kreunde voor hem, maar toch bleef haar blik op de spiegel gericht. Zijn leerling zou nooit haar ogen sluiten voor nieuwe ervaringen, nieuwe kennis. Hij voelde haar rillingen en de instinctieve bewegingen van haar heupen toen haar begeerte de overhand kreeg. Het kaarslicht speelde over haar huid, die warm werd van de sensaties, zodat er een roze blos op verscheen.

Weer kreunde ze toen hij zijn vingers over haar buik liet gaan. Ze smolt tegen hem aan en sloeg een arm om zijn nek.

Hij plaagde haar alleen, liet zijn vingers licht over haar dijen gaan, over de allergevoeligste huid, alleen zinspelend op wat er komen zou, tot haar ademhaling bijna in snikken overging.

'Neem,' mompelde hij. 'Neem wat je wilt.' Hij pakte haar hand en drukte die tegen de zijne tussen haar dijen. Hield hem daar gevangen.

Ze voelde haar lichaam tegen hem aan schokken terwijl hij haar naar een hevig orgasme streelde. Zijn lichaam voelde zo stevig achter het hare en zijn stem mompelde woordjes die ze niet langer kon verstaan, maar in de spiegel zag ze alleen haar eigen reflectie die helemaal opging in haar eigen, toenemende verlangens.

De ontlading liet haar ademloos, slap en verbijsterd achter.

Hij draaide haar zo snel om dat ze haar evenwicht verloor. Maar die zou ze sowieso hebben verloren toen hij zijn mond met een woeste intensiteit op de hare drukte. Ze kon zich alleen aan hem vastklampen, kon alleen geven terwijl haar hart als een hamer tegen zijn borstkas sloeg.

Ondanks alles wat hij ooit had genomen en geproefd, had hij nog nooit een dergelijke honger gekend. Een soort krankzinnige begeerte die alleen door haar kon worden gestild. Ondanks al zijn vaardigheden, al zijn ervaring, was hij volslagen hulpeloos toen zij hem tegen zich aan drukte. Emotioneel net zo uitgeput als zij, trok hij haar naar de grond en stootte in haar om die eerste, wanhopige band te creëren.

Hij zorgde dat ze opnieuw met haar gezicht naar de spiegel lag terwijl hij zich aan haar tegoed deed, en haar lichaam ging wild tekeer onder zijn sterke, stotende heupen. Toen ze sidderend klaarkwam, bedwong hij zijn hartstocht met ijzeren wil tot haar zware oogleden omhooggingen en haar blik de zijne ontmoette. Tot ze echt zag wie haar nam.

Hij nam haar nogmaals en liet haar hartstocht aanzwellen en aanzwellen tot die zich met de zijne kon meten. Pas toen begroef hij zijn gezicht in haar haren en leegde zich in haar.

Ze voelde zich compleet uitgeteld en had de rest van haar leven zo kunnen blijven liggen, maar hij tilde haar op. Tot haar verbazing nam hij haar gewoon in zijn armen en kwam in een soepele beweging overeind.

En haar hart maakte een dansje in haar borstkas.

'Het is heel stom en volgens mij ook typisch vrouwelijk,' zei ze, terwijl ze met haar neus langs zijn hals streek. 'Maar ik vind het heerlijk dat je zo sterk bent en dat ik je, heel even, wanneer we elkaar liefhebben, zwak maak.'

'Mo chroí, een deel van me zal altijd zwak zijn waar het jou betreft.'

Hij had haar 'mijn hart' genoemd, waarop het hare nog een dansje deed. 'O, niet doen,' zei ze toen hij haar op bed legde en zich omdraaide om de gordijnen te sluiten. 'Nog niet. Er is nog zo'n groot deel van de nacht over.' Ze rolde weer van het bed af en pakte haar nachtjapon. 'Ik ga de wijn halen. En de kaas,' zei ze. 'Ik heb al weer trek.'

Toen zij de kamer uit rende, liep hij naar het haardvuur en gooide er nog een stuk turf op. Hij negeerde het deel van hem dat vroeg waar hij mee bezig was. Elke keer dat hij bij haar was, bezorgde hem een nieuwe kras op zijn hart, want de dag zou aanbreken waarop hij nooit meer bij haar zou zijn.

Zij zou het wel overleven, dacht hij bij zichzelf. En hij ook. Zowel mensen als demonen waren overlevingskunstenaars. Niets ging ooit dood aan een gebroken hart.

Toen ze terugkwam droeg ze een dienblad. 'We kunnen in bed drinken en eten, dat is extra genieten.' Ze zette het blad op de dekens en klom toen zelf op bed.

'Nog meer genot? Daar heb ik je toch al voldoende van gegeven?'

'O, ja?' Ze streek haar haren naar achteren en glimlachte loom naar hem. 'En ik hoopte nog wel dat er meer zou komen. Maar als je me alles hebt laten zien wat je kent, kunnen we natuurlijk in herhaling gaan vervallen.'

'Ik heb dingen gedaan waar jij je geen voorstelling van kunt maken. Dingen waarvan ik niet wil dat jij je er een voorstelling van maakt.'

'Nou zit je te pochen.' Ze dwong zichzelf om haar toon luchtig te houden.

'Moira...'

'Waag het niet om spijt te hebben van wat er tussen ons is gebeurd, denk niet na over wat er volgens jou wel of niet kan zijn of niet zou moeten zijn.' Haar blik was helder en direct. 'Waag het niet om spijt te hebben van iets wat je wellicht in het verleden hebt gedaan als je naar mij kijkt. Wat dat ook was, elke keer bracht het je een stap dichter hiernaartoe. Hier ben je nodig. Ik heb je hier nodig.'

Hij liep naar het bed. 'Je begrijpt toch wel dat ik niet kan blijven?'

'Ja, ja. Maar daar wil ik het nu niet over hebben. Mogen we niet één nacht een illusie koesteren?'

Hij raakte haar haar aan. 'Ik voel geen enkele spijt over wat er tussen ons gebeurt.'

'Dat is dan genoeg.' Dat moest maar genoeg zijn, dacht ze streng, al werd er met elke minuut die verstreek in haar binnenste iets waanzinniger van verdriet.

Ze hief een van de bokalen op en reikte hem Cian aan met een vaste hand. Toen hij zag dat er bloed in zat, keek hij haar met opgetrokken wenkbrauwen aan.

'Ik dacht dat je het nodig zou hebben. Als energie.'

Hoofdschuddend kwam hij naast haar op bed zitten. 'Goed, zullen we het dan eens over sanitair hebben?'

Ze had niet geweten wat hij zou zeggen, maar dat onderwerp was wel het laatste dat ze had verwacht. 'Sanitair.'

'Jij bent niet de enige die dingen heeft bestudeerd. Daar komt nog bij dat ik heb geleefd in de periode dat die dingen onderdeel van het dagelijks leven werden. Ik heb wel een paar ideeën hoe je een primitieve vorm kunt aanleggen.'

Met een glimlach nam ze een slokje wijn. 'Leg maar uit.'

Ze besteedden er behoorlijk wat tijd aan, en Moira ging even weg om papier en inkt te halen zodat ze provisorische schetsen konden maken. Het feit dat hij zoveel belangstelling toonde voor een onderwerp dat mensen uit zijn tijd waarschijnlijk heel gewoon vonden, toonde haar weer een nieuw gezicht van hem.

Maar ze wist dat het haar niet zou moeten verbazen, gezien de omvang van zijn bibliotheek in Ierland. En dat in een huis waar hij niet vaker dan één of twee keer per jaar kwam.

Ze besefte ook dat hij elk beroep had kunnen uitoefenen waarop hij zijn zinnen had gezet. Hij had een snelle, nieuwsgierige geest, vaardige handen en, te oordelen naar de manier waarop hij muziek maakte, de ziel van een dichter. En hij had aanleg voor zakendoen.

In Geall, in haar tijd, zou hij welvarend zijn geweest, daar was ze van overtuigd. Gerespecteerd, zelfs vermaard. Andere mannen zouden hem om raad hebben gevraagd. Vrouwen zouden bij elke gelegenheid met hem hebben geflirt.

Hij en zij zouden elkaar hebben ontmoet en elkaar het hof hebben gemaakt, dat wist ze zeker. En hij zou aan haar zijde hebben geregeerd over een welvarend en vredig land.

Er zouden kinderen zijn gekomen, met zijn prachtige blauwe ogen. En minstens één jongen zou een kuiltje in zijn kin hebben gehad, net als zijn vader.

En op nachten zoals deze, wanneer het laat en rustig was, zouden ze hebben gepraat over nieuwe plannen voor hun gezin, hun mensen en hun land.

Ze knipperde met haar ogen toen hij met zijn vingers over haar wang streek.

'Je hebt slaap nodig.'

'Nee.' Ze schudde haar hoofd en probeerde zich weer te concentreren op de schetsen, zodat de minuten die haar tijd met hem lieten wegstromen op een afstand werden gehouden. 'Mijn gedachten dwaalden even af.'

'Nog een minuutje en je was gaan snurken.'

'Dat is een leugen. Ik snurk helemaal niet.' Maar ze maakte geen tegenwerpingen toen hij de papieren bij elkaar raapte. Ze kon haar ogen bijna niet meer openhouden. 'Misschien moeten we even rusten.'

Ze stond op om de kaarsen te doven terwijl hij de gordijnen dichtdeed. Maar toen ze weer naar het bed liep, opende hij de balkondeuren en stapte naar buiten.

'Allemachtig, Cian, je bent zo goed als naakt.' Ze pakte zijn overhemd en haastte zich achter hem aan. 'Trek dit in elk geval aan. De kou doet jou misschien niets, maar ik wil niet dat een van de bewakers je in adamskostuum ziet. Dat is ongepast.'

'Er komt een ruiter aan.'

'Wat? Waar?'

'Uit het oosten.'

Ze keek in oostelijke richting, maar zag niets. Toch twijfelde ze geen moment aan zijn woorden. 'Eentje?'

'Twee, maar de tweede wordt meegevoerd door de eerste. Ze komen in galop.'

Met een knikje liep ze de slaapkamer weer in en kleedde zich aan. 'De bewakers hebben opdracht om niemand binnen te laten. Ik ga kijken. Misschien zijn het laatkomers. In dat geval kunnen we ze niet onbeschermd buiten de poort laten.'

'Laat niemand binnen,' beval Cian terwijl hij snel zijn spijkerbroek aanschoot. 'Zelfs niet als je ze kent.'

'Dat zal ik niet doen, en de bewakers evenmin.' Met een lichte pijnscheut zette ze haar diadeem op en werd weer een koningin. En als koningin nam ze haar zwaard op.

'Het zullen laatkomers zijn,' zei ze. 'Op zoek naar eten en onderdak.'

'En als dat niet het geval is?'

'Dan hebben ze een heel eind gereden om te sterven.'

Toen ze bij de uitkijkpost boven op de muur stond, zag ze de ruiters, of in elk geval hun vorm. Twee, zoals Cian had gezegd, en de eerste voerde het tweede paard aan de teugel mee. Ze droegen geen mantels hoewel het behoorlijk fris was en de eerste vorst in de lucht hing.

Ze wierp een blik op Niall, die was gewekt toen de bewakers de rijders in het oog hadden gekregen. 'Ik wil een boog,' zei ze.

Niall gebaarde naar een van de mannen, die zijn boog en pijlkoker aangaf. 'Voor een vijand is het nutteloos om recht op ons af te komen. Twee van hen tegen ons? En ze kunnen niet door de poort komen tenzij wij ze binnen vragen.'

'Waarschijnlijk zijn het geen vijanden. Maar het hek van de poort mag pas worden opgehaald als we het zeker weten. Twee mannen,' mompelde ze toen de ruiters zo dichtbij waren dat ze dat met eigen ogen kon zien. 'Degene die wordt geleid lijkt gewond.'

'Nee,' zei Cian na een korte pauze. 'Die is dood.'

'Hoe weet je...' Niall maakte zijn zin niet af.

'Weet je het zeker?' mompelde Moira.

'Hij is vastgebonden op het paard, en hij is dood. Dat is de eerste ruiter ook, maar hij is veranderd in een vampier.'

'Goed dan,' zei Moira met een zucht. 'Niall, zeg tegen je mannen dat ze scherp moeten opletten of ze er nog meer zien. Zonder direct bevel mogen ze niets doen. We zullen zien wat deze wil? Is hij een deserteur?' vroeg ze aan Cian, maar ze verwierp het idee al voordat hij antwoord kon geven. 'Nee, een deserteur zou zo ver mogelijk naar het oosten of het noorden zijn gegaan en zich hebben verstopt.'

'Misschien denkt hij dat hij iets kan ruilen,' opperde Niall. 'Wil hij ons laten geloven dat degene die hij komt brengen nog leeft, zodat we hem zullen binnenlaten. Of hij heeft informatie die volgens hem belangrijk voor ons is.'

'Luisteren kan geen kwaad,' begon Moira, maar toen greep ze Cians hand. 'De ruiter. Dat is Sean. Sean, de zoon van de smid. O, god. Weet je zeker dat hij...'

'Ik ken mijn eigen soort.' En omdat hij scherpere ogen had dan Moira herkende hij ook de dode. 'Lilith heeft hem gestuurd. Ze kan het zich permitteren om iemand te verliezen die pas zo kort geleden veranderd is. Ze heeft hem gestuurd omdat jij hem kent en medelijden met hem zult hebben. Doe dat niet.'

'Hij was nog een jongen.'

'Nu is hij een demon. Dat is de ander bespaard gebleven. Kijk me aan, Moira.' Hij pakte haar bij de schouders en draaide haar naar zich toe. 'Het spijt me. Het is Tynan.'

'Nee. Nee. Tynan is op de voorpost. We hebben bericht gekregen dat hij daar veilig is aangekomen. Gewond, maar in leven en veilig. Hij kan het niet zijn.'

Ze duwde Cian van zich af, leunde tegen de muur en tuurde ingespannen naar de naderende figuren. Ze hoorde het gemompel, dat overging in kreten toen haar manschappen Sean herkenden. Die kreten klonken hoopvol en verwelkomend.

'Het is Sean niet meer.' Ze verhief haar stem zodat ze het gejoel van de mannen overstemde. 'Ze hebben degene die jullie kenden gedood en een demon gestuurd die zijn gezicht heeft. De poort blijft gesloten, en niemand hier zal wat daar rijdt binnen laten. Dat is een bevel.'

Ze keerde zich weer om. Elk bot in haar lijf werd bros toen ze zag dat Cian gelijk had. Het was Tynan, of Tynans verminkte lichaam, vastgebonden op het tweede paard.

Ze wilde huilen, ze wilde zich gillend en jammerend in Cians armen storten. Ze wilde op de stenen ineenzakken en al haar verdriet en woede weg huilen.

Ze bleef echter kaarsrecht staan en voelde de wind niet meer die aan haar cape en haren trok. Ze legde de pijl aan en wachtte tot de vampier zijn walgelijke geschenk kwam brengen.

'Niemand mag met dat schepsel spreken,' zei ze kil.

Het schepsel dat vroeger Sean was geweest, hief zijn gezicht op en zwaaide naar de mannen op de muren.

'Open de poorten!' riep het. 'Open de poorten! Ik ben het, Sean, de zoon van de smid. Misschien zitten ze me nog achterna. Ik heb Tynan bij me. Hij is zwaargewond.'

'Je mag niet naar binnen,' riep Moira. 'Ze heeft je alleen gedood zodat ze je hiernaartoe kon sturen om opnieuw te sterven.'

'Majesteit.' Het schepsel slaagde erin een onbeholpen buiging te maken terwijl het zijn paarden tot stilstand bracht. 'U kent me.'

'Aye, dat doe ik zeker. Hoe is Tynan gestorven?'

'Hij is gewond en heeft veel bloed verloren. Ik wist te ontsnappen aan de demonen en het lukte me de boerderij, het basiskamp, bereiken. Maar ik was verzwakt en zelf ook gewond, en Tynan kwam naar buiten om me te helpen. Ze vielen ons aan. We hebben met moeite het vege lijf weten te redden.'

'Je liegt. Heb jij hem omgebracht? Heeft haar creatie zich tegen een vriend gekeerd en heb jij hem gedood?'

'Vrouwe.' Het schepsel deed er het zwijgen toe toen ze de boog omhoogbracht en de pijl op zijn hart richtte. 'Ik heb hem niet gedood.' Het hief zijn handen op om te laten zien dat het geen wapens had. 'Het was de prins. De jongen.' Het giechelde en drukte de hand tegen de mond om het geluid te smoren. Dat gebaar was zo kenmerkend voor Sean dat het haar hart verscheurde.

'De prins heeft hem naar buiten gelokt en hem gedood. Ik heb hem slechts naar u teruggebracht, zoals de ware koningin heeft bevolen. Ze stuurt u ook een boodschap.'

'En die luidt?'

'Als u zich overgeeft en haar aanvaardt als heerser over deze wereld en alle andere, als u het zwaard van Geall in haar hand legt en de kroon op haar hoofd zet, zult u gespaard worden. Dan mag u, als u dat wilt, hier leven tot uw levens voorbij zijn, want Geall is een kleine wereld en slechts bijzaak voor haar.'

'En als we dat niet doen?'

Hij pakte een dolk, boog zich voorover en sneed de touwen door waarmee Tynan op het paard gebonden was. Een achteloze schop was voldoende om het lijk op de grond te laten tuimelen. 'Dan zult u zijn lot delen, net als alle mannen, vrouwen en kinderen die het tegen haar opnemen. U zult worden gemarteld.'

Het schepsel scheurde de tuniek van zijn lijf, en het maanlicht verlichtte de brand- en snijwonden op zijn borstkas die nog moesten genezen. 'Iedereen die Samhain zal overleven, zal worden opgespoord. We zullen jullie vrouwen verkrachten en jullie kinderen verminken. Als het voorbij is, zal er in heel Geall geen menselijk hart meer kloppen. Wij zijn de eeuwigheid. Jullie zullen onze vloed nooit kunnen tegenhouden. Geef ons uw antwoord zodat ik het onze koningin kan vertellen.'

'Dit is het antwoord van de ware koningin van Geall. Als de zon opkomt na Samhain, zullen jij en alle anderen zoals jij stof zijn dat door de wind naar zee wordt geblazen. Er zal niets van jullie achterblijven in Geall.'

Ze gaf haar boog terug aan Niall. 'Dat is je antwoord.'

'Ze zal u komen halen!' riep het schepsel. 'En de verrader van zijn eigen soort die naast u staat.'

Het keerde zijn paard en schopte het tot het in galop ging.

Op de muur hief Moira haar zwaard en stak het naar voren zodat het een vuurstraal wegschoot. De vampier slaakte een gil toen de vlammen hem raakten. Hij viel als een vuurbal op de grond en veranderde in as.

'Hij kwam uit Geall,' mompelde Moira. 'En hij verdiende het om te sterven door het zwaard van Geall. Tynan...' Haar keel werd dik en ze kon niets meer uitbrengen.

'Ik breng hem wel naar binnen.' Cian raakte haar schouder even aan en keek over haar hoofd Niall aan. 'Hij was een goede man en een vriend van me.'

Cian voegde meteen de daad bij het woord en sprong over de muur. Hij leek bijna naar de grond te zweven.

Niall sloeg met de rug van zijn hand op de arm van de bewaker naast hem toen hij zag dat de man het gebaar tegen het kwaad maakte. 'Ik accepteer geen manschappen die Heer Cian beledigen.'

Beneden tilde Cian Tynan in zijn armen en hij keek op en ontmoette Moira's blik.

'Open de poorten,' beval ze. 'Zodat Heer Cian Tynan weer thuis kan brengen.'

Ze zorgde zelf voor Tynans lichaam en trok zijn gescheurde, vieze kleren uit.

'Laat mij dat doen, Moira.'

Ze schudde haar hoofd en begon Tynans gezicht te wassen. 'Dit is mijn taak. We waren al sinds onze kindertijd met elkaar bevriend. Ik moet dit voor hem doen. Ik wil niet dat Larkin hem ziet voordat hij schoon is.'

Haar handen trilden toen ze de lap voorzichtig over de scheuren en bijtwonden haalde, maar ze ging dapper en gestaag door.

'Ze waren speelkameraadjes, weet je. Larkin en Tynan. Denk je dat het waar is, dat het kind hem dit heeft aangedaan?'

Toen Cian zweeg, keek ze hem aan.

'Hij is haar kind,' zei Cian na een poosje. 'Hij zal wreed zijn. Laat me op zijn minst Glenna wakker maken.'

'Ze mocht Tynan graag. Hij was alom geliefd. Nee, ze hoeft niet te komen, niet op dit late uur. Ze hebben mijn moeder op dezelfde manier verscheurd. Maar haar hadden ze nog veel erger toegetakeld. En daar heb ik me voor afgewend. Maar hier kan ik me niet van afwenden.'

'Wil je dat ik wegga?'

'Denk je soms dat ik door de aanblik van deze bijtwonden en sneden, alsof hij te pakken is genomen door een beest, geloof dat jij net zo bent als het ding dat dit op zijn geweten heeft? Denk je soms dat ik zo zwak van geest en hart ben, Cian?'

'Nee. Ik denk dat de vrouw die ik vanavond heb gezien, de vrouw die ik heb gehoord, een sterkere geest en een sterker hart heeft dan ik ooit bij iemand heb gezien. Ik heb nog nooit een mens op die manier aan flarden gereten.'

Hij vermande zich toen ze haar gepijnigde blik weer op hem richtte. 'Dat wil ik in elk geval gezegd hebben. Van alle dingen die ik heb gedaan, en sommige daarvan waren onmetelijk wreed, komt niets in de buurt van wat hem is aangedaan.'

'Jij doodde kundiger. Efficiënter.'

Haar woorden troffen hem als dolksteken. 'Ja.'

Moira knikte. 'Lilith heeft jou niet getraind. Ze heeft je aan je lot overgelaten, dus heb je niet veel van haar in je. Anders dan haar jongen. En ik denk dat er iets van je oorspronkelijke opvoeding is overgebleven. Net zoals ik Seans toon en gebaren herkende in dat schepsel van vanavond, zo zijn ook eigenschappen van jou hetzelfde gebleven. Ik weet dat je geen mens bent, Cian, maar ik weet ook dat je geen monster bent. En ik weet dat je iets van beiden in je meedraagt, zodat je voortdurend moet schipperen om het evenwicht tussen die twee te bewaren.'

Ze waste Tynans lichaam zo teder alsof hij een kind was. Toen ze daarmee klaar was, trok ze hem de kleren aan die ze uit zijn kamer had laten halen.

'Laat mij dat in godsnaam doen, Moira.'

'Ik weet dat je het goed bedoelt. Ik weet dat je mij wilt beschermen. Maar ik moet dit doen. Hij was de eerste jongen die me heeft gekust.' Haar stem bibberde even, maar toen vermande ze zich en praatte verder: 'Ik was veertien en hij twee jaar ouder. Het was heel lief, heel teder. We waren allebei verlegen, wat hoort bij een eerste kus in de lente. Ik hield van hem. Ik denk op dezelfde manier waarop jij van King houdt. Dat heeft ze van ons afgenomen, Cian. Maar al heeft ze hen van ons afgenomen, die liefde blijft.'

'Ik zweer bij elke god die jij wilt dat ik haar voor jou zal vernietigen.'

'Een van ons zal dat doen.' Ze bukte zich en drukte haar lippen op Tynans koude wang.

Daarna stapte ze bij hem vandaan.

En zakte huilend op de grond. Toen Cian naast haar knielde, drukte ze zich tegen hem aan en snikte haar versplinterde hart bij hem uit.

15

Ze begroeven Tynan op een prachtige ochtend waarop spaarzame wolken hun schaduw over de heuvels lieten dansen en een leeuwerik opgewekt zong in een lijsterbes. De priester zegende de grond voordat ze hem erin lieten zakken, waarbij een fluit en een trommel het klaaglied speelden.

Iedereen die hem kende, en ook vele mensen die dat niet deden, waren aanwezig, zodat de menigte zich uitstrekte over de hele zonovergoten begraafplaats en langs de helling naar het kasteel. De drie vlaggen van Geall hingen halfstok.

Moira stond met droge ogen naast Larkin. Hoewel ze Tynans moeder hoorde huilen, wist ze dat de tijd voor tranen voorbij was. De anderen van haar cirkel stonden achter haar, en ze kon hen voelen, waar ze enige troost uit putte.

Nu zouden hier twee stenen staan voor haar vrienden, naast de gedenkstenen voor haar ouders. Allemaal slachtoffers van een oorlog die al woedde lang voordat zij ervan had geweten. Een oorlog die zou eindigen met haar, op welke manier dan ook.

Ten slotte liep ze weg om de naaste familie een laatste moment alleen te gunnen. Toen Larkin haar hand pakte, greep ze die stevig vast. Ze keek naar Cian en kon net zijn ogen in de schaduw van zijn capuchon onderscheiden. Daarna keek ze naar de anderen.

'We hebben werk te doen. Larkin en ik moeten nog even met Tynans familie spreken, maar daarna zien we jullie in de salon.'

'Wij zullen er alvast naartoe gaan.' Blair deed een stap naar voren en legde haar wang tegen die van Larkin. Moira kon de woordjes die Blair mompelde niet verstaan, maar Larkin liet haar hand los en trok Blair stevig tegen zich aan.

Voordat Moira naar de familie kon gaan, liep Tynans moeder weg bij haar echtgenoot en ging naar Cian. De tranen stroomden over haar wangen.

'Jouw soort heeft dit gedaan. Jouw soort heeft mijn jongen vermoord.'

Hoyt probeerde naar voren te stappen, maar Cian deed een stap opzij om dat te verhinderen. 'Ja.'

'Jij zou in de hel moeten zijn in plaats van dat mijn jongen onder de grond ligt.'

'Ja,' herhaalde Cian.

Moira liep naar hen toe en sloeg een arm om de vrouw heen, maar die schudde hem van zich af. 'Jullie, jullie allemaal.' Ze draaide rond en wees beschuldigend met haar vinger. 'Jullie geven meer om dit ding... dan om mijn jongen. En nu is hij dood. Hij is dood. En jij hebt het recht niet om hier bij zijn graf te staan.' Ze spoog voor Cians voeten.

Terwijl ze hartverscheurend huilde, met haar handen voor haar gezicht geslagen, trokken haar echtgenoot en dochters haar weg.

'Het spijt me,' mompelde Moira. 'Ik zal met haar spreken.'

'Laat maar zitten. Ze had geen ongelijk.' Zonder verder nog iets te zeggen liep Cian weg van het net gedolven graf en de rij stenen die de overledenen markeerde.

Bij de dubbele poort voegde Niall zich bij hem. 'Heer Cian, kan ik u even spreken?'

'Zodra ik uit die verdomde zon ben, mag je zo lang praten als je wilt.'

Hij had geen idee waarom hij naar de begrafenis was gegaan. Hij had tijdens zijn bestaan meer dan genoeg doden gezien, meer dan genoeg gehuil om die doden gehoord. Tynans moeder was niet de enige die hem vol angst en haat aankeek. Maar hij had het gedaan en hier stond hij ook dan, in het daglicht, met alleen wat ruwe stof en een amulet die hem beschermden tegen het zonlicht.

Zodra hij binnen was, uit het licht, werd zijn bloed koeler.

'Zeg wat je te zeggen hebt.' Cian schoof die vervloekte capuchon van zijn mantel naar achteren.

'Dat zal ik doen.' Niall was een grote man, die meestal vrolijk keek, maar nu was zijn gezichtsuitdrukking strak en grimmig. Hij knikte gedecideerd. Zijn brede hand rustte op het gevest van zijn zwaard terwijl hij Cian diep in de ogen keek. 'Tynan was een vriend van me, en een van de beste mannen die ik ooit heb gekend.'

'Je vertelt me niets wat ik nog niet eerder heb gehoord.'

'Nou, u hebt het mij toch zeker nog niet horen zeggen? Ik heb gezien wat er geworden is van Sean, een ongevaarlijke en vaak domme jongen. Ik zag hoe hij Tynans lichaam van het paard schopte alsof het slachtafval was dat in een greppel moest worden gedumpt.'

'Voor hem was het dat ook.'

Weer knikte Niall en zijn vingers verstrakten om het gevest. 'Aye, dat hebben ze van hem gemaakt. En van u. Maar ik heb gezien dat u Tynans lichaam optilde van de grond. Dat u hem naar binnen droeg alsof hij een gesneuvelde kameraad was. En in u zag ik niets van wat in Sean huisde. Tynans moeder treurt om haar zoon. Hij was haar oudste en ze is gek van verdriet. En het was verkeerd wat ze tegen u zei bij zijn graf. Dat zeg ik tegen u. En ik zeg tegen u dat iedere man die met mij vecht, zij aan zij met u vecht. Ik geef u mijn woord.'

Hij haalde zijn hand van zijn zwaard en stak hem uit naar Cian.

Mensen bleven hem verbazen. Ze bleven hem ergeren, irriteren en amuseren en soms leerde hij iets van ze. Maar ze bleven hem vooral verbazen door alle bochten en wendingen van hun geest en hart.

Dat was waarschijnlijk een van de redenen dat hij al zo lang in hun midden leefde en nog altijd in ze geïnteresseerd was. 'Dank je wel. Maar voordat je me een hand geeft, moet je weten dat in mij hetzelfde huist als in Sean. Er is slechts een miniem verschil.'

'Volgens mij is dat niet zo miniem. En ik geloof dat u alles wat in u huist, zal gebruiken om te vechten. Ik durf rug aan rug met u te vechten, Heer Cian. En ik heb mijn hand nog altijd uitgestoken.'

Cian schudde hem. 'Dank je wel,' zei hij. Maar toen hij de trap beklom, liep hij in zijn eentje.

Neerslachtig liep Moira terug naar het kasteel. Ze wist dat er niet veel tijd was om te treuren of troost te zoeken bij anderen. Wat Lilith met Sean en Tynan had gedaan, was bedoeld geweest om iedereen in het hart te treffen. En daar was ze bijzonder goed in geslaagd.

Dus zouden ze zichzelf nu genezen met actie en daden.

'Zijn de draken klaar om ingezet te worden? Zijn ze voldoende getraind om soldaten te kunnen dragen?'

'Ze zijn slim en gewillig,' zei Larkin tegen haar. 'Ze kunnen prima worden bereden door iedereen die een goede zit heeft en geen hoogtevrees. Maar tot nu toe was het een spelletje voor ze en ik kan niet zeggen hoe ze het ervan af zullen brengen tijdens een gevecht.'

'Voorlopig is het alleen een kwestie van vervoer. Jij weet welke draken de beste zijn, Blair en jij. We moeten er een paar hebben die...' Ze maakte haar zin niet af toen haar tante over de binnenplaats naar haar toe liep. 'Deirdre.' Ze kuste de wangen van haar tante en hield de andere vrouw net iets langer vast dan nodig was. Ze wist dat de moeders van Larkin en Tynan een hechte band hadden. 'Hoe gaat het met haar?'

'Gebroken. Ontroostbaar.' Deirdres ogen, dik van haar eigen

tranen, richtten zich strak op Larkin. 'Zoals iedere moeder zou zijn.'

Hij omhelsde haar. 'Maak je geen zorgen om mij of Oran.'

'Nou vraag je het onmogelijke.' Toch glimlachte ze flauwtjes. Maar die glimlach verdween toen ze zich weer tot Moira richtte. 'Ik weet dat dit een moeilijke tijd is en dat je niet alleen veel aan je hoofd hebt, maar ook veel in je hart meedraagt. Maar ik wil je graag even spreken. Onder vier ogen.'

'Natuurlijk. Ik kom zo bij jullie,' zei ze tegen de anderen, waarna ze een arm om Deirdres schouders sloeg. 'Kom, dan gaan we naar mijn zitkamer. Dan krijg je een kopje thee.'

'Doe geen moeite.'

'Het zal ons allebei goed doen.' Ze trok de aandacht van een bediende toen ze de hal in liepen en vroeg of er thee naar boven gebracht kon worden.

'En Sinann?' vroeg Moira terwijl ze met Deirdre de trap op liep.

'Vermoeid en vol verdriet om Tynan, en zeer bezorgd om haar man en haar broers. Ik kon niet toestaan dat ze vandaag naar de begrafenis ging en heb haar laten rusten. Ik maak me zorgen om haar, om het kind dat ze in zich draagt en om haar andere kinderen.'

'Ze is sterk, en jij zorgt voor haar.'

'Maar zal dat voldoende zijn als Phelan sneuvelt, zoals Tynan? Stel dat Oran al is...'

'Het zal voldoende moeten zijn. We hebben geen keuze. Niemand van ons.'

'De enige keuze is oorlog.' Deirdre ging de zitkamer binnen en nam plaats op een stoel. Haar gezicht, omlijst door haar kap, zag er ouder uit dan een paar weken daarvoor.

'Als we niet vechten, zullen ze ons afslachten zoals ze Tynan hebben afgeslacht. Of ze doen hetzelfde met ons als ze met die arme Sean hebben gedaan.' Moira liep naar de haard en legde meer turven op het vuur. Ondanks de felle herfstzon was ze tot op het bot verkild.

'En als we tegen ze vechten, hoeveel zullen er dan sterven? Hoeveel zullen er worden afgeslacht?'

Moira rechtte haar rug en draaide zich om. Haar tante was niet de enige die besluiten in twijfel zou trekken, die zich tot de koningin zou wenden voor het onmogelijke antwoord.

'Dat weet ik niet. Wat wil je dat ik doe? Jij was mijn moeders vertrouwelinge voordat ze koningin werd en tijdens haar hele bewind. Wat zou zij van jou moeten doen?'

'De goden hebben jou hiermee belast. Wie ben ik om dat te zeggen?'

'Mijn bloedverwant.'

Deirdre slaakte een zucht en keek naar haar handen, die leeg in haar schoot lagen. 'Ik ben moe tot in het diepst van mijn ziel. Mijn dochter vreest voor haar echtgenoot, en ik voor de mijne. En voor mijn zonen. Mijn vriendin heeft vandaag haar zoon begraven. En ik weet dat we geen keuze hebben, Moira. Deze ellende is naar ons toe gekomen en moet worden uitgeroeid.'

Een bediende haastte zich naar binnen met de thee.

'Zet maar neer,' zei Moira. 'Ik schenk hem wel in. Is er eten gebracht naar de salon?'

Het jonge meisje maakte een knicksje. 'Aye, Uwe Majesteit. Daar was de kok net mee bezig toen ik u de thee ging brengen.'

'Dank je. Dat is alles.'

Moira ging zitten en schonk de thee in. 'Er zijn ook biscuitjes. Het is fijn om in moeilijke tijden kleine geneugten te hebben.'

'Over dat soort geneugten wil ik het net met je hebben.'

Moira overhandigde haar het kopje. 'Kan ik iets voor je doen om je gerust te stellen? Of Sinann en de kinderen?'

'Jazeker.' Deirdre nam een klein slokje en zette het kopje toen neer. 'Moira, je moeder was mijn allerbeste vriendin, dus zit ik hier in haar plaats en spreek ik met je zoals ik met mijn eigen dochter zou doen.'

'Ik zou het niet anders willen.'

'Toen je sprak over de oorlog die ons te wachten staat, zei je dat er geen keuze was. Maar er zijn nog andere keuzes die jij hebt gemaakt. Vrouwenkeuzes.'

Moira begreep wat ze bedoelde en liet zich achteroverzakken. 'Inderdaad.'

'Als koningin die zichzelf heeft uitgeroepen tot krijger, eentje die zichzelf als dusdanig heeft bewezen, heb je het recht, zelfs de plicht, om je onderdanen met alle mogelijke wapen te beschermen.'

'Dat doe ik, en dat zal ik blijven doen.'

'Die Cian die hier is gekomen uit een andere tijd, van een andere plaats. Jij gelooft dat de goden hem hebben gestuurd.'

'Dat weet ik zeker. Hij heeft zij aan zij gevochten met jouw eigen zoon. Hij heeft mijn leven gered. Ga jij hem hier en nu vervloeken, terwijl je me aankijkt, zoals Tynans moeder hem heeft vervloekt?'

'Nee.' Deirdre haalde zorgvuldig adem. 'In deze oorlog is hij een wapen. Door hem te gebruiken kun je wellicht jezelf en mijn zonen, ons allemaal, redden.'

'Je ziet het verkeerd,' zei Moira effen. 'Hij zal niet worden gebruikt als een zwaard. Wat hij heeft gedaan, en wat hij nog zal doen om deze kwelling te vernietigen, doet hij uit vrije wil.'

'De wil van een demon.'

In Moira's ogen verscheen een kille blik. 'Zo kun je het noemen.'

'En jij hebt die demon uitgenodigd in je bed.'

'Ik heb Cian uitgenodigd in mijn bed.'

'Hoe kun je, Moira? Moira.' Ze stak haar handen uit. 'Hij is niet menselijk, maar toch heb je jezelf aan hem gegeven. Wat voor goeds kan daaruit voortkomen?'

'Voor mij is er al veel goeds uit voortgekomen.'

Deirdre leunde even achterover en drukte haar vingers tegen haar ogen. 'Denk je dat de goden hem hiervoor naar jou hebben gestuurd?'

'Ik heb geen idee. Heb je jezelf die vraag gesteld toen je mijn oom nam?'

'Dat valt niet met elkaar te vergelijken,' beet Deirdre haar toe. 'Voel je dan geen enkele schaamte, heb je geen enkele trots?'

'Ik voel geen schaamte, maar een aanzienlijke trots. Ik hou van hem en hij houdt van mij.'

'Hoe kan een demon van iemand houden?'

'Hoe kan een demon zijn leven op het spel zetten, steeds opnieuw, om de mensheid te redden?'

'Het is niet zozeer zijn moed die ik in twijfel trek als wel jouw inzicht. Denk je soms dat ik niet meer weet hoe het is om jong, wellustig en dom te zijn? Maar je bent de koningin en je hebt een verantwoordelijkheid jegens je kroon en je mensen.'

'Met die verantwoordelijkheid sta ik op en ga ik naar bed, elke dag opnieuw.'

'En 's nachts deel je dat bed met een demon.'

Niet in staat om te blijven zitten, kwam Moira overeind en liep naar het raam. De zon scheen nog, fel en goudgeel, dacht ze. Het zonlicht fonkelde op het gras, op de rivier en op de ragfijne vleugels van de draken die lome rondjes vlogen om Kasteel Geall.

'Ik vraag je niet om het te begrijpen. Ik eis je respect.'

'Praat je nu tegen me als mijn nicht of als de koningin?'

Ze keerde zich om, omlijst door het raam en het zonlicht. 'De goden hebben bepaald dat ik beide ben. Je bent naar me toe gekomen uit bezorgdheid, en dat accepteer ik. Maar je bent ook gekomen om me te veroordelen, en dat accepteer ik niet. Ik vertrouw Cian mijn leven toe. Het is mijn goed recht, en mijn keuze, om hem ook mijn lichaam toe te vertrouwen.'

'En hoe zit het met je onderdanen? Met degenen die zich afvragen hoe hun koningin een van die schepsels van de duisternis tot minnaar kan nemen?'

'Zijn alle mannen soms goed, tante? Zijn ze allemaal vriendelijk, goed en sterk? Zijn we zoals we zijn geschapen of zijn we hoe we verkiezen te worden? Ik zal dit zeggen over mijn mensen, over degenen voor wie ik mijn leven op het spel zet in de strijd om hen te verdedigen. Ze hebben belangrijkere zaken om zich druk om te maken, om over na te denken en te bespreken, dan wat hun koningin doet in de beslotenheid van haar slaapkamer.'

Deirdre kwam overeind. 'En als deze oorlog voorbij is, ga je hier dan mee door? Zet je dat ding waarvan je houdt op de troon naast je?'

De zon bleef schijnen, zelfs al werd het hart somber, dacht Moira. 'Wanneer dit voorbij is, als we het overleven, zal hij teruggaan naar zijn tijd en zijn plaats. Ik zal hem nooit meer zien. Als we verliezen, zal ik mijn leven geven. Als we winnen, verbeur ik mijn hart. Praat mij niet van keuzes of verantwoordelijkheden.'

'Je zult hem vergeten. Wanneer dit achter de rug is, zul je hem en deze tijdelijke waanzin vergeten.'

'Kijk me aan,' zei Moira zacht. 'Je weet dat ik dat niet zal doen.'

'Nee.' Deirdres ogen schoten vol tranen. 'Dat zul je niet. Als ik kon, zou ik je hiervoor behoeden.'

'Ik niet. Ik zou er geen seconde van willen missen. Bij hem voel ik me levendiger dan ik ooit heb gedaan en ooit nog zal doen. Dus nee, geen seconde.'

Ze zaten allemaal bij elkaar in de salon, rond de tafel en het eten, toen Moira binnenkwam. Glenna haalde een deksel van het bord dat aan het hoofd van de tafel stond.

'Het moet nog warm zijn,' zei ze tegen Moira. 'Laat het niet koud worden.'

'Dat zal ik niet doen. We moeten eten, op krachten blijven.' Maar ze staarde naar het voedsel op haar bord alsof het een bitter medicijn was.

'Nou.' Blair wierp haar een stralende glimlach toe. 'En hoe is jouw dag tot zover?'

De lach, hoe kort en vreugdeloos ook, zorgde dat enkele van de knopen in Moira's maag zich ontwarden. 'Klote. Zo noem je dat toch?'

'Absoluut.'

'Nou.' Ze dwong zichzelf om te eten. 'Zoals haar gewoonte is, heeft Lilith toegeslagen om angst in te boezemen en ons moreel en zelfvertrouwen aan te tasten. Sommigen zullen de boodschap geloven die Sean ons van haar moest overbrengen. Dat ze ons met rust zal laten als we ons overgeven.'

'Leugens zijn vaak aantrekkelijker dan de waarheid,' merkte Glenna op. 'Hoe dan ook, het is bijna zover.'

'Aye. Wij, wij zessen, moeten de voorbereidingen treffen om het kasteel te verlaten en naar het slagveld te trekken.'

'Inderdaad.' Hoyt knikte. 'Maar voor we dat doen, moeten we zeker weten dat de basiskampen die we hebben opgezet nog in onze handen zijn. Als Tynan is vermoord, kunnen ze de voorpost hebben ingenomen. We hebben enkel het woord van een demon dat het kind alleen hem heeft gedood en verder niemand.'

'Het was het kind.' Cian dronk thee, die voor de helft was aangelengd met whiskey. 'De wonden op het lichaam,' verklaarde hij. 'Die zijn niet gemaakt door een volgroeide vampier. Maar dat bewijst niet dat wij de voorposten nog in handen hebben.'

'Hoyt en ik kunnen een kijkje nemen,' zei Glenna.

'Goed, maar alleen van afstand kijken is niet voldoende.' Moira nam nog een hap. 'We moeten informatie inwinnen bij degenen die het hebben overleefd.'

'Als er overlevenden zijn.'

Ze keek naar Larkin en voelde wat hij voelde. De constante druk van angst om Oran.

'Aye... als.'

'Als ze de voorpost heeft uitgemoord, zou de boodschapper die ze heeft gestuurd dat triomfantelijk hebben verteld,' zei Cian. 'En waarschijnlijk zou ze dan meer lijken hebben gestuurd.'

'Daar zit wat in. Maar om te voorkomen dat ze zoiets nogmaals voor elkaar krijgt, zullen we versterkingen moeten sturen.'

'Je wilt dat we per draak gaan.' Larkin knikte. 'Daarom vroeg je of ze al bereden konden worden.'

'Ik wil dat alle dieren die gereed zijn worden ingezet. De manschappen die vanaf hier te voet of te paard moeten gaan, zullen vanaf vandaag in de gaten worden gehouden door drakenberijders in de lucht. Blair en Larkin, ik wil graag dat jullie vanochtend gaan. En neem dan een klein aantal soldaten mee. Per draak kunnen jullie naar alle basiskampen reizen; meer wapens en mannen transporteren en informatie inwinnen. Jullie kunnen de situatie in ogenschouw nemen en dan doen wat jullie nodig achten. Jullie kunnen terug zijn voor de avond valt of, als jullie dat niet halen, tot morgenochtend in een van de basiskampen blijven.'

'We blijven met te weinig over als je twee van ons wegstuurt,' viel Cian haar in de rede. 'Ik ben degene die zou moeten gaan.'

'Hé.' Blair zwaaide met een stukje sodabrood. 'Waarom zou alle lol voor jou zijn?'

'Praktische overwegingen. Ten eerste zijn Glenna en ik de enigen die het slagveld en de directe omgeving nog niet met eigen ogen hebben aanschouwd. Het is tijd dat ik zelf ga kijken. Ten tweede, dankzij die verrekte cape kan ik de reis overdag beginnen, maar 's nachts kan ik veiliger en sneller vooruitkomen dan jullie allemaal. En aangezien ik een vampier ben, zal ik hun eventuele aanwezigheid zelfs nog sneller herkennen dan onze eigen demonenjager.'

'Hij komt met zinnige argumenten,' zei Larkin.

'Ik was toch al van plan om daar rond te gaan neuzen. Op deze manier slaan we alle vliegen in één klap dood. En als laatste, en ik denk dat we het hier allemaal over eens kunnen zijn, zou de stemming hier opknappen als ik er niet meer ben.'

'Ze ging veel te ver,' mompelde Blair.

Cian haalde zijn schouders op, in de wetenschap dat ze het over Tynans moeder had. 'Het is allemaal een kwestie van perspectief en van waar je de grens precies trekt. De tijd begint te dringen en een van ons moet op het slagveld zijn, vooral 's nachts, want dan gaat Lilith wellicht zelf ook op verkenning.'

'Jij bent niet van plan om terug te komen,' zei Moira langzaam.

'Dat heeft geen zin.' Hun ogen ontmoetten elkaar, hielden elkaar vast en zeiden veel meer dan woorden. 'Een van de mannen kan de informatie die jullie nodig hebben terugbrengen. En ik zal jullie bijpraten wanneer jullie aankomen.'

'Je hebt je besluit al genomen.' Moira nam hem aandachtig op. 'Ik begrijp het. Wij vormen een cirkel, waarvan de schakels gelijk zijn. Ik vind dat we allemaal een stem hebben bij een dergelijke beslissing. Hoyt?'

'Om jullie de waarheid te zeggen, staat het me niet aan dat een van ons zonder de anderen gaat, wie het ook is. Maar het moet gebeuren en Cian is de meest voor de hand liggende keuze. Wij kunnen toekijken, zoals we hebben gedaan toen Larkin in Ierland naar de grotten ging. Als het nodig is, kunnen we ingrijpen.' Hij keek zijn vrouw aan. 'Glenna?'

'Ja. Daar ben ik het mee eens. Larkin?'

'Ik ook. Met een aanpassing. Volgens mij blijven we niet met te weinig over als er twee gaan, Cian. Ik vind dat niemand alleen mag gaan. Ik kan je ernaartoe brengen in drakengedaante. En,' ging hij verder voordat er tegenwerpingen kwamen, 'ik heb meer ervaring met de draken dan jij, voor het geval er moeilijkheden met hen of de vijand ontstaan. Dus zeg ik dat we samen moeten gaan, jij en ik. Blair?'

'Verdomme, onze drakenman heeft gelijk. In je eentje kom je misschien sneller vooruit, Cian, maar je hebt een drakenafrichter nodig om er te komen, vooral als je manschappen aanvoert.'

'Ja, dat is verstandiger,' zei Glenna nadenkend. 'In alle opzichten. Ik stem voor.'

'Ik ook,' zei Hoyt. 'Moira?'

'Dan zullen we het op die manier doen.' Ze stond op, in het volle besef dat ze de twee mannen van wie ze het meest hield weg zou sturen. 'De rest van ons zal de wapens verder in orde maken, het kasteel beveiligen, en dan komen we over twee dagen achter jullie aan.'

'Een groot offensief.' Blair dacht even na en knikte toen. 'Dat kunnen we.'

'Dan doen we het zo. Larkin, ik wil dat jij de draken uitkiest en dat Cian en jij samen de mannen kiezen.' In gedachten zette Moira alles op een rij, zowel het grote geheel als de details. 'Als je het goed vindt, wil ik dat Niall voorlopig hier blijft en later met ons meegaat. Ik ga de bevoorrading regelen die jullie nodig hebben.'

Toen Moira alles had gedaan wat in haar vermogen lag en ze hoopte dat ze kalm genoeg was, ging ze naar Cians slaapkamer. Ze klopte aan, maar ging naar binnen zonder op zijn reactie te wachten. Omdat de gordijnen dicht waren, en ze nauwelijks een hand voor ogen zag, maakte ze een handgebaar naar een kaars om die met haar kracht aan te steken. Toen ze zag dat de vlam sputterde, begreep ze dat ze minder kalm was dan ze had gehoopt.

Hij ging rustig door met het inpakken van zijn plunjezak.

'Je hebt mij niets over je plannen verteld.'

'Nee.'

'Was je van plan om midden in de nacht weg te sluipen, zonder iets te zeggen?'

'Dat weet ik niet.' Hij hield op met pakken en keek haar aan. Er was heel veel wat hij haar niet kon geven of van haar kon vragen, bedacht hij. Maar ze konden wel eerlijk tegen elkaar zijn.

'Ja, althans aanvankelijk. Maar toen kwam jij op een avond naar mijn kamer en werden mijn plannen veranderd. Of uitgesteld.'

'Uitgesteld.' Ze knikte langzaam. 'En als Samhain achter de rug is, vertrek je dan ook zonder iets te zeggen?'

'Dan zijn woorden toch zeker nutteloos?'

'Voor mij niet.' In haar binnenste welde paniek op door het vooruitzicht dat het einde dichterbij kwam. Hoe kon ze niet hebben geweten dat de emoties in haar binnenste zich een weg naar buiten zouden banen en haar zouden verstikken? 'Woorden zouden kostbaar voor me zijn. Jij wilt weg. Dat kan ik zien. Jij wilt gaan.'

'Ik had al eerder moeten gaan. Als ik sneller was geweest, zou ik de deur al uit zijn geweest voordat je naar me toe kwam. Dan was jij beter af geweest. Dit... met mij. Dat is niet goed voor je.'

'Hoe durf je? Hoe durf je tegen me te spreken alsof ik een kind ben dat te veel snoepjes wil? Ik ben het spuugzat dat mensen me vertellen wat ik hoor te denken, te voelen, te hebben en te doen. Als je wilt gaan, doe dat dan, maar beledig mij niet.'

'Mijn vertrek heeft niets te maken met wat wij hebben. Het is gewoon iets wat moet gebeuren. Je hebt ingestemd met het plan, net als de anderen.'

'Maar als we dat niet hadden gedaan, was je toch gegaan.'

Hij keek haar aan terwijl hij zijn zwaard omgespte. De pijn kerfde al kleine wondjes in hen allebei, zoals hij had geweten vanaf het eerste moment dat hij haar had aangeraakt. 'Ja, maar op deze manier is het minder gecompliceerd.'

'Dus je hebt genoeg van mij?'

'En als dat zo is?'

'Dan zul je op twee fronten moeten vechten, rotzak.'

Onwillekeurig begon hij te lachen. Er heerste niet alleen pijn tussen hen, besefte hij. Dat mocht hij vooral niet vergeten. 'Dan bof ik dat ik geen genoeg van je heb. Moira, vannacht wist jij dat je een schepsel moest vernietigen dat vroeger een jongen was die je kende, op wie je gesteld was. Ik wist dat jij het moest doen, dus heb ik niet aangeboden om het in jouw plaats te doen. Ik weet dat ik moet gaan en dat ik voorlopig zonder jou moet gaan. Dat weet jij ook.'

'Dat maakt het anders niet gemakkelijker. Misschien zullen we nooit meer met zijn tweeën zijn, zoals eerder. Ik wil meer tijd, we hebben nog niet genoeg tijd gehad, en ik heb meer nodig.'

Ze liep naar hem toe en omhelsde hem hard en stevig. 'We hebben nog geen hele nacht samen gehad. Onze nacht heeft niet tot de ochtend geduurd.'

'Maar het waren uren die telden, elke minuut ervan.'

'Ik ben hebberig. En ik pieker er nu al over dat jij weg zult gaan, terwijl ik moet blijven.'

Niet alleen vandaag, dacht hij. Ze wisten allebei dat ze het niet alleen over vandaag had. 'Volgen de vrouwen van Geall de traditie om hun man weg te sturen met een aandenken van hen?'

'Wat wil je van me hebben?'

'Een lok van je haar.' Het sentiment dat hij voelde, verbaasde hem en vervulde hem met een lichte schaamte. Maar toen ze hem losliet, zag hij dat ze blij was met zijn verzoek.

'Zul je het bij je dragen? Dat deel van mij?'

'Jazeker, als jij het me wilt schenken.'

Ze raakte even haar haren aan en hief toen een hand op. 'Wacht, wacht. Ik heb iets. Dat moet ik even halen.' Ze hoorde het getrompetter van de draken. 'O, ze zijn klaar voor je. Ik breng het je zo wel buiten. Ga nog niet. Beloof me dat je zult wachten tot ik afscheid kom nemen.'

'Ik zal er zijn.' Ditmaal wel, dacht hij toen ze de kamer uit snelde.

Buiten, in de beschutting van de schaduw, bestudeerde Cian de draken die Larkin had uitgekozen, en de mannen die ze samen hadden aangewezen.

Daarna keek hij met een frons omlaag naar de bal van harde modder die Glenna hem toestak. 'Dank je, maar ik heb genoeg gegeten met het ontbijt.'

'Heel grappig. Het is een bom.'

'Rooie, het is een modderbal.'

'Ja, een bal van aarde, betoverde aarde, waarin een bal van vuur zit. Als je hem uit de lucht laat vallen...' Ze bewoog haar handen naar beneden terwijl ze een fluitend geluid liet horen, gevolgd door een ploffend geluid om een explosie na te bootsen. 'In theorie,' voegde ze eraan toe.

'In theorie.'

'Ik heb ze uitgeprobeerd, maar niet vanaf een draak. Misschien kun je hem op een zeker moment voor me uitproberen.'

Met een frons draaide hij het ding rond in zijn handen. 'Dus gewoon laten vallen?'

'Ja. Ergens waar het veilig is.'

'En het zal niet in mijn handen ontploffen en mij in een vuurbal veranderen?'

'Daar is snelheid en kracht voor nodig. Maar het kan geen kwaad om flink hoog te zijn wanneer je hem laat vallen.' Ze ging op haar tenen staan en zoende hem op beide wangen. 'Wees voorzichtig. We zien je over een paar dagen weer.'

Nog altijd met een frons op zijn gezicht borg hij de bal op in een van de zakken van het wapenharnas dat Blair voor Larkin had gemaakt.

'We zullen toekijken.' Hoyt legde een hand op Cians schouder.

'Probeer uit de problemen te blijven tot ik weer bij je ben. En jij ook,' zei hij tegen Larkin.

'Ik heb al gezegd dat ik hem op zijn donder zal geven als hij zich laat ombrengen.' Blair greep Larkins haar en trok zijn hoofd omlaag voor een harde zoen. Daarna wendde ze zich tot Cian.

'Een groepsknuffel kun je wel vergeten,' zei hij

Ze grijnsde. 'Dat ben ik helemaal met je eens. Blijf uit de buurt van houten voorwerpen met scherpe punten.'

'Dat is wel de bedoeling.' Hij keek over haar hoofd naar Moira, die naar de stallen rende.

'Ik had sneller willen zijn,' zei ze buiten adem. 'Dus jij bent klaar, Larkin. Wees voorzichtig.' Ze knuffelde hem.

'Jij ook.' Hij drukte haar nog een keer tegen zich aan. 'Bestijg jullie draken!' riep hij, en na een laatste grijns naar Blair, veranderde hij in een draak.

'Ik heb waar je me om vroeg.' Moira stak Cian een zilveren medaillon toe terwijl Blair Larkin zijn wapenharnas omdeed. 'Dat heeft mijn vader aan mijn moeder gegeven toen ik werd geboren, zodat ze er een haarlok van mij in kon doen. Die heb ik laten zitten, en er een nieuwe bij gedaan.'

En daar had ze zoveel mogelijk magie aan toegevoegd.

Ze ging op haar tenen staan en deed de ketting over zijn hoofd. Omdat ze hem, en iedereen die toekeek, iets duidelijk wilde maken, nam ze zijn gezicht in haar handen en gaf hem een lange, warme en tedere zoen.

'Er wacht er nog zo een op je,' zei ze tegen hem. 'Dus doe geen domme dingen.'

Hij trok de mantel aan, zette de capuchon op en maakte die vast. Hij besteeg Larkin en keek Moira diep in de ogen.

'Over twee dagen,' zei hij.

Op de goudkleurige draak vloog hij omhoog tegen de blauwe hemel. Luid trompetterend zwermden de andere draken achter hem aan.

Terwijl ze hen nakeek en de fonkelende tinten kleiner zag worden naarmate de afstand groter werd, werd Moira overvallen door een plotseling besef, de zekerheid dat zij zessen niet als een cirkel zouden terugkeren van de vallei naar Kasteel Geall.

Achter haar gebaarde Glenna dat Hoyt weg moest gaan. Ze sloeg haar ene arm om Blairs middel en de andere om die van Moira. 'Goed dames, laten we gaan inpakken, zodat we jullie met jullie man kunnen herenigen.'

16

Hij wenste dat het ging regenen. Of dat er op zijn minst een dik wolkendek zou verschijnen dat het zonlicht zou tegenhouden. Die verdomde mantel was zo heet als de hel waarin hij uiteindelijk terecht zou komen. Hij was gewoon niet gewend aan temperatuurverschillen.

Ondood zijn bedierf een man, mijmerde Cian.

Suizen op een draak was zonder enige twijfel een opwindende ervaring. Gedurende het eerste half uur of zo. En het volgende half uur kon worden doorgebracht met het bewonderen van het groene, idyllische landschap onder hen.

Maar na een uur in een wollen klotesauna was het een en al ellende.

Als hij Hoyts geduld en waardigheid bezat, zou hij waarschijnlijk eeuwig kunnen rondvliegen met een staalharde blik en kaarsrechte rug. Zelfs al liet de onverdraaglijke hitte het vlees van zijn botten smelten. Maar ja, zijn tweelingbroer en hij waren al fundamenteel verschillend geweest voordat hij vampier was geworden.

Hij zou kunnen mediteren, maar het leek hem onverstandig om een zelf gecreëerde trance te riskeren. Boven hem scheen de felle zon, klaar om hem te bakken als spek, en in Larkins harnas zat een magische bom, die, voor zover hij wist, gewoon voor de lol in vlammen kon uitbarsten.

Waarom had hij deze idiote tocht ook alweer willen ondernemen?

O, ja. Uit plicht, eer, liefde, trots. Al die emotionele ballast die een man mee omlaag trok zodat hij zou verdrinken, hoe hard hij ook zijn best deed om zijn hoofd boven water te houden. En nu kon hij niet meer terug. Niet weg van deze vlucht, maar ook niet weg van de vele emoties die in hem huisden.

Mijn god, hij hield van haar. Moira, de leergierige. Moira, de koningin. Verlegen en dapper. Gewiekst en rustig. Het was dom, verwoestend en hopeloos om van haar te houden. Maar het was een echter gevoel dan alles wat hij in duizend jaar had gekend.

Hij betastte het medaillon dat ze om zijn hals had gehangen, nog een gewicht. Het ene moment had ze hem een rotzak genoemd en het andere had ze hem een van haar ongetwijfeld dierbaarste bezittingen gegeven.

Maar ja, ze had ooit een pijl op zijn hart gericht en zich vervolgens verontschuldigd met een eenvoudige oprechtheid en wangen die bloosden van schaamte. Waarschijnlijk was hij op dat moment voor haar gevallen. Of op zijn minst gestruikeld.

Terwijl zijn gedachten afdwaalden, bleef hij het land observeren. Prima boerenland, mijmerde hij. Rijke, leemachtige grond en glooiende heuvels. Beekjes en rivieren vol vis stroomden door bossen vol wild. De bergen in de verte zaten vol mineralen en marmer. Er waren diepe moerassen waar turf gestoken kon worden om als brandstof te dienen.

Ze had sinaasappelzaden meegenomen door de Dans. Wie deed dat nou?

Die zou ze in het zuiden moeten planten. Wist ze dat wel? Domme vraag, die vrouw wist alles, of anders had ze wel een manier om erachter te komen.

Sinaasappelzaden en Yeats. En een balpen, want die had hij op de schrijftafel in haar zitkamer zien liggen.

Dus ze zou haar jonge sinaasappelboompjes opkweken in de kas en ze daarna in het zuiden van Geall planten. Als ze bestoven werden – en hoe zouden ze haar kunnen weigeren? – zou ze op een goede dag een sinaasappelgaard hebben.

Dat zou hij graag zien, bedacht hij. Hij wilde de sinaasappelbomen zien bloeien die ze had opgekweekt uit de zaadjes die ze had meegenomen uit zijn keuken in Ierland.

Hij wilde haar prachtige ogen zien oplichten van vreugde wanneer ze een glas vol schonk met het sinaasappelsap waaraan ze verslaafd was geraakt.

Als Lilith haar zin kreeg, zouden er geen boomgaard en geen bloesem komen. Dan zou hier totaal geen leven meer zijn.

Hij kon nu al iets van de dood en verwoesting zien. Wat ooit mooie arbeidershuisjes en kleine hutjes waren geweest, waren nu hoopjes verschroeide steen en hout. Er graasden nog runderen en schapen op het grasland, maar er lagen ook karkassen te rotten in de zon, onder een dikke wolk zwarte vliegen.

Beesten die waren gedood door vijandelijke deserteurs die nu aten wat ze te pakken konden krijgen, dacht hij.

Die zouden allemaal opgespoord en vernietigd moeten worden. Als er ook maar één zou overleven, zou die zich opnieuw voeden en zich voortplanten. De mensen van Geall en hun koningin zouden tot lang na Samhain voorzichtig en waakzaam moeten zijn.

Hij bleef over dat specifieke probleem piekeren tot Larkin, eindelijk, rondjes begon te draaien.

‘Alle goden zij dank,’ mompelde Cian tijdens de afdaling.

Het was een keurige, mooie boerderij, voor zover boerderijen mooi konden zijn. Overal op het terrein waren soldaten aan het trainen of ze stonden op wacht. Er waren ook vrouwen, die zij aan zij werkten met de mannen. En de rook die uit de schoorsteen kringelde, voerde een geur mee die hem vertelde dat er een stoofpot stond te pruttelen, waarschijnlijk al de hele dag.

Op de grond hielden de mensen hun hand boven hun ogen zodat ze konden kijken of ze zwaaiden als teken van welkom.

Zodra Larkin landde, werden ze omringd door mensen. Cian steeg af en begon de voorraden af te laden. Hij zou Larkin de vragen laten beantwoorden die de mannen hem stelden. Hij had dringend schaduw nodig.

‘We hebben hier totaal geen problemen gehad.’ Isleen schepte een kom vol met de stoofpot waar Cian geen trek in had. Maar het leek hem het beste om zijn voorraad bloed pas aan te spreken als hij alleen was.

Larkin begon zijn kom leeg te lepelen zodra die op tafel werd gezet. ‘Dank je wel,’ zei hij met volle mond. ‘Heerlijke stoofpot.’

‘Graag gedaan. Ik kook meestal, dus vermoed ik dat onze manschappen lekkerder eten dan die in de andere kampen.’ Ze glimlachte, waarbij de kuiltjes in haar wangen zichtbaar werden. ‘We hebben elke dag getraind en ’s avonds alles hermetisch afgesloten voor de zon onderging. We hebben geen spoor gezien van wie dan ook sinds we hier zijn gearriveerd en de andere soldaten hebben weggestuurd.’

‘Goed om te weten.’ Larkin pakte de kroes die ze naast zijn kom had gezet. ‘Zou je iets voor me kunnen doen, Isleen, liefje? Kun je Eogan halen, Ceara’s Eogan? We moeten hem spreken.’

‘Tuurlijk. Ik zal het meteen doen. O, en jullie mogen hier slapen. Of boven, als jullie dat liever doen.’

‘We gaan straks door naar het volgende basiskamp, maar we laten drie van de soldaten die bij ons waren bij jullie achter.’

‘O. Ik zag dat de roodharige Malvin bij jullie is.’ Ze zei het nonchalant, met een vrolijke klank in haar stem. ‘Is hij toevallig een van de mannen die hier blijven?’

Met een grijns nam Larkin nog een hap stoofpot. ‘Dat is geen enkel probleem. Wil je Eogan nu even halen, liefje?’

'Je hebt iets met haar gehad, is het niet?' mompelde Cian.

'Gehad... nee.' Er verscheen een glinstering in zijn geelbruine ogen. 'Nou, een beetje, maar het stelde niet veel voor, om het zo maar te zeggen.'

'Hoe wil je dit afhandelen?'

'Eogan is een verstandig man, iemand op wie je kunt rekenen. De mannen die ons hebben vergezeld, hebben hem ondertussen wel verteld over Tynan. Dus zal ik alle vragen beantwoorden die hij daar eventueel over heeft. Ik zou het fijn vinden als jij de voorzorgsmaatregelen en bevelen nog een keer met hem doorneemt. En als hij niet meer te melden heeft dan we net van Isleen hebben gehoord, zullen we Malvin en twee anderen hier achterlaten en doorgaan naar de volgende post. Heb jij geen honger?'

'Eigenlijk wel, maar ik wacht nog even.'

'O.' Larkin knikte begrijpend. 'Heb je alles wat je nodig hebt op dat gebied?'

'Jazeker. De paarden en koeien lopen geen gevaar.'

'Ik heb de karkassen onderweg zien liggen. Niet alsof een leger zich tegoed heeft gedaan, eerder een paar aaseters. Deserteurs, denk je niet?'

'Ja, dat denk ik ook.'

'Dat is in ons voordeel,' mompelde Larkin. 'Dat zij hier en daar manschappen verliest. Maar die weglopers zullen later een probleem vormen.'

'Ja, inderdaad.'

'Daar verzinnen we wel wat op.' Larkin keek op toen de deur openging. 'Eogan. We hebben veel te bespreken en maar weinig tijd.'

Bij de volgende post was alles min of meer hetzelfde, maar bij de derde had Lilith haar sporen achtergelaten.

Twee van de buitengebouwen waren tot op de grond afgebrand

en de gewassen op het land waren aangestoken. De mannen vertelden over een nacht vol vuur en rook, en het gekrijs van vee dat werd afgeslacht.

Cian stond naast Larkin en nam de verschroeide aarde in ogenschouw.

'Het gaat precies zoals Blair en jij hebben gezegd. Ze zal de boerderijen en huizen vernietigen. Steen en hout.'

Larkin schudde zijn hoofd. 'Dieren en gewassen. Zweet en bloed. Huis en haard.'

'Dat alles kan opnieuw gefokt, verbouwd en geplant worden. Je mannen hebben de belegering doorstaan, zonder gesneuvelden. Ze hebben gevochten en stand gehouden, en een deel van Liliths troepen naar de hel gestuurd. Jouw glas is op wonderbaarlijke wijze halfvol, Larkin.'

'Ja, ik weet het. Je hebt gelijk. En ik hoop dat haar binnenste zwart verbrandt als ze een slok neemt van wat er nog in dat glas zit. Kom, we gaan verder.'

Bij het volgende basiskamp troffen ze pas gedolven graven, verschroeide aarde en gewonde manschappen aan.

Toen Larkin zijn jongere broer, Oran, door de deur van de boerderij zag hinken, verdween de misselijkmakende angst eindelijk uit zijn buik. Hij beende snel naar hem toe en gaf hem, zoals de mannen gewoon waren, een harde stomp tegen zijn arm en vervolgens een stevige omhelzing.

'Ma zal blij zijn dat jij bij de levenden behoort. Hoe erg zijn je verwondingen?'

'Dat zijn maar schrammen. Hoe is het thuis?'

'Druk. Ik heb Phelan gezien in een van de andere kampen, en hij is veilig en wel.'

'Dat is fijn om te horen. Heel fijn. Maar ik heb slecht nieuws, Larkin.'

'Dat kennen we al.' Hij legde een hand op Orans schouder. Zijn broer was nog maar een jongen geweest toen hij bij hun huis was weggemarcheerd, dacht Larkin. Nu was hij een man, met alle lasten die daarbij kwamen kijken. 'Tynan en hoeveel anderen?'

'Drie. En een vierde van wie ik vrees dat hij de nacht niet zal halen. Twee anderen zijn meegenomen, dood of levend, dat weet ik niet. Het was een kind, Larkin. Een demonisch kind, dat Tynan heeft gedood.'

'We zullen naar binnen gaan en het bespreken.'

Ze namen plaats in de keuken, waarbij Cian uit de buurt van het raam bleef. Hij wist waarom Larkin het hele verhaal aanhoorde, hoewel ze het grootste deel ervan al kenden, of konden raden. Voor Oran was het beter om het van begin tot eind te vertellen en alles nog een keer de revue te laten passeren.

'Ik had de wacht voor hem gehad en sliep nog toen ik het alarm hoorde. Het was al te laat voor Tynan, Larkin. Veel te laat. Hij was in zijn eentje naar buiten gegaan, omdat hij dacht dat er een kind rondliep dat gewond, verdwaald en bang was. Dat kind heeft hem een flink stuk bij het huis vandaan gelokt, snap je? En hoewel er mannen op wacht stonden, hun boog in de aanslag, konden ze hem al niet meer helpen toen het zich omdraaide en op hem stortte.'

Hij nam een slok bier om zijn keel te bevochtigen. 'Er renden mannen naar buiten. Als ik erop terugkijk, denk ik dat ik de tweede in rang was, en dat ik ze had moeten bevelen om binnen te blijven. Het was te laat om hem te redden, maar hoe konden we het niet proberen? En omdat we dat hebben geprobeerd, zijn we er meer verloren.'

'Hij zou hetzelfde voor jou hebben gedaan. Voor iedereen.'

'Ze hebben zijn lichaam meegenomen.' Orans jonge gezicht was vertrokken van smart en de blik in zijn ogen was die van een oude man. 'We hebben gezocht. De volgende ochtend zijn we hem en de twee anderen gaan zoeken, maar we hebben alleen bloed gevonden. We vrezen dat ze in vampiers zijn veranderd.'

'Tynan niet.' Ditmaal sprak Cian, en hij wachtte tot Oran zijn vermoeide blik op hem richtte. 'Van de andere twee weten we het niet, maar Tynan is niet veranderd. Zijn lichaam is teruggebracht naar Kasteel Geall. Eerder vanochtend is hij met alle eer begraven.'

'Dat is tenminste iets om de goden voor te kunnen danken. Maar wie heeft zijn lichaam naar huis gebracht?'

Toen Larkin het verhaal vertelde, verhardde Orans gezicht weer.

'De jonge Sean. We konden hem niet redden tijdens een hinderlaag iets verderop. Ze kwamen als hellehonden uit de grond. We hebben die dag goede mannen verloren, en Sean was er een van. Kent hij nu vrede?' Hij keek Cian aan. 'Kent hij vrede nu dat wat hem had overgenomen is verdwenen?'

'Die vraag kan ik niet beantwoorden.'

'Nou, ik denk van wel, net zoals Tynan en de anderen die we hebben begraven. Goden noch mensen kunnen hem verwijten wat hem is aangedaan.'

Die avond verdubbelden ze het aantal wachtposten en op Cians bevel werden kleine blazen gevuld met gezegend water. Die zouden aan pijlen worden gehaakt. Daardoor zouden zelfs de pijlen als die het hart misten aanzienlijke schade aanrichten, en wellicht zelfs doden.

Daarnaast werden er meer vallen uitgezet. Mannen die de slaap niet konden vatten, doodden de tijd met het snijden van staken.

'Denk je dat ze vanavond een groep aanvallers op pad zal sturen?' vroeg Larkin aan Cian.

Ze zaten in een vertrek dat een kleine zitkamer was geweest, maar nu werd gebruikt als wapendepot.

'Bij een van de andere kampen misschien wel. Maar hier heeft dat weinig zin, tenzij ze zich verveelt of een deel van haar troepen wil trainen. Bij dit basiskamp heeft ze haar slag al geslagen.' Doordat ze alleen waren, dronk Cian bloed uit een beker van aardewerk.

'En wat zou jij doen als je haar was?'

'Dan zou ik kleine groepjes eropuit sturen om ons af te leiden en te belagen. Ik zou proberen om bij elk basiskamp het aantal manschappen te verminderen en het moreel aan te tasten. Het probleem daarbij is dat jouw mannen standvastig zijn terwijl de hare de neiging hebben om te deserteren. Maar elk verlies grijpt jou emotioneel aan terwijl haar verliezen helemaal niets voor haar betekenen.'

Hij nam nog een slok. 'Maar ik ben haar niet. Ik ben mezelf, en ik zal het heel bevredigend vinden om zo'n groepje aanvallers op te sporen voordat het zijn doelwit heeft bereikt. En het in zijn geheel naar de andere wereld te helpen.'

'Het is heel vreemd,' zei Larkin met een grijns. 'Ik ben haar niet en ik ben jou niet, maar toch is precies hetzelfde idee ook bij mij opgekomen.'

'Kijk eens aan. Waar wachten we dan nog op?'

Ze vertrokken en droegen de leiding over het kamp over aan Oran. Hoewel er flink wat tegenwerpingen, ruzie en discussie aan voorafgingen, gingen Larkin en Cian met zijn tweeën. Een draak en een vampier konden snel en ongezien reizen, redeneerde Cian.

Als ze een vijandelijke groep zagen en ervoor kozen om te landen voor een man-tegen-mangevecht, was Larkins wapenharnas goed gevuld. Cian sloeg een pijlkoker over zijn schouder en stak extra staken achter de riem van zijn zwaard.

'Het zal interessant zijn om te zien hoe het concept van een luchtoorlog in de praktijk werkt.'

'Ben je klaar?' Larkin veranderde van vorm en stond goudkleurig en lenig naast hem terwijl Cian hem zijn harnas omdeed.

Ze hadden afgesproken om het kort en eenvoudig te houden. Ze zouden in steeds grotere cirkels vliegen, op zoek naar een spoor van een troep of een kamp. Zodra ze dat zagen, zouden ze toeslaan – snel en hard.

De vlucht omhoog naar de wassende maan was opwindend. De vrijheid van de nacht golfde over Cian heen. Hij vloog zonder mantel of jas, genietend van de koele lucht en de duisternis.

Onder hem zweefde Larkin. Zijn drakenvleugels maakten nauwelijks geluid en waren zo dun dat Cian de sterren erdoorheen kon zien glinsteren terwijl ze door de lucht vlogen.

Er dreven wolken, dunne slierten die de sterren bedekten als gaas en als spookschepen langs de maan zeilden.

Ver onder hen begonnen de eerste mistflarden over de grond te kruipen.

Wat deze vlucht ook zou bewerkstelligen, hij vormde in elk geval een tegenwicht voor het smoorhete ongemak van de reis die ze die dag hadden afgelegd. Heel even mocht Cian van zichzelf zijn ogen dichtdoen en genieten.

Toen voelde hij het, een streling langs de huid. Kille, zoekende vingers die in hem leken te glijden en door zijn bloed wervelden. En een fluistering in zijn hoofd, een stil sirenenlied dat zijn echte vorm aanriep, de vorm die schuilging onder zijn mannengedaante.

En toen hij omlaag keek, spreidde de wrede grond van het toekomstige slagveld zich onder hem uit.

De totale stilte was als een schreeuw van geweld. Die leek bij hem in te branden als gesmolten staal, fel en donker, diep en primitief. Het gras bestond uit wilde, scherpgerande sprieten, de rotsen leken wel van ruwe dood gemaakt. En toen maakten die plaats voor diepe zwarte kloven en grotten waar niets zelfs maar durfde te kruipen.

Beschermd door de bergen wachtte de verdoemde grond op bloed.

Hij hoefde zich slechts voorover te buigen – een heel klein stukje maar – en dan kon hij zijn tanden in de nek van de draak laten zinken om het bloed van een mens te proeven. Menselijk en rijk, een stroom van leven en een smaak waar geen ander levend wezen aan kon tippen. Een smaak die hij zichzelf al eeuwen had ontzegd. En waarom eigenlijk? Zodat hij te midden van hen kon leven, zodat hij het masker van een van hen kon dragen om op die manier te overleven?

Ze waren zoveel te min voor hem, als vlooien op een hond. Ze waren niets anders dan vlees en bloed, geschapen zodat hij op hen kon jagen. De honger knaagde aan zijn binnenste, en het verlangen, de woeste bezetenheid pompte door zijn lijf als een hartslag.

De herinnering aan het doden, aan die eerste hete stroom levenssap die zijn mond binnenstroomde en door zijn keel omlaag ging, was zalig.

Bibberend als een verslaafde die cold turkey gaat, verzette hij zich ertegen. Hij zou het niet op deze manier laten eindigen. Hij weigerde om weer een gevangene van zijn eigen bloed te worden.

Hij was sterker dan dat. Hij had zichzelf tot meer dan dat gemaakt.

Zijn buik trok pijnlijk samen van verlangen en misselijkheid terwijl hij zich vooroverboog naar Larkin. ‘Ga hier omlaag. Blijf in deze vorm. Zorg dat je klaarstaat om weg te vliegen, om mij achter te laten als dat nodig is. Je zult weten wanneer dat is.’

Het trok aan hem, die vervloekte grond, toen ze ernaar afdaalden. Die grond mompelde en zong en beloofde. Loog.

De hitte in hem was als een koorts toen hij van Larkins rug sprong. Hij bezwoer dat hij zichzelf nóóit zou verloochenen en een vriend zou doden, zoals hij ooit had geprobeerd om zijn broer te doden.

‘Het is deze plek. Hier heerst het kwaad.’

‘Ik zei toch dat je niet van vorm moest veranderen. Raak me niet aan!’

‘Ik voel het in me.’ Larkins stem klonk rustig en onbewogen. ‘In jou moet het branden.’

Cian draaide zich om, zijn ogen rood, zijn huid nat van zweet door zijn innerlijke strijd. 'Ben je echt zo dom?'

'Nee.' Maar Larkin had nog geen wapen getrokken en deed dat nu ook niet. 'Je verzet je ertegen, en je zult het onderdrukken. Wat jou ook naar deze plek roept, in jou huist meer. Namelijk dat waar Moira van houdt.'

'Je weet niet hoe sterk deze honger is.' Diep in zijn keel wachtte een kreun. Die gonsde in Cians oren terwijl hij tegelijk Larkins hartslag hoorde. 'Ik kan jou ruiken, de mens.'

'Ruik je soms angst?'

Er gingen rillingen door hem heen, zo hevig dat hij bang was dat zijn botten zouden versplinteren. Zijn hoofd gilde het uit, maar toch kon hij het geluid, de wrede verleiding van dat kloppende hart, niet blokkeren.

'Nee. Maar die zou er wel kunnen zijn. Die kan ik je bezorgen. Angst maakt het nog zoeter. God. O god, welke zieke hand heeft deze plek geschapen?'

Zijn benen weigerden hem nog langer te dragen, dus liet hij zich op de grond zakken en deed zijn uiterste best om de zwakke greep op zijn wilskracht te versterken. Terwijl hij dat deed, sloot hij zijn vingers om het medaillon dat zij om zijn hals had gehangen.

De misselijkheid ebde enigszins weg, alsof er een koele hand over zijn koortsige voorhoofd had gestreken. 'Ze brengt me licht, dat brengt ze me. En ik neem het, en voel me net een man. Maar dat ben ik niet. Dit is een wrede herinnering aan het feit dat ik dat niet ben.'

'Als ik naar je kijk, zie ik een man.'

'Dat zie je dan verkeerd. Maar ik zal vanavond niet drinken, niet van jou. Niet van een mens. Het zal me vanavond niet opslokken. En het zal me niet nog eens zo overvallen, niet nu ik het weet.'

Zijn ogen werden minder rood toen hij opkeek naar Larkin. 'Het was stom van je om je wapen niet te trekken.'

Als reactie tilde Larkin het kruis aan zijn ketting op.

'Misschien zou dat genoeg zijn geweest,' zei Cian nadenkend. Hij veegde zijn bezwete handpalmen af aan zijn spijkerbroek. 'Gelukkig voor ons allebei hoeven we dat niet uit te proberen.'

'Ik zal je terugbrengen.'

Cian keek naar de hand die Larkin hem toestak. Mensen, dacht hij, zo vol vertrouwen en optimisme. Hij legde zijn hand in die van Larkin en kwam overeind. 'Nee, we gaan verder. Ik moet ergens op jagen.'

Dit gevecht had hij gewonnen, dacht Cian toen ze weer opstegen. Maar hij kon niet ontkennen dat hij blij was om dat stuk land achter zich te laten.

En hij voelde een duistere opwinding toen hij beweging onder zich waarnam.

Een tiental soldaten te voet. Ze bewogen zich voort met de soepele snelheid van zijn soort. Hoe snel ze ook liepen, het ging gepaard met een precisie, een orde in de gelederen waaruit hij afleidde dat dit goed getrainde, ervaren soldaten waren.

Hij voelde het drakenlijf onder zich bewegen toen Larkin ze in het oog kreeg, en hij boog zich opnieuw naar voren.

'Waarom proberen we Glenna's nieuwste wapen niet uit? Als ze de volgende open plek op lopen, vlieg dan recht over het midden van de groep heen. Ze hebben boogschutters, dus als er stront aan de knikker komt, zul je ontwijkende manoeuvres moeten uitvoeren.'

Terwijl Larkin al vliegend de juiste positie innam, haalde Cian de bal uit de zak van het harnas. In hoeverre is een draak hetzelfde als een vliegtuig, vroeg hij zich af. Hij maakte gebruik van zijn decennialange ervaring als piloot en maakte een inschatting van de luchtsnelheid, afstand en valsnelheid.

'Bommen los,' mompelde hij, en hij liet de bal vallen.

Die smakte tegen de grond, waarop de verblufte groep bleef

stilstaan en de wapens trok. Cian wilde Glenna's experiment net als mislukt bestempelen toen er een metershoge uitbarsting van vlammen de lucht in schoot. Degenen die er het dichtst bij stonden, werden direct vernietigd terwijl een paar anderen in brand vlogen.

Bij het zien van de paniek en het horen van het geschreeuw plaatste hij een pijl op zijn boog. Prijsschieten, mijmerde hij, en hij schoot de rest een voor een af.

'Ik voel me beter nu ik iets heb gedood, maar dit was afstandelijk, onpersoonlijk. Zoals mensen dat doen. Dat is minder opwindend dan een echte jacht. Net als het gebruik van vuurwapens of ander modern wapentuig,' voegde Cian eraan toe. 'Dat geeft geen enkele kick.'

'Het spijt me dat te horen, maar het resultaat spreekt mij wel aan. En Glenna's vuurbal werkte prima, vind je niet?'

Larkin begon de wapens op te rapen die verspreid over de grond lagen. Net toen hij zich bukte, vloog er een pijl over zijn hoofd die zich in Cians heup boorde.

'Jezus, goddomme! Kennelijk heb ik er een gemist.'

'Pak het harnas.' Larkin wierp het Cian toe. 'En stijg op.'

In een flits veranderde hij in een draak en aangezien Cian vermoedde dat de pijl hem iets zou vertragen als hij te voet verderging, sprong hij op Larkins rug. De volgende pijl ving hij in de lucht voordat die doel kon treffen. Daarna steeg Larkin op, en hij vloog duikend en zwenkend omhoog.

'Daarzo. Ik zie ze. Een compleet andere groep. Waarschijnlijk een jachtgroep, op zoek naar afgedwaalde mensen of wat ze ook maar kunnen vinden.'

Weer gebruikte hij de boog en schoot er een paar dood terwijl de rest uiteenging en zich verstopte.

'Zo is het niet leuk,' merkte hij op. Hij trok zijn zwaard en sprong de tien meter van Larkins rug naar beneden.

Als draken konden vloeken, zou Larkin een ware scheldkanonnade ten beste hebben gegeven.

Ze kwamen op Cian af als de punten van een driehoek, twee mannelijke, drie vrouwelijke. Hij kliefde de pijl die op hem af werd geschoten met zijn zwaard in tweeën, en draaide de kling vervolgens terug om de naderende aanval af te weren.

Nog altijd voelde hij de resten van de emoties die hem op het slagveld hadden overvallen, en daar maakte hij handig gebruik van. Van de dorst naar bloed, misschien niet om te drinken, maar dan toch zeker om te vergieten. Aanvankelijk vocht hij om te verwonden, zodat hij het kon ruiken – de doordringende kopergeur – en zich eraan kon sterken terwijl hij hakte en sneed.

De staart van de draak zwiepte omlaag en sloeg een van de vrouwen terug die net haar boog weer ophief. Daarna haalde het beest zijn klauwen langs haar keel.

Om zichzelf te amuseren maakte Cian een achterwaartse salto en schopte een van zijn tegenstanders hard in zijn gezicht. Toen het schepsel wankelde, hakte hij zijn kop af terwijl hij tegelijkertijd de pijl uit zijn heup rukte en in het hart van de vampier stak die van links op hem afkwam.

Met een ruk draaide hij zich om en zag hij dat Larkin van gedaante was verwisseld en een afgeschoten pijl had opgeraapt die hij in het hart van hun laatste tegenstander ramde.

'Hebben we ze allemaal?' vroeg Larkin buiten adem. 'Was dat de laatste?'

'Volgens mijn telling wel.'

'Alsof je de vorige keer zo goed hebt geteld.' Hij richtte zich op en klopte zich af. 'Dat verrekte stof. Voel je je nu beter?'

'Kan niet beter, ma.' Afwezig wreef Cian over zijn gewonde heup. Aangezien het bloed eruit stroomde, scheurde hij de mouw van zijn overhemd af. 'Help me eens even om een provisorisch verband aan te leggen.'

'Moet ik je kont verbinden?'

'Het is niet mijn kont, sukkel.'

'Het scheelt niet veel.' Maar Larkin liep naar hem toe om de wond van dichtbij te bekijken. 'Laat je broek dan maar zakken, schatje.'

Cian wierp hem een duistere blik toe, maar deed wat hem was opgedragen.

'In wat voor humeur zal Lilith volgens jou zijn als ze tot de ontdekking komt dat niemand van haar troepen terugkeert?'

'Ze zal razend zijn.' Cian draaide zijn hoofd zo ver mogelijk om te zien wat Larkin deed. 'Furieus.'

'Dat is een fijn gevoel, nietwaar? Je zult een poosje met een mooi gat in je bil rondlopen.'

'Heup.'

'Het lijkt anders sterk op je kont. Ik heb trouwens honger als een paard. Tijd om terug te gaan om wat te eten en een kroes bier te drinken. Dit was een welbestede nacht,' voegde hij eraan toe toen Cian zijn broek weer optrok.

'Uiteindelijk wel. Het had heel anders kunnen aflopen in die vallei, Larkin.'

Kalmpjes plukte Larkin wat polletjes gras waarmee hij het meeste van Cians bloed van zijn handen veegde. 'Dat denk ik niet. Volgens mij kon het alleen gaan zoals het is gegaan. Goed, als je kont niet te veel pijn doet, help me dan even om al deze mooie wapens op te rapen, als aanvulling op onze voorraad.'

'Laat mijn kont erbuiten.'

Samen pakten ze de verspreid liggende zwaarden, bogen en pijlen. 'Ik weet zeker dat het lichaamsdeel in kwestie binnen de kortste keren weer in orde is. En anders zal Moira het ongetwijfeld beter kussen als de anderen hier aankomen.'

Cian keek naar Larkin, die vrolijk fluitend zwaarden in het harnas stopte. 'Je bent een echte grappenmaker, Larkin.'

In Geall liep Moira bij het kristal vandaan en ging met over elkaar geslagen armen bij het raam staan. 'Heb ik het mis als ik zeg dat ze specifiek opdracht hadden gekregen om de basiskampen te controleren en geen risico's te nemen?'

'Ze zijn ongehoorzaam geweest,' beaamde Blair. 'Maar je moet toegeven dat het een mooi gevecht was. En die vuurbal was geweldig.'

'De vertraging is een tikje zorgwekkend.' Glenna bleef naar Cian en Larkin kijken, die terugvlogen naar het kamp. 'Daar moet ik nog wat aan sleutelen. Ik maak me iets meer zorgen over het effect dat het slagveld had op Cian.'

'Dat heeft hij weten te onderdrukken,' reageerde Hoyt. 'Wat hem daar ook probeerde te overmeesteren, hij wist het te bedwingen.'

'Inderdaad, en dat siert hem,' zei Glenna. 'Maar het kostte hem veel kracht, Hoyt. Dat is iets waar we over na moeten denken. Misschien kunnen we een spreuk of betovering maken die hem kan helpen het te blokkeren.'

'Nee,' zei Moira zonder zich om te draaien. 'Hij zal het zelf doen. Dat heeft hij nodig. Het is toch zeker zijn wilskracht die hem maakt tot wie hij is?'

'Ja, daar heb je gelijk in.' Glenna keek naar Moira's kaarsrechte rug. 'Net zoals die twee vannacht waarschijnlijk naar buiten moesten gaan om te doen wat ze hebben gedaan.'

'Dat zou kunnen. Zijn ze al veilig teruggekeerd?'

'Ze zijn net aan het landen,' vertelde Blair haar. 'Is er verder nog nieuws van het front?'

'Voorlopig geen nieuws.' Moira keerde zich weer naar de anderen. 'Volgens mij kunnen we veilig stellen dat ze nu gaan slapen en dat de kans klein is dat er nog een aanval op dat kamp komt. We moeten allemaal maar eens naar bed gaan.'

'Goed idee.' Glenna pakte het kristal.

Ze wensten elkaar welterusten en ieder ging zijns weegs. Maar geen van hen ging slapen. Hoyt en Glenna gingen naar de toren om te werken. Blair ging naar de lege balzaal om te trainen.

Moira begaf zich naar de bibliotheek en pakte alle boeken die ze kon vinden over de mythen, legenden en geschiedenis van de Stille Vallei.

Ze las en studeerde tot het eerste licht van de dageraad.

Toen ze eindelijk insliep, opgekruld in het vensterzitje, zoals ze als kind zo vaak had gedaan, droomde ze over een grote oorlog tussen goden en demonen. Een strijd die al minstens een eeuw had gewoed. Een oorlog die aan beide kanten bloed had vergoten, tot het stroomde als een oceaan.

En de oceaan werd een vallei, en die werd de Stille Vallei.

17

'Sinann, je hoort nog in bed te liggen.'

Met haar hand op haar buik schudde Sinann haar hoofd tegen Moira. 'Ik kon mijn vader niet laten vertrekken zonder hem uitgeleide te doen. Of jou.' Sinann keek rond op de binnenplaats, waar paarden, draken en mannen zich klaarmaakten voor de reis. 'Het zal heel leeg lijken als we maar met zo weinigen overblijven binnen de muren.' Ze slaagde erin een glimlach tevoorschijn te toveren toen ze naar haar vader keek, die haar zoontje hoog optilde.

'We zullen terugkeren, en dan zal het lawaai oorverdovend zijn.'

'Breng ze weer bij me terug, Moira.' De spanning begon zichtbaar te worden in haar ogen, hoorbaar in haar stem. 'Mijn man, mijn vader, mijn broers. Breng ze bij me terug.'

Ze pakte Sinanns armen beet. 'Ik zal doen wat in mijn vermogen ligt.'

Sinann drukte Moira's hand tegen haar buik. 'Daar zit leven. Voel je het? Zeg tegen Phelan dat je zijn kind hebt voelen bewegen.'

'Dat zal ik doen.'

'Ik zal voor je zaailingen zorgen en erop letten dat er continu een kaarsje brandt totdat jullie allemaal weer thuiskomen. Moira, hoe zullen we het weten? Hoe zullen we weten of jullie...'

'Jullie zullen het weten,' verzekerde Moira haar. 'Als de goden geen teken van onze overwinning sturen, zullen wij dat doen, dat beloof ik. Ga nu afscheid nemen van je vader, en ik zal al je andere mannen een zoen geven wanneer ik ze zie.'

Moira liep naar haar tante en legde een hand op Deirdres arm. 'Ik heb met de soldaten gesproken die ik bij jullie achterlaat. Mijn bevelen zijn duidelijk en eenvoudig, en moeten exact worden opgevolgd. De poort blijft dicht en niemand mag het kasteel verlaten – overdag noch 's nachts – tot jullie bericht krijgen dat de veldslag voorbij is. Ik reken erop dat jij, als het hoofd van mijn familieleden die hier achterblijven, erop toeziet dat die orders worden opgevolgd. Jij bent mijn regentes tot ik terugkeer. Of, in het geval van mijn dood...'

'O, Moira.'

'In het geval van mijn dood zul jij regeren tot de volgende rechtmatige heerser is gekozen.' Ze trok een ring van haar vinger die van haar moeder was geweest en duwde die in Deirdres hand. 'Dat is een teken van jouw gezag, in mijn naam.'

'Ik zal je wensen, je bevelen en je naam in ere houden. Dat zweer ik, Moira.' Ze greep de handen van haar nicht stevig beet. 'Het spijt me dat we ruzie hebben gemaakt.'

'Mij ook.'

Hoewel haar ogen vochtig waren, slaagde Deirdre erin een beverig glimlachje te laten zien. 'Hoewel we hier afscheid van elkaar nemen in de overtuiging dat we zelf gelijk hadden.'

'Inderdaad. Maar daarom hou ik niet minder van je.'

'Mijn kind.' Deirdre trok haar dicht tegen zich aan. 'Mijn lieve meisje. Elk gebed dat ik ken stuur ik met je mee. Keer bij ons terug. Zeg tegen mijn zonen dat ze mijn hart en mijn trots hebben.'

'Sorry.' Blair raakte Moira's schouder kort aan. 'We zijn klaar om te vertrekken.'

'Tot ziens, Blair.' Deirdre deed een stap naar voren en kuste Blairs wangen. 'Ik vertrouw erop dat jij mijn oudste zoon uit de problemen houdt.'

'Ik zal mijn best doen.'

'Dat zal nodig zijn. Hij is een lastpak.' Ze deed haar mond open om nog iets te zeggen, maar haalde in plaats daarvan diep adem. 'Ik wilde zeggen: wees veilig, maar dat is niet wat krijgers willen horen. Dus zal ik zeggen: vecht goed.'

'Reken maar.'

Toen bestegen ze hun paarden en draken. Kinderen werden in groepen bijeengebracht en bemoederd door de vrouwen die achterbleven. De ouden van dagen steunden op wandelstokken of op de armen van de jongeren.

Er glinsterden tranen. Hoewel de achterblijvers hun dierbaren die vertrokken door de waas van die tranen zouden nakijken, wist Moira dat ze ook naar haar keken.

Breng ze bij me terug. Bij hoevelen van hen leefde die wanhopige wens in hun hart en geest? Die wens zou niet bij iedereen vervuld worden, maar zoals ze Sinann had bezworen, zou ze haar best doen.

En ze zou hen niet in de steek laten of hen aanvoeren met tranen in haar ogen.

Moira gebaarde naar Niall, die de grondtroepen zou leiden. Toen hij riep dat het hek moest worden opgehaald, tilde zij het zwaard van Geall hoog op. En aan het hoofd van de laatste troepen die Kasteel Geall verlieten, schoot ze een boog van vuur de lichte ochtendhemel in.

De drakenrijders arriveerden als eersten in het basiskamp om de troepen te mobiliseren. Ze zouden gezamenlijk beginnen aan de volgende etappe van de mars naar het slagveld. Voorraden en wapens werden ingepakt en mannen werden mee de lucht in genomen op draken of weggevoerd op paarden zodra die arriveerden. Degenen die te voet gingen, werden geflankeerd door ruiters – zowel in de lucht als op de grond.

Zo reisden ze over het land en door de lucht van Geall.

Bij de volgende halte rustten ze uit en gaven ze hun rijdieren water.

'Drink wat thee, Vrouwe.' Ceara voegde zich bij Moira bij een beekje, waar de draken uit dronken.

'Wat? O, dank je.' Moira nam de beker aan.

'Ik heb nog nooit zoiets gezien.'

'Nee.' Moira bleef de draken observeren, terwijl ze zich afvroeg of een van hen ooit nog een dergelijk tafereel zou zien. 'Jij rijdt verder met je man, Ceara.'

'Dat zal ik doen, Vrouwe. We zijn bijna klaar.'

'Waar is het kruis dat je hebt gewonnen, Ceara? Het kruisje dat je nu draagt is van koper.'

'Ik...' Ceara legde haar hand op het koperen kruisje. 'Ik heb het achtergelaten bij mijn moeder, Majesteit. Ik wilde dat mijn kinderen beschermd zouden worden als...'

'Ja, natuurlijk.' Ze sloot haar vingers om Ceara's pols en kneep zacht. 'Natuurlijk.' Ze draaide zich om toen Blair met grote passen op haar afkwam.

'Tijd om iedereen te verzamelen. De rijdieren hebben uitgerust en gedronken. Alle voorraden en wapens zijn gepakt, op wat spullen na voor de troepen die dit kamp tot morgen zullen bewaken.'

'De soldaten die achter ons aan komen, moeten hier ruim voor zonsondergang zijn.' Moira keek naar de lucht. 'Hebben ze voldoende bescherming als het weer omslaat? Door natuurlijke oorzaken of anderszins?'

'Lilith heeft zo ver naar het westen misschien wat verspreide sluipschutters of verkenners, maar niets wat onze troepen niet aankunnen. We moeten verder, Moira. Op deze manier in etappes van basis naar basis trekken voorkomt weliswaar dat de soldaten 's nachts onbeschut en kwetsbaar zijn, maar het kost tijd.'

'En we moeten ons aan het schema houden,' stemde Moira in. 'Geef het bevel dan maar, dan gaan we door.'

Het was ruim na twaalf uur 's middags toen de eersten van hen aankwamen op hun eindbestemming. Onder de plek waar zij vloog, bleven de soldaten staan en begonnen te juichen. Ze zag Larkin uit het huis komen en zijn gezicht naar de hemel heffen. Vervolgens veranderde hij in een draak en voegde zich bij hen.

Ook zag ze de donkere aarde van recent gedolven graven.

Larkin cirkelde met een uitsloverige zwier om haar heen en ging vervolgens naast Blairs rijdier vliegen. Moira's adem stokte in haar keel toen Blair op de rug van haar draak ging staan en de lucht in sprong. Onder hen steeg luid gejoel op toen Blair op Larkins rug landde en hem naar beneden liet gaan.

Het leek wel een feestdag, dacht Moira toen ook de andere berijders opzichtige bochten en duikvluchten uitvoerden. Misschien hadden ze die uitbundigheid en dwaasheid nodig in deze laatste uren van het daglicht. De avond zou snel genoeg vallen.

Ze wilde haar eigen rijdier gaan verzorgen, zoals ze onderweg steeds had gedaan, maar Larkin tilde haar op en draaide haar rond, waarna hij haar een zoen gaf.

'Dat stemt me echt niet milder,' zei ze tegen hem. 'Ik heb een appeltje met je te schillen. Jullie moesten reizen, informatie verzamelen en de boel veilig stellen. Niet op zoek gaan naar problemen.'

'We doen wat we moeten doen.' Hij gaf haar nog een zoen. 'En alles is goed, toch?'

'Is dat zo?'

'Jazeker. Ook met hem. Ga maar naar binnen. Er zijn hier genoeg mensen die voor de rijdieren kunnen zorgen. Je hebt een lange reis achter de rug. Volgens Blair hebben jullie onderweg geen problemen gehad.'

'Nee, helemaal niets.' Ze stond toe dat hij haar mee naar binnen leidde.

Boven het vuur hing een volle stoofpot te pruttelen, en de geur van eten vermengde zich met die van soldaten en modder. Op een tafel waar vroeger vermoedelijk een gezin aan had gezeten, lagen uitgespreide kaarten. Voor de ramen hingen vrolijke, eigengemaakte gordijnen, en de muren waren schoon en witgekalkt.

Bij elk raam en elke deur stonden wapens.

'Als je even wilt rusten, is er boven een kamer voor je.'

'Nee, dat is niet nodig. Ik lust wel een whiskey, als dat er is.'

'Dat is er zeker.'

Aan zijn gezichtsuitdrukking zag ze dat Blair na hen was binnengekomen.

'De rijdieren worden verzorgd,' begon Blair. 'Voorraden en wapens worden uitgeladen. Dat regelt Hoyt. Hoe is de indeling hier?'

'Er slapen soldaten in de stallen, de schuur, de duiventil en het rookhuis, en ook hier binnen. Er is een behoorlijk ruime zolder en die gebruiken we als een soort kazerne.'

Al pratend schonk hij een whiskey in, en hij keek Blair met een schuin hoofd aan, maar zij schudde dat van haar.

'Deze zitkamer fungeert als het belangrijkste arsenaal,' ging hij door. 'Bovendien ligt er in elk gebouw een hele voorraad wapens. De mannen houden om beurten de wacht, dag en nacht. Elke dag wordt er getraind. Zoals jullie weten zijn er aanvallen geweest, maar niet meer sinds Cian en ik zijn gearriveerd.'

'Nee, daar hebben jullie immers voor gezorgd,' zei Moira voor ze een slok nam.

'Inderdaad en we hebben Lilith flink op haar donder gegeven. We zijn gisteren nog een man kwijtgeraakt, een die gewond was geraakt tijdens de aanval waarbij Tynan is omgekomen. Die man heeft geen gemakkelijke dood gehad.'

Moira keek omlaag naar haar glas. 'Zijn er nog meer gewonden?'

'Aye, maar die kunnen nog lopen. Aan de keuken grenst een soort open zitkamer en die hebben we ingericht als noodhospitaal.'

'Daar zal Glenna naar kijken, en zij mag het inrichten zoals ze wil. Goed.' Ze dronk haar glas leeg. 'We weten allemaal dat lang niet alle manschappen binnen zullen kunnen slapen. Er zijn hier vanavond bijna duizend man, en de komende twee dagen komen daar nog eens vijfhonderd bij.'

'Dan kunnen we maar beter beginnen met een kamp opslaan,' zei Blair.

De aanblik van zoveel van haar mensen – vrouwen en mannen, jong en oud – die eendrachtig samenwerkten, bezorgde haar een lichtelijk trots gevoel, bemerkte Moira. Op de akker verschenen tenten terwijl er ondertussen hout en turf werden verzameld om op te koken. Wagens vol voorraden werden uitgeladen en de spullen werden keurig opgestapeld.

'Daar heb je je leger,' zei Glenna achter haar.

'Ik hoop dat hier op een dag weer gewassen zullen staan in plaats van tenten. Er zijn er zoveel. Eerder leken het er lang niet zoveel. Heb jij de kracht om zoveel mensen in een beschermingscirkel te houden?'

Pure vastberadenheid deed Glenna's gezicht verstrakken. 'Liliths troetelhond kon hun hele kamp beschermen. Je suggereert toch niet dat Hoyt en ik daar niet tegenop kunnen?'

'Ik zou niet durven.'

'Het is een verdomd grote cirkel om te vormen,' gaf Glenna toe. 'En aangezien de zon al zakt, moeten we aan de slag. We kunnen jou goed gebruiken.'

'Dat hoopte ik al.'

Samen met hen liep Moira van de ene naar de andere kant van de akker en verzamelde, zoals Glenna haar had opgedragen, onderweg grassprieten, steentjes en kluitjes aarde. In het midden kwamen ze weer bij elkaar.

Het nieuws dat er magie zou plaatsvinden had de ronde gedaan, en de manschappen werden stil. In die stilte hoorde Moira de eerste fluisteringen van kracht.

Ze riepen de wachters aan, oost en west, noord en zuid. Morrigan, hun beschermvrouw. Samen met de anderen sprak ze de bezweringsformule uit, zoals die haar was verteld.

'Op deze plek, op dit uur, vragen wij de oude machten onze bede te verhoren en allen te beschermen die zijn uitverkoren. Behoed hen tegen onheil op dit gras, deze aarde, deze steen. Alleen het leven in volle bloei mag deze cirkel in en erdoorheen. Zij met kwaad in de zin moeten erbuiten wachten. Bescherm aarde en lucht met zijn licht, nachten of dagen, dagen of nachten. Ons bloed geeft dit schild goede krachten en beschermt dit veld tegen boze machten.'

Net zoals Hoyt en Glenna maakte Moira met een *athame*, een ceremonieel mes, een snee in haar handpalm, waarna ze haar vuist balde en het bloed liet druppelen over de aarde, het gras en de stenen die ze had verzameld.

De hitte pompte en schoot door haar heen – die van haar en die van hen – en de wind die ze hadden opgeroepen blies in steeds grotere cirkels, liet tentzeilen wapperen en zong door het gras tot het woest om de rand van het veld draaide als een wervelwind van licht.

Samen met Hoyt en Glenna gooide ze met bloed doordrenkte aarde neer en voelde de grond beven onder haar voeten toen er drie kleine vlammetjes opstegen en weer doofden. Toen ze elkaars hand beetpakten, boog haar lichaam achterover door de kracht die hen verbond.

'Stijg op en draai,' schreeuwde ze samen met hen. 'Draai rond en sluit en vergrendel deze plek voor al onze tegenstanders. Bloed en vuur mengen zich hier tesaam, zoals wij het willen, zo zal het gaan.'

Rondom het veld schoten rode vlammen omhoog. Toen er een volmaakte cirkel van aarde wit was geschroeid, verdwenen de vlammen met een donderslag.

Moira's zicht vertroebelde even, en de stemmen die tegen haar spraken leken ook te vervagen, alsof de wereld zich plotseling onder water bevond.

Toen ze weer tot zichzelf kwam, zat ze op haar knieën. Glenna hield haar schouders stevig vast en zei haar naam.

'Het gaat wel. Er is niks met me aan de hand. Het was gewoon... Het was zo groots. Ik moet alleen weer even op adem komen.'

'Neem de tijd. Het was een krachtige toverformule, en al helemaal omdat we er bloed bij gebruikten.'

Moira keek naar de snee in haar handpalm. 'Alles is een wapen,' zei ze. 'Zoals Blair altijd zegt. Wat er ook nodig is, voor zolang als het werkt.'

'Volgens mij heeft het gewerkt,' zei Hoyt zacht.

Toen Moira zijn blik volgde, zag ze Cian buiten de cirkel staan. Hoewel zijn cape hem beschermde tegen de laatste stralen van de zon, zag ze zijn ogen en de woedende blik die erin lag.

'Juist. We zullen de mannen verder laten gaan met het opslaan van hun kamp.'

'Leun maar op mij,' zei Glenna tegen haar. 'Je ziet zo wit als een doek.'

'Nee, dat kan ik echt niet doen.' Hoewel haar knieën nog steeds aanvoelden als pudding. 'De mannen mogen me nu niet zien verslappen. Alleen mijn maag is nog een beetje van streek, dat is alles.'

Toen ze het veld overstak, draaide Cian zich met een ruk om en beende terug naar het huis.

Hij wachtte binnen op haar, en kennelijk had de woede die hij zo duidelijk uitstraalde iedereen weggejaagd, want hij was alleen.

'Proberen jullie haar soms uit te schakelen voordat Lilith daar de kans toe krijgt?' wilde hij weten. 'Wat bezielt jullie om haar zomaar te betrekken bij jullie magische spreuken die sterk genoeg zijn om jullie eigen orkaan op te roepen?'

'We hadden haar nodig,' zei Hoyt eenvoudig. 'Het is niet makkelijk om een net uit te werpen over zo'n groot terrein, waarop zich zoveel mensen bevinden. En aangezien het jou aan de rand heeft tegengehouden, werkt de spreuk.'

Die had hem niet alleen tegengehouden, maar ook stroomstoten door zijn lijf laten gaan. Het verbaasde hem dat zijn haren niet recht overeind stonden. 'Ze is niet sterk genoeg om...'

'Waag het niet om tegen mij te zeggen waar ik wel of niet sterk genoeg voor ben. Ik heb gedaan wat nodig was. En is dat niet precies hetzelfde wat jij tegen mij zou zeggen als ik de euvele moed had om jouw roekeloze tocht naar de vallei te bekritiseren? Het is nu allebei achter de rug, en gezien het feit dat we er hier ruzie over staan te maken, zou ik zeggen dat ze allebei goed zijn afgelopen. Er is me verteld dat ik boven een kamer heb. Weet iemand toevallig waar die is?'

'Eerste deur aan de linkerkant,' snauwde Cian.

Toen ze de trap op liep – nogal hautain, volgens hem – vloekte hij. En liep achter haar aan.

Ze zat in de stoel naast de haard, die nog moest worden aangestoken, met haar hoofd tussen haar knieën.

'Ik voel me licht in mijn hoofd en heb nu echt geen behoefte aan een preek van jou. Ik ben zo weer mezelf.'

'Je lijkt nu anders ook jezelf.' Hij schonk water in een beker en stak die omlaag, zodat ze hem kon zien. 'Drink dit maar. Je bent lijkbleek. Sommige mensen die ik heb gedood hadden na afloop meer kleur dan jij.'

'Wat lief om dat te zeggen.'

'De waarheid is zelden mooi.'

Ze leunde achterover in de stoel en sloeg hem aandachtig gade terwijl ze van het water dronk. 'Je bent kwaad, en dat is prima, aangezien ik ook kwaad ben op jou. Jij wist dat ik hier was, maar je bent niet gekomen.'

'Nee, ik ben niet gekomen.'

'Je bent een stomkop. Een enorme stomkop. Door te denken dat je langzaam wat afstand van me kunt nemen, dat ik je dat zou toestaan. We hebben nog maar een paar dagen voordat we een einde aan dit gedoe gaan maken, en dan doe jij ineens je best om afstand tussen ons te scheppen. Nou, ik zal die afstand even hard weer verkleinen totdat jij met je rug tegen de muur staat. Ik heb niet alleen geleerd te vechten voor wat ik wil, maar ook om smerig te vechten.'

Ze rilde even. 'Het is hier koud. Na die bezwering heb ik zelfs geen kracht meer om het vuur aan te steken.'

Hij liep naar de haard, maar voordat hij zich bukte om de tondeldoos te pakken, greep ze zijn hand en drukte die tegen haar wang.

Dat brak hem, alsof hij van glas was. Hij tilde haar uit de stoel en hield haar boven de vloer terwijl zijn mond de hare verzwolg. En zij sloeg wulps haar armen en benen om hem heen.

'Aye, dat is beter,' zei ze ademloos. 'Nu voel ik me veel warmer. Sinds ik je moest nakijken toen je het kasteel verliet, hebben de uren eindeloos geleken. Zo weinig tijd, zo weinig maar, voor de eeuwigheid.'

'Kijk me aan. Ja, daar is je gezicht.' Opnieuw drukte hij haar stevig tegen zich aan, zodat haar hoofd op zijn schouder rustte.

'Heb je mijn gezicht gemist?'

'Jazeker. Je hoeft niet smerig te vechten, want je zit al in mijn binnenste gekerfd.'

'Het is makkelijker om boos op elkaar te zijn. Dat doet minder pijn.' Ze kneep haar ogen even stijf dicht en stapte achteruit toen hij haar weer op haar voeten zette. 'Ik heb de vedel meegenomen. Ik dacht dat je die misschien zou willen hebben om erop te spelen. We hebben muziek nodig, net zoals we licht en vrolijkheid zouden moeten hebben, en alle andere dingen die ons eraan herinneren waarvoor we vechten.'

Ze liep naar het raam. 'De zon gaat onder. Ga jij vanavond nog terug naar het slagveld?' Ze keek om toen hij geen antwoord gaf. 'We hebben Larkin en jou twee nachten geleden gezien, en we hebben je gisteren alleen zien gaan.'

'Elke keer dat ik ga, ben ik wat sterker. Ik zal niemand tot nut zijn als dat waar de grond daar van is doordrenkt me kan veranderen.'

'Daar heb je gelijk in, en vanavond ga ik met je mee. Je kunt tijd verspillen aan tegenwerpingen, Cian,' zei ze, toen hij zijn mond opende. 'Maar ik ga mee. Tenslotte is Geall van mij. Elke centimeter grond, en alles wat daaronder schuilt. Ik ben al sinds mijn kindertijd niet meer aan de rand van die plek geweest, behalve in mijn dromen. Ik moet het met eigen ogen aanschouwen, en wel als het donker is, zoals het ook op Samhain zal zijn. Dus ik ga met jou mee, of ik ga alleen.'

'Maar ik wil mee! Ik wil mee! Toe, alsjeblieft!'

Lilith vroeg zich af of haar hoofd letterlijk uit elkaar kon knallen door het aanhoudende gezeur en gezanik van de jongen. 'Davey, ik heb nee gezegd. Het is te dicht op Samhain, en het is veel te gevaarlijk voor jou om het huis te verlaten.'

'Ik ben een soldaat.' De uitdrukking op zijn kleine gezicht werd scherp en venijnig. 'Dat heeft Lucius zelf gezegd. Ik heb een zwaard.'

Hij trok het kleine zwaard uit de schede dat ze voor hem had laten maken nadat hij iemand in het veld had gedood, iets wat ze op dit moment zeer betreurde. 'Het is maar een jachtgroep,' begon ze.

'Ik wil jagen. Ik wil vechten!' Davey sloeg met zijn zwaard door de lucht. 'Ik wil dóden!'

'Ja, ja, ja.' Lilith wuifde hem weg. 'En dat zul je ook, naar hartenlust. Ná Samhain. Nee, geen woord meer!' Dat laatste snauwde ze, terwijl haar oogwit een lichtrode gloed kreeg. 'Voor vandaag heb ik genoeg van jou gehoord. Je bent te jong en te klein. En daarmee basta. Ga na je kamer en ga spelen met die verdomde kat die je zo graag wilde.'

Zijn ogen hadden een rode gloed en zijn lippen waren vertrokken tot een sneer die zelfs de schijn van menselijke onschuld liet verdwijnen. 'Ik ben niet te klein. Ik haat die kat. En ik haat jou.' Hij stormde weg, zijn kleine beentjes stampend van drift. Daarbij sloeg hij zijn zwaard woest heen en weer, dwars door het bovenlijf van een menselijke bediende die niet snel genoeg opzij was gesprongen.

'Verdomme! Moet je die troep zien.' Lilith hief haar handen op bij het zien van de bloedspatten op de muur. 'Die jongen maakt me gek.'

'Als je het mij vraagt, heeft hij een flinke oorvijg nodig.'

Met een furieuze blik draaide Lilith zich naar Lora toe. 'Hou je mond! Waag het niet mij te vertellen wat hij nodig heeft. Ik ben zijn moeder.'

'*Bien sûr*. Je hoeft mij niet te bijten omdat hij zich als een snotaap gedraagt.' Pruilend zakte Lora onderuit op een stoel. Haar gezicht was bijna genezen, maar de overgebleven littekens brandden als vergif. 'Het is duidelijk van wie hij zijn rothumeur heeft.'

Lilith balde een van haar handen tot een vuist, de roodgelakte nagels leken op klauwen. 'Misschien heb jij een flinke oorvijg nodig.'

Omdat Lora wist dat Lilith in haar huidige stemming iets veel ergers kon uitdelen dan een oorvijg, haalde ze haar schouders op. 'Ik ben toch niet degene die je het afgelopen uur aan je kop heeft gezeurd? Ik heb jouw kant gekozen tegenover Davey en nu reageer je je af op mij. Waarschijnlijk zijn we allemaal gespannen, maar jij en ik moeten elkaar steunen.'

'Ja. Ja, je hebt gelijk.' Lilith ging met haar handen door haar haren. 'Hij heeft me echt koppijn bezorgd. Moet je nagaan.'

'Hij is zich gewoon... hoe noemen ze dat ook alweer? Aan het afreageren. Hij is zo trots op zichzelf omdat hij onlangs iemand buiten heeft gedood.'

'Ik kan hem niet naar buiten laten gaan.'

'Nee, nee.' Lora wuifde met een hand. 'Je had helemaal gelijk. We zijn een jachtgroep en een aanvalsgroep kwijtgeraakt, dus Davey heeft buiten niets te zoeken. Ik vind nog steeds dat je hem een draai om zijn oren moet geven omdat hij een grote mond had tegen jou.'

'Misschien doe ik dat nog wel. Roep iemand om die rommel op te ruimen.' Ze gebaarde achteloos naar het lichaam van de bediende. 'En zorg dan dat de jachtgroep vertrekt. Misschien hebben ze vannacht meer geluk en weten ze ergens een verdwaalde mens op te sporen. De manschappen hebben genoeg van schapenbloed.'

'O, nog één ding,' zei ze toen Lora de kamer uit wilde gaan. 'Ik wil een kleinigheid om te eten, om even tot mezelf te komen. Zijn er nog kinderen?'

'Ik zal even kijken.'

'In elk geval iets kleins. Ik heb vanavond niet zo'n trek. Laat het maar naar mijn kamer brengen. Ik heb even wat rust nodig.'

Toen ze alleen was, ijsbeerde ze door de kamer alsof die een kooi was. Haar zenuwen stonden strak gespannen, dat durfde ze wel toe te geven. Ze had zoveel aan haar hoofd, zoveel details, zoveel verantwoordelijkheden, nu de cirkel eindelijk bijna rond was.

Het troepenverlies was niet alleen om razend van te worden, maar ook zorgwekkend. Desertie was een probleem, maar ze had elke nacht opruimers op pad gestuurd om de deserteurs te vinden en te vernietigen. Het was simpelweg onmogelijk dat twee volledige ploegen waren gedeserteerd.

Nog meer menselijke hinderlagen, vroeg ze zich af. Die eisten een hoge tol van haar, en zouden een nog veel hogere tol van de mensen eisen wanneer zij met hen klaar was.

Niemand begreep onder welke druk ze stond, hoe groot haar verantwoordelijkheden waren. Ze moest werelden decimeren. Haar noodlot drukte zwaar op haar en ze werd omringd door dwazen en onbenullen.

En nu gedroeg haar Davey, haar eigen lieve jongen, zich als een snerende, grauwende blaag. Hij was zowaar brutaal tegen haar geweest, en dat pikte ze niet. Van niemand. Ze wist niet of ze trots of razend moest zijn.

Al had hij er schattig en woest uitgezien toen hij met zijn miniatuurzwaard had staan zwaaien. En had hij die bediende niet bijna in tweeën gehakt om vervolgens woedend, bijna macho, weg te benen, zonder ook nog maar één keer om te kijken?

Dat was natuurlijk ergerlijk, maar toch voelde ze een lichte trots.

Ze liep naar de deur en ging naar buiten zodat ze de nacht over zich, en in zich, kon voelen glijden. Die arme Davey had het gevoel dat hij hier binnen gevangenzat. Net als zij. Maar spoedig...

Natuurlijk. Ach natuurlijk, wat was ze een slechte moeder! Ze zou hier te plekke een jacht organiseren, op de beschermde grond. Alleen voor hun tweetjes. Dat zou haar eetlust aanwakkeren en haar stemming verbeteren. En Davey zou blij zijn.

Blij met het idee ging ze weer naar binnen, stapte over het bloedende lijk heen en liep de trap op.

'Davey? Waar is mijn ondeugende jongetje? Ik heb een verrassing voor je.'

Ze deed zijn kamerdeur open. Als eerste rook ze de geur. En er was een behoorlijke hoeveelheid bloed te zien, op de muren en de koningsblauwe sprei die ze voor zijn bed had laten maken.

Overal lagen stukjes kat. Het was ook een bijzonder grote kat.

Ze slaakte een zucht en voelde een lach opborrelen. Wat kon haar schatje toch driftig worden.

'Davey, wat ben jij een stoute jongen. Kom tevoorschijn, anders verander ik van gedachten wat betreft die verrassing.' Ze sloeg haar ogen ten hemel. Moeder zijn was verdraaid hard werken. 'Ik ben niet boos, liefje. Ik heb gewoon veel aan mijn hoofd en daardoor was ik even vergeten dat jij en ik wat leuks moeten doen.'

Terwijl ze praatte, doorzocht ze de kamer, en ze fronste haar voorhoofd toen ze hem nergens zag. Ze voelde speldenprikjes van bezorgdheid toen ze de kamer weer verliet. Lora kwam er net aan, een vrouw aan een nekboei meetrekkend.

'Er zijn geen kinderen meer, maar deze is klein.'

'Nee, nee, niet nu. Ik kan Davey nergens vinden.'

'Niet in zijn kamer?' Lora keek even naar binnen. 'O, heel creatief. Hij heeft zich ergens verstopt omdat je boos op hem bent.'

'Ik voel iets...' Lilith drukte een hand op haar buik. 'Een gespannen gevoel in mijn binnenste. Hij moet gevonden worden. En snel!'

Ze bevolen een zoektocht en doorzochten het landhuis, de bijgebouwen en de velden binnen het beschermde gebied. De spanning in Liliths buik veranderde in een strakke knoop toen ze ontdekten dat zijn pony er niet was.

'Hij is weggelopen, ervandoor gegaan. O, waarom heb ik niet gecontroleerd of hij in zijn kamer was? Ik moet hem vinden.'

'Wacht. Wacht,' zei Lora dwingend, en ze pakte Lilith hard beet. 'Je mag je niet buiten het beschermde gebied wagen.'

'Hij is van mij. Ik moet hem gaan zoeken.'

'Dat zullen wij doen. Echt waar. We zullen de beste spoorzoekers sturen. We zullen Midir op pad sturen. Ik zal zelf gaan.'

'Nee.' Lilith deed haar uiterste best om kalm te blijven, en ze sloot haar ogen. 'Jij bent te kostbaar. Lucius. Zoek Lucius en zeg dat hij naar me toe moet komen in Midirs hol. Schiet op!'

Ze zorgde dat haar bloed koeler werd en haar geest tot rust kwam. Ze wist dat regeren hitte vereiste, maar er was ook ijs voor nodig. En op dit moment moest ze zorgen dat er geen barsten in het ijs zouden verschijnen totdat de prins weer veilig was.

'Ik reken op jou, Lucius.'

'Ik zal hem vinden, Vrouwe. Dat beloof ik u. En mocht het nodig zijn, zal ik mijn leven geven om te zorgen dat hij weer veilig thuiskomt.'

'Dat weet ik.' Ze legde een hand op zijn schouder. 'Er is niemand die ik meer vertrouw dan jij. Breng hem bij me terug, en je zult alles van me krijgen wat je vraagt.'

Met een ruk wendde ze zich tot Midir. 'Zoek hem! Zoek de prins in je spiegel!'

'Ik ben al bezig.'

Aan de muur hing een grote ovale spiegel. Die weerkaatste de tovenaar in zijn zwarte gewaad en de kamer waarin hij aan zijn zwarte magie werkte, maar niet de drie vampiers die toekeken.

Er kronkelde rook over de spiegel, die zich wervelend en klauwend een weg naar de randen baande. Door de waas die daardoor ontstond kwam de nacht tot leven. En in de nacht verscheen de schaduw van een jongen op een pony.

'O, daar. Daar is hij,' riep Lilith terwijl ze Lora's hand greep. 'Kijk toch hoe goed hij rijdt, hoe recht hij in het zadel zit. Waar is hij? Waar in dit vervloekte land is de prins?'

'Hij bevindt zich achter de jachtgroep,' zei Lucius terwijl hij het visioen in de spiegel bestudeerde. 'En hij gaat in de richting van het slagveld. Ik ken dat land, Vrouwe.'

'Schiet dan op. Koppige blaag,' mompelde ze. 'Deze keer zal ik je raad opvolgen, Lora. Als hij terug is, krijgt hij een flink pak slaag. Hou hem in die spiegel, Midir. Kun je mij naar hem toe sturen, mijn beeltenis?'

'U vraagt wel veel toverkunsten tegelijk, Majesteit.' Met een zwierend gewaad liep hij naar zijn ketel en terwijl hij zijn handen door de lucht liet schieten, creëerde hij lichtgroene rook.

'Ik heb meer bloed nodig,' zei hij.

'Van een mens, neem ik aan?'

Zijn ogen glinsterden. 'Dat zou het beste zijn, maar ik kan improviseren met het bloed van een lam of jonge geit.'

'Het gaat om de prins,' zei ze kil. 'Dan gaan we niet improviseren. Lora, haal degene die voor mij zou worden opgediend. Midir mag haar hebben.'

Davey reed snel in het donker. Hij voelde zich sterk, machtig en opperbest. Hij zou ze allemaal laten zien dat hij de grootste krijger was die ooit was gecreëerd. De Prins van het Bloed, dacht hij met een fonkelende glimlach. Hij zou iedereen dwingen om hem zo te noemen. Zelfs zijn moeder.

Ze had gezegd dat hij klein was, maar dat was hij níét.

Hij had overwogen om de jachtgroep te volgen en zich bij hen aan te sluiten en ze te bevelen om hem de leiding te geven.

Maar iets trok hem bij hen vandaan, weg van de geur van zijn eigen soort. Iets wat sterk en verleidelijk was. Hij hoefde niet bij een jachtgroep te blijven, hen te volgen als een klein kind. Ze waren allemaal beneden zijn waardigheid.

Hij wilde de muziek volgen die in zijn aderen gonsde, de geur van oeroude dood.

Ondertussen was hij langzamer gaan rijden en voelde hij opwinding in zich opborrelen. Daar in het donker bespeurde hij iets wat fantastisch was. Het was fantastisch en het was van hem.

In het maanlicht zag hij het slagveld, en de schoonheid ervan deed hem huiveren, net zoals gebeurde wanneer zijn moeder hem toestond om zichzelf in haar te stoppen en haar te berijden alsof ze een pony was.

Terwijl die schoonheid in hem brandde, zag hij gestalten op het hogergelegen deel. Twee mensen en een draak, dacht hij.

Die zou hij allemaal nemen, afslachten, leegzuigen en hun hoofden meenemen om aan de voeten van zijn moeder te laten vallen.

Niemand zou hem ooit nog klein durven noemen.

18

Midden in Moira's borstkas zat een harde plek, als een vuist die klaar was om toe te slaan. Het kostte moeite om erlangs te ademen, maar toch stond ze net als Cian aan de rand van de Stilte. 'Hoe voel jij je?' vroeg ze aan hem.

'Verscheurd. Je mag me niet aanraken.'

'Hoe bedoel je verscheurd?'

'Ketenen aan mijn voeten en om mijn nek die naar verschillende kanten worden getrokken.'

'Pijn.'

'Ja, maar vermengd met fascinatie. En dorst. Ik kan het bloed in de grond ruiken. Dat is dik en rijk. Ik hoor jouw hartslag, ruik je geur.'

Toch waren zijn ogen die van Cian, dacht ze. Die hadden nu geen rode gloed, zoals in de nacht dat Larkin en hij hiernaartoe waren gegaan. 'Ze zullen op deze grond sterker zijn dan ergens anders.'

Na die woorden keek hij haar aan en bedacht dat hij had moeten weten dat ze dat zou begrijpen. 'Ze zullen hier sterker zijn. Ze zullen jullie in aantal overtreffen. Ze zullen worden gedreven door wat er op deze plek is gekweekt en door de macht die Lilith over hen heeft. Dood betekent iets anders voor hen dan voor jou. Ze zullen komen en blijven komen zonder zich er druk om te maken dat ze het niet zullen overleven.'

'Jij denkt dat we gaan verliezen. Dat we hier allemaal zullen sterven.'

De waarheid zou haar beter beschermen dan gemeenplaatsen, dacht hij. 'Ik denk dat de kans om dit te kunnen verslaan steeds kleiner wordt.'

'Daar zou je best eens gelijk in kunnen hebben. Ik zal je vertellen wat ik over deze plek weet. Wat ik heb gelezen en wat ik denk dat de waarheid erover is.'

Ze keek weer voor zich uit, over het land vol kuilen dat *Ciunas* heette. 'Heel lang geleden, voordat de werelden van elkaar gescheiden waren en nog een geheel vormden in plaats van allemaal afzonderlijke stukken, waren er alleen goden en demonen. De mensheid moest nog tussenbeide komen om tegen allebei te vechten en allebei in verleiding te brengen. Beide soorten waren sterk, woest en hebberig, en allebei wilden ze domineren. Maar toch, hoe wreed de goden ook waren, ze deden niet aan het opjagen en vermoorden van hun eigen soort, evenmin als ze voor de lol demonen opjoegen en vermoordden.'

'Dus zij waren meer goed dan kwaad?'

'Er moet ergens een grens zijn, zelfs als dat het enige is. Er was oorlog. Die duurde een eeuwigheid en werd uiteindelijk op deze plek beslecht. Hier heeft hun laatste veldslag plaatsgevonden. De bloedigste, wreedste en meest zinloze, volgens mij. Er was geen overwinning, alleen een zee van bloed die hier oprees, deze ruwe vallei vormde en mettertijd weer wegebde, zodat het bloed dieper en dieper in de grond drong.'

'Waarom hier? Waarom in Geall?'

'Ik denk omdat de goden, bij de creatie van Geall, hebben verordend dat hier eeuwenlang vrede en welvaart zouden heersen, en dat deze vallei de prijs daarvoor was. Het evenwicht.'

'En nu moet die prijs worden betaald?'

'Dit lag altijd in het verschiet, Cian. Nu hebben de goden de mensen opgedragen om het op te nemen tegen deze demon die is begonnen als mens. Een vampier die vecht tegen de bron waar ze uit voortkomt en die tevens haar prooi is. Hier zal alles in balans komen of ineenstorten. Maar Lilith beseft niet wat er zal gebeuren als ze wint.'

'Dan zullen we opbranden. Mijn soort.' Hij knikte, omdat hij tot dezelfde conclusie was gekomen. 'In chaos kan niets gedijen.'

Moira bleef even stil. 'Je bent nu rustiger, omdat je nadenkt.'

Hij liet een flauw lachje horen. 'Inderdaad. Maar toch is het de laatste plek in deze wereld, en alle andere, waar ik een deken wil uitspreiden voor een picknick.'

'We zullen er na Samhain een houden bij maanlicht. Larkin en ik hebben een lievelingsplekje. Dat is...'

Hoewel hij haar had gewaarschuwd om hem niet aan te raken, greep hij nu haar pols. 'Sst. Daar komt iets...'

Zwijgend haalde Moira een pijl uit de koker op haar rug.

In de schaduw grijnsde Davey en hij trok zijn geliefde zwaard. Hij zou gaan vechten zoals het een prins betaamt. Hij zou hakken, toestoten en bijten.

En drinken, drinken en drinken.

Hij boog zich diep over het zadel en maakte zich op om een oorlogskreet te slaken. Toen verscheen Lilith plotseling voor hem.

'Davey! Draai die pony om, nu meteen, en kom naar huis!'

Zijn woeste gezichtsuitdrukking veranderde in een kinderlijk pruilmondje. 'Ik ben aan het jagen!'

'Jij zult jagen waar en wanneer ik het je zeg. Ik heb geen tijd voor deze onzin of om me ongerust over je te maken. Ik moet een oorlog voeren.'

Nu verstrakte zijn gezicht zich tot koppige lijnen en zijn ogen glommen in de duisternis. 'Ik ga vechten. Ik ga de mensen doden en dan zul je me niet meer behandelen als een baby.'

'Ik heb je gemaakt, en ik kan je ook weer vernietigen. Jij doet precies wat ik je... Welke mensen?'

Hij gebaarde met zijn zwaard. Toen ze zich omdraaide en zag wat hij bedoelde, ontstond er pas echte angst in Liliths buik. Tevergeefs greep ze het hoofdstel, maar haar hand ging door de nek van de pony.

'Luister naar me, Davey. Slechts een van hen is een mens. De man heet Cian. Hij is heel machtig, heel sterk en heel oud. Je moet vluchten. Laat die pony zo hard gaan rennen als hij kan. Jij hoort hier niet te zijn. Wij horen hier nu niet te zijn.'

'Ik heb honger.' Zijn ogen begonnen te veranderen en hij likte met zijn tong over zijn lange hoektanden en zijn lip. 'Ik wil die oude doden. Ik wil drinken van de vrouw. Ze zijn van mij, van mij. Ik ben de Prins van het Bloed.'

'Davey, nee!'

Maar met een harde schop liet hij de pony verder rennen.

Het ging allemaal zo snel, dacht Moira. Opflitsende momenten. De zilveren tik waarmee Cian zijn zwaard uit de schede trok, de snelle beweging waarmee hij voor haar ging staan, als een schild. De kleine ruiter vloog de duisternis uit, en ze had haar pijl op de boog gezet en stond klaar.

Toen zag ze dat het een kind was, een jongetje op een stevige voskleurige pony. Haar hart sloeg even over, haar lichaam schokte. En haar pijl miste zijn doelwit.

Het kind gilde, jankte en gromde. Een wolvenjong op jacht.

Lilith vloog achter de pony aan, een smaragdgroene en goudkleurige vrouwelijke demon die door de lucht flitste, haar handen gebald tot klauwen, en met glinsterende hoektanden.

Moira's tweede pijl schoot door haar hart en vloog hoog de lucht in.

'Ze is niet echt!' brulde Cian. 'Maar hij wel. Neem de draak en ga weg.'

Op het moment dat ze een derde pijl wilde pakken, duwde Cian haar aan de kant en sprong over de aanstormende pony heen.

Een jongetje, dacht Moira. Een jongetje met roodgloeiende ogen en lange hoektanden. Het zwaaide met een kort zwaard terwijl het aan de teugels trok. Liliths kreten boorden zich als ijzige speren in Moira's hersens toen de jongen van de pony tuimelde en hard op de rotsachtige grond belandde.

Hij bloedde op de plekken waar hij zich had gestoten en geschaafd aan de rotsen, zag Moira. Hij huilde, zoals een jongetje dat was gevallen zou doen.

Haar adem stokte in ontkenning van de werkelijkheid toen Cian naar voren kwam terwijl Liliths beeltenis naar hem klauwde met onstoffelijke handen. Onpasselijk in hoofd en hart liet Moira haar boog zakken.

De tweede ruiter kwam uit de maanverlichte duisternis gestormd. Ditmaal geen jongen, maar een man, bewapend voor de strijd, die zijn slagzwaard al door de lucht liet zwiepen.

Cian draaide zich met een ruk om en beantwoordde de aanval.

De zwaarden raakten elkaar met een kletterend geluid, en hun dodelijke muziek echode door de vallei. Cian sprong hoog op en hij wierp de ruiter met een gemene trap tegen zijn keel van zijn paard.

Omdat ze geen zuiver schot kon lossen, smeet Moira haar boog neer en trok haar zwaard. Voordat ze naar voren kon rennen om zij aan zij met Cian te vechten, ging de jongen op handen en knieen zitten. Hij hief zijn hoofd op en staarde haar met zijn glinsterende ogen aan.

Het schepsel gromde.

'Doe het niet.' Moira ging een stap achteruit toen Davey op zijn hurken ging zitten, klaar om naar haar toe te springen. 'Ik wil je geen pijn doen.'

'Ik zal je keel openrijten.' Hij ontblootte zijn tanden terwijl hij om haar heen cirkelde. 'En van je drinken en drinken. Als ik jou was zou ik wegrennen. Ik vind het het leukst als ze vluchten.'

'Ik vlucht niet. Maar dat moet jij wel doen.'

'Ren weg, Davey! Nu!'

Met een ruk keek hij naar Lilith en sneerde als een hond met hondsdolheid. 'Ik wil spelen! Tikkertje. Tikkie, jij bent hem!'

'Ik ga niet met je spelen.' Moira cirkelde om hem heen en probeerde hem terug te dringen met uitvallen van haar zwaard.

Hij had zijn zwaard verloren bij zijn val, maar Moira nam zich voor om het hare te gebruikten als hij op haar afsprong. Hij was niet ongewapend, dat was een vampier nooit. En zijn hoektanden glinsterden, scherp en vervaarlijk.

Razendsnel draaide ze zich om waarbij ze uithaalde met haar been, laag mikkend zodat ze hem in zijn buik raakte en hem achteruit dwong.

Liliths beeltenis knielde bij hem neer en brieste: 'Daar zal ik je om vermoorden. Maar voor ik dat doe, vil ik je levend. Lucius!'

Lucius hakte wild naar Cian. Ze waren allebei besmeurd met bloed en hadden een moordzuchtige blik in hun ogen. Ze sprongen naar elkaar toe en troffen elkaar woest in de lucht.

'Rennen, Davey,' schreeuwde Lucius. 'Rennen!'

Davey aarzelde en zijn gezichtsuitdrukking veranderde. Moira meende heel even het kind te zien dat door de demon was verzwolgen. De angst, de onschuld, de verwarring.

Hij rende als een kind, hinkend vanwege zijn geschaafde knieën. Maar naarmate hij aan snelheid won, kreeg hij ook de griezelige sierlijkheid van vampiers terwijl hij naar de zwiepende zwaarden rende.

Moira liet haar eigen zwaard vallen en raapte haar boog op. Een tel te laat, want Davey sprong al op Cians rug en probeerde hem te raken met zijn hoektanden en vuisten. Als ze nu schoot, zou de pijl dwars door de jongen heen gaan en in Cian belanden.

Een knip met de vingers. Meer tijdsflitsen. De jongen duikelde door de lucht, weggesmeten door een keiharde klap. Hij wreef met zijn knokkels in zijn brandende ogen en riep om zijn moeder.

Weer gilde Lilith: 'Lucius, de prins! Help de prins.'

Lucius' loyaliteit en zijn jarenlange trouwe dienst eisten een hoge tol van hem. Toen hij zijn hoofd een fractie naar Lilith draaide, scheidde Cian datzelfde hoofd met een houw van zijn zwaard van de romp.

Davey krabbelde overeind, nu met een uitdrukking van wilde paniek op zijn gezicht.

'Dood hem,' riep Cian toen Davey begon te rennen. 'Schiet op hem.'

Nu was het alsof de tijdsflitsen vertraagden. Woeste kreten en hard gehuil weerkaatsten door de traag bewegende lucht. De gestalte van een kind dat rende op bebloede, vermoeide benen. Lilith, haar gezicht vol angst en afschuw, terwijl ze tussen het kind en Moira in stond, haar armen wijd gespreid, ter verdediging of als smeekbede.

Moira keek Lilith in de ogen terwijl haar eigen zicht wazig werd. Toen, met een steek in haar hart, knipperde ze haar tranen weg en liet de pijl door de lucht suizen.

De gil die klonk toen de pijl door Lilith heen ging was afschuwelijk menselijk. Die gil hield aan terwijl de pijl zijn weg vervolgde en recht in het hart belandde van wat ooit een kleine jongen was geweest die samen met zijn vader in de warme branding had gespeeld.

Toen stond Moira alleen met Cian aan de rand van een vallei die pulseerde door de honger naar meer bloed.

Cian bukte zich en raapte de zwaarden op. 'We moeten gaan, nu meteen. Ze zal al anderen hebben gestuurd.'

'Ze hield van hem.' Moira vond haar eigen stem vreemd en iel klinken. 'Ze hield van het kind.'

'Liefde is niet exclusief voorbehouden aan mensen. We moeten hier weg.'

Ze voelde zich versuft, maar probeerde zich te concentreren op Cian. 'Je bent gewond.'

'En ik weiger om hier nog meer bloed achter te laten. Stijg op.'

Ze knikte en pakte haar eigen wapens op, waarna ze zich op de draak hees. 'Ze heeft hem gedood,' mompelde ze terwijl Cian achter haar op de draak sprong. 'Maar ze hield van hem.'

Verder deed ze er het zwijgen toe terwijl ze bij het slagveld vandaan vlogen.

Zodra ze terugkwamen, nam Glenna de leiding op zich en leidde hen allebei naar de zitkamer om hen te verzorgen.

'Ik ben niet gewond,' hield Moira vol, maar ze plofte neer. 'Ik ben niet aangeraakt.'

'Blijf nou maar gewoon zitten.' Glenna ging aan de slag met Cians knopen. 'Toe, lekker ding, trek je overhemd uit zodat ik de schade kan opnemen.'

'Een paar snij- en bijtwonden.' Hij onderdrukte een huivering toen hij het overhemd van zijn schouders schudde. 'Hij was bedreven met zijn zwaard en snel op zijn voeten.'

'Ik zou zeggen dat jij beter en sneller was.' Blair overhandigde hem een beker whiskey. 'Je hebt een lelijke beet op je schouder, maat. Hoe kan dat nou? Vocht die vent soms als een meisje?'

'Dat heeft het jongetje gedaan,' zei Moira voordat Cian kon reageren. Ze schudde nee tegen de whiskey die Blair haar toestak. 'Liliths jongen, dat knulletje dat ze Davey noemde. Hij kwam op ons af, op een kleine pony, zwaaiend met een zwaard van speelgoedformaat.'

'Hij was geen jongetje,' zei Cian effen.

'Ik weet wat hij was.' Moira deed simpelweg haar ogen dicht.

'Heeft een kindervampier dit allemaal aangericht?' wilde Blair weten.

'Nee.' Met enige ergernis keek Cian haar aan. 'Waar zie je me voor aan? De goed getrainde en ervaren soldaat die Lilith achter dat jong moet hebben aangestuurd, heeft dit gedaan. Behalve dan die verrekte bijtwond.'

'Hoe moet ik die behandelen?' vroeg Glenna. 'Een vampierbeet op een vampier?'

'Zoals elke andere wond, maar dan zonder het heilige water. Die wond zal snel genoeg helen, net als de andere.'

'Het was een dom risico om daarnaartoe te gaan,' zei Hoyt.

'Het was nodig,' kaatste Cian terug. 'Ik had het nodig. En het goede nieuws is dat de betovering op die plek mij er niet van weerhoudt om een andere vampier tot stof te laten vergaan. Moira.' Cian wachtte tot ze haar ogen weer had geopend en hem aankeek. 'Het moest gebeuren. De kans bestond dat er na die soldaat die ze Lucius noemde nog meer waren gekomen. Als ik achter de jongen was aan gegaan, zou dat extra tijd hebben gekost en zou jij daar alleen zijn geweest. Ook al was hij klein, hij was daardoor niet minder een vijand van je.'

'Ik weet wat hij was,' herhaalde ze. 'Hij is het schepsel dat Tynan heeft vermoord en dat heeft geprobeerd om Larkin te doden. Het zou ons vannacht allebei hebben gedood als het anders was gelopen. Maar toch, ik zag zijn echte gezicht, onder wat het was. Ik zag zijn gezicht. Dat was jong en lief. Ik zag Liliths gezicht en dat was het gezicht van een moeder die doodsangst uitstond om haar kind. Ik heb de pijl in zijn hart geschoten toen het wegrende, roepend om zijn moeder. Wat ons ook te wachten staat, ik weet dat ik nooit iets ergers zal hoeven doen dan dat. En ik weet dat ik daarmee kan leven.'

Ze ademde bibberig uit. 'Ik denk dat ik die whiskey toch wel wil. Als jullie het niet erg vinden, neem ik die mee naar boven. Ik ben moe.'

Cian wachtte tot Moira de kamer uit was. 'Lilith zal proberen om haar te pakken te krijgen. Ze kan misschien niet fysiek dit huis binnenkomen, maar wel in dromen of via illusies.'

Hoyt stond op. 'Dat regel ik wel. Ik ga controleren of de bescherming die we hebben aangebracht sterk genoeg is.'

'Ze zal mij nu niet willen zien,' mompelde Larkin. 'Of een ander van ons,' zei hij na een zijdelings blik op Cian. 'Ze zal een poosje willen liggen, alleen met haar gedachten. En ze zal ermee kunnen leven, precies zoals ze zei.'

Hij ging tegenover Cian zitten. 'Je zei dat jouw tegenstander Lucius heette?'

'Dat klopt.'

'Dat is degene met wie ik in de grotten te maken heb gehad, samen met de jongen. Mijn gok is dat je net een van Liliths beste manschappen hebt uitgeschakeld. Een soort generaal. Dankzij Moira en jou zal dit een heel moeilijke nacht voor Lilith zijn.'

'Daarom zal ze nu nog harder toeslaan. We hebben degenen die haar het dierbaarst zijn vernietigd, en ze zal zich op ons storten als een furie uit de hel.'

'Laat haar maar komen,' zei Blair.

Ze zou op dat moment zijn gekomen, zo groot was haar waanzin, haar razernij en haar verdriet. Ze hadden Midirs magie nodig om haar op de grond neergedrukt te houden terwijl Lora haar bloed met een slaapmiddel gaf.

'Ik zal jullie allemaal doden! Jullie gaan er stuk voor stuk aan. Laat me los voordat ik jullie handen afhak en aan de wolven voer.'

'Hou haar vast!' beval Lora, en ze dwong Lilith om meer bloed te drinken. 'Je kunt vanavond niet naar hun kamp gaan. Je kunt nu geen aanval uitvoeren met het leger. Alles waar je zo hard voor hebt gewerkt, wat je zo zorgvuldig hebt gepland, zou dan verloren gaan.'

‘Alles is al verloren. Ze heeft een pijl in hem geschoten.’ Met een ruk draaide ze haar hoofd om, liet haar hoektanden opflitsen en beet ermee in een van de handen die haar vasthielden. Haar eigen kreten vermengden zich met het gejammer van de gewonde.

‘Als jullie haar loslaten, zullen jullie meer dan alleen een hand verliezen,’ zei Lora waarschuwend. ‘We kunnen niets meer voor hem doen, mijn liefste, mijn schat.’

‘Het is een droom. Een afschuwelijke droom.’ Er biggelden bloederige tranen langs Liliths wangen. ‘Hij kan niet weg zijn.’

‘Sst. Rustig maar.’ Lora gebaarde dat de anderen achteruit moesten gaan en nam Lilith in haar armen. ‘Ga weg. Allemaal. Laat ons alleen.’

Ze ging op de grond zitten en wiegde Lilith in haar armen terwijl ze tegen haar kirde en hun tranen zich met elkaar vermengden.

‘Hij was mijn lieve jongen,’ huilde Lilith.

‘Ik weet het. Ik weet het. En ook de mijne.’

‘Ik wil dat die pony wordt gevonden en wordt afgeslacht.’

‘Dat zal gebeuren. Rustig maar.’

‘Hij wilde alleen maar spelen.’ Troost zoekend wreef ze met haar gezicht langs Lora’s schouder. ‘Over een paar dagen had ik hem alles kunnen geven wat zijn hartje begeerde. En nu... Ik zal de huid van haar botten stropen, haar bloed in een zilveren tobbe laten stromen. Ik zal er een bad in nemen, Lora. Dat zweer ik.’

‘We zullen er samen een bad in nemen terwijl we drinken van de verrader die Lucius heeft vermoord.’

‘Lucius. Lucius.’ De tranen gingen sneller stromen. ‘Hij heeft zijn eeuwigheid opgeofferd in een poging onze Davey te redden. We zullen een standbeeld voor hem oprichten, voor hen allebei. We zullen de botten van de mensen vermalen en dat stof gebruiken om de standbeelden van te maken.’

‘Daar zouden ze blij mee zijn. Toe, ga nu met me mee. Je moet rusten.’

'Ik voel me zo slap, zo moe.' Met hulp van Lora ging ze staan. 'Laat alle mensen die we nog op voorraad hebben executeren en leegbloeden. Nee, nee, martelen en leegbloeden. Langzaam. Ik wil hun geschreeuw horen in mijn slaap.'

Moira droomde niet. Ze viel gewoon in een gat en bleef daar zweven. Die vredige uren had ze te danken aan Hoyt, dacht ze toen ze langzaam wakker werd. Vredige uren waarin ze geen kindergezicht had gezien dat samensmolt met dat van een monster.

Nu was er werk aan de winkel. Van de maanden van voorbereiding waren slechts nog een paar dagen over die in uren geteld konden worden. Terwijl de Vampierkoningin rouwde, zou de koningin van Geall doen wat er gedaan moest worden.

Ze kwam in beweging en ging rechtop zitten. En zag toen Cian in de stoel naast het gloeiende haardvuur zitten.

'Het duurt nog even voordat het licht wordt,' zei hij. 'Je kunt nog wel wat slaap gebruiken.'

'Ik heb lang genoeg geslapen. Hoe lang heb jij een oogje op me gehouden?'

'Ik heb de minuten niet geteld.' Ze had geslapen als een os, dacht hij. En hij had misschien niet de minuten geteld, maar wel de hartslagen.

'Je wonden?'

'Die zijn aan het genezen.'

'Je zou er minder hebben gehad als ik niet zo zwak was geweest. Dat zal me geen tweede keer gebeuren.'

'Ik had je opgedragen om weg te gaan. Dacht je dat ik er geen twee van hen aan zou kunnen? Terwijl een van beiden maar half zo groot was als ik, nee, zelfs nog kleiner?'

Ze liet zich achteroverzakken. 'Slim van je om het zo te draaien dat het om mijn vertrouwen in jouw vechtkunst gaat in plaats van om mijn gebrek aan lef.'

'Als je minder lef en meer verstand had, zou je zijn weggegaan toen ik zei dat je dat moest doen.'

'Lariekoek. De tijd om weg te lopen is voorbij, en ik zou jou nooit in de steek hebben gelaten. Ik hou van je. Ik had hem snel moeten doden met het zwaard. Maar ik aarzelde en probeerde een manier te vinden om hem weg te jagen zodat ik hem niet zou hoeven vernietigen. Dat ene moment van zwakheid had ons allebei fataal kunnen worden. Geloof me als ik zeg dat die zwakheid voorgoed uit me is weggebrand.'

'En het misplaatste schuldgevoel waarmee het gepaard ging?'

'Daar is misschien iets langer voor nodig, maar daar zal ik me niet door laten weerhouden. We hebben nog maar twee dagen. Twee dagen.' Ze keek naar het raam. 'Het is stil. Dit tijdstip, vlak voor de dageraad, is altijd stil. Ze heeft een kleine jongen gedood, maar is gaan houden van het ding waarin ze hem heeft veranderd.'

'Ja. Maar dat maakte hen allebei niet minder monsterlijk.'

'Twee dagen,' herhaalde ze ditmaal bijna fluisterend. In haar binnenste stierf al iets. 'Als dit voorbij is en we hebben gewonnen, zul jij vertrekken. Als we niet winnen, zul je teruggaan door de Dans. Ik zal je nooit meer zien, je nooit meer aanraken of bij het ontwaken zien dat je me in het donker hebt beschermd.'

'Ik zal gaan,' was het enige wat hij zei.

'Wil je nu even bij me komen zitten en me vasthouden, voordat de zon opkomt?'

Hij stond op en liep naar haar toe. Toen hij naast haar was gaan zitten, trok hij haar tegen zich aan, zodat haar hoofd tegen zijn schouder rustte.

'Zeg eens dat je van me houdt.'

'Zoals ik nog nooit van iets of iemand heb gehouden.' Hij drukte zijn lippen op de hare toen ze haar mond naar hem toekeerde.

'Raak me aan. Proef van me.' Ze omringde hem, doordrenkte zijn zintuigen, stookte zijn verlangens op totdat die roodgloeiend waren. Even gul als veeleisend drukte ze zijn lippen tegen haar borst.

'Neem meer. Meer en meer.'

Haar mond was heet en radeloos toen ze kleren uittrok, en haar tanden gaven korte, scherpe beetjes in zijn kaak terwijl ze bevend ademhaalde.

Nu voelde ze zich heel levendig, verhit en levendig, terwijl het verlangen in haar binnenste aanzwol en hunkerde. Hoe kon ze dit laten gaan? De liefde, de hitte, het leven?

Als ze voorbestemd was om in de strijd te sneuvelen, aanvaardde ze dat. Maar hoe kon ze leven – dag in, dag uit, nacht na nacht – zonder haar hart?

Ze ging schrijlings op hem zitten en nam hem in zich, waarbij haar heupen heftig heen en weer bewogen terwijl ze haar best deed om meer te voelen, meer te nemen. Meer te weten.

Haar ogen glansden, bijna op het waanzinnige af, en bleven strak op de zijne gericht. Toen boog ze zich naar hem toe en vielen haar haren als een gordijn om hem heen, hem vangend met hun zachtheid en geur.

'Hou van me.'

'Dat doe ik.'

Zijn vingers boorden zich in haar heupen terwijl zij hem naar de scherpe rand van de bergtop voerde.

'Raak me aan, proef van me, neem me.' Met een kreet bracht ze haar keel omlaag, tot op zijn lippen, en drukte die zachte witte huid met het pulserende bloed tegen hem aan. 'Verander me.'

Het was te laat voor hem om de vloed tegen te houden. Die vloeide door hem heen, heet, sterk en wild. En hij wist dat haar hetzelfde overkwam, want haar lichaam schokte en beefde. En nog altijd sidderend wreef ze met die kloppende ader langs zijn mond.

'Maak mij tot wat jij bent. Gun me de eeuwigheid met jou.'

'Stop.' Terwijl zijn lichaam nog sidderde, duwde hij haar zo krachtig van zich af dat ze bijna op de grond viel. 'Ben je echt bereid om mijn diepste wezen tegen me te gebruiken?'

'Ja.' Haar borst brandde door de tranen die ook in haar stem te horen waren. 'Alles, iedereen. Waarom hebben we dit gevonden om het meteen weer te verliezen? Twee dagen, we hebben nog maar twee dagen. Ik wil meer.'

'Meer is er niet.'

'Dat kan er wel zijn. Lilith hield van dat ding dat ze had gecreeerd. Dat heb ik met eigen ogen gezien. Jij houdt nu van mij, en ik hou van jou. Dat zou na de verandering niet anders zijn.'

'Je weet niet wat je zegt.'

'Dat weet ik wél.' Ze pakte zijn hand toen hij uit bed stapte. 'Ik heb hier alles over gelezen. Hoe kunnen we elkaar gewoon de rug toekeren en verdergaan? Waarom zou ik de dood op het slagveld verkiezen boven die door jouw hand? Als jij me verandert, is het geen echte dood.'

Hij trok zijn hand los en leek toen een zucht te slaken. Met een tederheid die ze niet in zijn ogen kon lezen, omvatte hij haar gezicht. 'Voor niets ter wereld.'

'Als je echt van me houdt...'

'Dat zinnetje is een zielig, vrouwelijk trucje. Beneden je waardigheid. Als ik minder van je hield, zou ik wellicht precies doen wat je van me vraagt. Dat heb ik al een keer gedaan.'

Hij liep naar het raam. Het werd bijna licht, maar de gordijnen hoefden niet te worden dichtgetrokken, want de dageraad had regen gebracht.

'Lang geleden was ik heel erg op een vrouw gesteld. En zij hield van mij, of van wat ze dacht dat ik was. Ik heb haar veranderd omdat ik haar bij me wilde houden.' Hij draaide zich weer om naar Moira, die geknield op bed zat en zachtjes huilde. 'Ze was beeldschoon, amusant en slim. Ik dacht dat we interessante partners voor elkaar zouden zijn. En dat waren we ook, bijna een decennium lang, tot ze het slachtoffer werd van een goedgeplaatste toorts.'

'Zo zou het nu niet gaan.'

'Ze kon twee keer zo goed doden als ik en had een voorliefde voor kinderen. Na de verandering bleef ze beeldschoon, amusant en slim, maar toen ze zo was als ik gebruikte ze die eigenschappen om kleuters mee te lokken.'

'Ik zou nooit kunnen...'

'O, jawel hoor,' zei hij toonloos. 'En je zou het doen ook. Ik weiger het felste licht van mijn bestaan te veranderen in een monster. Nee, ik wil dat jij nooit wordt zoals ik.'

Ze drukte haar handen tegen haar ogen. 'Nee. Nee. Blijf dan.' Ze liet haar handen weer zakken. 'Blijf bij me, zoals we nu zijn. Of neem me met je mee. Als Geall veilig is, kan ik mijn oom als regent aanstellen, of...'

'En dan? Wil je soms bij mij in de schaduw leven? Ik kan je geen kinderen schenken. Ik kan je in geen enkel opzicht een echt leven bieden. Hoe zul je je over tien of twintig jaar voelen, als jij wel ouder wordt, maar ik niet? Als je in een spiegel kijkt en iets ziet in jouw aard wat je nooit in de mijne zult zien? We hebben deze weken al gestolen. Daar zul je het mee moeten doen.'

'Zul jij daar genoeg aan hebben?'

'Het is meer dan ik ooit heb gehad of had gedacht te zullen hebben. Ik kan geen man zijn, Moira, zelfs niet voor jou. Maar ik kan me wel gekwetst voelen, en op dit moment kwets jij me.'

'Sorry. Het spijt me echt. Ik heb het gevoel dat alles in mijn binnenste wordt fijngeknepen. Mijn hart, mijn longen. Ik weet dat ik niet het recht had om dat van je te vragen. Dat wist ik al op het moment dat ik het vroeg. Ik wist dat het egoïstisch en verkeerd van me was. En zwak,' voegde ze eraan toe. 'En dat terwijl ik me had voorgenomen om nooit meer zwak te zijn. Ik weet dat het nooit iets kan worden. Dat besef ik maar al te goed. Maar wat ik niet weet, is of jij me kunt vergeven.'

Hij kwam weer naar haar toe en ging opnieuw naast haar zitten. 'De vrouw die ik had veranderd wist op dat moment niet wat ik was. Als ze dat wel had geweten, zou ze gillend zijn weggerend. Jij weet wat ik ben. Je hebt het gevraagd omdat je een mens bent. Als ik jou geen vergeving hoef te vragen voor wat ik ben, hoef jij mij geen vergeving te vragen voor wat jij bent.'

19

Moira hielp Glenna bijna de hele dag met het vormen, creëren en betoveren van vuurballen. Ongeveer elk uur kwamen er twee of drie mensen de werkkamer binnen om de voorraad die klaar was mee te zeulen naar de voorraad al die buiten lag.

'Ik had nooit gedacht dat ik dit zou zeggen,' zei Moira nadat ze vier uur aaneen bezig waren geweest. 'Maar magie kan heel saai zijn.'

'Hoyt zou zeggen dat wat we hier doen evenveel te maken heeft met wetenschap als met magie.' Glenna veegde haar vochtige gezicht af met haar arm. 'En inderdaad, beide kunnen dodelijk saai zijn. Maar dankzij jouw hulp gaat het sneller en krijgen we er meer af. Waarschijnlijk zitten Hoyt en Cian al de hele dag over landkaarten gebogen en zijn ze strategieën aan het bespreken.'

'Wat waarschijnlijk even saai is.'

'Veel saaier. Wedden?'

Opnieuw liep Glenna met uitgestrekte handen en een geconcentreerde blik in haar ogen langs de rij uitgeharde ballen die ze hadden gemaakt terwijl ze zachtjes en melodieus prevelde. Vanaf haar plek aan de werktafel zag Moira dat het voortdurende gebruik van haar magische kracht zijn tol eiste.

De wallen onder Glenna's groene ogen leken met het uur groter te worden. En elke keer dat de blos op haar wangen van de afschuwelijke hitte vervaagde, leek haar huid bleker en zag ze er afgematter uit.

‘Neem even pauze,’ zei Moira toen Glenna aan het einde van de rij was. ‘Ga een frisse neus halen en wat eten.’

‘Ik wil deze partij afmaken, maar ik wil wel even die frisse neus halen. Het stinkt hier naar zwavel.’ Ze liep naar het raam en boog zich naar buiten om koele, frisse lucht op te snuiven. ‘O. Wat een prachtig gezicht. Dit moet je zien, Moira. De draken vliegen rondjes boven het tentenkamp.’

Moira liep op haar gemak naar Glenna toe en keek naar de draken, bijna allemaal met een bereider op hun rug die ze trainde om duikvluchten te maken of om op commando te keren. De dieren leerden snel, mijmerde ze, en hun schitterende, felle kleuren staken prachtig af tegen de nevelige hemel.

‘Jij wenst dat je een foto kon nemen of het op zijn minst snel kon tekenen.’

‘Ik zal de komende tien jaar tekeningen en andere kunstwerken maken over wat ik hier de afgelopen maanden heb meegemaakt.’

‘Ik zal jullie zo missen als dit voorbij is en jullie hier niet meer zijn.’

Vol begrip sloeg Glenna een arm om Moira’s schouder en drukte een zoen op haar haren. ‘Je weet dat we op bezoek zullen komen als er een manier is om dat te doen. Dan komen we logeren. We hebben de sleutel, we hebben de toegang, en als wat we hier aan het doen zijn niet genoeg is om de zegen van de goden te krijgen, is niets genoeg.’

‘Dat weet ik. Hoewel deze maanden in veel opzichten afschuwelijk zijn geweest, hebben ze me ook veel gebracht. Jou en Hoyt en Blair. En…’

‘Cian.’

Moira hield haar blik op de draken gericht. ‘Hij zal niet terugkomen voor een bezoekje, of de goden ons nou wel of niet hun zegen geven.’

‘Dat weet ik zo net nog niet.’

'Nee, echt niet. Zelfs als het mogelijk is, zal hij niet bij me terugkomen.' Beetje bij beetje sterven, dacht Moira. Elk uur, elke dag iets meer. 'Dat heb ik de hele tijd al geweten. Dat ik het graag anders zou zien, verandert niets aan de situatie. Dat is een van de dingen die Morrigan me heeft verteld, over de tijd van het weten. Dat ik zowel mijn hoofd als mijn hart moet gebruiken. En zowel mijn hoofd als mijn hart weet dat we niet samen kunnen zijn. Als we dat zouden proberen, zou het ons verscheuren tot we het geen van beiden zouden overleven. Ik heb geprobeerd die wetenschap te negeren, en daarbij heb ik mezelf te schande gemaakt en hem pijn gedaan.'

'Hoe dan?'

Voordat Moira antwoord kon geven, beende Blair naar binnen. 'Hoe gaat het hier? Even wat meidengebabbel? Waarover? Mode, eten of mannen? O-o,' voegde ze eraan toe toen de andere twee zich omdraaiden en ze hun gezichten zag. 'Het moet over mannen gaan en ik heb geen chocolade bij me om uit te delen. Hoor eens, ik laat jullie zo weer alleen, ik wilde alleen even zeggen dat de allerlaatste soldaten eraan komen. Ze zullen hier binnen het uur zijn.'

'Dat is goed nieuws. Nee, blijf nog even, wil je?' vroeg Moira. 'Jij hoort ook te horen wat ik net wilde opbiechten. Jullie hebben hier allebei je hart en bloed aan gegeven. Jullie zijn de beste vriendinnen die ik ooit heb gehad of zal hebben.'

'Je klinkt wel heel ernstig, Moira. Wat heb je gedaan? Besloten om over te lopen naar de duistere kant en vriendschap te sluiten met Lilith?'

'Je zit er niet eens zo ver naast. Ik heb Cian gevraagd om me te veranderen.'

Blair knikte terwijl ze dichterbij kwam. 'Ik zie geen bijtwonden in je hals.'

'Waarom zijn jullie niet boos of zelfs maar verbaasd?'

'Ik denk dat ik in jouw plaats hetzelfde zou hebben gedaan,' zei

Glenna langzaam. 'Ik weet zeker dat ik die behoefte zou hebben gevoeld. Als we dit overleven, zullen Blair en ik samen zijn met onze man. Maar jij niet. Wil je echt dat we boos op je worden omdat je hebt geprobeerd een manier te vinden om dat wel te bewerkstelligen?'

'Dat weet ik niet. Dat zou misschien wel makkelijker zijn. Ik heb zijn gevoelens voor mij gebruikt als wapen. Toen we op ons intiemst waren, heb ik hem gevraagd, bijna gesmeekt, om mij net zo te maken als hij is.'

'Onder de gordel,' verklaarde Blair. 'In jouw plaats zou ik precies hetzelfde hebben gedaan. Hij heeft geweigerd, en daaruit blijkt hoe belangrijk je voor hem bent. Weer vanuit mezelf geredeneerd, zou ik me beter voelen door de wetenschap dat hij zich na zijn vertrek even ellendig en alleen zal voelen als ik.'

Moira liet een verbaasd, gesmoord lachje horen. 'Dat meen je niet.'

'Ik zei het om de stemming wat luchtiger te maken, maar diep vanbinnen weet ik het niet. Misschien meen ik het wel. Het spijt me oprecht dat jij van dit alles de dupe bent.'

'Nou ja, misschien heb ik een beetje geluk en sneuvel ik morgenavond in de strijd. Dan zal ik me na afloop in elk geval niet ellendig en alleen voelen.'

'Ah, optimisme. Heel goed.' Omdat ze geen chocolade had, knuffelde Blair haar even. En over Moira's schouder wierp ze Glenna een blik toe.

Moira wist dat het belangrijk was dat de laatste troepen door hun koningin verwelkomd zouden worden, en dat ze zich in de uren voorafgaand aan de laatste mars aan zoveel mogelijk manschappen moest laten zien. Toen het begon te schemeren liep ze tussen de tenten door, net als de andere leden van de koninklijke familie. Ze sprak met iedereen die ze tegenkwam. Ze had zich gekleed als krijger en haar mantel vastgezet met een eenvoudige speld met claddagh-motief. Het zwaard van Geall hing aan haar zij.

Het was al donker toen ze terugging naar het huis om, voor zover ze wist, de laatste strategiebespreking met haar cirkel te houden.

Ze zaten al rond de grote tafel, alleen Larkin stond enigszins apart en keek met een boze blik in het vuur. Iets nieuws, dacht ze met een lichte huivering in haar buik. Iets groters.

Ze maakte haar mantel los terwijl ze aandachtig de gezichten opnam van de mensen die ze zo goed had leren kennen.

'Welke plannen hebben jullie gemaakt waar Larkin zich zoveel zorgen om maakt?'

'Ga zitten,' zei Glenna tegen haar. 'Hoyt en ik hebben iets bedacht. Als het werkt,' vervolgde ze terwijl Moira naar de tafel liep, 'zouden we er de strijd mee kunnen winnen.'

Terwijl Moira luisterde, werd de lichte huivering een ijskoude knoop. Zoveel risico's, dacht ze. Zoveel onzekerheden, en zoveel manieren waarop het kon mislukken. Vooral voor Cian.

Maar toen ze in zijn ogen keek, wist ze dat hij zijn besluit al had genomen.

'Het komt vooral op jouw schouders terecht,' zei ze tegen hem. 'De timing... Als die ook maar fractie verkeerd is...'

'Het rust op de schouders van ons allemaal. Ieder van ons wist wat ons te wachten stond toen we hieraan begonnen.'

'Niemand van ons hoort een groter risico te lopen dan de andere vijf,' viel Larkin hem in de rede. 'De kans bestaat dat we op deze manier een van ons opofferen zonder dat daar een reden voor is, zonder...'

'Denk je soms dat ik dit lichtzinnig heb voorgesteld?' vroeg Hoyt zacht. 'Ik heb mijn broer al een keer verloren, en daarna weer teruggevonden. Sterker nog, toen heb ik meer gevonden dan we daarvoor hadden. Door dit te doen, door te doen waartoe ik van hogerhand opdracht heb gekregen, kan ik hem opnieuw kwijtraken.'

‘Ik krijg niet het idee dat jullie veel vertrouwen hebben in mijn vaardigheden.’ Er stond een kan bier op tafel en Cian schonk een beker voor zich in. ‘Blijkbaar wordt negenhonderd jaar lang in leven blijven niet gezien als een pluspunt op mijn cv.’

‘Ik zou je in dienst nemen.’ Blair stak haar beker uit. ‘Ja, het is gevaarlijk, het bestaat uit veel stappen en er komen veel variabelen bij kijken, maar als het werkt, zal het waanzinnig zijn.’ Ze tikte met haar beker tegen die van Cian. ‘Ik stem voor.’

‘Ik ben geen strateeg,’ begon Moira. ‘En mijn magie is beperkt. Kun je dit echt?’ vroeg ze aan Hoyt.

‘Volgens mij moet het lukken.’ Hij pakte Glenna’s hand.

‘Eigenlijk heb jij ons het idee gegeven door iets wat je zei in Kasteel Geall,’ zei Glenna tegen Moira. ‘En we gebruiken de symbolen van Geall. Allemaal. Het zal sterke magie zijn, maar volgens mij ook zuiver, hoewel er bloed nodig is om het te binden.’

‘Ik geloof dat we ieder afzonderlijk meer kracht hebben dan Midir.’ Hoyt liet zijn blik over de gezichten om hem heen gaan. ‘Samen zullen we hem vermorzelen, met de anderen erbij.’

Moira wendde zich tot Cian. ‘En als jij op de achtergrond blijft? Een signaal naar jou, naar ons allemaal als alle stappen genomen zijn...’

‘Het is essentieel om Liliths bloed op het slagveld te krijgen. Zij moet op zijn minst verwond worden, door een van ons zessen. En Lilith is voor mij,’ zei Cian vlak. ‘Of ik er nou wel of niet doorheen kom, zij is van mij. Als wraak voor King.’

Wraak voor King, maar ook voor hemzelf, dacht Moira. Ooit was hij ook onschuldig geweest. Ooit was hij een slachtoffer geweest en was zijn leven hem ontnomen. Zij had zijn bloed laten vloeien en hem met het hare gevoed. Nu zouden de gebeurtenissen die Lilith en hij hadden gedeeld essentieel kunnen zijn voor het voortbestaan van de mensheid.

Ze stond op, terwijl de last van het besluit zwaar op haar schouders drukte, en liep naar Larkin. 'Jullie hebben al besloten.' Ze keek om naar de vier die aan tafel zaten. 'Vier van de zes, dus zal het gebeuren zoals jullie het hebben uitgestippeld, of Larkin en ik nou voor of tegen stemmen. Maar het is het beste als we het samen doen. Als de hele cirkel ermee instemt, zonder uitzondering of twijfels.' Na die woorden pakte ze Larkins hand beet. 'Dat is het beste.'

'Goed. Goed, dan.' Larkin knikte. 'Dan gaan we er met zijn allen voor.'

'Laten we het nog een keer doornemen.' Moira liep terug naar de tafel. 'Alle details en manoeuvres, en dan kunnen we het aan de eskadronaanvoerders vertellen.'

Het zou op een brute, bloederige dans lijken, dacht ze. Eentje waarbij zwaard, opofferingen en magie de wijs speelden. En het bloed natuurlijk. Er kwam altijd bloed bij kijken.

'Goed, de eerste voorbereidingen zullen morgenochtend worden getroffen.' Ze was opgestaan om whiskey in kleine bekers te schenken en deelde die rond. 'Daarna voeren we allemaal onze eigen taak uit, en als de goden het willen, zullen we hier een einde aan maken. En volgens mij is het heel toepasselijk dat we dat doen met de symbolen van Geall. Nou, op ons en naar de hel met hen.'

Terwijl ze dronken, liep ze naar de vedel. 'Wil je spelen?' vroeg ze aan Cian. 'Er hoort muziek te zijn. We zullen muziek maken, en die de nacht in sturen. Ik hoop dat ze het hoort en ervan zal beven.'

'Jij speelt helemaal niet,' begon Hoyt.

'Vroeger sprak ik ook geen Kantonees. Dingen veranderen.' Toch voelde Cian zich wat onwennig toen hij ging zitten met de vedel, de snaren licht beroerde en luisterde of ze goed gestemd waren.

'Wat is dat voor ding?' wilde Blair weten. 'Een soort viool met jicht?'

'Nou, een voorganger.' Hij begon langzaam te spelen en zocht zijn weg van oorlog naar muziek. De onwennigheid verdween door de zachte, melancholieke noten.

'Wat mooi,' zei Glenna. 'Enigszins hartverscheurend.' Omdat ze de verleiding niet kon weerstaan, pakte ze papier en houtskool om hem te tekenen terwijl hij speelde.

Buiten begonnen fluiten en harpen te spelen, en hun klanken vermengden zich met Cians muziek.

Elke noot leek op een traan, dacht Moira.

'Je bent goed,' zei Larkin tegen Cian toen de klanken wegstierven. 'Je hebt hart voor muziek, zonder meer. Maar zou je iets vrolijkers willen spelen? Je weet wel, met een beetje pit?'

Larkin hief zijn fluit op en speelde snelle, opgewekte noten, zodat de nagalmende melancholie werd weggevaagd door vreugde. Er stroomde meer muziek de kamer in vanbuiten, trommels en fluiten, terwijl Cian zich aanpaste aan de melodie en het ritme. Met een korte goedkeurende kreet begon Larkin met zijn voet te stampen, waarbij zijn knieën net losse scharnieren leken terwijl Moira mee klapte in de maat.

'Kom op.' Larkin wierp Blair zijn fluit toe en pakte Moira's handen. 'We zullen die lui eens laten zien hoe mensen uit Geall kunnen dansen.'

Lachend voegde Moira zich naar zijn passen, en Cian zag dat hun dans veel weg had van een Ierse *stepdance*. Snel bewegende voeten, schouders die stil werden gehouden, een en al energie. Hij boog zich over de vedel heen en glimlachte flauwtjes bij deze volharding van het menselijk hart, terwijl er schaduwen en het licht van het haardvuur over zijn gezicht speelden.

'Dat laten we niet op ons zitten.' Hoyt trok Glenna overeind.

'Dat kan ik niet.'

'Natuurlijk wel. Het zit je in het bloed.'

De vloerplanken dreunden door de gelaarsde voeten, en dat alles stroomde naar buiten, de nacht in: de dans, de melodie, de vrolijkheid. Cian vond het typisch menselijk van ze om die vreugde met beide handen vast te grijpen en er niet alleen gebruik van te maken, maar ook om de laatste druppel eruit te wringen.

Daar had je zijn broer, de tovenaar, voor wie zijn waardigheid even belangrijk was als zijn kracht, die rondzwierde met zijn sexy roodharige heks, die giechelde als een jong meisje terwijl ze de passen probeerde uit te voeren.

De ik-trap-je-in-elkaar-demonenjager, die een vleugje hiphop uit de eenentwintigste eeuw toevoegde aan de volksdans, waar haar gedaantewisselende cowboy om moest grijnzen.

En de koningin van Geall, altijd loyaal en toegewijd, hoewel ze ook gebukt ging onder grote zorgen, danste daar blozend en stralend door het eenvoudige plezier van de muziek.

Morgen zouden ze stuk voor stuk kunnen sterven, maar vanavond zouden ze dansen, alle goden nog aan toe. Lilith zou hen nooit begrijpen, hoeveel eeuwen zij ook al leefde, hoe machtig en ambitieus ze ook was. En door de magie en het licht die zij met zich meedroegen, zouden ze wellicht de slag kunnen winnen.

Voor de eerste keer geloofde hij – of hij het zou overleven of niet – dat de mensheid zou zegevieren. Die kon niet worden vernietigd, zelfs niet door zichzelf, hoewel hij maar al te vaak had meegemaakt dat de mensheid dat wel probeerde.

Er waren er velen die op deze vijf leken, mensen die zouden vechten, zweten en bloeden. En dansen.

Hij bleef spelen, ook toen Hoyt lang genoeg stil bleef staan om wat bier te drinken. 'Stuur dit naar haar toe,' mompelde Cian.

'Kijk toch naar mijn Glenna. Ze danst alsof ze ervoor geboren is.' Hoyt knipperde met zijn ogen en fronste. 'Wat zei je nou?'

Cian keek op, niet langer glimlachend, hoewel de muziek die hij speelde even vrolijk was als een rode luchtballon. 'Stuur de muziek naar Lilith, laat die naar buiten gaan, precies zoals Moira zei. Dat kun jij. Laten we het haar goed inwrijven.'

‘Goed, doen we.’ Hoyt legde een hand op Cians schouder. ‘Verdomd, dat doen we.’

Er rimpelde kracht, die Cians schouder verwarmde terwijl hij speelde en speelde.

In de duisternis keek Lilith naar haar soldaten, die nogmaals een oefengevecht uitvoerden. Voor zover ze kon zien – en ze had heel scherpe ogen – bestond haar leger uit vampiers, half-vampiers en menselijke bedienden. Het was een leger dat ze gedurende honderden jaren had opgebouwd.

Morgen zouden ze als een plaag uitzwermen over de mensen, tot de hele vallei in een meer van bloed was veranderd.

En daarin zou ze die hoer die zichzelf hun koningin noemde verdrinken om wat ze Davey had aangedaan.

Toen Lora zich bij haar voegde, sloegen ze hun armen om elkaars middel. ‘De verkenners zijn terug,’ vertelde Lora. ‘Wij zijn met drie keer zoveel als de vijand. Zoals je hebt bevolen, komt Midir eraan.’

‘Vanaf hier heb je een mooi uitzicht. Davey zou het leuk hebben gevonden om hier te staan en dit te zien.’

‘Morgen om deze tijd, of niet lang daarna, zal hij zijn gewroken.’

‘O, absoluut. Maar daarmee is het nog niet voorbij.’ Ze voelde Midir toen hij de trap naar het dak beklom waar Lora en zij stonden. ‘Het zal spoedig beginnen,’ zei ze, zonder zich naar hem toe te draaien. ‘Als je faalt, zal ik je zelf de keel afsnijden.’

‘Ik zal niet falen.’

‘Morgen, als het begint, zul jij je positie innemen. Ik wil dat je op de hoogste kam aan de westkant staat, waar iedereen je kan zien.’

‘Majesteit…’

Nu wendde ze zich wel tot hem, haar ogen kil en blauw. ‘Dacht je soms dat ik je hier zou achterlaten, in de bescherming van dit schild? Jij gaat mee en doet precies wat ik je opdraag, Midir. En je zult op die bergkam staan zodat onze soldaten, en die van hen, je kunnen zien. Als aansporing voor hen… en voor jou,' voegde ze eraan toe. 'Zorg ervoor dat je magie sterk is, anders zul je daar tijdens de veldslag of erna de prijs voor betalen.'

'Ik dien u al eeuwen, en nog altijd vertrouwt u me niet.'

'Tussen ons heerst geen vertrouwen, Midir. Alleen ambitie. Ik heb natuurlijk het liefste dat je blijft leven.' Ze glimlachte, maar heel kort. 'Zelfs na mijn overwinning kun je me van dienst zijn. In Kasteel Geall zijn kinderen, onder magische bescherming. Die wil ik allemaal hebben, zodra ik de nacht heb veroverd. Uit hun midden zal ik de volgende prins kiezen. De anderen kunnen als feestmaal dienen. Jij zult op de bergkam staan,' zei ze, terwijl ze zich weer van hem afkeerde. 'En je zult je duistere schaduw voor je uit werpen. Er is geen reden tot ongerustheid. Tenslotte heb je al in je rook gezien hoe dit zal aflopen. Dat heb je me talloze malen verteld.'

'Hier kan ik meer voor u betekenen, met mijn…'

'Zwijg!' snauwde ze, met een ruk haar hand opheffend. 'Wat is dat voor geluid. Horen jullie dat?'

'Het lijkt wel…' Lora keek fronsend de duisternis in. 'Muziek?'

'Die heeft hun tovenaar gestuurd.' Midir hief zijn gezicht op en stak zijn handen omhoog. 'Ik voel dat zijn kracht hier rondwaart, als een bleek, zwak schijnsel in het duister.'

'Laat het ophouden! Ik weiger me aan de vooravond van dit grootse gebeuren te laten bespotten. Daar komt niets van in. Muziek,' zei ze bits. 'Menselijk afval.'

Midir liet zijn armen zakken en sloeg zijn handen ineen. 'Ik zal uw wens inwilligen, koningin, maar dit is slechts een nietige, domme poging van hen om u boos te maken. Kijk toch naar uw eigen troepen, die trainen met wapens en bereiden zich voor op het gevecht. En wat doen uw vijanden in hun laatste uren?' Hij knipte met zijn vingers om aan te geven hoe onbelangrijk ze waren. 'Die spelen als zorgeloze kinderen. Ze verkwisten de weinige tijd die hun voor de slachtpartij nog rest met muziek en dans. Maar als u het beveelt...'

'Wacht.' Weer hief ze haar hand op. 'Laat ze hun muziek maar houden. Laat ze maar dansend hun dood tegemoet treden. Ga terug naar je ketel en je rook. En bereid je voor om morgen je plek in te nemen en die te verdedigen. Of ik zal met jouw bloed proosten op mijn overwinning.'

'Zoals u wenst, Majesteit.'

'Ik vraag me af of hij de waarheid heeft gesproken,' zei Lora toen ze weer alleen waren. 'Of dat hij schroomde om zijn kracht te meten met die van hen.'

'Dat doet er niet toe.' Daar kon Lilith zich niet druk om maken, niet nu alles wat ze begeerde bijna onder handbereik was. 'Wanneer alles is zoals ik het wil, wanneer ik deze mensen heb vermorzeld en hun kinderen heb leeggedronken, heb ik hem niet langer nodig.'

'*Certainement*. En als híj eenmaal heeft wat híj wil, zou hij zijn kracht tegen jou kunnen gebruiken. Wat ga je met hem doen?'

'Ik zal hem gebruiken als maaltijd.'

'Ben je bereid te delen?'

'Alleen met jou.'

Ze bleef naar de training staan kijken. Maar die ergerlijke muziek verpeste haar humeur.

Het was laat toen Cian naast Moira kwam liggen. In deze laatste uren was hun cirkel verdeeld in drie delen. Hij had het vuur zien oplaaien en de vlammen van de kaarsen feller zien worden, waardoor hij wist dat Hoyt en Glenna met elkaar verstrengeld waren.

Zoals Moira en hij waren geweest. Zoals hij vermoedde dat Blair en Larkin waren.

'Dit is altijd voorbestemd geweest,' zei Moira zacht. 'Wij zessen die de cirkel vormden, waarbij wij allemaal een sterkere band zouden vormen met een ander. Om samen te komen, elkaar te leren kennen en van elkaar te leren. Om liefde te ervaren. En dit huis wordt vannacht verlicht door de liefde. Dat is een ander soort magie, even krachtig als alle andere soorten. Wat ons ook te wachten staat, dat hebben we in elk geval.'

Ze hief haar hoofd op en keek hem aan. 'Wat ik van je vroeg was een vorm van verraad.'

'Dit is helemaal niet nodig.'

'Nee, ik wil je vertellen wat ik weet, voor zover ik ook maar iets weet. Het was verraad aan jou, aan mezelf en aan de anderen en aan alles wat we tot stand hebben gebracht. Jij was sterker, en dat ben ik nu ook. Ik hou van je met alles wat ik ben. Dat is een geschenk voor ons allebei. Niets kan dat wegnemen of daar verandering in brengen.'

Ze tilde het medaillon op dat hij droeg. Daar zat meer in dan alleen een haarlok van haar, dacht ze. Het bevatte ook haar liefde. 'Laat dit niet achter wanneer je gaat. Ik wil weten dat je het altijd bij je draagt.'

'Het gaat overal waar ik ga. Ik geef je mijn woord. Ik hou van je met alles wat ik ben en met alles wat ik niet kan zijn. Voor altijd.'

Ze legde het medaillon weer op zijn hart en drukte vervolgens haar hand op het stille gebied. Ze voelde tranen opwellen, maar deed haar best om ze tegen te houden. 'Geen spijt?'

'Nee, nergens van.'

'Ik ook niet. Bemin me nog een keer,' mompelde ze. 'Nog één keer, voor het licht wordt.'

Het was teder en traag, waarbij werd genoten van elke aanraking, elke smaak. Lange, zachte kussen die als een balsem waren voor elke pijn; zijdezachte aanrakingen die een genezing waren voor wonden die lijdzaam moesten worden ondergaan. Ze hield zich voor dat haar hart snel en krachtig genoeg klopte voor hen allebei, deze laatste keer.

Ze hield haar ogen open en bleef hem aankijken, genietend van zijn gezicht zodat ze hem op het hoogtepunt van het genot met haar zag wegglijden.

'Zeg het nog een keer,' mompelde ze. 'Nog één keer.'

'Ik hou van je. Voor eeuwig.'

Daarna lagen ze zwijgend naast elkaar. Alles was gezegd.

In het laatste uur voor de dageraad aanbrak stonden ze alle zes op om zich voor te bereiden op de laatste mars naar het slagveld.

Ze gingen te paard, te draak, te voet, in wagens en karren. Boven hen dreven wolken door de lucht, maar die onttrokken de zon niet aan het zicht. Die scheen ertussendoor met glinsterende stralen en plotselinge flitsen, en verlichtte zo de weg naar de Stille Vallei.

De eersten die arriveerden plaatsten de vallen in de schaduwen en in de grotten terwijl wachtposten over de vallei vlogen of langs de randen ervan patrouilleerden, speurend naar aanvallers.

En daar troffen ze vallen aan die voor hen waren achtergelaten. Soms ontstond er spontaan een poel bloed onder de voeten van een man en zoog hem omlaag. Drab, zo zwart als teer, borrelde omhoog en brandde dwars door zolen heen, het vlees in.

'Dat is het werk van Midir,' snauwde Hoyt terwijl anderen rondrenden om zoveel mogelijk slachtoffers te redden.

'Blokkeer het,' beval Cian. 'Anders ontstaat er al paniek voordat we beginnen.'

'Half-vampieren.' Blair riep de waarschuwing omlaag vanaf haar draak. 'Ongeveer vijftig. Eerste linie, naar voren.' Ze dook omlaag om de aanval te leiden.

Pijlen vlogen en zwaarden hakten. In het eerste uur verloor het leger van Geall vijftien man. Maar ze hielden stand.

'Ze wilden ons even wat pijn doen.' Blair steeg af, haar gezicht onder de bloedspetters. 'Maar wij hebben hun meer pijn gedaan.'

'De doden moeten worden geborgen en gewonden hebben verzorging nodig.' Zich schrap zettend keek Moira naar de gesneuvelden, maar ze wendde haar blik snel weer af. 'Hoyt duwt Midirs bezwering terug. Hoeveel kracht kost hem dat?'

'Het zal hem lukken. Ik ga weer omhoog om nog een paar rondjes te vliegen. Kijken of ze nog meer verrassingen voor ons in petto heeft.' Blair sprong weer op haar draak. 'Verbreek de gelederen niet.'

'We waren niet goed genoeg voorbereid op de vallen, op een aanval bij daglicht.' Larkin stak zijn bevlekte zwaard in de schede en liep naar Moira toe. 'Maar we hebben het er redelijk van afgebracht. Straks zullen we het beter doen.'

Hij legde een hand op haar arm en trok haar mee, zodat zij de enige was die hem kon verstaan. 'Glenna zegt dat sommigen al hier zijn, onder de grond. Hoyt kan haar nu niet helpen, maar ze denkt dat Cian en zij er een aantal kunnen opsporen en vernietigen.'

'Mooi. Een handvol is al een overwinning. Ik moet zorgen dat de boogschutters kalm blijven.'

De zon bereikte zijn hoogste punt en zakte langzaam weer. Tweemaal zag ze de grond opensplijten, op plekken waar Glenna een wichelroede van wilgenhout boven hield. Gevolgd door een opflitsende vlam wanneer het schepsel dat in de aarde begraven zat werd blootgesteld aan de zon en ontvlamde.

Hoeveel nog, vroeg ze zich af. Honderd? Vijfhonderd?

'De bezwering is onderbroken.' Hoyt kwam naast haar staan en veegde met een hand over zijn zweterige gezicht. 'Midirs vallen zijn nu dichtgeslagen.'

'Je hebt hem teruggedrongen.'

'Dat weet ik niet zeker. Misschien is hij met andere dingen bezig. Maar voorlopig wordt hij geblokkeerd. Deze grond laat een mensenziel sidderen. Hij geeft het kwaad af dat erin huist en beneemt je bijna de adem. Ik ga Cian en Glenna helpen.'

'Nee. Je moet even rusten, je energie bewaren. Ik ga ze wel helpen.'

Omdat Hoyt wist dat hij even tot zichzelf moest komen, knikte hij. Maar de blik in zijn ogen was grimmig toen hij rondkeek door de vallei, langs de plek waar Glenna en Cian bezig waren. 'Ze zullen ze niet allemaal kunnen vinden. Niet in deze grond.'

'Nee. Maar elk exemplaar is meegenomen.'

Toen ze bij Glenna kwam, zag ze echter dat het werk zijn tol had geëist. Glenna was bleek en haar huid was even klam als die van Hoyt was geweest. 'Tijd om even te rusten,' zei Moira tegen haar. 'Kom weer op krachten. Ik zal je werk een poosje overnemen.'

'Dat gaat jouw krachten te boven. Mij lukt het maar net.' Dankbaar pakte Glenna de waterzak aan die Moira haar toestak. 'We hebben er maar een stuk of tien naar boven gehaald. Nog een paar uur...'

'Je moet rusten.' Cian pakte Glenna's arm. 'Je bent bijna uitgeteld, dat weet je zelf ook. Als je geen energie overhebt wanneer de zon ondergaat, ben je niets waard.'

'Ik weet dat er nog meer zijn. Veel meer.'

'Dan zullen we daarop voorbereid zijn wanneer de grond ze uitspuwt. Ga nu. Hoyt heeft je nodig. Hij heeft zichzelf afgemat,' zei Moira tegen haar.

'Slim gedaan,' zei Cian tegen Moira toen Glenna wegliep. 'Om Hoyt te gebruiken.'

'Inderdaad, maar het is ook waar. We putten hen allebei uit. En jou ook,' voegde ze eraan toe. 'Ik hoor aan je stem hoe moe je bent. Dus zeg ik nu tegen jou wat jij tegen haar zei: Je bent niets waard als je geen energie overhebt wanneer de zon ondergaat.'

'Die verrekte cape verstikt me. Maar ja, het alternatief is zeer onaangenaam. Ik heb voedsel nodig,' bekende hij.

'Ga dan naar het hogere gedeelte en regel dat. We hebben bijna alles gedaan wat we kunnen, alles wat we hadden gepland tot dit tijdstip.'

Ze zag dat Blair en Larkin al daarboven bij Hoyt en Glenna stonden. Zij zessen samen, bij elkaar terwijl de zon aan de hemel zakte, daardoor zouden hun krachten misschien weer aanwakkeren. Ze liepen over de gebarsten grond, klauterden over een rotsige verhoging vol kuilen en liepen tegen de steile helling op.

Alles in haar binnenste wilde huiveren toen ze bij de kam kwamen. Zelfs zonder Midirs spreuk leek de grond aan haar voeten te trekken.

Cian pakte een waterzak waarvan ze wist dat er bloed in zat.

'We stonden op jullie te wachten,' zei Blair. 'Bij veel manschappen slaan de zenuwen toe.'

'Als je soms wilt zeggen dat ze niet dapper zullen vechten...'

'Dat was geen belediging aan het adres van de Gealliaanse trots.' Blair stak haar hand sussend op. 'Wat ze nodig hebben is een toespraak van jou, om aangemoedigd te worden. Een echte Sint Crispijn-dag toespraak.'

'Wat is dat?'

Blair keek Moira met opgetrokken wenkbrauwen aan. 'Blijkbaar heb je *Koning Hendrik de Vijfde* overgeslagen toen je je een weg door Cians bibliotheek hebt gelezen.'

'Tja, er waren heel veel boeken.'

'Het gaat erom dat je ze aanspoort,' legde Glenna uit. 'Dat je ze opzweept om te gaan vechten, zelfs om te sterven. Je moet ze eraan herinneren waarom ze hier zijn en ze inspireren.'

'Moet ik dat allemaal doen?'

'Niemand anders zal hetzelfde effect op ze hebben als jij.' Cian deed de waterzak weer dicht. 'Jij bent de koningin, en hoewel wij vijven in zekere zin generaal zijn, ben jij degene tegen wie ze opkijken.'

'Ik zou niet weten wat ik moest zeggen.'

'Je bedenkt wel iets. En terwijl je dat doet, zullen Larkin en ik de troepen verzamelen. Voeg er wat *Braveheart* aan toe,' zei hij tegen Blair. 'Zorg dat ze op een paard zit.'

'Uitstekend.' Blair liep weg om Cians paard te halen.

'Wat zei Hendrik eigenlijk?' wilde Moira weten.

'Wat zijn soldaten moesten horen.' Glenna kneep even in Moira's hand. 'En dat zul jij ook doen.'

20

'Mijn hoofd is helemaal leeg.'

'Daar zal het ook niet vandaan komen. Of niet alleen daar vandaan.' Glenna overhandigde Moira haar diadeem. 'Hoofd en hart, weet je nog? Luister naar allebei, en wat je ook zult zeggen, het zal het juiste zijn.'

'Dan wens ik dat niet ik, maar jij het zou zeggen. Het is stom om banger te zijn bij het vooruitzicht om ze toe te spreken,' zei Moira met een flauw glimlachje. 'dan bij het vooruitzicht om samen met ze te sterven.'

'Sla deze om.' Blair gaf Moira haar mantel. 'Dat zal een goede visuele indruk maken, die mantel die wappert in de wind. En zorg dat je hard praat, meid. De mensen in de engelenbak moeten je ook kunnen verstaan.'

'Ik zal je later wel vragen wat dat precies betekent.' Moira blies haar adem een keer hard uit en besteeg vervolgens haar paard. 'Daar gaat-ie dan.'

Ze liet het paard naar voren lopen en voelde haar hart een keer heel hard slaan. Daar stonden haar mensen, meer dan duizend in getal, met hun rug naar de vallei. Hoewel de zon steeds lager zakte, glinsterden de laatste stralen op zwaarden, schilden en lansen. En op de gezichten van de mensen die hiernaartoe waren gekomen, bereid om hun leven te geven.

En ineens kende haar hoofd de woorden die in haar hart leefden.

'Volk van Geall!'

De soldaten juichten toen Moira op haar paard voor hun gelederen kwam staan. Zelfs de mensen die al gewond waren riepen haar naam.

'Volk van Geall, ik ben Moira, jullie krijger-koningin. Ik ben jullie zuster, ik ben jullie dienares. Op bevel van de goden zijn wij op dit tijdstip naar deze plek gekomen, en wel om de goden te dienen. Ik ken jullie niet allemaal van gezicht of bij naam, maar jullie zijn van mij, iedere man en iedere vrouw die hier is.'

De wind trok aan haar mantel terwijl ze haar blik langs alle gezichten liet gaan. 'Vanavond, wanneer de zon ondergaat, vraag ik jullie om te vechten, om deze bittere grond te verdedigen, die vandaag al van ons bloed heeft geproefd. Ik ben degene die dat van jullie vraagt, maar jullie vechten niet voor mij. Jullie vechten niet voor de koningin van Geall.'

'Wij vechten voor Moira, onze koningin!' brulde iemand. En opnieuw werd haar naam boven de wind uit gejoeld en geroepen.

'Nee, jullie vechten niet voor mij! Jullie vechten niet voor de goden. Jullie vechten niet voor Geall, niet vanavond. Jullie vechten niet voor jezelf en zelfs niet voor jullie kinderen. Niet voor jullie echtgenoten, vrouwen, moeders en vaders.'

Het werd stil terwijl zij heen en weer langs de gelederen bleef rijden, waarbij ze de mensen recht in de ogen keek. 'Jullie zijn niet voor hen naar deze bittere vallei gekomen, in de wetenschap dat jullie bloed over deze grond zal kunnen vloeien. Jullie zijn hier gekomen voor de gehele mensheid. Jullie staan hier voor de gehele mensheid. Jullie zijn de uitverkorenen. De gezegenden. Alle werelden, en alle harten die daarin kloppen, zijn nu jullie wereld en jullie hart. Wij, de uitverkorenen, vormen één wereld en één hart. We hebben één doel.'

Haar mantel vloog open door de wind terwijl de hengst even steigerde. Het zwakker wordende zonlicht glinsterde op het goud van haar diadeem en op het staal van haar zwaard. 'Wij zullen vanavond niet falen. Wij kunnen vanavond niet falen. Want als een van ons faalt, zal er een ander zijn die zijn zwaard of zijn lans optilt, of die deze plaag, die de mensheid in haar bestaan bedreigt, zal bestrijden met staak en vuist. En als de volgende van ons sneuvelt, zal de volgende zijn plaats innemen, en de volgende, en ze zullen blijven komen, want wíj vormen hier de wereld, en de vijand heeft nog nooit een tegenstander als wij gekend.'

Haar ogen hadden de kleur van hellerook en haar gezicht straalde een en al gedrevenheid uit. Haar stem zweefde door de lucht, zodat de woorden luid en duidelijk weerklonken.

'Hier, op deze grond, zullen we ze nog verder terugdrijven dan de hel.' Ze verhief haar stem zodat die boven het gejuich uitklonk dat als een golf uit de mannen en vrouwen opsteeg. 'Vanavond zullen we niet toegeven en niet falen. Vanavond zullen we standhouden en overwinnen. Jullie zijn het hart dat zij nooit zullen hebben. Jullie zijn de adem en het licht die hun voor altijd zullen worden ontnomen. De generaties die na ons komen zullen zingen over deze avond, deze Samhain, deze Slag in de Stille Vallei. Ze zullen bij hun haardvuren zitten en vertellen over onze roemrijke daden hier. Op deze avond. Het is zover, de zon gaat onder.'

Ze trok haar zwaard en wees naar het westen, waar de zon bloedrood werd. 'Zodra het donker is, zullen we ons zwaard heffen en ons in hart en geest tegen hen wapenen. En met de goden als getuigen zweer ik dat we de zon zullen laten schijnen.'

Ze liet vuur langs de kling van haar zwaard rimpelen en schoot de straal de hemel in.

'Dat valt niet tegen,' wist Blair uit te brengen toen de manschappen luid begonnen te joelen. 'Jouw meisje weet het mooi te zeggen.'

'Ze is... briljant.' Cian hield zijn blik strak op haar gericht. 'Hoe zouden ze zoveel licht kunnen weerstaan?'

‘Ze sprak de waarheid,’ zei Hoyt. ‘Ze hebben nog nooit een tegenstander als wij gekend.’

De eskadronaanvoerders verzamelden hun soldaten zodat iedereen zijn positie kon innemen. Moira reed terug en steeg af.

‘Het is tijd,’ zei ze, en ze stak haar handen uit.

De zes gingen in een cirkel staan om die beslissende band te vormen. Daarna lieten ze elkaar weer los.

‘Tot aan de andere kant.’ Blair liet een fonkelende glimlach zien. ‘Ga ze een lesje leren, cowboy.’ Ze sprong op haar draak en schoot omhoog.

Larkin stapte op die van hemzelf. ‘Degene die na afloop als laatste in de kroeg is, moet een rondje betalen.’ Hij vloog omhoog, weg van Blair.

‘Veel heil en zegen. Laten we ze dat lesje gaan leren.’ Net als Hoyt ging Glenna op weg naar hun post, maar de blik die de twee broers elkaar hadden toegeworpen was haar niet ontgaan. ‘Wat is er aan de hand met Cian? En ga nou niet liegen nu we zo dicht bij een mogelijke bloederige dood zijn.’

‘Hij heeft me gevraagd of ik hem iets wilde beloven. Als we erin slagen om de spreuk ten uitvoer te brengen, moest ik hem beloven om niet op hem te wachten.’

‘Maar we kunnen niet…’

‘Het was het laatste wat hij me heeft gevraagd. Bid maar dat we die keuze niet hoeven te maken.’

Achter hen stond Moira naast Cian. ‘Geef ze op hun donder,’ zei ze tegen Cian. ‘En leef nogmaals duizend jaar.’

‘Dat is mijn liefste wens.’ Hij verborg de leugen door nog een keer haar handen te pakken en zijn lippen erop te drukken. ‘En geef jij ze ook op hun donder, mo chroí, en blijf in leven.’

Voordat ze nog iets kon zeggen, was hij op zijn paard gesprongen en galoppeerde hij weg.

Vanuit de lucht riep Blair bevelen, stuurde haar rijdier met haar benen en bekeek de grond voor wat de duisternis hun zou brengen. De zon ging onder en dompelde de vallei in duisternis, en in die duisternis barstte de grond open. De vampiers stroomden uit de aarde, de rotsen en spleten, in zulke grote aantallen dat ze niet te tellen waren.

'Showtime,' mompelde ze tegen zichzelf en ze boog af naar het zuiden terwijl Moira en haar boogschutters het pijlen lieten regenen. 'Even wachten, nog even wachten.' Een snelle blik op de plek waar de stemmen van Nialls voetsoldaten opstegen als bezweringsformules leerde haar dat Niall wachtte op haar teken.

Nog eventjes, laat ze iets dichterbij komen, dacht ze toen vampiers de vallei in stroomden en de pijlen sommige doorboorden en andere misten.

Ze liet haar vuurzwaard flitsen en dook omlaag. Toen de manschappen naar voren stormden, gaf ze een ruk aan het touw van het harnas en liet de eerste bom vallen.

Er vlogen vlammen en brandende scherven in het rond, en er klonken kreten toen vampiers door de vlammen werden verzwolgen. Maar er bleven er meer uit de grond komen, en die liepen in formatie naar de mensen van Geall.

Eindelijk bevrijd van zijn cape zat Cian op zijn paard, zijn zwaard opgeheven om aan te geven dat de soldaten achter hem nog even moesten wachten. Er ontploften vuurbommen die zowel vijanden als de aarde verschroeiden. Maar toch kwamen ze, kruipend en sluipend, klauwend en springend. Met een strijdkreet maakte Cian een slaande beweging met zijn zwaard en reed aan het hoofd van zijn troepen de vuurstorm in.

Te midden van opflitsende hoeven en hakkend staal houwde hij een gat in de oprukkende voorste linie van de vijand. Die sloot zich meteen weer, zodat hij en zijn troepen ingesloten werden.

Er steeg een kakofonie aan geschreeuw op.

Op haar schuin aflopende plateau greep Moira haar strijdbijl stevig vast. Haar hart klopte heftig in haar keel toen ze de vampiers door de oostelijke linie zag breken. Tegelijk met Hoyt ging ze ten aanval, waarbij hun krijgers zich als een stroom van staal en staken in de flanken van de vijand boorden.

Boven de kreten, het gekletter en het geknetter van vuur uit klonk het getrompetter van de draken. Liliths tweede aanvalsgolf kwam dichterbij.

'Pijlen!' riep Moira toen haar koker leeg was, en iemand wierp een volle koker voor haar voeten neer.

Ze schoot de ene pijl na de andere af tot de lucht zo vol rook was dat pijlen nutteloos waren.

Ze hief haar vlammende zwaard en stortte zich met haar gelederen in het gevecht.

Wat ze ook had gevreesd, wat ze van tevoren ook had geweten, wat ze ook had gezien in de visioenen die de goden haar hadden geschonken, alles wat door de rook en de stank heen drong was nog veel erger. Mannen en vrouwen die waren afgeslacht, as van overwonnen vijanden die op de bittere grond lag als stinkende sneeuw. Bloed spoot als een waterval en kleurde het vergeelde gras rood.

Gegil, van mensen en vampiers, weerkaatste in de duisternis onder de bleke driekwart maan.

Ze blokkeerde een zwaardslag en dankzij de training kwam haar lichaam instinctief in actie, draaiend en tollend om de volgende slag tegen te houden. Toen ze over een zwaard sprong dat vlak langs de grond maaide, voelde ze de windvlaag van het wapen onder haar laarzen doorgaan en liet zelf een strijdkreet horen terwijl ze met haar zwaard uithaalde naar de keel.

Door een waas zag ze dat de draak waar Blair op zat tollend neerstortte, zijn zij doorboord met pijlen. De grond was bezaaid met staken. Met haar vrije hand greep ze er een, rende naar voren en wierp hem in de rug, door het hart, van de vampier die op Blair afstormde.

'Dank je. Bukken.' Blair duwde Moira aan de kant en hakte de zwaardarm van een andere vampier af. 'Larkin.'

'Geen idee. Ze blijven maar komen.'

'Denk aan je eigen peptalk.' Blair sprong omhoog, schopte een vampier terug en ramde daarna een staak door hem heen.

Daarna verdween ze in de dikke rookwolken en moest Moira opnieuw voor haar leven vechten.

Terwijl Blair zich een weg door de linie hakte, raakte ze ingesloten. Ze haalde uit, met zwaard en staak, en deed haar best om terrein te winnen. En opeens werd ze kletsnat. Terwijl haar aanvallers het uitgilden door de vloedgolf gezegend water die op hen neerregende, vloog Larkin de rook uit, greep haar opgeheven arm vast en trok haar achter zich op de draak.

'Goed gedaan,' zei ze tegen hem. 'Zet me maar ergens af. Daarzo, op dat grote, platte rotsblok.'

'Zet jij mij maar af. Het is mijn beurt om daar beneden aan de slag te gaan. Ik heb hier geen water meer, maar er zijn nog wel twee vuurballen. Ze komt nu met een enorme troepenmacht uit het zuiden.'

'Ik zal haar wat hitte geven.'

Hij sprong van de draak en zij vloog omhoog.

Met zijn ogen en zijn kracht speurde Hoyt het strijdgewoel af. Hij voelde de aanraking van Midirs zwarte kracht, maar alles was zo zwart en koud dat hij niet kon bepalen van welke kant die kwam.

Toen zag hij Glenna, die al vechtend omhoogklauterde naar een bergkam. En op die kam stond Midir, als een zwarte kraai. Vol afschuw zag hij dat er een hand uit een spleet in de grond kwam die Glenna bij haar been greep. In gedachten hoorde hij haar gillen terwijl ze uit alle macht klauwde en krabbelde om niet de spleet in gesleurd te worden. Hoewel hij wist dat hij te ver weg was, rende hij tussen zwaarden door. En hij bleef rennen, zelfs toen het vuur dat ze uit haar vingertoppen liet schieten het schepsel dat aan haar been sleurde in brand stak.

Midir voelde een magische kracht in zijn buurt en hij smeet bliksemschichten, zo zwart als inkt, waardoor Glenna achteruit vloog.

Hoyt was gek van angst en vocht als een wildeman. Hij negeerde slagen en snijwonden en kwam langzaam dichter bij haar in de buurt. Hij zag het bloed op haar gezicht toen ze Midirs bliksemschichten beantwoordde met wit vuur.

De staak miste op een haartje Cians hart, en de pijn was zo hevig dat zijn knieën ervan knikten. Terwijl hij ineenzakte, stak hij zijn zwaard omhoog en hakte zijn tegenstander bijna door de helft. Pas daarna lukte het hem om zich om te rollen. Naast hem werd een lans in de rotsige grond geboord. Die greep hij snel beet en stak hem omhoog, dwars door iemands hart. Daarna stak hij hem in de grond en sprong omhoog, waarbij hij hard met zijn been schopte zodat een van de schepsels achteruit vloog en op de staken belandde die de mensen van Geall in de grond hadden gehamerd.

Door de opstijgende rook van de vuurballen en brandende pijlen zag hij Blair. Hij zette zich hard af, sprong omhoog en greep het harnas van haar draak, zodat hij achter haar op het zadel belandde, een paar tellen voordat ze haar volgende bom liet vallen.

'Ik zag je niet,' riep ze.

'Dat had ik door. Moira?'

'Geen idee. Neem het hier over. Ik ga naar beneden.'

Ze sprong naar een platte rots. Cian zag haar ervan afbuitelen en met twee handen staken werpen, voordat de rook haar aan het zicht onttrok. Hij draaide zijn rijdier, richtte zijn zwaard en schoot daar vuurstralen mee af. De grond bleef aan hem trekken, de bedwelmende geuren van bloed en angst bezorgden hem een honger die even scherp was als een geslepen staak.

Toen zag hij Glenna moeizaam tegen een steile helling omhoog worstelen, waarbij ze het moest opnemen tegen drie keer zoveel tegenstanders. Haar strijdbijl vlamde op en voor elke vijand die ze uitschakelde, kropen er nieuwe naar haar toe.

En toen hij de zwarte gestalte op de kam zag staan, begreep hij waarom één vrouw het tegen zo'n overmacht moest opnemen.

De kracht van de cirkel vocht tegen zijn instinctieve honger als vampier terwijl hij door de lucht naar de vrouw van zijn broer vloog.

Met een wilde zwaai van de drakenstaart liet hij drie schepsels omlaag tuimelen naar de rotsen, waar ze op verdekt opgestelde staken en in plassen heilig water vielen. Met zijn zwaard doodde hij er nog twee terwijl Glenna met de vlammende bijl tegenstanders in brandende as veranderde.

'Kan ik je een lift aanbieden?' Hij dook omlaag, sloeg een arm om haar middel en trok haar omhoog.

'Midir. Die vuile klootzak.'

Omdat Cian precies begreep wat ze bedoelde, vloog hij weer omhoog. Maar toen hij de drakenstaart liet uithalen, ketste die af alsof hij een rots had geraakt.

'Hij wordt beschermd. De lafaard.' Hijgend liet Glenna haar blik over de grond gaan, op zoek naar Hoyt. En haar longen konden eindelijk weer vrij ademhalen toen ze hem vechtend de helling op zag gaan.

'Zet me af op de kam en ga weer weg.'

'Vergeet het maar mooi.'

'Zo zal het hier moeten gaan, Cian. Magie tegen magie. Daarom ben ik hier. Zoek de anderen en hou jullie gereed. Want bij alle goden en godinnen, dit zál ons lukken.'

'Goed, Rooie. Ik zet al mijn geld in op jou.'

Hij vloog over de bergkam en hield even in zodat zij van de draak kon glijden. En hij liet haar achter om het op te nemen tegen een boze tovenaar.

'Dus de rode heks is gekomen om hier te sterven,' zei Midir tegen haar.

'Ik ben niet gekomen voor de gezellige omgeving.'

Ze hief een hand op en stormde op hem af waarbij ze haar bijl omlaag liet komen. Aan zijn groter wordende ogen zag ze dat die actie hem verbaasde. De brandende rand van de bijl sneed door het schild, maar het blad miste zijn doelwit. Ze werd achteruit geworpen, omhooggetild en belandde met een smak op de grond.

Hoewel ze haar eigen kracht liet uitstralen, schroeide de verzengende hitte van zijn zwarte bliksems haar handpalmen. Ze draaide ze omhoog en verzamelde haar eigen kracht erin terwijl ze moeizaam overeind krabbelde.

'Je kunt dit niet winnen,' zei hij terwijl de duisternis om hem heen glinsterde. 'Ik heb het einde en jouw dood gezien.'

'Je hebt gezien wat de duivel aan wie je je ziel hebt verkocht wilde dat je zou zien.' Ze smeet vuurstralen, en hoewel hij die met een polsbeweging liet afbuigen, wist ze dat hij de verschroeiende hitte ervan voelde, zoals zij die van hem had gevoeld. 'Het einde is wat we er zelf van maken.'

Met een ijzige woede op zijn gezicht riep hij een snijdende wind op die haar huid geselde als messen.

Ze hielden stand, dacht Blair. Althans, zij dacht dat ze standhielden, maar voor elke halve meter grond die de mensen van Geall wisten te behouden, zwermden er weer meer vampiers de duisternis uit.

Ze had de tel verloren hoeveel ze er over de kling had gejaagd. Zeker een tiental met zwaard en staak, en minstens evenveel door luchtaanvallen. Maar het was niet genoeg. Het lelijke terrein lag bezaaid met lijken, en zelfs van haar kracht werd het uiterste gevraagd.

Ze moesten echt alles op alles zetten, dacht ze, en ze slaakte een vergeldingskreet toen ze een vampier vernietigde die was blijven staan om te drinken van het bloed van een van de gesneuvelden.

Toen ze zich snel omdraaide en op anderen inhakte, zag ze Glenna en Midir op de hoge kam, en de vuurstorm van zwart tegen wit waarmee ze elkaar bestreden.

Ze pakte een lans uit een dode hand en wierp hem als een speer. De punt vloog door twee vampiers die rug aan rug vochten, en de houten staaf doorboorde hun hart.

Er sprong iets omlaag. Haar zintuigen voelden slechts een lichte trilling, maar ze maakte instinctief een hoge achterwaartse salto. Zodra ze weer op de grond neerkwam, haalde ze uit met haar zwaard, waarop dat tegen dat van Lora knalde.

'Dus daar ben je.' Lora liet haar zwaard omlaag glijden tot het een v vormde met dat van Blair. 'Ik zocht je al.'

'Ik was overal en nergens. Er zit iets op je gezicht. O! Jeetje, is dat een litteken? Heb ik dat gedaan? Wat erg.'

'Dadelijk zal ik van je gezicht eten.'

'Je weet toch dat dat ijdele hoop is? Bovendien is het walgelijk. Hebben we nu genoeg gebabbeld?'

'Meer dan genoeg.'

De zwaarden zoemden toen ze van elkaar werden afgehaald en er klonk een crescendo toen de ene kling de andere raakte.

Binnen een paar tellen wist Blair dat ze met de meest geduchte tegenstander uit haar carrière te maken had. Lora mocht er dan uitzien als een sm-meesteres uit een B-film, gekleed in strak zwart leer, maar die Franse teef kon prima vechten.

En klappen incasseren, dacht Blair toen ze eindelijk langs Lora's verdediging kwam en haar vuist in het gezicht van de vampier ramde. Blair voelde een pijnscheut over haar knokkels schieten toen Lora's lange hoektanden haar huid openhaalden.

Blair maakte een salto zodat ze op een puntige richel belandde en hakte omlaag met haar zwaard. Maar ze raakte slechts lucht omdat Lora van de grond omhoogsteeg alsof ze vleugels had. Lora's zwaard zoefde vlak langs Blairs gezicht en de punt ervan haalde haar wang open.

'O, zal dat een litteken worden?' Lora belandde naast haar op de rots. 'Wat erg.'

'Dat geneest wel. Maar jij zult het niet lang meer maken.'

Blairs reactie op het eerste bloed dat werd vergoten, was een razendsnelle aanval waarmee ze Lora's arm verwondde, en die liet ze volgen door een rimpeling van vuur.

Maar Lora's zwaard sloeg het hare opzij en werd zwart in de rode vlam. Het vuur sputterde en doofde.

'Denk je dat we daar niet op voorbereid zijn?' Lora liet haar tanden zien terwijl ze hakten, staken en zwaaiden. 'Midirs magie is groter dan waar jullie tovenaars ooit van kunnen dromen.'

'Waarom hebben al jullie soldaten dan niet zo'n zwaard als jij? Dat kreeg hij niet voor elkaar.' Blair sprong weer op, maakte een achterwaartse salto en raakte Lora met haar voeten. De vampier gebruikte die vaart om als een pijl omhoog te schieten en vervolgens met getrokken zwaard weer omlaag te komen.

Omdat Blair het hare ophief om de slag te blokkeren, zag ze de dolk niet die uit Lora's andere hand vloog. Ze struikelde van schrik en pijn toen die in haar zij drong.

'Moet je al dat bloed zien. Het gutst gewoon uit je. Jummie.' Lora lachte, een opgetogen, tinkelend geluid, toen Blair op haar knieën zakte. Haar ogen kregen een rode gloed terwijl ze haar zwaard hoog ophief voor de genadeslag.

Met een waanzinnig, vibrerend gejank sprong de goudkleurige wolf van een rots boven hen. Hij sprong over het zwiepende zwaard en haalde uit met zijn tanden en klauwen. Toen hij zijn lijf kromde om Lora naar de keel te springen, begon Blair te vloeken.

'Nee! Ik mag haar hebben. Je hebt me je woord gegeven.' Haar ademhaling ging gierend en ze bleef op haar knieën zitten terwijl de dolk nog altijd in haar zij stak. 'Ga terug, Wolfman. Maak dat je wegkomt, verdomme.'

Flikkerend werd de wolf een man en Larkin stapte achteruit. 'Doe het dan,' snauwde hij met een grimmige blik in zijn ogen. 'Hou op met aanmodderen.'

'Zo te horen heeft hij niet veel in te brengen?' Lora liep in een cirkel, zodat ze hen allebei in het oog kon houden – de bloedende vrouw en de ongewapende man. 'Maar hij heeft gelijk, we moeten ophouden met aanmodderen. Ik heb een druk programma.'

Met een zwaai bracht ze het zwaard omlaag en Blair stak het hare omhoog om de slag te pareren en het zwaard klem te zetten. Haar armspieren gilden het uit door de inspanning en haar zij schrijnde en bleef bloeden.

'Als er iemand hier niets in te brengen heeft,' hijgde ze, 'ben jij het wel. Je bent er geweest.'

Met een ruk trok ze de dolk uit haar zij en stak hem tot aan het bebloede handvat in Lora's buik.

'Dat doet pijn, maar het is maar staal.'

'Dit ook.' Met haar laatste kracht duwde Blair Lora's zwaard opzij en stootte het hare hard in de borst van de vampier.

'Dat is alleen een beetje ergerlijk.' Lora hief haar zwaard op, met de punt omlaag. 'Wie is er nou geweest?'

'Jij,' reageerde Blair terwijl de kling die in Lora's borstkas stak in vlammen uitbarstte.

Brandend en gillend wankelde Lora op het randje van de rots. Blair trok het zwaard los, haalde er hard en accuraat mee uit en hakte het brandende hoofd af.

'Godverdomme goed gedaan.' Blair struikelde en zwaaide heen en weer. Ze zou zijn gevallen als Larkin niet naar voren was gesprongen om haar op te vangen.

'Hoe erg? Hoe erg is het?' Hij drukte zijn hand tegen haar bloedende zij.

'Van voren erin en van achteren er weer uit. Geen organen geraakt. Even verbinden om het bloeden te stelpen, en ik kan weer meedoen.'

'Dat zullen we nog wel zien. Stijg op.'

Nadat hij flikkerend in een draak was veranderd, kroop Blair op zijn rug. Terwijl ze omhoogsuisden, zag ze Glenna op de bergkam vechten met Midir. En ze zag haar vriendin vallen.

'O god, ze is geraakt. Ze is uitgeteld. Hoe snel kun je daar zijn?'

Vliegend als een draak dacht Larkin: niet snel genoeg.

Glenna proefde bloed in haar mond. Uit minstens tien ondiepe sneden in haar huid sijpelde nog meer. Ze wist dat ze hem had geraakt, wist dat ze niet alleen zijn schild schade had toegebracht, maar ook zijn lichaam en zelfs zijn kracht.

Ze had gedaan wat ze kon, maar het was niet voldoende geweest.

'Je vuur dooft uit. Alleen nog wat gloeiende sintels.' Midir liep dichter naar de plek waar ze op de verschroeide, bloederige grond lag. 'Maar misschien is het nog de moeite waard om dat restje van je af te pakken als ik je leven neem.'

'Het zal je verstikken,' wist ze hijgend uit te brengen. Hij had gebloed, dacht ze. Ze had hem laten bloeden op de grond. 'Dat zweer ik.'

'Ik zal het in één keer verslinden. Zo weinig stelt je vuur nog maar voor. Zie je dat, diep onder je? Alles wat ik heb helpen creëren komt over jullie heen als een sprinkhanenplaag. Het gaat precies zoals ik heb voorspeld. En als jullie een voor een vallen, zal mijn macht groeien. Die zal nergens meer door worden ingeperkt. Nergens meer door worden tegengehouden.'

'Wel door mij.' Hoyt hees zijn bloedende, gehavende lichaam over de rand van de bergrichel.

'Daar ben je,' wist Glenna uit te brengen terwijl ze haar tanden op elkaar klemde tegen de pijn. 'Ik heb hem al voor je verzwakt.'

'Hier heb je nog iets om je tanden op stuk te bijten.' Midir draaide zich wild om en schoot een zwarte bliksemschicht.

Die knalde, siste en spuugde bloederige vlammen toen hij Hoyts oogverblindend witte exemplaar raakte. De kracht ervan blies hen allebei achteruit en verschroeide de lucht tussen hen. Op de grond rolde Glenna weg van een flitsend vlammenspoor en ging toen moeizaam op handen en knieën zitten.

Ze verzamelde al haar overgebleven kracht en zond die naar Hoyt. Met trillende hand omvatte ze het zilveren kruis om haar hals, concentreerde al haar kracht daarin en in het bijpassende exemplaar dat Hoyt droeg.

Terwijl zij prevelde vochten de tovenaars – de zwarte en de witte – op de in rook gehulde bergkam en in de smerige lucht erboven.

Het vuur dat Hoyt raakte droeg het brandende gevoel van ijs met zich mee. Het zocht direct zijn bloed – zowel wat al was vergoten en wat het wilde vergieten – om Hoyts krachten te laten wegvloeien.

Dat vuur klauwde en sloeg naar hem terwijl er in de lucht licht opflitste en knalde door magie, waardoor er grote rookwolken opstegen die de maan aan het oog onttrokken. In de grond onder zijn voeten ontstonden scheuren door de enorme druk.

Zijn longen zwoegden en zijn hart bonsde wild, maar hij negeerde de aardse eisen die aan zijn lichaam werden gesteld, net zoals hij de pijn van zijn wonden en het zoute zweet dat erin drupte negeerde.

Hij bestond nu alleen uit kracht. Dit ging verder dan het moment aan het begin van deze reis, toen hij een moment had geaarzeld bij de zwarte magie. Nu, op deze bergrichel, torende hij uit boven bloed en dood, menselijke moed, opofferingen en toorn en was hij de withete vlam van macht.

Het kruis om zijn hals flitste helder zilver op toen Glenna haar magie met de zijne liet samensmelten. Hij stak een hand uit naar de hare en pakte die stevig vast toen ze haar vingers met de zijne verstrengelde en zichzelf overeind trok. Met zijn andere hand hief hij een zwaard en het vuur op de kling ervan werd zuiver wit.

'Wij zijn degenen die jou zullen verslaan,' zei Hoyt, en hij sloeg een bliksemschicht weg met zijn zwaard. 'Wij, die staan voor zuivere magie, voor het hart van de mensheid. Wij zullen jou verslaan en vernietigen, wij zullen jou voor eeuwig in de vlammen laten verdwijnen.'

'Ik vervloek jullie!' brulde Midir, en hij hief zijn armen op en smeet twee bliksemflitsen naar hen toe. Er verscheen een angstige uitdrukking op zijn gezicht toen Glenna met een hand zwaaide en ze allebei in as veranderde.

'Nee, wij vervloeken jou.' Hoyt bracht zijn zwaard omlaag. Het witte vuur sprong van de kling en doorboorde Midirs hart alsof het staal was.

Op de plek waar hij viel en stierf werd de aarde zwart.

Hooggelegen terrein, dacht Moira. Ze moest hoger zien te komen en de boogschutters hergroeperen. Ze had de kreten gehoord die waarschuwden dat hun linie in het noorden opnieuw werd doorbroken. Brandende pijlen zouden die aanvalsmacht terugdrijven en haar verspreid geraakte troepen de tijd geven weer een aaneengesloten front te vormen. Ze speurde het strijdgewoel af op zoek naar een paard of draak die haar naar de plek zou kunnen brengen waar ze, zoals ze wist, het hardst nodig was.

En toen ze opkeek, zag ze Hoyt en Glenna met schitterend wit licht vechten tegen Midir. Een golf hernieuwde hoop deed haar naar voren rennen. Precies op het moment dat de grond haar leek te laten struikelen, haalde ze met haar zwaard uit naar een naderende vijand. De houw die ze toebracht, vertraagde het schepsel en net toen ze zich opmaakte om nogmaals te slaan, doodde Riddock hem van achteren.

Woest grijnzend stormden hij en een handjevol mannen op de verbroken linie af. Hij leefde, dacht ze. Haar oom leefde nog. Terwijl ze naar hem toe holde om zich bij hem te voegen, schokte de grond onder haar voeten en viel ze languit neer.

Terwijl ze zich omhoogduwde, keek ze toevallig omlaag, recht in Isleens dode, starende ogen.

'Nee. Nee. Nee.'

Isleens keel was opengereten, het leren koord waaraan ze, zoals Moira wist, een houten kruis had gedragen, was geknapt en doorweekt met bloed. Het verdriet was zo overweldigend, zo diep dat ze het lichaam optilde en tegen zich aan drukte.

Het was nog warm, dacht ze, heen en weer wiegend. Nog warm. Als ze sneller was geweest had ze Isleen misschien kunnen redden.

'Isleen. Isleen.'

'Isleen. Isleen,' werd er honend herhaald, en Lilith zweefde de rook uit.

Ze had zich voor het gevecht gekleed in rood en zilver en droeg net als Moira een diadeem op haar hoofd. Haar zwaard was bloedrood tot aan het met edelstenen ingelegde gevest. Bij haar aanblik voelde Moira golven angst en woede door zich heen gaan en ze kwam overeind.

'Moet je jou nou zien.' De bevalligheid en soepelheid waarmee Lilith het zwaard liet ronddraaien, vertelden Moira dat de Vampierkoningin goed met het wapen kon omgaan. 'Klein en onbetekenend, bedekt met modder en tranen. Het verbaast me dat ik zoveel tijd heb verdaan met het plannen van jouw dood, terwijl het uiteindelijk zo eenvoudig is.'

'Jij zult hier niet winnen.' Koningin tegen koningin, dacht Moira, en ze blokkeerde Liliths eerste, onderzoekende stoot. Leven tegen dood. 'We drijven jullie terug. We zullen nooit opgeven.'

'O, doe me een lol,' zei Lilith terwijl ze Moira's woorden wegwuifde. 'Jouw gelederen versplinteren als gebakken klei en ik heb nog tweehonderd man in reserve. Maar dat is totaal onbelangrijk. Nu gaat het om jou en mij.'

Zonder met haar ogen te knipperen stak Lilith een hand uit en greep de soldaat die op haar afstormde bij de keel. En brak zijn nek. Achteloos smeet ze hem op de grond terwijl ze op Moira's zwaaiende vuurzwaard in hakte.

'Midir heeft zijn nut,' zei Lilith toen het vuur doofde. 'Ik zal de tijd met je nemen, menselijke teef. Jij hebt mijn Davey gedood.'

'Nee, dat heb jij gedaan. En nu het schepsel waarin jij hem had veranderd dood is, hoop ik dat de onschuldige mens die hij vroeger was, jou vervloekt.'

Liliths hand schoot uit, flitsend als de giftanden van een slang, en ze haalde haar nagels langs Moira's wang.

'Duizend sneden.' Ze likte het bloed van haar vingers. 'Dat zal ik je geven. Duizend sneden terwijl mijn soldaten zich tegoed doen aan de jouwe.'

'Jij zult haar niet meer aanraken.' Op de rug van zijn hengst reed Cian langzaam naar voren, alsof de tijd was blijven stilstaan. 'Jij zult haar nooit meer aanraken.'

'Kom je je hoer redden?' Lilith haalde een goudkleurige staak achter haar riem vandaan. 'Verguld eikenhout. Deze heb ik speciaal voor jou laten maken, voor het moment waarop ik jou vernietig zoals ik je heb gecreëerd. Zeg eens eerlijk, windt al dit bloed je niet op? Al die warme plassen, lichamen die nog niet zijn afgekoeld en liggen te wachten tot ze worden leeggezogen? Ik weet dat het schepsel dat in je huist, die smaak wil proeven. Dat heb ik in je geplaatst, en dat ken ik even goed als ik mezelf ken.'

'Jij hebt me nooit gekend. Ga weg,' zei hij tegen Moira.

'Ja, ga maar snel weg. Ik weet je straks wel weer te vinden.'

Ze vloog Cian aan en sprong een zwaardlengte omhoog, zodat ze over zijn hoofd kon buitelen. Ze bracht haar zwaard naar beneden, maar het trof alleen lucht omdat hij achterover buitelde, waarbij de hakken van zijn laarzen haar gezicht op een haar na misten.

Ze bewogen zich met die typische enge snelheid waardoor Moira niet veel meer kon zien dan een waas waarbij het gekletter van zwaarden klonk als zilveren donderslagen. Ze wist dat dit zijn gevecht was, het enige wat hij kon leveren. Maar ze weigerde hem alleen te laten.

Haastig sprong ze op Vlad en stuurde de hengst de met bloed besmeurde rots op, tot ze zich boven hun hoofden bevond. Vanaf die plek liet ze haar zwaard vlammen werpen naar Liliths manschappen die hun koningin probeerden te bereiken. Ze bezwoer dat zij en het zwaard van Geall haar minnaar tot de laatste snik zouden verdedigen.

Cian wist dat Lilith bedreven was. Tenslotte had ze, net als hij, eeuwen de tijd gehad om de krijgskunst onder de knie te krijgen. Haar kracht en snelheid waren even groot als die van hem. Misschien zelfs groter. Ze blokkeerde hem, dreef hem terug en wist de kracht van zijn aanval te ontwijken.

Hij wist dat de grond hier nog altijd aan haar behoorde. Deze geïsoleerde, zwarte plek. Daar voedde ze zich mee, iets wat hij niet aandurfde. Ze voedde zich met de kreten die door de lucht weerkaatsten en het bloed dat in het rond spoot als regendruppels.

Hij vocht niet alleen tegen haar, maar ook tegen het verlangen in zijn binnenste, het ding dat worstelde om zich vrij te klauwen zodat het kon zwelgen in wat het was. In wat zij van hem had gemaakt. Ze maakte gebruik van haar voordeel, sloeg zijn zwaard opzij, en in dat korte moment dat hij onbeschermd was, stak ze de staak in zijn hart.

Die raakte hem met een kracht die hem naar achteren deed wankelen. Maar toen haar kreet van triomf wegstierf, bleef hij ongeschonden staan.

'Hoe?' was het enige wat ze vroeg terwijl ze naar hem staarde.

Hij voelde de afdruk van Moira's medaillon tegen zijn hart, en de pijn was zoet. 'Dankzij een magie die jij nooit zult kennen.' Hij haalde uit en trof met de punt van zijn zwaard het litteken van het pentagram. Het bloed dat uit de wond welde was zwart en zo dik als teer.

Door de pijn en razernij verscheen de demon in haar ogen, het dodelijke rood. Ze stootte een kreet uit terwijl ze zich met een hernieuwde, woeste kracht op hem stortte. Hij sloeg terug, liet meer bloed vloeien, dreef haar achteruit en werd zelf teruggedreven terwijl het medaillon als een hart tegen zijn borstkas leek te pulseren.

Haar zwaard schampte langs zijn arm, waardoor het zijne op de rotsen onder hem kletterde. 'Eerst jij! Daarna je hoer!'

Toen ze aanviel, greep hij de pols van haar zwaardarm vast met zijn bebloede hand. Ze glimlachte naar hem. 'Goed, op deze manier. Dat is ook poëtischer.'

Ze ontblootte haar hoektanden om in zijn keel te happen. En hij stootte de staak die ze speciaal voor hem had laten maken recht in haar hart.

'Het liefst zou ik zeggen: "Loop naar de hel", maar zelfs de hel wil jou niet hebben.'

Haar ogen werden groot en verbleekten tot blauw. Hij voelde de pols die hij vasthield oplossen in zijn hand, maar die ogen bleven nog een tel in de zijne staren.

En toen was er niets meer, alleen as aan zijn voeten.

'Ik heb jou vernietigd,' verklaarde hij, 'zoals jij mij lang geleden hebt vernietigd. Dat is pas poëtisch.'

De aarde begon te trillen onder zijn voeten. Daar zul je het hebben, dacht hij.

De zwarte hengst sprong van de rotsen naar beneden en verspreidde daarbij de as. 'Het is je gelukt.' Moira sprong uit het zadel, pardoes in zijn armen. 'Je hebt haar verslagen. Je hebt gewonnen.'

'Dit heeft me gered.' Hij trok haar medaillon onder zijn kleding vandaan en liet haar de diepe deuk van de staak in het zilver zien. 'Jij hebt me gered.'

'Cian.' Toen de rots achter haar als een ei openbarstte, sprong ze omlaag en opeens werd haar gezicht weer lijkbleek. 'Snel. Ga weg. Schiet op. Het is begonnen. Haar bloed, haar einde, was het laatste wat nodig was. Ze zijn de spreuk begonnen.'

'Jij hebt haar verslagen. Jij hebt gewonnen. Vergeet dat niet.' Hij trok haar in zijn armen en drukte zijn mond op de hare. Daarna sprong hij vliegensvlug op zijn paard en was verdwenen.

Om haar heen was het een en al chaos. Door de nevel klonken kreten en het gekreun van gewonden, en de haastige bewegingen van de vijanden die zich wanordelijk terugtrokken.

Een goudkleurige draak vloog er als een speer doorheen, met Blair op zijn rug. Terwijl de aarde onder haar golfde, hief Moira haar armen op, zodat Larkin haar voorzichtig in zijn klauwen kon nemen. Over het trillende land vloog ze naar de hoge bergkam.

Daar aangekomen pakte Hoyt haar hand beet. 'Het moet nu gebeuren.'

'Cian. We weten niet zeker of...'

'Ik heb hem mijn woord gegeven. Het moet nu.' Hij hief hun verstrengelde handen op en ze richtten hun gezicht tegelijkertijd omhoog en spraken tegen de zwarte hemel.

'Op deze plek, ooit verdoemd, geldt nu onze macht en die gebruiken wij in deze nacht. Op deze grond is bloed vergoten op het zwartste moment, dat van hen voor het duister, dat van ons voor het licht in al zijn luister. Zwarte magie en demonen zijn hier verslagen door onze hand. Van ons is nu dit door bloed bevlekte land. Hier roepen we aan alles wat wij hebben gedaan. Door de duisternis heen ontketenen wij zonnekracht, moge dat licht verdrijven alle zwarte macht. Dit is wat wij gebieden, en zo zal het geschieden.'

De grond beefde en er stak een gierende wind op.

'Wij roepen de zon aan!' schreeuwde Hoyt. 'Wij roepen het licht aan!'

'Wij roepen de dageraad aan!' Glenna's stem verhief zich met de zijne, en de kracht nam toe toen Moira haar vrije hand greep. 'Verdrijf de nacht, laat hem gaan.'

'Kom op in het oosten,' riep Moira, en ze staarde door de rook die om hen heen omhoogwervelde terwijl Larkin en Blair de cirkel completeerden. 'Verbreid je naar het westen.'

'Het komt,' gilde Blair. 'Kijk. Kijk naar het oosten.'

Boven de schaduw van de bergen werd de hemel lichter, en het licht verspreidde zich, doorkliefde de hemel en werd intenser tot het even fel scheen als om twaalf uur 's middags.

Onder hen verbrandden vluchtende vampiers tot er niets van ze over was.

Op de rotsige, kapotte grond verschenen bloeiende bloemen.

'Zie je dat?' Larkins hand verstrakte om die van Moira, en zijn stem klonk geëmotioneerd en eerbiedig. 'Kijk, het gras wordt weer groen.'

Ze zag het, net als de lieflijke gele en witte bloemetjes die op dat groene tapijt verschenen. Ze zag de lichamen van de gesneuvelden liggen in een wei in een weelderige, zonovergoten vallei.

Maar Cian was in geen velden of wegen te bekennen.

21

Hoewel de veldslag was gewonnen, viel er nog werk te doen. Samen met Glenna werkte Moira ijverig mee aan iets wat door Glenna 'triage van de gewonden' werd genoemd. Blair en Larkin waren met een groep krijgers vertrokken om vampiers op te sporen die zich hadden weten te verschuilen voor de zon en Hoyt hielp om degenen die minder ernstig gewond waren terug te brengen naar een van de basiskampen.

Nadat Moira voor de zoveelste keer het bloed van haar handen had gespoeld, strekte ze haar rug. Opeens zag ze Ceara verdwaasd ronddolen en ze haastte zich naar de andere vrouw toe.

'Kom. Kom, je bent gewond.' Moira drukte een hand op de wond in Ceara's schouder. 'Toe, laat me die wond verzorgen.'

'Mijn man.' Hoewel Ceara zwaar op Moira leunde, bleef haar blik van de ene naar de andere strozak gaan. 'Eogan. Ik kan mijn man nergens vinden. Hij is...'

'Hier. Hij is hier. Ik zal je naar hem toe brengen. Hij heeft naar je gevraagd.'

'Gewond?' Ceara zwaaide heen en weer. 'Is hij...'

'Niet dodelijk, dat verzeker ik je. En als hij jou ziet, zal hij nog sneller genezen. Daarzo, zie je hem? Hij is...'

Voordat Moira haar zin kon afmaken, slaakte Ceara een kreet en rende strompelend naar haar man. Ze liet zich op haar knieën naast hem vallen.

'Het is hartverwarmend om dat te zien.'

Met een glimlach draaide ze zich om naar haar oom, die op een voorraadkist zat, zijn arm en been in het verband.

'Ik wilde dat alle minnaars herenigd konden worden, zoals zij. Maar… we hebben zoveel mensen verloren. Er zijn ruim driehonderd doden, en dat aantal stijgt nog steeds.'

'Maar hoeveel mensen blijven er hierdoor leven, Moira?' Hij zag de wonden op haar lichaam en de wonden die ze meedroeg in haar hart. 'Eer de doden, maar wees blij met de levenden.'

'Dat zal ik doen.' Toch bleef ze strak naar de gewonden en hun verzorgers kijken, al maakte ze zich slechts om één iemand zorgen. 'Ben je sterk genoeg om naar huis te reizen?'

'Ik zal met de laatsten meegaan. Ik zal zorgen dat onze gesneuvelden thuiskomen, Moira. Laat dat aan mij over.'

Ze knikte en nadat ze hem had omhelsd, wijdde ze zich weer aan haar plichten. Ze hielp net een soldaat met water drinken toen Ceara opnieuw bij haar kwam staan.

'Zijn been, Eogans been… Volgens Glenna zal hij het niet kwijtraken, maar…'

'Dan zal dat ook niet gebeuren. Zij zou nooit tegen jou, of hem, liegen.'

Ceara haalde een keer diep adem en knikte toen. 'Ik kan helpen. Ik wil helpen.' Ceara raakte haar ingezwachtelde schouder aan. 'Glenna heeft me verzorgd, en volgens haar ben ik daartoe in staat. Ik heb Dervil gezien. Op wat snijwonden en blauwe plekken na heeft zij alles prima doorstaan.'

'Dat weet ik.'

'Ik heb uw neef Oran gezien en hij zei dat Sinanns Phelan al op de terugweg naar Kasteel Geall is. Maar ik heb Isleen nog nergens gezien. Weet u waar ze is?'

Moira liet het hoofd van de soldaat weer zakken en stond op. 'Zij heeft het niet gehaald.'

'Nee, Vrouwe. Ze moet het hebben gehaald. U hebt haar gewoon nog niet gezien.' Weer liet Ceara haar blik over de strozakken gaan waar het grote veld mee vol lag. 'Er zijn er zoveel.'

'Ik heb haar wel gezien. Ze is gesneuveld in de strijd.'

'Nee. O, nee.' Ceara sloeg haar handen voor haar gezicht. 'Ik zal het tegen Dervil zeggen.' De tranen stroomden over haar wangen toen ze haar handen weer liet zakken. 'Zij is Isleen aan het zoeken. Ik zal het haar vertellen en dan kunnen we... Ik kan er niet bij, Vrouwe. Ik kan het niet bevatten.'

'Moira!' riep Glenna vanaf de andere kant van het veld. 'Ik heb je hier nodig.'

'Ik zal het tegen Dervil zeggen,' herhaalde Ceara, en ze haastte zich weg.

Moira werkte door tot het zonlicht weer begon te vervagen en daarna vloog ze, uitgeput en misselijk van ongerustheid, op de rug van Larkin terug naar de boerderij waar ze nog één nacht zou doorbrengen.

Daar zou hij zijn, hield ze zichzelf voor. Daar zou ze hem treffen. Veilig uit het zonlicht zou hij helpen met het organiseren van de voorraden, de gewonden, het transport. Natuurlijk zou hij daar zijn.

'Bijna donker,' zei Larkin toen hij naast haar stond. 'En vanavond als het donker is, zal er in Geall alleen worden gejaagd door schepsels die door de natuur zijn gemaakt.'

'Jullie hebben er geen een gevonden. Geen enkele vijand heeft het overleefd.'

'As, niets dan as. Zelfs in grotten en diepe schaduw was er niets anders dan as. Alsof de zon die dankzij ons is gaan schijnen overal doorheen heeft gebrand, zodat geen van hen heeft weten te overleven, waar ze zich ook hadden verstopt.'

Haar toch al bleke gezicht werd opeens grauw, en hij greep haar arm beet.

'Voor hem is het anders, dat weet je best. Hij had zijn cape. Die zal hij op tijd hebben omgeslagen. Je gelooft toch zeker niet dat de magie die wij voortbrengen een van ons zal kwetsen?'

'Nee, natuurlijk niet. Ja, je hebt gelijk. Ik ben gewoon moe.'

'Zorg dat je iets in je maag krijgt en ga daarna slapen.' Hij leidde haar het huis in.

Daar stond Hoyt bij Blair en Glenna. Bij het zien van hun gezichtsuitdrukking begonnen Moira's knieën te knikken.

'Hij is dood.'

'Nee.' Hoyt liep snel naar haar toe en nam haar handen in de zijne. 'Nee, hij heeft het overleefd.'

De tranen die ze al uren had onderdrukt, stroomden uit haar ogen en maakten haar wangen drijfnat. 'Zweer je dat? Is hij niet dood? Heb je hem gezien, met hem gepraat?'

'Ik zweer het.'

'Ga zitten, Moira. Je bent doodmoe.'

Bij het horen van Glenna's woorden schudde ze haar hoofd en ze bleef Hoyt strak aankijken. 'Boven? Is hij boven?' Er ging een huivering door haar heen toen tot haar doordrong wat er in Hoyts ogen te lezen stond. 'Nee,' zei ze langzaam. 'Hij is niet boven. Of hier in huis, of zelfs nog maar in Geall. Hij is weg. Hij is teruggegaan.'

'Het leek hem... Verdomme, het spijt me, Moira. Hij wilde per se meteen vertrekken. Ik heb hem mijn sleutel gegeven en toen is hij op een draak naar de Dans gegaan. Hij zei...'

Hoyt pakte een verzegeld vel papier van tafel. 'Hij vroeg of ik je dit wilde geven.'

Ze staarde ernaar en knikte uiteindelijk. 'Dank je.'

Zwijgend pakte ze het papier aan en ging in haar eentje naar boven.

Ze sloot zich op in de kamer die ze met hem had gedeeld en stak de kaarsen aan. Daarna ging ze zitten en drukte de brief simpelweg

tegen haar hart tot ze de kracht had om het zegel te verbreken.
En ze las.

Moira,

Het is het beste zo. Verstandelijk zul je dat begrijpen. Langer blijven zou alleen de pijn verlengen, en er is al meer dan genoeg pijn geweest voor verscheidene levens. Jou verlaten is een daad van liefde. Ik hoop dat je dat ook begrijpt.

Ik heb zoveel beelden van jou in mijn hoofd. Dat je in mijn bibliotheek op de grond zit, omringd door boeken die je aandachtig leest. Dat je grapjes maakt met King of Larkin, iets wat je in die eerste weken zelden met mij deed. Dapper tijdens gevechten of in gedachten verdiept. Je hebt nooit geweten hoe vaak ik naar je keek en naar je verlangde.

Ik zal je zien in de ochtendnevel, wanneer je een zwaard uit een steen trekt of op een draak zit en pijlen uit je boog laat zoeven.

Ik zal je zien bij kaarslicht, wanneer je je armen naar me uitstrekt en me in een licht zet dat ik nooit eerder heb ervaren, en dat ook nooit meer zal doen.

Je hebt jouw wereld en de mijne gered, plus alle andere werelden die er wellicht nog zijn. Ik denk dat je gelijk had toen je zei dat wij waren voorbestemd om elkaar te vinden, om samen te komen en de kracht te smeden die nodig was om die werelden te redden.

Nu is het tijd om weg te gaan.

Ik wil je vragen om gelukkig te zijn, om je wereld en je leven opnieuw op te bouwen, en beide ten volle te omarmen. Minder doen zal een bezoedeling zijn van wat we hadden. Van wat jij me hebt gegeven.

Op de een of andere manier was ik weer een man wanneer ik bij jou was.

Die man hield onmetelijk veel van je. En het deel van me dat geen man is, hield ondanks alles van je. In alle eeuwen heb ik alleen van jou gehouden. Als jij ook van mij hield, doe je wat ik van je vraag.

Leef voor mij, Moira. Ook al bevinden we ons in verschillende werelden, ik zal weten of je dat doet en me daar tevreden mee stellen.

Cian

Ze zou huilen. Een menselijk hart moest een dergelijke diepe put van tranen legen, dat kon niet anders. Liggend op het bed waarop ze elkaar voor het laatst hadden bemind, drukte ze de brief tegen haar hart en liet dat leegstromen.

New York City
Acht weken later

Een groot deel van de tijd zat hij in het donker en dronk whiskey. Als een man het eeuwige leven had, kon hij best een jaar of twintig nemen om te tobben, vond Cian. Misschien zelfs een eeuw aangezien hij net zijn grote liefde had opgeofferd.

Natuurlijk zou hij daaroverheen komen. Hij zou zich weer aan zijn bedrijven wijden. Een poosje reizen. Maar eerst bleef hij nog een poosje drinken. Een jaar of twee stomdronken zijn had een ondode nog nooit kwaad gedaan.

Hij wist dat ze het goed maakte, dat ze haar mensen hielp bij hun herstel en dat ze regelingen trof om in het voorjaar een monument te laten bouwen in de vallei. Ze hadden hun doden begraven en tijdens de herdenkingsdienst had zij zelf alle namen voorgelezen – bijna vijfhonderd in totaal.

Dat wist hij omdat de anderen ondertussen ook weer terug waren en hem per se alle details hadden willen vertellen, al had hij daar helemaal niet om gevraagd.

Gelukkig waren Blair en Larkin nu weer in Chicago, dus zouden zij er niet langer bij hem op aandringen om erover te praten of blijven vragen of ze langs mochten komen. Je zou toch denken dat mensen die zoveel tijd met hem hadden doorgebracht, zouden weten dat hij geen behoefte had aan gezelschap.

Hij wilde godverdomme zwelgen in zijn verdriet en zij zouden allemaal al lang dood zijn voordat hij daarmee klaar was.

Hij schonk zichzelf meer whiskey in en bedacht dat hij in elk geval nog voldoende klasse had om niet rechtstreeks uit de fles te drinken.

En nu zeurden Hoyt en Glenna hem aan zijn kop dat hij Kerstmis bij hen moest doorbrengen. Kerstmis, jezus allemachtig nog aan toe. Wat kon hem Kerstmis schelen? Gingen ze maar terug naar Ierland, naar het huis dat hij hun had gegeven, dan zouden ze hem met rust laten.

Vierden de mensen in Geall Kerstmis, vroeg hij zich af. Afwezig liet hij zijn vingers over het gebutste zilveren medaillon gaan dat hij dag en nacht droeg. Dat had hij nooit gevraagd, maar daar was ook geen reden voor geweest. Waarschijnlijk was het daar nu midwinter, compleet met brandende houtblokken en muziek. Hoe dan ook, dat betekende niets meer voor hem.

Maar zij, Moira, hoorde vrolijk feest te vieren. Ze hoorde duizend kaarsen aan te steken zodat Kasteel Geall één grote gloed was. Ze moest overal hulstkransen ophangen en muziek laten klinken.

Wanneer zou deze pijn in godsnaam afnemen? Hoeveel oceanen whiskey waren er nog nodig om zijn verdriet te stillen?

Hij hoorde het gezoem van de lift en keek kwaad in die richting. Hij had toch zeker tegen de kloteportier gezegd dat hij niemand naar boven mocht laten gaan? Hij zou de nek van die sukkel moeten breken als een gebruikt eetstokje.

Ach, wat maakte het ook uit, peinsde hij. Hij had het mechanisme vanaf de binnenkant vergrendeld, als een tweede verdedigingslinie.

Ze konden wel naar boven komen, maar niet bij hem binnenkomen.

Hij vloekte zachtjes toen de deuren openschoven en hij Glenna de donkere kamer in zag stappen.

'O, verdorie nog aan toe.' Haar stem klonk ongeduldig en een paar tellen later gingen de lampen aan.

Het licht brandde in zijn ogen zodat zijn vloeken ditmaal luid en gemeend waren.

'Kijk nou toch naar jezelf.' Ze legde de grote, elegant ingepakte doos neer die ze bij zich had. 'Een beetje in het donker zitten als een...'

'Vampier. Ga weg.'

'Het stinkt hier naar whiskey.' Alsof ze thuis was liep ze rechtstreeks naar zijn keuken om koffie te zetten. Terwijl die doorliep, kwam ze terug en trof hem precies zo aan als toen ze was weggegaan.

'Jij ook fijne kerstdagen.' Ze hield haar hoofd schuin. 'Je moet je scheren en je haar laten knippen en op een goede dag, wanneer je niet zit te pruilen, zal ik je vragen hoe je die dingen voor elkaar krijgt. Scheren dus,' herhaalde ze. 'Je haar laten knippen, en aangezien de whiskey hier niet het enige is wat stinkt, ben je ook dringend toe aan een bad.'

Zijn oogleden bleven geloken en zijn mondhoeken gingen omhoog zonder ook maar een vleugje humor. 'Ga jij me in bad doen, Rooie?'

'Als het moet. Cian, waarom knap je jezelf niet op en ga je mee naar ons appartement? We hebben meer dan genoeg kliekjes van de kerstmaaltijd. Het is eerste kerstdag,' zei ze bij het zien van zijn niet-begrijpende blik. 'Beter gezegd is het al bijna negen uur 's avonds op eerste kerstdag, en ik heb mijn man alleen thuis achtergelaten omdat hij even koppig is als jij en niet zonder uitnodiging bij je langs wilde gaan.'

'Dat is tenminste iets. Ik wil geen kliekjes. En ik hoef ook die koffie niet die je aan het zetten bent.' Hij hief zijn glas op. 'Dit is alles wat ik wil.'

'Best. Blijf dan maar een beetje dronken zitten stinken terwijl je je ellendig voelt. Maar misschien wil je dit wel hebben.'

Met grote passen liep ze naar de doos, tilde hem op, liep terug en liet hem op zijn schoot vallen. 'Maak maar open.'

Zonder enige belangstelling keek hij ernaar. 'Maar ik heb niks voor jou gekocht.'

Ze hurkte neer bij zijn voeten. 'Maak dit open, dan beschouw ik dat, het openmaken, als mijn cadeau van jou. Alsjeblieft. Het is belangrijk voor me.'

'Ga je weer weg als ik het openmaak?'

'Snel.'

Om haar tevreden te stellen tilde hij het deksel, ingepakt in zilverkleurig papier en met een grote strik erop, van de doos en trok de bovenste laag glimmend vloeipapier opzij.

En hij keek recht in Moira's gezicht.

'O, verdomme. Verdomme nog aan toe, Glenna.' Whiskey noch wilskracht kon het winnen van haar beeltenis. Zijn stem beefde van ontroering toen hij het ingelijste portret uit de doos haalde. 'Het is prachtig. Zij is prachtig.'

Glenna had het moment geschilderd waarop Moira het zwaard uit de steen trok. De dromerigheid en kracht van dat moment, vol groene schaduwen, zilveren nevels, en de nieuwe koningin die daar stond met de punt van het zwaard naar de hemel geheven.

'Ik dacht, hoopte, dat dit portret jou zou helpen inzien wat ze mede dankzij jou heeft gekregen. Zonder jou zou ze daar nooit hebben gestaan. Zonder jou zou er geen Geall meer zijn. Zonder jou zou ik hier niet zijn. Geen van ons zou dit hebben overleefd zonder de andere vijf.' Ze legde een hand op de zijne. 'We vormen nog altijd een cirkel, Cian. Dat verandert nooit.'

'Ik heb het juiste gedaan voor haar. Vertrekken. Dat was het juiste om te doen.'

'Ja.' Nu gaf ze een kneepje in zijn hand. 'Dat was het juiste om te doen, een gigantische daad van pure liefde. Maar de wetenschap dat je het juiste hebt gedaan, om de juiste redenen, neemt de pijn niet weg.'

'Dat doet niks. Helemaal niks.'

'Ik zou willen zeggen dat die pijn mettertijd afneemt, maar ik weet niet of dat echt zo is.' In haar stem en in haar ogen was medelijden te horen en te zien. 'Ik kan wel zeggen dat je familie en vrienden hebt die van je houden en voor je klaarstaan. Je hebt mensen die van je houden en die jouw pijn delen, Cian.'

'Ik weet niet hoe ik moet omgaan met jullie medeleven, nog niet. Maar dit.' Hij liet zijn vinger langs de lijst gaan. 'Dank je wel hiervoor.'

'Graag gedaan. Er zijn ook foto's. Die heb ik in Ierland genomen. Ik dacht dat jij ze wel zou willen hebben.'

Hij wilde de volgende laag vloeipapier weghalen, maar bedacht zich. 'Ik heb even een momentje nodig.'

'Tuurlijk. Ik ga de koffie inschenken.'

Toen hij alleen was, pakte hij de grote, geelbruine envelop en maakte hem open.

Er waren er tientallen. Eentje van Moira tussen zijn boeken, en eentje buiten met Larkin. Eentje van King die de scepter zwaaide over het fornuis in de keuken, eentje van Blair, met een intense blik in haar ogen en een bezwete huid terwijl ze in de krijgershouding stond met een zwaard in haar hand.

Er was er eentje van hemzelf met Hoyt, waarvan hij niet wist dat ze die had genomen.

Terwijl hij ze allemaal bekeek, wervelden en vermengden zijn emoties zich, vreugde en verdriet.

Toen hij eindelijk weer opkeek, zag hij Glenna tegen de deurpost leunen met een beker koffie in haar hand. 'Ik ben je meer verschuldigd dan een cadeautje.'

'Helemaal niet. Cian, wij gaan terug naar Geall om oud en nieuw te vieren. Wij allemaal.'

'Dat kan ik niet.'

'Nee,' zei ze na een korte stilte, en de begrijpende blik in haar ogen werd hem bijna te veel. 'Dat weet ik. Maar als we een boodschap van je moeten...'

'Dat is onmogelijk. Er valt te veel te zeggen, en tegelijk valt er helemaal niets te zeggen, Glenna. Weet je zeker dat jullie terug kunnen?'

'Ja, we hebben Moira's sleutel, en Morrigan zelf heeft ons verzekerd dat het mogelijk is. Jij was zo snel vertrokken dat de goden je niet eens hebben kunnen bedanken.'

Ze liep naar hem toe en zette de koffie op het tafeltje naast hem. 'We vertrekken 's middags pas, voor het geval je van gedachten verandert. En als je dat niet doet, na oud en nieuw gaan Hoyt en ik in Ierland wonen. We hopen dat je ons daar komt bezoeken. Blair en Larkin gaan in mijn appartement hier wonen.'

'De vampiers in New York mogen wel uitkijken.'

'Reken maar.' Ze bukte zich en gaf hem een zoen. 'Prettige kerst.'

De koffie liet hij staan, maar hij dronk ook geen whiskey meer. Dat was toch zeker iets? In plaats daarvan bleef hij het portret van Moira bestuderen, en tikten de uren weg tot middernacht.

Bij het zien van een lichtwerveling sprong hij op en greep de whiskeyfles – het dichtstbijzijnde wapen – bij de hals. Aangezien hij lang niet dronken genoeg was om te hallucineren besloot hij dat de godin die in zijn appartement stond echt was.

'Nou, dit is een gedenkwaardige dag. Zou iemand van jullie soort ooit al eens een bezoek hebben gebracht aan iemand van mijn soort?'

'Jij behoort tot de zes,' zei Morrigan.

'Dat behoorde ik.'

'Nog steeds. Maar toch hou je jezelf opnieuw afzijdig van hen. Vertel eens, vampier, waarom heb je gevochten? Niet voor mij of anderen zoals ik.'

'Nee, niet voor de goden. Waarom?' Hij haalde zijn schouders op en nam nu wel een slok uit de fles, als teken van opstandigheid, van onbeleefdheid. 'Om iets omhanden te hebben.'

'Het is dom voor iemand van jouw soort om te veinzen tegen iemand van mijn soort. Jij gelooft dat je het juiste hebt gedaan, dat jullie doel het waard was om voor te vechten, eventueel zelfs om voor te sterven. Ik ken jouw soort al sinds jullie voor het eerst door het bloed hebben gekropen. Geen van hen zou hebben gedaan wat jij hebt gedaan.'

'Je hebt mijn broer naar me toe gestuurd zodat ik zou meewerken.'

De godin trok haar wenkbrauwen op bij het horen van zijn toon, maar knikte vervolgens. 'Ik heb je broer gestuurd om je te zoeken, maar je handelde uit vrije wil. Je voelt liefde voor deze vrouw.' Ze wees naar Moira's portret. 'Voor deze sterveling.'

'Denk je soms dat wij niet kunnen liefhebben?' Cians stem beefde van woede en verdriet. 'Dat wij niet tot liefde in staat zijn?'

'Ik weet dat jullie dat wel zijn, en hoewel jouw soort die liefde diep kan voelen, voelt het egoïsme even diep. Maar niet bij jou.' Met een zwierend gewaad liep ze naar het portret. 'Zij heeft je gevraagd om haar tot een vampier te maken, en dat heb je geweigerd. Je had haar bij je gehouden als je had gedaan wat ze van je vroeg.'

'Als een huisdier, soms? Haar houden? Als ik dat had gedaan, had ik haar verdoemd, haar gedood, haar innerlijke licht vernietigd.'

'Haar de eeuwigheid geschonken.'

'Een eeuwigheid van duisternis, van een hunkering naar het bloed van dat wat zij vroeger zelf was. Haar gedoemd tot een leven dat geen leven is. Ze wist niet wat ze van me vroeg.'

'Dat wist ze wel degelijk. Ze heeft een sterk hart en een sterke geest, en ongelooflijk veel moed. En hoewel ze het wist, heeft ze het gevraagd, en was ze bereid om haar leven voor jou op te offeren. Jij hebt het toch zeker goed gedaan? Je hebt beschaving, rijkdom en vaardigheden. Mooie huizen.'

'Dat klopt. Ik heb iets van mijn ondode zelf gemaakt. Waarom zou ik dat niet hebben gedaan?'

'En je geniet ervan, als je tenminste niet in het donker zit te mokken over alles wat nooit kan gebeuren. Wat je niet kunt krijgen. Je geniet van je eeuwige leven, je jeugd, je kracht en je kennis.'

Hij sneerde, de goden vervloekend. 'Had je liever gehad dat ik me op mijn borstkas sloeg terwijl ik mijn lot vervloekte? Dat ik eindelijk om mijn dood zou treuren? Is dat wat de goden eisen?'

'Wij eisen niets. We hebben gevraagd, en toen heb jij gegeven. Meer gegeven dan we van tevoren hadden gedacht. Anders zou ik hier nu niet zijn.'

'Prima. Dan kun je nu weer vertrekken.'

'En,' vervolgde ze op dezelfde gemoedelijke toon, 'zou ik je ook deze keuze niet geven. Blijven leven, en nog rijker worden dan je al bent. Eeuw na eeuw, zonder ouder worden, zonder ziektes, en met de zegen van de goden.'

'Dat alles heb ik al, ook zonder jullie zegen.'

Haar ogen fonkelden even, maar hij kon niet bepalen – en het kon hem ook niets schelen – of dat door geamuseerdheid of woede kwam. 'Maar nu krijg je die aangereikt, de enige van jouw soort aan wie die eer is verstrekt. Jij en ik weten meer over de dood dan een mens ook ooit zal weten. En wij vrezen die meer. Jij hoeft nooit aan je einde te komen. Of je kunt een einde krijgen.'

'Hoe dan? Door een god die een staak in me steekt?' Hij snoof lachend en nam nog een grote slok uit de fles. 'Zal ik worden verbrand in een godenvuur? Zal mijn verdoemde ziel worden gezuiverd?'

'Je kunt weer worden wat je vroeger was en een leven hebben dat eindig is, zoals alle levens eindig zijn. Je kunt weer levend worden, en dus verouderen, ziek worden en op een dag de dood vinden, zoals ieder mens uiteindelijk overkomt.'

De fles viel uit zijn vingers en belandde met een bons op de vloer. 'Wat?'

'Dat is de keuze die je moet maken.' Morrigan stak haar handen uit met de palmen omhoog. 'De eeuwigheid, met onze zegen om ervan te genieten. Of een handjevol mensenjaren. Wat wil je hebben, vampier?'

In Geall was een stille sneeuw gevallen, die als een dunne deken op de grond lag. De ochtendzon weerkaatste erop en fonkelende ook op het ijs dat de bomen bedekte.

Moira gaf het dochtertje van haar nicht Sinann weer terug aan haar moeder. 'Ze wordt met de dag mooier en ik zou urenlang naar haar kunnen kijken. Maar vanmiddag komt ons bezoek en ik ben nog niet klaar met de voorbereidingen.'

'Je hebt iedereen weer thuisgebracht, bij mij.' Sinann wreef met haar neus langs haar dochtertje. 'Iedereen van wie ik hou. Ik wilde dat jij ook alles had waarvan je houdt, Moira.'

'In een paar weken heb ik een heel leven gehad.' Ze gaf de baby nog een zoen en keek vervolgens verbaasd om toen Ceara binnen kwam rennen.

‘Majesteit. Er is iemand... beneden. Iemand die u wenst te spreken.’

‘Wie dan?’

‘Ik... Er is mij alleen verteld dat er een bezoeker is die van ver is gekomen om u te spreken.’

Moira’s wenkbrauwen schoten omhoog toen Ceara de kamer weer uit snelde. ‘Nou, wie het ook is, ze is helemaal van slag. Ik zie je straks wel weer.’

Ze liep de kamer uit en klopte haar broek af. Ze waren al dagen aan het schoonmaken als voorbereiding op het nieuwe jaar en de bezoekers naar wie enorm werd uitgekeken. Het zou heerlijk zijn om ze weer te zien, weer met ze te kunnen praten, dacht ze. Om Larkin naar zijn pasgeboren nichtje te zien grijnzen.

Zouden ze nog nieuws van Cian meebrengen?

Ze klemde haar lippen opeen en zei tegen zichzelf dat ze haar verdriet niet moest laten zien. Dit was een periode van festiviteiten, van feestdagen. Ze weigerde een domper te zetten op Geall nadat iedereen zo hard had gevochten om het land te behouden.

Er ging een rilling langs haar huid toen ze de trap afdaalde. Een huivering bewoog zich langs haar ruggengraat omhoog naar haar nek, naar de plek waar haar minnaar zijn lippen op had gedrukt.

Toen voelde ze de siddering in haar hart en begon ze te rennen. Vervolgens begon haar sidderende hart wild te kloppen. En daarna leek het te zweven.

Dat wat ze nooit voor mogelijk had gehouden zag ze nu voor zich. Daar stond hij, en hij keek naar haar op.

‘Cian.’ De vreugde die ze diep had weggestopt, kwam als muziek tot uitbarsting. ‘Je bent teruggekomen.’ Het liefst had ze zich in zijn armen geworpen, maar hij keek haar aan met zo’n indringende, vreemde blik dat ze niet zeker wist of hij dat op prijs zou stellen. ‘Je bent teruggekomen.’

'Ik heb me afgevraagd wat er op je gezicht te lezen zou staan. Kunnen we ergens onder vier ogen praten?'

'Tuurlijk. Aye, we kunnen...' Geagiteerd keek ze om zich heen. 'Zo te zien zijn we al alleen. Iedereen is weg.' Hoe kon ze voorkomen dat haar handen hem zouden aanraken? 'Hoe ben je hier gekomen? Hoe...'

'Het is oudejaar,' zei hij, haar aankijkend. 'Het einde van het oude, de aanvang van het nieuwe. Ik wilde je zien, op de rand van die verandering.'

'Ik wilde jou zien, waar of wanneer dan ook. De anderen arriveren over een paar uur. Jij blijft toch zeker? Zeg alsjeblieft dat je blijft voor de festiviteiten.'

'Dat ligt eraan.'

Haar keel brandde alsof ze vlammen had ingeslikt. 'Cian. Ik weet dat alles wat je schreef in je brief waar was, maar het was ontzettend moeilijk om je nooit meer te zien. Zo moeilijk om te weten dat ons laatste moment samen er een was te midden van bloedvergieten. Ik wilde...' De tranen sprongen haar in de ogen en ze kon die slechts met moeite terugdringen. 'Ik wilde één tel meer. En nu heb ik dat.'

'Zou je meer dan één tel willen, als ik je dat kon geven?'

'Ik begrijp je niet.' Toen glimlachte ze en onderdrukte tegelijkertijd een snik toen hij het medaillon dat ze hem had gegeven onder zijn overhemd vandaan trok. 'Je draagt het nog steeds.'

'Ja, ik draag het nog steeds. Het is een van mijn waardevolste bezittingen. Ik heb niets van mezelf achtergelaten voor jou. Maar nu vraag ik je of je meer dan dat ene moment zou willen hebben, Moira. Wil je dit hebben?' Hij hief haar hand op en drukte het tegen zijn hart.

'O, ik was bang dat je niet wilde dat ik je zou aanraken.' Ze slaakte een zucht van opluchting. 'Cian, je weet toch, je moet toch weten dat ik...'

De hand onder de zijne trilde en haar ogen werden groot. 'Je hart. Je hart klopt.'

'Ik heb ooit tegen je gezegd dat als het weer zou kunnen kloppen, het dat voor jou zou doen.'

'Ik voel het kloppen onder mijn hand,' fluisterde ze. 'Hoe kan dat?'

'Een geschenk van de goden in de laatste momenten van midwinter. Ze hebben me teruggegeven wat me was ontnomen.' Nu pakte hij het zilveren kruis dat samen met haar medaillon om zijn hals hing. 'Er staat een man voor je, Moira.'

'Een mens,' fluisterde ze. 'Je leeft.'

'Een man die van je houdt.' Hij trok haar mee naar de deuren en gooide ze open zodat het zonlicht over hen heen spoelde. En omdat het nog altijd zo wonderbaarlijk voelde, hief hij zijn gezicht op, sloot zijn ogen en liet zijn gezicht in de zonnestralen baden.

Ze kon haar tranen niet meer bedwingen, evenmin als de snikken waarmee die vergezeld gingen. 'Je leeft. Je bent bij me teruggekomen, en je leeft.'

'Er staat een man voor je,' zei hij nogmaals. 'Een man die van je houdt. Een man die je vraagt of je het leven wilt delen dat hij heeft gekregen, of jij dat samen met hem wilt leven. Of je me wilt nemen zoals ik ben en een leven met me wilt opbouwen. Geall zal mijn wereld zijn, zoals jij mijn wereld bent. Het zal mijn hart zijn, zoals jij mijn hart bent. Als je me wilt hebben.'

'Ik ben al vanaf het allereerste moment de jouwe, en dat zal ik blijven tot het allerlaatste moment. Je bent bij me teruggekomen.' Ze legde haar ene hand op zijn hart en de andere op dat van haar. 'En ook mijn hart slaat weer.'

Ze sloeg haar armen om hem heen, en de mensen die zich hadden verzameld op de binnenplaats en op de trap begonnen te joelen toen de koningin van Geall haar liefste zoende in de winterzon.

‘En dus hebben ze geleefd,’ zei de oude man. ‘En liefgehad. Zo werd de cirkel sterker en ontstonden daar weer nieuwe cirkels uit, zoals rimpelingen die zich verspreiden op het oppervlak van een vijver. In de ooit zo stille vallei weerklonk het geloei van koeien, van de muziek van de zomerbries door het groene gras, van fluiten, harpen en lachende kinderen.’

De oude man streelde het haar van het kleintje dat op zijn schoot was geklommen. ‘Geall floreerde onder het bewind van Moira, de krijger-koningin en haar ridder. Voor hen scheen zelfs een lichtje in de duisternis van de nacht. En daarmee is de cirkel van de tovenaar, de heks, de krijger, de geleerde, de gedaantewisselaar en de vampier ten einde.’

Hij gaf een klopje op de billen van het kind op zijn schoot. ‘Zo, nu allemaal weg, jullie, zolang er buiten nog zonneschijn is om van te genieten.’

Er klonken opgetogen kreten en hij glimlachte toen hij het gekibbel hoorde over wie de tovenaar en wie de koningin zou zijn.

Omdat sommige van zijn zintuigen nog heel scherp waren, bracht Cian zijn hand omhoog naar de rugleuning van zijn stoel en legde hem op die van Moira.

‘Dat heb je heel mooi verteld.’

‘Het is makkelijk om het te vertellen als je het hebt meegemaakt.’

‘Het is makkelijk om te verfraaien wat er echt is gebeurd,’ verbeterde ze terwijl ze om de stoel heen liep. ‘Maar je bent vrij dicht bij de waarheid gebleven.’

‘Was de waarheid niet al vreemd en magisch genoeg?’

Haar haren waren sneeuwwit en toen ze naar hem glimlachte, werden de rimpels van vele jaren zichtbaar. En ze was mooier dan alle andere vrouwen die hij ooit had gekend.

‘Ga een stukje met me lopen voordat de schemering valt.’ Ze hielp hem overeind en stak haar arm door de zijne. ‘Ben je klaar voor de invasie?’ vroeg ze terwijl ze haar hoofd naar zijn schouder boog.

'Als het eenmaal zover is, hou jij tenminste op met je druk te maken.'

'Ik popel om ze allemaal weer te zien. Onze oorspronkelijke cirkel, en de cirkels die zij hebben gecreëerd. Het duurt telkens zo lang tot die ene keer per jaar dat de cirkel compleet is, zelfs met de korte bezoekjes tussendoor. En het luisteren naar de stukjes van het verhaal brengt alles weer zo duidelijk terug, vind je niet?'

'Zeg dat wel. Heb je ergens spijt van?'

'Ik heb nooit een tel spijt gehad waar het jou betrof. We hebben een prima leven gehad, Cian. Ik weet dat we ons nu in de winter ervan bevinden, maar ik voel de kou niet.'

'Nou, ik wel als je 's nachts je voeten tegen mijn billen drukt.'

Lachend draaide ze zich naar hem toe zodat ze hem kon zoenen met alle warmte en liefde die ze voelde na een huwelijk van zestig jaar.

'Daar is onze eeuwigheid, Moira,' zei hij, wijzend naar hun klein- en achterkleinkinderen. 'In hen leven wij voor altijd.'

Hand in hand wandelden ze in het afnemende zonlicht. Hoewel hun passen langzaam en voorzichtig waren vanwege hun hoge leeftijd, liepen ze over de binnenplaats, door de tuin, onder de poort door terwijl achter hen het lawaai van spelende kinderen weerklonk.

Hoog boven hen op de torens van het kasteel wapperden de drie symbolen van Geall – de claddagh, de draak en de zon – goudkleurig tegen het wit.

Woordenlijst van termen, personages en plaatsen

a ghrá (ah-GHRA), Gaelisch koosnaampje dat 'mijn liefste', 'schat' of 'liefje' betekent

a stór (ah-STOR), Gaelisch koosnaampje dat 'mijn liefste', 'schat' of 'liefje' betekent

Aideen (ee-DIEN), nichtje van Moira

Alice McKenna, afstammeling van Cian en Hoyt Mac Cionaoith

An Clar (ahn-CLAR), het tegenwoordige graafschap Clare in Ierland

Ballycloon (ba-LOE-kloen)

Blair Nola Bridgit Murphy, lid van de cirkel van zes, de 'krijger'; een demonenjager, afstammeling van Nola Mac Cionaoith (jongere zus van Cian en Hoyt)

Bridget's Well, begraafplaats in het graafschap Clare, vernoemd naar Bridget van Kildare

cara (karoe), Gaelisch voor 'vriend, familielid'

Ceara, een van de dorpsvrouwen

Cian (KIE-an) *Mac Cionaoith/McKenna* (mac KHIE-nie), Hoyts tweelingbroer, een vampier, lid van de cirkel van zes, 'degene die werd verloren'

Cirio, Liliths menselijke geliefde

ciunas (SAJOEN-as), Gaelisch woord voor 'stilte'; de veldslag zal plaatsvinden in de vallei van Ciunas – de Stille Vallei

claddagh, het Keltische symbool van liefde, vriendschap en trouw

Conn, puppy uit Larkins jeugd

Dans van de Goden, de Dans, de plek waar de cirkel van zes van de echte wereld doorsteekt naar de fantasiewereld van Geall

Davey, 'zoon' van Lilith de Vampierkoningin, een kindvampier

Deirdre (DÈR-dhra) *Riddock*, Larkins moeder

Dervil (DAR-vel), een van de dorpsvrouwen

Eire (ÈR-reh), Gaelisch voor 'Ierland'

Eogan (O-en), Ceara's echtgenoot

Eoin (OON), Hoyts zwager

Eternity, de naam van Cians nachtclub in New York

Faerie Falls, denkbeeldige plek in Geall

fàilte à Geall (FOHL-tsje ah DZJIE-al), Gaelisch voor 'Welkom in Geall'

Fearghus (FÈR-ghus), Hoyts zwager

Gaillimh (GOHL-joev), het tegenwoordige Galway, hoofdstad van het westen van Ierland

Geall (DZJIE al), Gaelisch voor 'belofte'; land waar Moira en Larkin vandaan komen en waarover Moira mogelijk ooit zal heersen

Glenna Ward, lid van de cirkel van zes, de 'heks'; woont in hedendaags New York

Hoyt Mac Cionaoith/McKenna (Mac KHIE-nie), lid van de cirkel van zes, de 'tovenaar'

Isleen (Is-LIEN), een bediende in Kasteel Geall

Jarl, Liliths verwekker, de vampier die Lilith heeft veranderd in een vampier

Jeremy Hilton, Blair Murphy's ex-verloofde

King, de naam van Cians beste vriend, met wie Cian vriendschap had gesloten toen King nog een kind was; bedrijfsleider van Eternity

Kliffen van Moher (ook wel Mohr), de naam die aan de ruïnes van forten in het zuiden van Ierland wordt gegeven, op een klif in de buurt van Hag's Head, 'Moher O'Ruan'

Larkin Riddock, lid van de cirkel van zes, 'degene die vele gedaanten aanneemt', neef van Moira

Lilith, de Vampierkoningin, alias Koningin der Demonen; leider van de oorlog tegen de mensheid; Cians verwekker, de vampier die Cian heeft veranderd in een vampier

Lora, een vampier; Liliths minnares

Lucius, een vampier, Lora's minnaar

Malvin, dorpeling, soldaat in het leger van Geall

Manhattan, stadsdeel van New York waar zowel Cian McKenna als Glenna Ward wonen

Mathair (maahir), Gaelisch woord voor 'moeder'

Michael Thomas McKenna, afstammeling van Cian en Hoyt Mac Cionaoith

Mick Murphy, Blair Murphy's jongere broer

Midir (mi-DIER), tovenaar die werkt voor Lilith, koningin van de vampiers

mhuirnín (mor-NIEN) (ook specifiek *mhuirneach* [mor-NOEG]), Gaelisch koosnaampje dat 'liefje' betekent

mo chroí (ma-KRIE), Gaelisch koosnaampje dat 'mijn schatje', 'mijn liefste' of 'mijn lieveling' betekent

Moira (MWA-ra), lid van de cirkel van zes, de 'geleerde'; prinses en mogelijk toekomstig koningin van Geall

Morrigan (MO-rie-ghen), godin van de strijd

Niall (Naail), een krijger van het Gealliaanse leger

Nola Mac Cionaoith, jongste zus van Hoyt en Cian

ogham (à-ghem) (ook gespeld als *ogam*), Iers alfabet uit de vijfde/zesde eeuw

oiche (IE-cheh), Gaelisch woord voor 'nacht'

Oran (O-ren), Riddocks jongste zoon, Larkins jongere broer

Phelan (FÈ-len), Larkins zwager

Prince Riddock, Larkins vader, regerend koning van Geall, Moira's oom

Regio van Chiarrai (kie-JOE-rie), het hedendaagse Kerry, in het uiterste zuidwesten van Ierland

Samhain (SAM-en), het einde van de zomer (Keltisch festival); de strijd vindt plaats tijdens het Feest van Samhain, de viering van het einde van de zomer

Sean (sjahn) *Murphy*, Blair Murphy's vader, een vampierjager

Shop Street, het cultureel centrum van Galway

Sinann (sji-NAHN), Larkins zus

sláinte (slahn-tje), Gaelisch woord voor 'proost!'

slán (sjlahn), Gaelische afscheidsgroet die 'dag' of 'vaarwel' betekent

Tuatha de Danaan (TOE-aha de DON-nan), Welshe goden

Tynan (TAAI-nin), schildwacht bij het kasteel van Geall

Vlad, Cians hengst